我认出了风暴

张莉 编

译林出版社

张莉 主编

北京师范大学文学院教授，博士生导师。著有《浮出历史地表之前》《姐妹镜像》《持微火者》《众声独语》《远行人必有故事》《来自陌生人的美意》等。获唐弢青年文学研究奖，华文最佳散文奖，图书势力榜十大好书奖等。中国作家协会理论委员会委员，茅盾文学奖评委。

序 言

作为散文家，鲁迅是庞大的存在。一百年来，从没有人超越过他。他的散文世界如此芜杂，他为散文写作提供了多种可能。——怀念文字里，你很难不想到《为了忘却的记念》《藤野先生》；追忆年华的文字里，我们也会想到《朝花夕拾》《从百草园到三味书屋》，还有如诗一般将“陈词滥调”彻底洗涤的《野草》……当然，更要提到他的杂文，那些林林总总、包罗万象的像匕首、像投枪的杂文。

散文在鲁迅那里产生了一种新变，他使这种文体完成了从古代到现代的完美转型。这种转变当然不是凭空的，他从魏晋文章中汲取营养，而译者身份也使他从西方随笔与表达中寻找资源。于是，“古今中外”的诸多因子在他的语言里发生了化学反应，进而也生成了独属于他的新语法——鲁迅发明了一种新的、拗口的、不驯顺的表达，用以匹配他所在的混乱庞杂的世界与时代。

鲁迅所在的年代，正是作为新媒体的报刊业崛起的时代。他的杂文与随想录发表在报纸副刊，最大限度地实现了新文学与时代、读者的密切互动。近一百年过去了，鲁迅已经长成了我们文学史上的古镜，历经岁月，可以越磨越亮。以鲁迅散文为镜，我们会深刻认识到，没有比散文/杂文更灵活的文体了，它是一种与社会、与他人短兵相接的文学门类。今天的新媒体时代，应该有更好的散文与之匹配。散文是时代的晴雨表，也是时代的感应器。一个时代最意味深长、最众声喧哗、最生机勃勃的景象，应该在散文世界里刻下来。

谁是我们时代理想的散文家呢？他要获得对这个世界的整体性认知；他要发现、剥离、穿透、刺破那些伪饰与庸常；他要与他的时代产生极其密切的互动，但是，并不只就事论事，就此时论此时；他可以冷峻刻薄、不惮以恶意揣测他人，但文字里却从不缺乏爱与真情，情感在他那里不是浅表的而是深沉的；一位优秀的散文作家吸纳巨大的信息和现实，但并不只是时代表象的摄影师；诸多的信息在他头脑里消化吞吐，他酿出琼浆，偶尔是甜的，但更多的时候是辛辣的，他点燃你，刺激你，激发你，却绝不麻醉你。

理想散文家是通灵的，万千声音化于其一人之声口，"我"不仅是"我"，也是无数他们中的一个；理想散文家也从不会画地为牢，卓异的艺术天赋将引领他们去开疆拓土，越走越远，越写越阔大，进而赋一种古老文体以生机。今天我们似乎没有一位作家可以达到，但是，却不影响我们以此为目标，不断心向往之。

本书所收录的是近二十年来中国散文领域出现的新作家与新作品，体现了当代散文写作美学的多样与丰富。而具体到其中某一位作家那里，并不能说他代表了当代散文写作的高度，但是，这九位来自不同地域、风格极为迥异的作家共同聚集在一起，却代表了中国当代散文近二十年来最丰美的收获。坦率地说，阅读他们作品的时候，我想到了里尔克的“我因认出风暴而激动如大海”。

是为序。

张　莉

2019年1月28日

目 录

李敬泽

李　娟

李修文

鲍尔吉·原野

蒙古族，内蒙古赤峰人。出版《譬如朝露》《羊的样子》《青草课本》《让高贵与高贵相遇》《流水似的走马》等作品集多种，作品收入小学、初中、高中、大学课本。德国斯图加特独逸学院驻访作家。获鲁迅文学奖、全国少数民族文学骏马奖、蒲松龄短篇小说奖、百花文学奖、《人民文学》散文奖、内蒙古文艺金质奖章等。

索布日嘎之夜：我听到了谁的歌声？

我的心是一块顽石，在泥泞雾霾中泡过好多年。这样的心常常听不到草叶在微风里细碎的摩擦音。我来牧区，进入蒙古语的言说里面，感觉蒙古语把我的脑子拆了，露出天光。蒙古语的单词、句子和比喻好像是树条、泥巴和梁柁，像盖房子一样重新给我搭建了一个脑子。这个脑子里有泥土气息和草香，适合感受马、盐、泉水和歌声，不适合算计，虚伪的功能完全被屏蔽了。我的心仿佛在蒙古语里融化了，剥落掉核桃一样坚硬的外壳，露出粉红色血管密布的心，一跳一跳，回到童年。

我们坐在蒙古包里喝奶茶，外面响起雷声。牧民说："天说话了。"其他人附和："天说话呢。"是的，蒙古语管打雷叫天说话，也可译为"天作声"。"天"这个词，牧民常常尊称为"腾格里阿爸"——天爸爸。他们说出这个词自然亲切，像说自己家里的长辈。在牧民心里，一生都接受着天之父的目光，他的目光严厉而又仁慈，无处不在。

在巴林右旗索布日嘎镇，牧民说，他如果需要一块木料，上山选树。砍树的人心里忐忑不安，斧子藏在后腰衣服里。牧民们不砍草原上孤独的树，那是树里的独生子。他到树林里找一棵与他需要的木料相似的树。比如勒勒车的木辐条坏了，就找一棵弯度与辐条接近的树。准备砍树的人下跪，奉酒，摆上奶食糕点，说："山神啊，我是谁谁谁，我的什么东西坏了，需要这棵树，请把这棵树恩赐给我吧，并宽恕我砍树的罪孽。"然后拔出斧子砍树，砍完拖树一溜烟跑下山了。对了，砍树前，他还要掰下几根树杈示警，说："我要砍树了，住在树上的神灵起驾吧！"

我跟别人讲到这件事，对方笑了，说蒙古牧民挺幼稚，不懂科学。我想人类从远古走到今天，并非依靠科学，科学也不应该是巧取豪夺之学。人幼稚是说此人尚处在童蒙阶段，如果民族仍然幼稚，它该多么天真纯洁，归它走的路还有很远。这该是多大的幸运呢？

蒙古民族对其信赖尊崇的事物赋予拟人化的代称，比如把加工五谷的碾子叫"察干欧布根"——白色的、吉祥的老翁；管拉盐车队的首领叫"噶林阿哈"——火的兄长；管接生婆叫"沃登格"——大地的母亲。在蒙古语里面，一切都是生灵，彼此是具有亲属关系的父亲、母亲、兄弟姐妹，尽管这些生灵的外形是空气、云彩、土壤、水或结为晶体的盐。人只是这个大家庭中间叫作"人"的小兄弟而已。不同的语言里暗含着不同的价值观，顺着每一条语言的路都会走向不同的终点，清洁的生活产生清洁的语言。

在索布日嘎，我看见一位男人拥抱一位女人，身旁一人予以赞叹："乃波乃仁恩特贝日乎。"直译为"细细地拥抱"，也可译为"温柔地拥抱"，实际说的是"细致珍惜地抱住她"。我感叹于世界仍有这么体贴人心的语言，如果心与心拥抱，能不细致吗？我感觉人们现在使用语言太粗率了，无所敬畏，也无所怜惜，我们失去了好多用心描摹生活的机会和能力。

蒙古牧民称走马为“蛟若”，最好的走马是“蛟若聂蛟若”——走马中的走马。他们形容好走马走起来“像流水一样”，这一种步态寓意着马和马倌的智慧。水跟火是蒙古牧民心中的圣物，他们至今恪守着成吉思汗规定的戒律：不许往河水里扔脏东西，不许在河水里洗衣服与撒尿。河是母亲，河水就是母亲的身体。牧民们告诉我，每一座火里都住着一位火神。他们虔诚的神情表示这是不可怀疑的，“火神是一位女性神灵”。火婀娜地伸展腰身，让黑暗退隐。黑暗在远处注视女火神怎样为牧人煮好每一餐饭食。火的纹理没有杂质，如缎子一般细腻。它飘扬的样子正如母亲小声哼唱一首长调。直到现在，牧民们仍用干净的木柴和纸张引火，不许往火里吐唾沫，不许泼水。火最好的燃料是干牛粪。牧民说，小时候，父亲把他捡回的牛粪里的羊粪、狗粪和狼粪拣出来，烧这些粪是对火神的不敬。水啊火啊，山川大地，人们用清洁的、没有伪饰的语言吸纳你的回音，存在心里。大自然当中所有原初的事物都有浑朴的本质，即使我们闭上眼睛，用手摸一摸它们，也感觉得出这些事物亘古以来未变的质感。闭上眼睛摸摸并捻一捻河水，水的柔软活泼与清澈是一回事。摸一摸石头就摸到了时间的皱纹和古代。摸摸马，你想象马正用长睫毛的、黑水晶一般的眼睛看你，它光滑的脊背有汗，说明刚刚跑完。有一句蒙古民歌的歌词尤其让我感动——“马驹在羊水里就记住了自己的故乡”。牧民们喜欢传诵一个故事，说一匹马被卖到了长江以南的地方，它不知怎样翻山渡河回到了内蒙古故乡。牧民们说到这里，交换眼神，唏嘘赞叹，并用眼神征求我的看法。我心里想这不可能，马固然会泅水也能登山，但它路过的地方的人是不会放过它的。我还是跟着牧民一起赞叹，一起惊讶。既然我们会相信网络上天天都有的谣传，为什么不相信马也有返乡的美德？为什么不信火里和水里住着清洁的神灵呢？我宁愿把自己脑子里贮存的所谓知识清除掉，它们也许早过时了，让更多的民间传说和神话进入心灵。索布日嘎的猎人说猞猁聪明，它平时不留下任何痕迹。下雪天，所有野兽在大地上留下脚印，猞猁等候大动物出来觅食之后，再把爪子踩在大动物的脚窝里行走。我眼前浮现出八十多岁的猎人苏达纳木手脚并用模仿猞猁跨越大步的情形，这多好啊！多幼稚！我喜欢这些还没有摆脱童年的幼稚的人们！

今年七月二十二日，农历六月十九。我被邀请参加索布日嘎镇吉布吐村祭拜村庄敖包的仪式。祭敖包何其神圣，村虽小，但越小越纯粹，我被邀请参加祭祀，深感荣幸。晚上，我甚至在镇政府的宿舍里来回踱步，享受这份荣幸。巴林右旗要在天亮之前祭敖包。古人称，约略看清自己的掌纹曰天亮，而这里天亮前依然伸手不见五指。我们凌晨三点钟起床，三点半出发。开车的司机甚神奇，他在漆黑的夜里瞪大双眼看前方，左右转动方向盘，仿佛他是一只夜视的猫，想在夜色稠密的草原上看清一条路。车停了，可能停在山脚下，抬头却辨不清山峰与夜空的分割处。我被扶上一台摩托的后座，抱住驾驶员的腰。摩托突突行进，我听到黑暗中有许多摩托轰鸣前进。摩托驮着我们爬上跃下高低起伏的丘陵，我听到水声，摩托冲过浅浅的河流之后停下来。这时影影绰绰看见许多人，却看不清面孔和衣服。我们登上一座不太高的小山。山虽然不高，但登上去周围却清晰了。一座敖包矗立眼前，上面系着飘动的哈达。全村的男人环立敖包前，他们穿着整齐的蒙古袍，戴帽子，脸膛肃穆坚毅。他们的面色好像比夜色还要黑，只有眼睛和鼻梁反光。驮我的摩托车手竟然穿着陆军作战服，他刚从部队复员。村里的敖包长宣读祭文，祈求敖包神灵庇佑村子人畜平安，风调雨顺。吾等全体俯身跪拜，起身献上自己所带祭品。我献上了酒、袋装牛奶、糕点和奶豆腐。拜过，我取一点奶豆腐带给父母吃，用我爸的话说："山神吃剩下的东西，人吃了最好。"

站在山上转身看，仿佛就在转身的一瞬间，天亮了许多。天和地像被轻云和浓云分开了，沉黑的大地伸向远方。我身边的村民笑眯眯地互致问候，这时能看清他们的年龄和老年人的皱纹了。他们变得轻松而欣慰，相信自兹日起，直到来年，吉布吐村风调雨顺，国家康泰平安，那是必须的。下了山，略多的光线让我看到吉布吐村牧民身穿的蒙古袍有多华丽。这些光让我看清他们海蓝色蒙古袍上的银白团花和橙色的腰带、灰色蒙古袍大襟的橘红绲边。他们比演员更漂亮，他们的英武气质和服饰在大自然中更显出恰当。而我想到一个村的男人们穿着华丽的衣着在夜色里穿行，该有多么诚恳，携带着他们自己才知道的美，让敖包神多么欢喜。大地啊，你有多少我所看不到的美，坚定地、默默地发生，它们发生在事物的肌理内部，而不是表演。

我们又坐摩托又过河，碾过晨曦铺就的地毯之前我们还按巴林人的习惯祭拜了清澈可爱的沃森花泉水。大地亮了，曦光下的大地多么可爱。光线以它刹那千里的怀抱告诉人们草原的辽阔，比长调唱的、骏马跑的还辽阔。如瓷器般青白色的天空刚刚醒来，而大地比天空更宁静，灌木和草毛茸茸的等待苏醒。远处的山峦如同画家的初稿，还差六遍敷色。而我们在飞驰，身旁还有人骑马，他们显得比骑摩托的人高大，手挽缰绳也比手把摩托好看。骑手在马背上跃跃然，瞻顾四方。东方正好有太阳倾泻的红光，如洪水决堤（这些光每天早上决堤一次）。这时看出平坦的草原并不平啊，每一处隆起的泥土都被红光刷了漆，像千万座雕塑面东沉思。前方是吉布吐村，光线早于我们赶到那里。“吉布”是箭头的意思，也是古代的名字。村里的彩钢瓦像在屋顶铺了一片片红毡。这个村好漂亮，户户有同样的黄栅栏和带“乌力吉江嘎”（吉祥图案）的大门，街路硬化，新栽的小树排列成行。太阳把鲜艳的红光照在吉布吐村里一点都没糟蹋，这里像一处童话外景地。而我自从祭祀敖包后成了村民中的一员，混迹在摩托车和马队里，与晨风冲撞。我们相互微笑，如同赞美这个时刻，领取大地天空赐予吉布吐村民和我本人的这个美好的早晨。

也是在索布日嘎，几天前，镇里的蒙古族职员组织了一场野餐会，地点在这个镇临近西乌珠穆沁旗的景区“荣升十八景”。他们在一棵枝叶繁盛的黑桦树下面等我，地上铺着防雨车衣，摆着食品。他们大多三四十岁，带着家属孩子。他们并不说什么，却用眼光亲切地注视我，仿佛眼光是一块布，轻轻擦去我脸上的尘埃。蒙古族人口少，同胞为自己民族能出一个作家而高兴，这是这么多双目光交织的眼睛送给我的信息。我很惭愧，我还没达到让这些纯真的目光褒奖的程度，但又没法解释，只好看周围景物。那一边山峦俊秀，这一边草场宽广。蒙古黄榆沿河边生长，如同河流的卫士，保护着它的清澈。黑桦树下面歌声响起来了——《诺恩吉雅》。所有的人都在唱，他们的眼睛看着树，看着山，看着虚空，仿佛那里写着歌词——“海青河水长又长……”一遍唱完，再唱一遍。他们用嗓音不断往歌的火堆里添柴，不让它熄灭。这情形特别像海浪一遍遍冲刷堤岸，洗刷着我的心。他们怎么知道我需要洗礼？“吾欲仁，斯仁近矣。”歌罢，一个小女孩用蒙古语朗诵了一首诗，诗中说：“这座山哪管只有牛粪那么大，也值得跪拜，因为这是我们的土地。”她以稚嫩的嗓音念出这么诚恳的诗句，态度却坚定，使我老泪纵横。我怕在别人面前流泪，可在这样的旷野里，我能躲到哪里流泪呢？谁让你遇到这样的歌声和这样的诗呢？

高林艾里是一个村的名字，意为河的村——这真是一个好名字，我参加了一场牧民为我举办的篝火晚会。什么人值得让村里的乡亲为他办篝火晚会？我闻所未闻。听说这是为我办的，我真是惭愧之极。那是在山坡上，村民几乎从山的各个方向走向篝火，他们好奇地看我。一些孩子大胆地与我交谈，他们读过内教版蒙汉文课本收录的我的作品。我觉得更值得一说的是这里的夜色——珐琅色深蓝的夜空下，山坡上卧满牧归的羊，如石羊。篝火烧起来，有一人高，众多火星往更高处蹦跳。村民们用胸膛迎着火歌唱，高音冲向旷野回不来了，低音被火吸走。我走到山坡看篝火和火边的人群。远处有山的暗影，被搅碎的月色在白白的河水里流淌。我忽然问自己，这是哪里？我是谁？我真忘了自己是谁，忽然感到写作跟做一个淳朴的人相比真是微不足道，到牧区来找写作资源更是卑俗之极。人不写作也能活着，而活着值得做的事是清洗自己，我不想当我了，想变成牧民，放牧、接羔、打草，在篝火边和黑桦树下唱歌，变成脸色黝黑、鼻梁和眼睛反光的人。长生天保佑所有诚实和善良的人。

流水似的走马

草原上像房子那么厚的晨雾被旭日阳光晒薄之后，露出了马群，这是在夏营盘的草地上过夜的马。大片的马在山坡上伫立不动，等待白雾如冰块一样融化，露出马尖尖的双耳，宽大的脖颈和平直的、皮毛闪亮的腰背，它们仿佛是云端的神兽。当大片的雾干干净净地撤走之后，山坡上的群马沐浴着太阳洒向大地上的、属于马的阳光。天空下面是和天空一样辽阔的草原，山冈穿上草的编织衣而显出柔和的线条，河流像在水面上扯了一面蓝旗，波浪哆哆嗦嗦。更远处，蒙古黄榆像信使一样孤独行走。在这样的天地里，你会觉得马是天地的主人，甚至比人更像这里的主人。

假如站在山坡上，你看到白云不动，山峰不动，河流似乎也没流动。马群动了。马群从草原飞驰而过，大地震动。这时候，把狂飙、铁蹄、洪水或践踏这些词汇用到飞奔的马群身上都合适。我不知它们为什么而跑，它们生来就需要跑。马从来没用过人的思维考虑从这里到那里，它们只知道自由。马群掠过，仿佛掠过一层叠着另一层的城墙，这些飞驰的城墙鬃发飘扬。马蹄抬起落下，泥土飞溅。棕色、红色、黑色的城墙飞驰而去，剩下的草地空寂，天空因为过于湛蓝而下坠。马的汗味被风吹远了，吹到秋天的宽敞且肥胖的河面上。

草原上，牧民的房子显得孤零零的。如果房后的天空堆积着层层叠叠的云朵，房子就更加孤单。幸好，牧民的房前立着拴马桩，一匹或两匹马拴在上面。马低着头，尾巴梢扫来扫去。这样的场景比房顶的炊烟更显出生机。路过的人们看到拴马桩边的马就知道房子里的主人已经煮好奶茶和羊肉，他们不会拒绝与任何一个陌生人分享食物和茶，你只要说一说你家乡那边的雨水和草的情况。马在拴马桩边上安静地伫立，双耳如同谛听，像音乐家那样。音乐家谛听之时，表情在远方，马也是这样。

可是，海日苏台的外亚沁（驯马师）奔布说，草原上到处是铁丝围栏，马没地方跑了，往哪儿跑？奔布看窗外，窗外的草原已经禁牧多年，各家各户的草场都用围栏封着，偌大的草原竟然没有马的立足之地。况且，牧民骑摩托车放牧，大部分人不骑马了。广阔的草原没有马群奔驰，没有牛群和羊群的踩踏，草场退化了，草类品种急剧减少。

奔布是一位驯马师。蒙古语所说的“外亚沁”直译是拴（马）者，即把马调教成为走马的驯马师，外亚沁在牧区备受尊敬。在牧区匠人里面，驯马师面对的不是房子、木材或皮革，而是有灵性的马。驯马师把人类的灵性灌注到马的步法里，他们比别人更爱马并懂马。在蒙古国，驯马师有自己的节日，这也是国家的节日。庆典开始时，拴马桩上拴一排马，升国旗。通常，蒙古国大呼拉尔（议会）主席担任全国拴马联盟主席。说起马，奔布的眼睛里带着欣喜与赞叹，他的情感世界里仿佛只有马。奔布说，母马会在十二月生下马驹，马驹生出来就会站立，它摇摇晃晃地站着，过个五六分钟开始行走。小马驹吃母马的奶要吃一年。一年后，小马被儿马（公种马）从母马身边踢开，从此独立生活。奔布说着话会停下来，好像等待马群从他脑海里跑过。他领我们到房后的马厩里，两匹高大俊美的马拴在杨树上。奔布花六万元钱买的这匹带亚麻色鬃毛的枣红马专事比赛。枣红马的眼睛看上去真是聪明，像两大块水晶一般洁净无尘。它用温柔的眼神看着我们，仿佛听到了奔布在屋里赞美它的话——它在乡和旗里得过两场比赛的第一名。它轻轻地抬起蹄子，放下，简直如行礼一般。另一匹黑马不安挪动，躲闪着陌生人。奔布说，易受惊吓的马都是可以驯成走马的好马。他说，马分跑马、走马、颠马。从两岁开始，驯马师就能看出它的前途（奔布对马使用了“前途”这个词）。

好马骨骼细，耳朵尖，鬃少，尾巴短，蹄子小，身上结实。好走马是驯出来的。驯马师会在草原深处找到一个特别安静的地方驯走马。他们把驯马当成一项至尊的事业来完成。喂多少料，喂多少水，每个驯马师心里都有自己的神秘规划。马吃了春天的草，长水膘，有肉没有劲；吃了秋天的草，身上才长油膘。驯马师眼里不光有马，还有草。他们会识别几十种甚至上百种草。如同一个药师，他们知道哪种草对马的膂力好、皮毛好、筋好、蹄子好。驯马师简直把自己的心都交给了马，人和马的世界完全融合了。驯马师说，给走马饮的水不能太热，也不能凉。所谓凉热，都由驯马师的感受来确定，他的温度感就是它的温度感，难分彼此。蒙古语把走马叫作“蛟若”，那是走（而不是奔跑）得稳稳的、骑者手里端一碗清水也不会洒出来的坐骑。蛟若走起来左右侧的前后肢一顺撇，如火车的车轮。走马虽然在走，但它的速度并不慢，且平稳，一天走上一百到一百五十公里不算事儿。走马走过来，蒙古人觉得这就是艺术品走过来了。走马的四个蹄子轻巧翻盏，充满力量的脖颈微微前倾。它行走的节奏与在皮下蹿动的肌肉群交织成舞蹈式的画面。走马知道自己是“蛟若”，这足以让它一生骄傲，头颅如公鸡一般高高昂起。它知道它的步伐是有节制的艺术表演，不能出错，更不能由着自己性子来。走马之优胜不光在于身态稳健，还在于它具备强大的耐力。蒙古人尤为赞赏走马稳定的心性，或者说忍受力。马的天性并非按走马的节奏走，这是驯马师的意志，以至变成了它的技能。它每一步都按着走马的节奏走，心里不能起急而跑上几步，如此走上一生。这些路数，类似于人类禅修中的“戒”。禅修者常说“以戒为师”，他们认为没有戒就没有自由，如说走马。“蛟若”这个词在蒙古语里的语气里包含着称赞，是人对动物的称赞。最好的走马，蒙古语谓之“蛟若聂蛟若”，直译为“走马（中）的走马”，这是至高的赞赏。已故的伟大的蒙古民歌手哈扎布唱过的那首《蛟若聂蛟若》，蒙古人家喻户晓。他们在说“蛟若聂蛟若”时，眼神纷纷带出景仰。人虽然是人，也可以景仰马，马身上有着人类远不能及的某些能力与品格。走马在速度和稳定之间的平衡力、绝不放纵的治心能力，比大多数人强多了，它们只是不说人言人语也不写散文，它们也不需要说这种歧义百出的语言来混生活。哈扎布另一首民歌唱道：“小黄马啊，哎依咿耶，哎啊，小黄马咿耶，你那巧妙的步伐，啊嘿啊咿耶，让人陶醉，啊咿耶。年轻的姑娘啊，哎咿耶，哎啊，年轻的姑娘咿耶，你那倔强的性格，啊嘿啊咿耶，让人啊哈嘿咿耶心碎，啊咿耶。”这是人类唱的歌，啊哈嘿咿耶。蛟若没唱过歌，所谓“车辚辚，马萧萧”在说马的嘶鸣。马倌说，马嘶乃是呼唤同伴，此马呼而彼马应。打响鼻，是马跟人打招呼。马倌的坐骑大多是一匹好走马。下大雪，人找不到路了，马知道路。夏季，马倌在牧场上睡一觉，醒来找不到马群了，他的坐骑带着他找到马群。马和骑手知道彼此的汗味。骑手说，马知道人的心事，会分担人的悲戚忧伤。你难过的时候，马走得很轻很轻，好像不敢踩到一棵草。你高兴的时候，马也会走得兴高采烈。有这样一匹马，人就知足了。

牧民管走花步的走马叫“乌仁蛟若”，天赋高的走马叫“乌日嘎蛟若”，步幅大、步频慢的走马叫“童门蛟若”（骆驼走马）。他们管最好的走马叫“沃日宋木蛟若”——流水似的走马，它的蹄子像河面上细碎的波浪，它皮毛反射的阳光像河面回映的光斑。骑在这样的走马上，就像坐在飞毯上，不管地面是否坎坷，好走马走得像在云彩里。

可是，马能活多大年龄呢？驯马师说，马能活上二十多年，白马寿命最长，能活上三十年。马也有出头之日，在赛马比赛中获得第一名的马有可能被封为“达日罕”。“达日罕”在蒙古语里有“上端的、不可触碰的、被禁止的、神圣的”等等含义。被封了“达日罕”的马（也有牛或狗）终生不被使役，死后主人会把它的遗体抬到山顶上，头朝着太阳升起的方向，脖子上系着五彩的绸子（在牧区，五彩绸子是佛爷的衣服，装束神圣），至此，马享受到无上的荣光。

然而，这只是传说，是牧民们期望的马的归宿。事实上，马是怎么死的呢？在牧区，我看到装载牛羊的大货车从公路上开过，心里常常很悲哀。大货车的铁笼子分成层，里面像装货一样塞满羊，远看像拉着满满的羊毛。羊被拉着离开了它们的故乡，或者说离开了它们活过的地方，它们被拉到屠宰场，变成羊肉。“屠宰”这两个字，看上去就让人心惊肉跳。如果不是这样呢？草原上到处是羊和牛。然而，马跟羊不一样，没有人吃马肉，何况马跟人的感情这么深，马的归宿到底是怎样的呢？

驯马师、马倌和牧民们不愿意听到我提这个问题，他们回避这个提问，或者干脆拉下脸，很不高兴。这是怎么回事？我听说马是有人养老的。驯马师奔布脸转向窗外，我从玻璃上看出他脸上有泪痕的反光。作为哺乳动物的马，老了之后跟人老了一样，生出很多退行性疾病，谁去照顾它们？马老到牙齿脱落的程度，吃不动草，也吃不动料了，喂它们什么？能眼看着它们活活饿死吗？后来怎么办了？他们起身走出屋子，屋里只剩下我一个人。那天晚上，镇干部嘎拉僧悄悄告诉我：“马老了之后，卖给外地人了，外地人开车来收马。”我问：“外地人收马干什么？”他们收购不能赛跑也不能拉车的老马做什么？嘎拉僧像没听到我这个提问，不予回答。后来我想明白了，外地人把老马拉到屠宰场变成马肉了，又叫商品。这么一想，我感到很气恼，这些赞美马的歌曲和赞词竟这么虚伪，马也没摆脱跟牛羊一样的命运。有一天我放下了这个恼人的心事——如果不是这样，又能怎样呢？尽管马倌们说起这个事心情很沉重，但负担马的养老任务，对他们来说更沉重，难道不是这样吗？马啊，聪明的、通人性的马啊，原谅他们吧，包括原谅他们唱过赞美马的歌，那是老祖宗留下的民歌，他们不过是为吃上一口饭而奔波的牧民。

我认识的猎人日薄西山

我见到猎人端德苏荣时，他坐在自家炕头用棉被围绕而成的大圈椅里。被子叠成细条，垛成马蹄形状，露出红的、绿的绸缎的被面。端德苏荣坐在里面，戴一副水晶石的平光茶色眼镜，手搭在被子的扶手上，像一位土造的土耳其苏丹。这情景着实滑稽，但端德苏荣病痛的面容已经事先警告来客：不可以发笑，这是生活的本来面相之一。“端德”是蒙古语中间、居中之意，“苏荣”是占领者、守护者之意。给他起名的人大约读过《老子》，老子曰：“多言数穷，不如守中。”

“哟哟！”这是蒙古语中表达肉体痛苦的语气词，端德苏荣口出此语时，皱纹齐聚眼窝。他对陪我前来的乡民政助理大叶喜说：“死了多好，我为什么还不死呢？”

大叶喜阻止他：“这样说不好，越说越死不了呢。”

端德苏荣闭着眼睛想大叶喜说的话，终于笑出来：“哈哈哈，你好像是在帮我。”

大叶喜的话里有活脱脱的幽默，比一只剥了皮的兔子还光溜。但我没敢笑，一个外人，没资格随随便便地加入别人亲密的幽默谈笑里。笑也需要亲密关系。

端德苏荣突然从棉圈椅里挺起身，手指着大叶喜说："政府不是啥都有吗？有没有原子弹，对着我发射一下，死得快点。"

大叶喜说："上次你领修羊圈的补助就是因为说晚了，才没领上。原子弹的事也是这样，让东村的人消费了。等下回旗里拨过来，给你留一个大的。"

端德苏荣仿佛听不到大叶喜说的话，自语："我的心分裂了，原来是一个，现在变成了四五个，互相不透气。心很硬，不软乎了，煮都煮不烂。"

大叶喜："煮你的心是浪费柴火，还是在你肚子里待着吧。我给你介绍一位客人（双手指向我），他想了解一下猎人的事，你是猎人嘛。"

我补充："请您讲讲赛罕汗乌拉里面动物的事情。"赛罕是蒙古语，好的、好看的之意。汗乌拉意为山的可汗，即皇帝山、君山之意，统译罕山。这条山脉在端德苏荣家的东北方向。我不喜欢猎人，对杀戮的事情也没兴趣，只是想通过猎人听到罕山动物的故事。

端德苏荣很惊讶，他摘下茶色眼镜看我。被一个猎人观看并不是愉快的经历，他用看狼、看狐狸粪便、看鸟尾巴的眼神看你——尽管你脸上并没有这些东西——觉得脸被浑水洗了一遍。他说："罕山里住着神，你相信吗？"

"我当然相信，"我告诉猎人，"罕山的主子（与神同义）是骑白马的神。"

"对喽。"他把目光收回来，像收回一把绳子，"罕山是神的山，花啊、草啊、树啊都是山神的子女，乌鸦是山神的奴才。”

“乌鸦是奴才？”

“对喽，奴才不是不好听的话，意思是仆人。不是谁都能当奴才，奴才要聪明，勤奋。乌鸦天天呱呱地忙来忙去，乌鸦是铁的。”

“乌鸦怎么会是铁的？它不是肉的吗？”

“乌鸦的性质是铁。人和万物都可以分成金银铜铁锡。黄金家族的人是金的，重信用，不背叛。云彩就是锡的，老是在熔化。泉水是银的，哗啦哗啦。泉水的响声不是跟银子的声音一样吗？这是命理。乌鸦是一块黑铁。”

“罕山里有鹿吗？”我问。

“什么？”

“褒羔，骚羔。”我回答。这是蒙古语公鹿和母鹿的称谓。

“哎，当然有，褒羔骚羔。神住的山里怎么能没有鹿？”端德苏荣出人意料地从炕上起身下地，两个巴掌放在头顶，“褒羔。”他挺直腰身回头看，抿着嘴：“骚羔。”

“你抿着嘴在做什么？”大叶喜问。

“叼灵芝草啊，母鹿见到灵芝草后就叼在嘴里，给公鹿留着。”

“你打过鹿吗？”大叶喜问。

“晦气，倒霉兆头，呸！呸！”端德苏荣往地下吐唾沫，“我怎么会打鹿？从来没有，鹿是多好的东西啊！”

好看的、群山的君主罕山里面有数不完的动物，它们都是罕山的臣民，这里面排第一的动物是“褒羔骚羔”——鹿。人类词语中的“动物”谓之于鹿显出轻慢，那么换一个什么词呢？谓之人物不贴切，谓之尤物亦不贴切。对待鹿，语言太贫乏了。好看的罕山上，石头一层一层，长得好看，石头上长出的山丁子树开白花，长黄枝条，结红果。春天，白桦树长出的嫩叶好像一团团飞来的绿雾，追逐在山坡上合唱的白衣歌手。这里是鹿的世界，如果你是猎人或采药的人，一定见过鹿站在高高的山崖上眺望远方，竖着两只像黄泥巴捏的耳朵。鹿身体匀称，人类当中只有舞蹈演员有这么匀称的身材。这样的身材由奔跑而来吗？不一定，野猪终日里奔跑，并未匀称。鹿的灵魂里只有一个字：美。这样的灵魂让鹿灵巧、善良、自怜、易惊、飞驰——美而美。公鹿站在山崖之上，玲珑盘绕的带斑点的角架在头顶，犹如一棵花树，是花树。公鹿从开满杏花、桃花的树下经过，它知道它顶着更好看的角树。鹿的角，像是放大多倍的树叶的经脉，神秘的花纹里带着自然界的秘密。

公鹿和母鹿有黑水晶一样的眼睛，那要喝多清澈的泉水，才有这么亮的眼睛。用这样的眼睛看世界，世界的每一片角落都该是漂亮的。贴着地皮生长的老鸹草，叶子只有牛的眼睫毛那么长，却开着比小米粒还小的花，这可能吗？它哪里来的开花的力量？老鸹草还是个婴儿却要结籽当母亲了。鹿走过的地方，野猪和狼都走不过去。鹿贴着悬崖边上穿行，那里生长的黄芩和川贝才有真正的药效。你知道鹿为什么这么轻盈又这么强壮了吧？对筋好的草、对关节好的草、对眼睛好的草、对蹄子好的草都长在悬崖上。人哪怕只吃过一棵，走路也不像现在这样沉重了，喝一两酒就醉，很丢脸。罕山峭壁上立着石头片片，鹿踩着这些石片走，远看像挂在了峭壁上。它身上的皮毛没有损伤，你见到过一头伤痕累累的鹿吗？没有。鹿的身上没有土，没有枯草叶子这些乱七八糟的东西。它爱清洁，它时时在舔舐身上的毛。鹿的衣服比所有动物的衣服都好看，老虎衣服除外，孔雀的衣服也除外，它的衣服比电视台主持人的衣服好看一百倍。鹿身上的花是白花，模模糊糊的，像披了一身的贵丽丝花（杏花），这是古代仙人衣服上才有的花。天要亮的时候，赛罕汗乌拉如同皇帝升上大殿，峡谷里的蒙古栎树从白雾里为皇帝挺举伞盖，小鸟在山的前胸横着飞过来飞过去，画着弧线，像皇帝胸前挂的宝珠。小鸟随便歌唱，像开了锅一样。太阳把第一片阳光照射在山峰的前额上，像盖章一样，接着把第二片第三片挨着第一片阳光照射在罕山的耳朵上、面颊上、肚子上，照射在山的左臂和右臂上。山的石头红了，被阳光盖过章的石头好像玛瑙一样熟透了。这时候，褒羔骚羔就在罕山的肩膀上站着呢，公鹿母鹿知道最早射到山上的阳光包含的福气最大。它们并排站着，接受阳光的祝福。山坡的树，颜色各种各样，摇晃拥挤，争抢阳光的祝福。从山顶看下去，美得像唐卡一样……

“这时候你用枪对准了褒羔骚羔。”大叶喜说。

端德苏荣双臂下垂，正在模仿双鹿站在山顶的姿态，叙述他所看到的美好情景，却被坏人大叶喜打断了。“咴，你怎么总是说晦气的话，是盼望我马上死吗？”端德苏荣抬起手，指着大叶喜说。

“死是你自己盼望的事。那个时候，你手里的猎枪不对着鹿，放在什么地方？”

端德苏荣说：“猎枪背在屁股后面，我两只手拿的都是黄芩。”

大叶喜说：“鹿最美的时候是在泉边，我比你这个猎人还懂这个。歌里是这么唱的。”

菩提叶子包拢在手里的，
是博格达山上的圣泉。
鹿群连蹦带跳要去的地方，
是博格达山上的清泉。

月亮圆了，满月微微向地面倾斜过来，好像后面有人推着它，让它照亮罕山所有的泉眼。噢，那得耗费多少月亮的光，罕山有九十九个泉眼，还不止。月光透过山丁子树、杏树和桦树的叶子洒在泉水上。泉水——你知道，蒙古人给泉水起了好多尊贵的名字：温都尔泉——往高长的泉水；阿拉腾泉——金子的泉；查干泉——表面意思是白泉，内里意思是吉利的泉水。泉水怎么能没有名字呢？这么好的东西一定要有好名字，有的地方连泉水都没名字，只有人有名字，这些人好像还没有进化过来。泉水确实是往高长，高出地面一寸高，像拳头那么大的花开出了透明的花瓣。那个花瓣，一层一层浮上来就没了，开新的花瓣，一点声音都没有。你听到的泉水声是流到外边变成溪水，像小孩子捉迷藏躲在一个地方嘀嘀咕咕的声音。那是它们流出来了，跟石头说话、问好的意思，跟树根啦、跟鱼说的话，嘀嘀咕咕，就这个意思。泉水为什么冒出来呢？它是怎么想的？蒙古人祭祀泉水，就因为它的心地仁慈，它要浇灌大地。它的想法是：天上的雨水要是不够怎么办呢？泉水藏在地下，它怎么知道雨水够还是不够，牛羊有没有水喝？它先出来看一下，看到了月亮，看到了鹿和灵芝草，看到好看的罕山就不回去了。

鹿排着队来了，它们三三两两，队形分散，好像随时可以往四处跑。它听到泉水跑出来跟石子、跟野花说话的声音。月夜里，这声音传得很远。鹿走一会儿，站下来谛听，向四面张望。它黑色湿润的鼻子像被雨水淋过的木炭。月光照在蒙古栎树马蹄那么大的叶子上，然后从叶子上跳下来，跳到鹿的脊背上，在鹿背短簇的毛上铺一层白霜，它皮毛上的白花斑更白了。鹿在谛听中分辨出泉水从哪一座山坳里流出来，它从泉水的气味里就辨出这些水流过了哪些树，杏树的苦味、山丁子树的涩味，还有栎树的甜味都不一样。泉水经过，不一样的石子也带走了不一样的味，而且罕山阳面的石子和阴面的石子的气味不一样。水对鹿来说，就像空气对人一样。它尝一下山里流下的溪水，就知道谁在上游喝过水——野猪、狍子、兔子，它们气味不一样，它们掩饰不了这些气味，这是山神的意志。月夜的树林里悄悄走过一群鹿，好像是仙女下凡，它们欲进又止，迟迟疑疑。树叶在风里摆动，像给前方做暗号。公鹿头顶着一大架花鹿角，像顶着假山一样。这么豪华沉重的东西由它保管，哎呀！公鹿从来都不轻松。

鹿只喝泉水，它顺河水、溪水找到山里泉水的源头，这是最干净的水。鹿只有看见泉水像透明的花瓣一层层冒出来，它才慢慢啜饮，像人喝酒一样，小口小口喝，把泉水里的味道一点一点喝出来。你看，鹿喝水都这么讲究，它该是多么干净的生灵。水和食物决定一个生灵的本性，喝泉水的鹿，吃干净草的鹿会去咬死牛羊吗？你看人喝的都是什么水？开矿的人、开采石油天然气的人把地下水抽干了，多少泉水枯竭了，现在罕山还剩几处泉水？人多狠啊，与人为敌不算还以天地为敌。这好好的世界怎么突然蹦出人类呢？

“他自己是人，还说人不好呢。”端德苏荣仰卧在炕上的棉被圈椅里，瞅着天花板说，“看你的手，肥得像五根香肠，你脖子上的肉割下来可以称五斤，什么脖子？”

大叶喜说到以天地为敌的人类时，伸出的五指不禁颤抖，收回手摸了摸自己肉浪起伏的脖子。

端德苏荣继续翻白眼：“鹿根本不像你说的那个样子，好像是乌兰牧骑的演员。它是鹿，褒羔！骚羔！”端德苏荣坐起身，揸开左右手的五指立在头顶。

……鹿多么骄傲。在公鹿心里，这一副美丽的鹿角是为母鹿而生的。它每一次生茸换角，全身都要换一遍血，这很痛苦，但它心甘情愿为母鹿这样做。在清晨的山冈上，你看到公鹿和母鹿站在那里，脚下的露珠闪闪发光。它们精巧的小蹄子下面有野花，有香味冲鼻子的覆盆子。鹿真是奇怪的动物，它跑那么快，却从来不踩一棵花。懂得动物足迹的猎人都知道，没有哪一棵花是被鹿踩碎的，鹿的良心最好。公鹿和母鹿，它们俩一辈子都在恋爱，老是在一起，互相端详。法律说一个男的和一个女的，可以结婚，又可以离婚，让民政助理说一下就行了。鹿根本不需要民政助理，这是侮辱鹿。鹿只会结婚，决不离婚，就像鸟只会飞，不会爬一样。公鹿回头看母鹿的样子让人心都化了；母鹿看公鹿的样子，好像公鹿是一个神。它们在奔跑的时候，身影穿过树林，鹿头和美丽的花角在模糊的灌木丛飞行。在山顶和山谷，地面的碎石锋利得似刀子，但鹿什么事情都没有，好像在地毯上跑过去一样。它们跑累了，站下休息，公鹿和母鹿离四五步远，互相凝视。这时候，如果光线从树枝缝隙射在它们身上，鹿身上的花斑更加驳杂，但毛茸茸的内耳的毛和胸脯还是洁白的。实话说，鹿的眼神有些痴，如同聪明人的痴——温顺，信任，还有过度沉溺的爱情。这样的眼神就显得痴，好像定住睛了，又像回想往事。如果在秋天，罕山落叶松黄黄的松针铺满了山坡，像一个特别有钱的人在山坡晒金子一样。密密麻麻的松针落地，盖住头一年被雨水和冰雪侵蚀变红的旧松针。金黄的新松针香得像空气里结了冰，看不见的香气好像庙里的燃香一样缭绕，只是看不见而已。鹿群不知什么时候来到了这里，伸长脖子闻这些松针，好像在读地上的一本书。它用黑色的小蹄子翻这些书页。可是，你知道吗？那些外地人开养鹿场，把鹿圈到屋子里喂草，给公鹿打激素。把公鹿绑到柱子上割它的茸，放它的血。这些人的心多黑啊！

端德苏荣慢慢回到炕上，仰卧在棉圈椅里："说这些话有什么用处，心脏像有一根绳子拽着，钝痛。"

"公鹿，"大叶喜说，"最稀罕自己的角。"

……春天，鹿发情的时候，母鹿从天知道什么地方找来灵芝草，灵芝草和树上结的灵芝不是一样东西。灵芝草可以治疗外伤，催情（好在只有母鹿而不是人类鼠类知道这个功效）。母鹿找到灵芝草自己舍不得吃，送给公鹿。采药的人经常看到大犄角的公鹿嘴边衔着一株草，不吃也不丢掉。人们传说：公鹿衔着灵芝草可以三个月不吃不喝，与母鹿恩爱。春天的公鹿身上的花斑越发白净，瞳孔越发黑亮，矫健飞腾。你见过鹿群跑吧？我说没见过。哎呀，人一定要看一下鹿群飞跑才好。一群鹿，当然是越多越好。它们跑着跑着跳起来，好像踩到弹簧上，像跳越一个大坑。一群鹿跑过去，就像一幅壁画飞过去，快得很，前蹄和后蹄像要拉成一条线。拴马的人都知道，鹿的脚腕子细，它的关节又小又玲珑，这都是快的象征。公鹿还有一个特长，它会在湖水边上照镜子——低下头，看自己的角，摇一摇角，看角的侧面。很可笑，是不是？可是，一点风也吹不过来的时候，湖面比镜子好看，大嘛。湖里面有树的倒影、云的倒影，公鹿走过来，晃着头照照镜子。哈哈哈！湖水更好看了。公鹿用嘴唇碰一碰湖水，碰出圆圈的波纹。过一会儿，公鹿再用嘴碰一下水，波纹再出现，犄角变成了好几个，像碎了，慢慢复原。你看看，这个生灵会游戏呢，鹿的歌是这样唱的：

你的嘴里含着蜜，
你的茸角结着霜。
头上长树的公鹿啊，
哪里是你的家乡？
你的脚步打着鼓点，
你的眼睛有宝石的光。
小心翼翼的公鹿啊，
死后鹿茸往哪里放？

攒了一辈子的珍宝，
摆在头顶让别人看到了怎么办？
熬了一辈子的精血，
结在茸里让别人知道了怎么办？

公鹿这辈子最放心不下的就是自己的角和自己的茸，它吃草警觉、睡觉警觉都是因为这个茸。如果有人来抓它，或者野猪要吃它的肉，实在躲不过去的时候，公鹿就把头撞到石头上，把茸角撞碎。当然它自己也活不成了，它的精血全在茸角里。很奇怪的是，山上的猎人、采药的人、放羊的人，很少见到自然死亡的公鹿。有人说他见到了，可是头上没有角，整个的角都不在头上，但鹿的头上有疤痕。还有人说，悬崖上的松树的树枝里挂着鹿角，鹿是怎么把它弄上去的？还有人说，在山洞里见过鹿角，这是谁运过去的呢？是山神。不是山神把鹿角送到松树和山洞里，是公鹿临死前把茸和角献给了山神。哎呀，鹿多懂事！人吃了鹿的茸没用；狼吃了也没用；砸碎了埋在树下边的土里，对树也没用。这个东西只对公鹿有用。鹿跑那么快，听力和视力那么好，就是因为鹿茸的滋养，它把鹿身上的血过滤一遍，杂质都没了。人吃这个干什么？你不是鹿，你妈也不是鹿，你家祖孙三代连一只鹿都没有，吃了作孽呢。满洲人到了北京吃鹿身上的东西，吃来吃去江山都没了，后来的皇帝一个比一个难看，触逆天意了。有的外地人杀鹿吃肉，煮熟的鹿肉捞出锅，油就凝了。外地人吃了身体偏瘫，走路像模仿黑熊，可怜啊。

“东乌珠穆沁的歌是这样唱的，说鹿——”大叶喜站起身，双手像端一个盘子似的放在胸前，手随歌声慢慢上升，速度约为每秒一厘米。这是长调：

从神的毯子上走过来的，
从檀香树里面走过来的，
从石头的花纹里走过来的，

鹿啊，褒羔骚羔。
你头上顶着灯盏
你口里含着瑞草，
你仰望夜空，
星斗飞散，
鹿啊，褒羔骚羔。

曲曲弯弯的溪水，
从山的袖子上流下来。
曲曲弯弯的犄角，
从树枝后面探出来。
呦——呦——
鹿的鸣叫多么哀怨。

鹿是会跳舞的生灵。春天，是四月吧，月亮满得不能再满了，再满就洒了。鹿的身体像种子发了芽，月光下面，它们在泉水边有树的地方幽会。母鹿围着公鹿跳舞，它把前边的蹄子抬起来，转圈，头歪向一边，真像跳舞一样。公鹿的舞蹈是蹦高，跳起来，落地，跳起来，落地，像雕塑活了。鹿啊，一辈子像演员一样，打扮得漂漂亮亮，为了让洪格尔（蒙古语情人之意，互称或他称）看到。既然你时时刻刻在情人身边，就不能胡闹，喝酒啊、打老婆都是人干的事。鹿喜欢站在山冈上呢。春的夜，风把花香一下子吹到山顶上，没越过山顶，堆积在山谷里。公鹿站在山冈上，山坡上各种颜色的花都被月光照得像白花，像鹿身上的花斑一样。鹿就那么站着，让花香灌满肚子，月光从它身上流下，流到石头上。公鹿的边上趴着母鹿。你为什么不去问一问画家，他们为什么不画一画月夜在山冈上站着和趴着的鹿呢？鹿在山杏树林里跑，你看到没有？山杏开花的时候，有一股药味，鹿爱闻这股味。公鹿和母鹿在开满山杏花的树林里跑，哒咯哒咯哒咯哒咯，一直跑过去。公鹿的大角架隐没在杏花里，那才是好看，不过，动的东西画家是画不出来的。奇怪的是，鹿跑完了，还是安静的，不像狗跑完了呼哧哈哧出粗气，舌头掉出来像肠子一样。

“什么呼哧哈哧，那不是狗，是你。”端德苏荣往上撸了撸袖子，说，“我的猎犬胡日勒岱不管跑多快，从来没有呼哧哈哧过。胡日勒岱追野兔的时候，像箭一样笔直地射出去，黑的箭，绿草的草尖上嗖嗖飞过它那两只尖尖的耳朵。一会儿，胡日勒岱把兔子叼回来了，兔子软得像面条一样。它把兔子丢到你脚底下，仰视你，两个前爪软放胸前，从来没喘过。”

大叶喜咧着大嘴乐，好像他就是叼回软软的兔子的胡日勒岱。他说：“哎，我的狗布日古德专门找我。我到牧民家去喝酒，这么大的草原，东一家，西一家，互相离得远呢。我老婆看我不回来，就对布日古德说：‘大叶喜又去谁家喝酒了？找回来！’布日古德早就等着这个命令，它最想显示这个能耐。我老婆下了命令后，布日古德嗖地蹿出屋，在夜里的草原嗖嗖跑，它知道我在谁家喝酒。这个事是很怪的，我连襟青巴图在山南面的乌兰扎德嘎村子，我同学毕力格泰在镇子上，我妹夫乌思仍贵在河那边的林场里，宁布家里、胡特荣嘎家里、小桑布家里，都是我常喝酒的人家。布日古德直接就跑到我喝酒的人家，钻到桌子底子，咬我的裤角。只要我一低头，大伙都知道布日古德被我老婆派过来了，全都哈哈大笑，我只好回家了。我骑摩托车，布日古德还是跑。问题是：它是怎么知道我在哪个人家里喝酒呢？这是怎么回事呢？这几年我一直想这件事。你问它，它也回答不了你。我分析是接电话的时候，比如胡特荣嘎来电话的时候，我对电话说：'胡特荣嘎，你好吗？'这个话让狗听到了，就锁定我在胡特荣嘎家喝酒。哎呀，狗比我都聪明。"

说到狗，我想起几天前到吉布吐村看赛马。吉布吐是蒙古语"箭头"的意思。古代，这个地方为成吉思汗铸箭吗？我看远处从土丘里隆起的红色的岩石，草原上常见到这样的地貌：柔润长满青草的丘陵上，长出一排城垛一样的岩石，像肉里的筋一样。这些石头钻出地面，走几十米或几百米又钻进地里了。吉布吐也许是这里的人的姓氏，也许是当年成吉思汗形容巴林的好马跑得快，说马像箭头一样。说这个词的时候，语速短促——吉布，吐字有口型，并不发出音来。"吉布——吉布——"声音从我嘴里嗖嗖飞出，落在正下着小雨的深绿色的草场上。这里今天要举办村那达慕的赛马比赛，此刻是早上五点半左右，小雨下得非常细腻。我闭上眼睛，伸手接雨丝，手心似乎感受不到雨，只有一点点凉。我很想有一面镜子，看雨在镜面上积累。没镜子也没玻璃，我从采访本上撕下一张白纸来接雨。纸在雨丝里慢慢收缩，但看不到雨痕。雨，这么温柔细腻，那就是说，天上的云以极大的耐心把雨梳成细丝，每一滴雨都分成几百根丝条，这么做是为了什么呢？马——村里参加比赛的马坐着带篷的卡车到达这里，牧民让马保存体力。马很不情愿地从卡车的跳板上走下来，穿着橘黄或者天蓝的鲜艳的马雨衣。马雨衣遮住了马的脖子、前胸和后背，像一个宠物。马的挺拔严肃与鲜艳的雨衣很不搭调，我笑了半天，马们互相并不笑。它们焦急地抬蹄子，它们知道要比赛了。吉布吐村今天的赛马会只有五六匹马参加比赛，如今牧区的马越来越少了，摩托车取代了马。骑手们站在那里，不说话，像在等什么。看不到谁在组织这场比赛。我看到一只小黑狗异常兴奋地在人与马之间跳踉作耍，它一定知道马要奔跑比赛了。它比参加体育比赛的人兴奋的多得多，它几乎不能控制自己，用斜视的目光扫过每一个人的脸，刨地，把粉舌头甩到嘴巴的左边和右边。它用目光询问：为什么不比赛？为什么？小黑狗狂奔几步，站住，再狂奔。用人类形容人类的话讲：它心里有一团火。火怎么钻到了它的心里，谁也不清楚。海带色的云彩越来越低，远处的山峰仿佛高了一些。为什么不奔跑呢？小黑狗刨地，龇牙吠叫，像一只黑鹰那样蹿出十几米远，站下回头看。这些蒙古人和马，你们为什么不奔跑？马们似乎没看到小黑狗的失态表演，马可能觉得小黑狗是一只精神病狗。马，无论做什么都有一副亲赴神殿的表情，肃穆安然。骑手们仿佛在无声中得到命令，走向自己的马，取下马雨衣，跃身上马。但没人说什么啊，他们一定做了一个我看不到的暗号。一个魁梧的、像搬着自己腿走路的人把项圈套进小黑狗脖子，把它拴在摩托车的前轮上。有人低声喊了一声，六七匹马飞奔而去。小黑狗绝望大叫，高高地蹦起，落地，再蹦起。原来，它准备跟马一起赛跑。小黑狗看着奔马越来越小的身影，前爪交替在草地上挠，仿佛马跑远都是它快速抓挠的结果。马没影了，我有点失望。作为赛马的观赏者，马像吉布吐——箭头一样消失了，骑手和马像毛线一样纠缠成一团，在远处谁也看不到的地方奔跑。我们这七八个观众像山杏树一样伫立在旷野里，草原就是这样，不能像坐在香港跑马场看台上的观众那样纵览全局。“来了！”有人说。我问：“在哪里？”这个人用脚点点地，意思是感到了大地的震动。大地这么大，这么结实，蒙古人用脚就听到了远方的马蹄声。我用双脚凝神感受，无；再用手按在大地上“听”——如太极推手之谓“听劲”，没感受。这时西北方向的草原上冒出一点点人马的头，马来了。我想起河南周口博物馆有一口元代铜缸，说是蒙古哨兵谛听远处马蹄声的工具。马奔跑之际到底有多大的力量呢？马蹄踏在大地上，会远远地、远远地传过来。元代的蒙古哨兵从铜缸里听出远方马队来袭，他听到的实为声波——马蹄引发的大地震动的声波，我身边的牧人用脚捕捉的也是声波。西北草场上冒头的马群很快拉成了一条线，赛马前后连贯。因为下雨，草地上并无烟尘。我看好的那匹脖颈修长、头颅高昂的栗色洋马跑第三，跑在前面的那匹黑马（蒙古人称岗根哈日）四腿像筷子一样直直地散开，肚子要贴到地面上。骑手们无一人“骑”马，他们弓着腰，屁股高出鞍座半尺，双腿夹着马肚子驭马奔跑，如持枪士兵攻占一座山包一样。双腿夹马肚子的功夫，寻常人并不具备，除非他是蛙泳运动员。这是人类大腿内侧叫作缝匠肌、大收肌、耻骨肌等等肌的力量。蛙泳运动员借它们产生强大的夹水力量，骑手靠它们驭马。说话间，马们兜了个大圈子又在前方消失，跑第二圈。

小黑狗被拴在摩托车前轮上，主人看穿了它的心思——与马竞赛。牧区的狗虽然个矮，却特别喜欢与马一起驰骋。或许它们崇拜马，崇拜马的鞍子、笼头和旗帜般的尾巴，与马共跑就成了马，这是狗的想法。小黑狗真后悔自己长了个脖子，被项圈拴在摩托车上。它用力挣脱，似乎把脑袋揪掉就可以参加赛马了。小黑狗看马从自己眼前掠过，连声大叫，我疑心它在骂主人坏蛋。马消失了，蹄音从大地渐渐传来，马又从西北草场露头，一匹红色的海骝马跑在前面。骑手白色的垒球帽的帽檐扣在脑后，他右手拎一根半尺左右的绳子当马鞭，绳子像电扇那样在他手上不停地转，并不抽在马身上。他的马，像一面在风中打开的旗一样冲过来，红马的黑鬃如旗帜的绦子。这匹马和它身后的黄马还有第一圈领先的栗色马组成第一方阵，后面的马离它们很远，如同迷路了，谁知道？阳光从云层照射下来，如舞台的追光那样罩在这三匹马和它们奔跑的深绿的草地上。这时候，赛马临近终点，红马身上凸起的肌肉在布满汗水和雨水的闪亮的皮毛里蹿动，好像它身体里钻进了蛇或老鼠。红马撞线了——两个牧人拉一根短短的、两三米长的红绳兜在红马的前胸——它第一。骑手翻下马背，牵着马，给它落汗。黄马、栗色马和后来的马都到了终点，其实，它们的时间相差只有十几秒或几十秒。那个如同搬着腿走路的摔跤手式的人，把小黑狗从摩托车前轮解下来，松开它的项圈。小黑狗终于盼到了这一刻，它沿着马跑的路线冲出去，那么认真，那么快，只是太渺小了，几乎埋没在草丛里。这些人在讨论赛马的事，主要谈马的状态。我遥望空寂的西北草场，不一会儿，小黑狗冒头了，尽管大地深处并没传来它蹄子震动的声波。小黑狗兜的圈子似乎没马大，它直直地跑向了这边，站脚愣一下，开始跑第二圈。没人关注小黑狗的赛马模仿秀，它终于不能忍受人们的蔑视，掉头跑了回来。它跟随跑第一名的红马一起慢条斯理地落汗。

我把在吉布吐看到的小黑狗的故事讲给端德苏荣和大叶喜听，以为他们会大笑。他们不以为然，说这不算什么，不值得说。仿佛小黑狗的举止轻浮，它完全没有资格模仿神圣的赛马。我说这不是很幽默吗？但我在蒙古语里找不到幽默这个词，用了一个接近的词——滑稽。他们认为小黑狗这么做连滑稽也够不上。蒙古语里的“滑稽”借用的即是汉语的滑稽的读音，但属于褒义词。大叶喜说，他岳父吉日格朗的狗别日久海（麻雀）才滑稽。吉日格朗去亲戚家串门的时候，必须由“麻雀”叼着他的灰礼帽。吉日格朗骑马或骑摩托，一走十几里，“麻雀”叼着灰礼帽飞驰。如果不让它叼礼帽，它要在马或摩托车前面阻拦。“太滑稽了。”大叶喜说。动物跟人一样，在虚无中透过分工找出自己的价值。

端德苏荣说他小时候养过一只狗，叫“影子”。端德苏荣到山谷里采覆盆子，装满一个细长的袋子放在“影子”背上，让它驮回家。这个细长的布袋子是专门为“影子”缝制的，像褡裢一样放它背上。但“影子”不会像人一样稳稳当当地走路。覆盆子放它背上，它就要跑，跑一段，口袋被颠下来，“影子”一动不动，等着端德苏荣把口袋重新放在它背上。“太滑稽了。”端德苏荣说。

“这个不算滑稽，我给你讲一个纯粹滑稽的事情。”大叶喜说。有两个人上乌丹做买卖，一胖一瘦。一路上，胖子总是在打喷嚏，让瘦子特别羡慕。打喷嚏就证明家里的媳妇在念叨他呢。瘦子问，你刚离开家，媳妇就念叨啦？胖子回答，嗨，她那个人就是这样子，没办法。瘦子暗中妒忌，一直等啊等喷嚏，走到乌丹，走了五十多里路也没来喷嚏。从乌丹回到家，瘦子把媳妇骂了一通。说人家胖子刚出村口就打喷嚏，打了一路，媳妇一直在念叨他。我一个喷嚏都没打，一点面子都没有。瘦子媳妇哭哭啼啼回到娘家，如此这般说了一遍。娘家妈说，这有何难？你把他擦汗的手帕抹点鼻烟末就好了。瘦子媳妇回到家，把手帕抹上鼻烟末塞进丈夫的口袋里。这个瘦子和胖子又去乌丹做买卖，过河，走一根独木桥。瘦子脸上有汗，拿出手帕擦汗，接连打起了喷嚏。人打喷嚏都要闭眼睛，结果瘦子掉进了河里。回到家，瘦子又把媳妇骂了一通，你早不念叨晚不念叨，为什么在我过桥的时候念叨，害得我掉进了河里。真是滑稽。

端德苏荣说："我这里还有更滑稽的事呢！"东乌珠穆沁旗的干部下乡扶贫，去了一个牧民家里。这个牧民名字叫白音满都拉（意谓富裕得无比圆满），家里穷得什么都没有。干部说，哎呀，你叫这样的名字，怎么能穷成这个样子呢？富裕圆满，结果什么都没有，白音满都拉说，你不能这样说啊，昨天早上，前面村子有一个名字叫纳森达莱（寿命像大海一样宽广无尽）的人突然死了。干部听了他的话，气得鼻子喷粗气。哎呀，多滑稽。

端德苏荣说："狗是负责忠诚的，它不负责滑稽。我，"端德苏荣指自己，"打猎的时候从来不带狗。要是追兔子的话才带上猎犬，其他动猎枪的时候根本不带狗。在山上，狗和狼跟狐狸、野猪什么的混在一起，在草里一闪过去了，谁知道是不是自己的狗，枪一响，后悔都来不及。我打猎的时候，早上三点钟偷着起来，一点声音都没有。有时候不走门，从后窗户爬出去，怕狗跟我上山。可是，世界上的事怎么会瞒得了狗？它是那么认真。我偷偷地爬上罕山的山顶上，狗已经坐在山顶的石头上摇尾巴呢。我出门的时候，它假装睡觉，然后，它抄近路上山跟我会合了。既然这样，我就不打猎了，在山上转一转，捡石头往敖包上添一添，喝点山泉水就下山了。野猪和狍子在亚西勒（鼠李树）的树丛里悄悄地看我们：这个猎人为什么一弹不发下了山？”

说话时，他们两人往窗外看。牧区的人听力敏锐，他们听到了我根本无察觉的声音，有人来了。过了一会儿，院门口停下一辆捷达轿车，一位脖颈深红，穿灰色长袖衬衫的老年人下了车，拎一盒点心，串门来了。端德苏荣和大叶喜出门迎接，互相祝福，请这位进了屋。

这位来客六十多岁，名叫阿拉坦仓，他坐在炕沿上，和大叶喜、端德苏荣交换了香烟，谈到了雨水、牲畜膘情和庄稼的长势，这是所有牧民见面必谈的亘古不变的话题，也是客套。阿拉坦仓目光转向我："这是谁？”大叶喜回答："上级介绍来的要了解动物的人。”阿拉坦仓颇为惊奇："上级还派人了解动物吗？动物已经快绝迹了啊？”我说："我对这些事比较好奇。”

阿拉坦仓看着我，他一定当过猎人，眼睛有动物般的纯净与警觉。一个人看另一个人，几秒钟就够了，他盯着我观察了一分多钟，好像发现了很多东西，但没告诉我是一些什么东西。

“汉人吗？”他问。

“我是蒙古人。”

“家在哪里？”

“后面的旗（科左后旗）。”

“再以前？”

“从阜新蒙古贞地方迁过来，再以前来自呼伦贝尔，再再以前来自哈拉哈（蒙古国）。”

他点点头：“你的远祖应该在贝加尔湖那边生活过。”

端德苏荣说：“阿拉坦仓知道老虎的事情呢。”

“老虎的事情，”阿拉坦仓说，“是我爷爷告诉我的，他是昂沁（猎人）。”

我打开本子，准备记录阿拉坦仓的故事。

“他在做什么？”阿拉坦仓指着我。

“记录。”我说。

“你要把这些记在纸上，回去给上级念吗？”

“不给他们念，写文章。”我说。

“他是作家。”大叶喜说。

“哎呀，”阿拉坦仓感叹，“我说了一辈子的话，才有人记录，以前说的都白说了，老虎不是动物，它通神灵。一只体重四百斤的公虎，可以咬着四百斤的公野猪的脖颈越过五米宽的山涧，它的咬肌有多么大的力量。老虎一口就可以咬断野猪的腿，人的腿更不在话下，但老虎瞧不起人，不吃人。人身上的臭味让老虎受不了，而且，它不吃穿衣服的东西。老虎不知道人在衣服里包着什么东西，它疑心很重，还有，动物都老老实实地用四条腿走路，蚂蚱和螳螂用六条腿走路。人用两条腿走路，太滑稽了。熊和马也会用后面的两条腿走路，只走几步就把前腿放下来。人，哎呀呀，可以用后腿走几十里路，前腿一直不放下，还会像猴一样抱着东西走。这个样子，老虎很厌恶，不庄重。动物其实比人庄重得多，鸟类彼此彬彬有礼，动物交配也分季节。它们在太阳初升和落山的时候都是温顺的，人根本不管这个。”

“人的事情归旗里管，你说老虎的事吧。”大叶喜说。

“月亮圆的时候，老虎站在山冈上长啸，能传五十多里远。夜里行走的动物们听到虎啸，全都站立不会动了，保持原来的样子，像冻了一样，过一会儿才复苏。我爷爷说，有两个猎人晚上走路，听到虎啸，一个蹿到了树上，另一个屎尿拉了一裤子。在所有动物里，人的屎尿是最难闻的。动物在几里外就会闻到人粪便的臭气，早早吓跑了。老虎讨厌人，离人很远，但是它知道人是下夹子、下钢丝套打动物的人。浩尔基山的两个猎户用钢丝套勒死过一只虎崽子。虎妈妈亲眼看见自己的孩子在钢丝里越挣扎勒得越紧，活活勒死了，心里多难受。母老虎在幼崽尸体边上等了一个星期，两个猎户上山把钢丝套解开，背上幼崽，准备下山剥皮卖钱，老虎一巴掌上去把猎户脑袋打碎了。猎户的躯体晃了晃才倒下，脑袋没了。另一个猎户要跑，脑袋也被老虎一巴掌打没了。它们不会咬你，不是所有动物都咬人，人的血腥味太重，好多动物躲都躲不过来，不可能咬人，人太脏。只有低级的动物，像狼、疯狗之类才咬人。一般的动物，根本咽不下去人肉。再说，人除了脊背和屁股上有一点好肉，剩下的地方都是脂肪，没什么吃头。”

“人的事归旗里管。”大叶喜说。

“嗨，虎的事多了。新中国刚成立的时候，乌兰达坝一个猎人没看清楚，以为老虎是一只豹子，用猎枪把老虎打死了。全旗的老百姓都很气愤，老虎是兽王，你把兽的大王打死了，山神也不让啊。这个猎人躺在现在乡政府的广场上，他身上铺一张狼皮。人们走过来，拿鞭子打这个人，打在狼皮上，惩罚他打死老虎犯下的罪行。蒙古人都知道不能用鞭子抽人，也不能用鞭子指人。但这个猎人打死了老虎，就要受惩罚。他身上盖一张狼皮，鞭子抽在狼皮上。他在广场上躺了一天，身上挨了一百多鞭子。鞭子打得也不重，但是人被鞭打，这已经是非常重的惩罚了，最深的罪孽才要受这样的侮辱。后来，这个猎人搬走了，搬到呼伦贝尔那一边。”

“虎是多么清洁的动物啊。”端德苏荣说，“虎不吃乱七八糟的东西。各种动物的肉味不一样，就像人吃黄连蜂蜜不一样。小时候我生吃两只蜜蜂，没甜味，但蜜就甜。”

“冒咬绕（晦气啊）。”大叶喜合掌放在额头上，“你是什么人啊，连蜜蜂都吃。这两只蜜蜂这么笨，怎么没把你蜇成哑巴呢？”

“老虎不是太饿的话，它只吃野猪的肉。”端德苏荣把拇指支在嘴角，“野猪多么凶猛啊，力量大，什么都不怕。夏天，野猪天天到松树上蹭痒，把松油蹭在身上，一层又一层，子弹都打不透。老虎只吃凶猛的动物，它绝不会吃温顺的羊啊、牛啊，那就不是虎了。可是，老虎也没有猎枪，怎么能战胜野猪呢？野猪是不可战胜的，它的獠牙像刀一样锋利，一下就把狼的肚子豁开，肠子流一地。老虎不可能咬住野猪的咽喉，只能一口咬住它的后颈。野猪那么厚的后颈，老虎一口咬下去，咬断它的动脉血管，直到它不动了。老虎只吃野猪的脖颈肉和后臀尖肉，吃光这些好肉就喝水去了。它吃野猪肉的时候，边上围好几层动物。老虎吃饱走了，狼冲上来吃它的内脏，然后走了。狐狸、獾吃剩下的碎肉，然后走了。这时候鹰从天上飞下来，吃野猪肋条上的肉。然后是老鼠、蚂蚁吃人眼都看不见的肉。大自然就是这样，什么都有用，什么都不会浪费。老虎吃饱了之后，要喝很多的水。它要喝上游流下来的一点没有邪味的水，然后睡觉去了，睡半个月的觉。老虎不贮存食物，它吃剩的野猪，其他动物随便吃，它不管。兽中之王嘛。”

阿拉坦仓用巴掌抹一把脸，说：“动物都喜欢老虎，它给大伙带来了美味的野猪肉。要不然，像狐狸这样、獾子这样的小动物，怎么能吃上那么好吃的肉？肉丝粗，耐嚼，味道还好。像蚂蚁这样的昆虫吃上野猪肉更是幸运。最高兴的是谁？不用你们猜，告诉你们吧，是喜鹊。喜鹊这种鸟最聪明。它从风向里听出了动物的运动——老虎吃野猪肉的时候，引起了动物的运动，喜鹊知道大宴会到了。它在空中看一下，就找到了中心位置——动物们正安静地坐在岩石下面——老虎把野猪叼到岩石上吃肉——观看老虎吃肉，喜鹊高兴地叽叽嘎嘎，到地上抢肉吃。喜鹊知道老虎不会理睬它的抢劫行为。喜鹊从来都是连偷带抢。老虎吃饱之后走了，喜鹊会跟狼啊、狐狸争夺野猪肉，直到秃鹫到来，喜鹊才吓得飞走，再也不敢来了。秃鹫的爪子可以把兔子脑袋抓得粉碎，可以用翅膀劈断一棵碗口粗的杨树。喜鹊像棉花一样，根本不敢惹秃鹫。喜鹊这家伙，谁家宰羊，它在几十里地之外就知道了，在这家的拴马桩上大叫，抢掠在外面的羊下水。这个家伙是二流子，又是偷东西又是哇哇大叫，性格不好。”

“下雨了。”端德苏荣望着窗外说，“说着说着就下雨了。”他的声音像诵经一样富于韵律。雨滴被南风刮在玻璃上，窗外立刻变得模模糊糊。雨滴里夹杂着雹子，粗暴地砸在玻璃上，叮当响。过一会儿，风向变了，窗外现出整齐的草原的绿色、远处深黄的沙漠和更远处淡淡的青色的山峦。这些风景全都横着呈现出来，像叠得平整的缎子。

端德苏荣说:“这样的雨和雹子是什么意思呢?老天想说什么呢?阿拉坦仓,请你过来摸摸我的心脏还跳不跳?”

阿拉坦仓走过来,把食指和中指按在端德苏荣的颈动脉上,说:“你的血像洪水一样到处冲撞,这就是心脏的力量。”说着,他把手放在大叶喜的胸膛上,说:“你看,大叶喜的心早就不跳了,他的心在休息。”

端德苏荣说:“雷声像石头滚下山,雨水是来接什么人吧?我是个猎人,杀过兔子、野鸡、野猪和狍子。在老天爷的账簿上,我杀生的罪已经多得记不下了。他们不愿意记了,召我上路。这是没办法的事,虽然我也干过好事,但老天爷记没记在簿子上,我就不知道了。”

“你把你干的好事,用微信发给老天爷嘛。”大叶喜说。

窗外雨停了,半截彩虹升在蓝灰色的浓云前方。端德苏荣说:“大叶喜,你准备一下在我出殡那天说点什么,最好念一首诗,然后带一瓶好酒,跟大伙喝一顿。”

大叶喜高兴地挤挤眼睛:“一瓶酒不够,要带两瓶好酒。”

我分不清他们谁在开玩笑,谁在讲真心话。我们离开了端德苏荣的家,已经大半天了,主人要休息。

第二天,我接到大叶喜电话,说端德苏荣让我们去,有猞猁的事要说。早上七点钟,我们赶到端德苏荣家里。进院时,我看见端德苏荣胳膊肘撑着屋里的窗台正向外瞭望。进了屋,端德苏荣伸手跟我握了握,他的手像秋天的玉米叶子一样松弛无力,但他头顶稀疏的头发带着水渍的木梳印记。阿拉坦仓也在这里,还有一位我没见过的人,他们说他叫章巴,也当过猎人。

喝着茶，谈过了雨水、庄稼的长势，端德苏荣说："你那天说你想知道猞猁的事，你说的猞猁是什么？"

他们没找到"猞猁"这个词的蒙古语对应词汇，我说猞猁这个词在汉语里也是外来语。北方汉族一般管它叫山猫。蒙古语没有"山猫"这个词。他们问是须儿吗？我说不是，须儿是珊瑚。是须日布斯吗？我说须日布斯是筋。猞猁，猞猁，猞猁，他们三人加上大叶喜一共四人，向上翻着白眼，用手摸下巴的胡子，在想我所说的猞猁是什么？

我只好用手和表情演示，猞猁和猫长得相像，但身体长一倍，它的眼神冷酷凶狠。我在鄂温克旗博物馆和莫力达瓦旗博物馆都见过猞猁的标本。它身上有斑点但不是豹，它的爪子像刀一样锋利。噢，阿拉坦仓身体后仰，表明想起来了。猞猁耳朵尖有一撮毛，像手捻的胡子尖一样。噢，端德苏荣身体后仰，表示知道知道。猞猁尾巴比猫长，但它不是狗。章巴说："噢，你说的是色日。"他用蒙古语快速把他说的色日的爪子、牙齿、个头说了一遍。他们四人后仰："噢，噢，色日。"

我想打听一下猞猁的事情，是因为这种动物连同这个如同波斯语一般的词汇几近消失了。猞猁，这个词的读音像一个人把很烫的肥肉吸进嘴里发出的声音——猞猁。猞猁的眼睛里发出远在万年之前的冰川时代的目光，这样的角膜、结膜与虹膜完全是冰冷的，没有一丝情感，所谓凝神的"凝"字在这样的眼睛里才能有效体现。这样的眼睛所透露的心境多么静谧——蚂蚁行走、露水翻身的声响都在它耳畔。其他食肉猛兽的爪子是尖钩，而猞猁的四爪是二十把锋利的刀刃外加尖钩，一般的猎犬遇到猞猁即被敲响了丧钟。猞猁前肢抱住猎犬，双后肢一蹬，立刻把猎犬剖肚开膛。猞猁善爬树，善观察地形，善隐蔽自己，大多猛兽，如熊、豹、狼见到猞猁俱逃之夭夭，但这种动物基本上绝迹了。上帝造猞猁的时候，赋予它过多的机警、凶猛、敏捷与残酷。上帝同时还造了人，人又造了猎枪，使包括猞猁在内的一批名为动物的生灵绝迹了。

"猞猁，"端德苏荣说，"不吃别的动物的肉，只喝它们的血。"我突然发现端德苏荣的眼睛像动物的眼睛，灰绿色的瞳孔里的花纹像石头里的花纹，也像木头的纹理，仿佛是大自然的一部分。他前面的门牙只剩下两颗，这使他的嘴像猎人装铁枪砂的皮口袋的嘴，边沿的皮子向外翻着，而且薄。他说，猞猁认识各种动物的脚印，它会在兔子惯走的路上等兔子。它趴在石头后面，前爪捉住两棵茂盛的草挡住自己，等待兔子。其实动物都是猎人，是摔跤手和武术家。猞猁把兔子的和自己的搏击奔跑的速度、角度和距离计算得特别精确，如果兔子或者狐狸出现在猞猁周边的十米距离内，跑都不用跑就完了。猞猁后肢蹬地蹿出去，前肢点一下地，第三步就扑在猎物身上了。如果狐狸跑得快，猞猁前爪嗖地就能把狐狸皮都剥下来。但它不吃肉，肉有什么营养？像人这种每天拉一大堆屎的生物才吃肉，老虎和猞猁这样的高级生物粪便很小很结实，消化好。猞猁咬断兔子的颈动脉，这是个技术活噢，比医生还技术。兔子全身的血也就一斤，羊的血四斤不到。动脉断了，血嗖地喷出去，一会儿就没了。不会喝血的动物，一滴血也喝不到。猞猁捏着兔子脖子，让血喷进自己嘴里，热乎的血进了它肚子。兔子就像撒气的皮球一样倒在那里，猞猁根本不吃它的肉，獾子、野猪过来吃。

“猞猁身上有兜呢。”阿拉坦仓说，“猞猁最怕人发现它。它那么聪明，它知道世界上最可怕的不是毒蛇，也不是雷电，是人。它知道人仅仅为了它身上的一张皮就会开枪打死它，下套子勒死它。动物都是饿了的时候才吃别的动物，人不是这样。人有大米白面，有炒米黄油，有几百只羊随便吃，可是还要上山打死动物，要它们的肉，要它们的皮毛，要它们的茸角。哎呀，我是个人我没办法，我要是动物我天天骂人，骂这帮穿衣服的坏东西。你们这么坏，你们还会哭，你们有良心吗？哭什么？人还会笑，这么坏的东西还在笑，真是吓死人啊。夏天山上长树叶的时候，猞猁敢出来，有隐蔽。冬天下雪了，什么动物都留下脚印，猞猁怎么办？它真是聪明，猞猁等待大动物出来觅食之后，踩着大动物的脚印出来找吃的东西。你看它多聪明。”阿拉坦仓四肢并用，模仿猞猁在大动物的脚印窝里行走。“可是猎人都知道，”阿拉坦仓说，“猞猁发现猎物了，比如鹌鹑出现了，它就从大动物的脚印窝里跳出去抓鹌鹑。吃了鹌鹑，猞猁就躲在树上，等大动物走过来，再踩着它的脚印窝回到洞里。”

猞猁像是个人，可是比人还敏捷，一般的猎人根本不敢打猞猁。如果你一枪打不中它，你就没命了，它一爪子先把你的脸和眼睛抓下来，然后开膛。会打猞猁的猎人这么打：先扎一个草人，有胳膊，穿衣服，再给草人戴个大叶喜那样的礼帽。找到猞猁，把草人立好，把猎枪从草人腋下支出去，瞄准了，开枪。那时候猎枪都是打火药霰弹，噗地一团火从枪口冒出去。猞猁多厉害，在枪开火的同时扑向草人，把草人抓稀碎。当然，猞猁也被霰弹打死了，它跟你同归于尽。

猎人开完枪立刻躲起来了。猞猁多敏捷，这么快的反应，比人强多了，神经反应力超强，可最后也被人害死了。

章巴说："猞猁傻，它脑子达不到人的程度。猎人想用枪打猞猁是不可能的，你根本不知道它藏在哪里。带着猎犬去围猎猞猁，四五条猎犬站在远处叫，根本不敢到猞猁身边。到底谁厉害，动物心里最明白了。除非下夹子夹住猞猁，否则根本摸不到它，连毛都摸不到。可是，夹子夹住猞猁后，起夹子的时候，一般的人起不了。把它从夹子里放出来的时候——虽然它的腿已经被夹子夹断了——呼地冲过去，把人抓死，这个时候，明白的猎人要拎一根棍子，用棍子打猞猁。猞猁被夹在夹子上跑不掉，可是会躲棍子。棍子落地的一瞬间，它躲开，东一下西一下地躲。猎人把棍子扔掉，猞猁还是盯着那个棍子看，怕棍子站起来打它。猞猁嘛，还不是人，它以为棍子是活物。猎人趁猞猁愣神的工夫，一刀捅死它。要不然，根本近不到它身边。"

"我用刀杀过猞猁，跟章巴说的一样。把猞猁夹在夹子上，用棍子打，然后捅死。老天爷，我怎么这么坏，我今天说都说不出来的事，当年是怎样干的？人只能死一回，像我这样的人，死十回都应该。你们看着吧，我死了之后，还要去阎王爷那里死九次。老天爷，我怎么会成一个猎人呢？杀过黄羊，杀过熊，杀过狼和豹子。兔子，那简直像割草一样。有时候，天上突然打雷，轰隆轰隆，咔——我明白这是劈我来了，赶快把柜子里那件好衣服穿上，到门口等着雷劈。雷咔地劈下来，劈到很远的草地上。那里什么也没有，你劈它做什么？是不是我换了好看的衣服，老天爷就认不出我来了？"端德苏荣说。

大叶喜说："雷来到的时候，你要穿上打猎的衣服，拿着猎枪站在野地里，老天爷才认识。"

"可是，猎枪早就被没收了。"端德苏荣躺在炕上喘粗气，说，"要是有个开关，咔嗒一下，我就结束生命多好。"

"买开关也要花钱呢，还是自己咽气吧。"大叶喜逗他。

后面几天，我去采访一位接生婆。在蒙古语里，"沃登格"这个词有两个含义：接生婆、女性巫师。我沉湎于语文的诗意里，接生、巫师不是有很多接近的地方吗？创造语文的先祖，把多少心意融化在词汇里，述说这些词汇，如同进入先祖的心绪里。人与祖先的联系，与其说血脉，不如说语言。血脉是什么？A型血、B型血……还有什么？血清、血小板、高密度脂蛋白、胆固醇、甘油三酯。这些化学成分能告诉你什么？而语言——我说的是没被污染的民间语言，会告诉你几百年前和几千年前的祖先的心意。这是一段插叙，我说的是——那一天我在沃登格独贵玛的家里喝茶采访，接到大叶喜的电话。

"我明天领你上山看看，好不好？"

我说："好，明天是啥日子？"

"六月十九，好日子。"

"好。"

第二天，我们按约定，早上五点钟开车出发，到达罕山的山麓。草原的晨风传来香甜的气味，不知道这是青草抑或是白桦树的香味，也可能是大片的野花的花香，我们的车开进罕山山麓的浑腾河谷，这里有洪水一般泛滥的金莲花。这些在风中摇摇晃晃的花朵，仿佛是从火车站下站的旅客，拥挤在河谷，它们引领遥望，它们守秩序。当这一片河谷开满金莲花后，几乎令人绝望，这么大的河谷都成它的领地了。在乳白色的晨雾里，金莲花仿佛做集体祈祷，它们喇叭式的花瓣还没完全开放，空气中弥漫着略带苦味的香气。金莲花，又叫金疙瘩，今天在这里开得密不透风，开三十多天就谢了。这么多花，装车都得装十汽车，怎么能说没就没呢？

“端德苏荣，”大叶喜说，“昨天晚上走了，去找那些野猪、兔子、黄羊、狍子和猞猁去了。但不是被雷劈死的，他半夜起来喝水，摔了一跤，躺在地上，就走了。”

猎人走了，这个消息让我感到很突然。

“他早安排好自己的后事了，用白布裹着身体，今天早上拉到了悬崖下面一块岩石上。他说那里什么野兽都有，他想让所有野兽吃一口他的肉，还上债，这是他的心愿。我拉你去那里，看看他的遗体，我估计被动物吃一半了，秃鹫食量很大。”

“不要去了，停车。”我说。我们下车，地面开始凸露岩石，没有花朵，有一些山榆树和山丁子树。大叶喜手指的那片地方还在山的高处，现在还被白雾包裹着。端德苏荣，在罕山上转了一辈子，现在回到了山里。我觉得动物们都知道他回到了山上，它们并不怨恨他。他也是一只动物，现在安眠于此。他身旁环坐着猞猁、兔子、野猪、黄羊和狍子，也许有夏尔其格秋亥（黄鸟）、呼和其格秋亥（蓝鸟）在他头顶飞翔。

主编的话

写出有灵魂的草原

——关于鲍尔吉·原野的散文

“愿长生天保佑所有诚实和善良的人”，当鲍尔吉·原野在散文集《流水似的走马》中写下这样的题记时，也意味着他在向读者强调作家的身份——这是位蒙古族作家，蒙古语是他的母语；他和所有蒙古族人一样，相信长生天，也相信长生天会保佑所有诚实和善良的人们。

与许多匆匆一游的观光客不同，原野站在草原内部，他是被草原文化浸润的作家。进入蒙古语的言说之中是重要的，他意识到，“蒙古语把我的脑子拆了，露出天光。蒙古语的单词、句子和比喻好像是树条、泥巴和梁柁，像盖房子一样重新给我搭建了一个脑子”。进入一种语言，意味着慢慢生成一种新的与以往不同的“头脑”，“这个脑子里有泥土气息和草香，适合感受马、盐、泉水和歌声，不适合算计，虚伪的功能完全被屏蔽了。我的心仿佛在蒙古语里融化了，剥落掉核桃一样坚硬的外壳，露出粉红色血管密布的心，一跳一跳，回到童年”。

进入新的语言也意味着进入新的逻辑和新的视角，事实上，他笔下的天地风景也随之一变：青海的云，流水似的走马，根河的夜，河对岸的星群，牧区的狗，挽套的马铃，凹地上的青草，苍茫的罕山，声可裂帛的长调……这是不同以往的草原，而与这些草原相伴的是生活在其间的人们，猎人、驯马师、牧羊人、银匠、接生婆……只有贴近草原、大地和牧民，才可以了解热气腾腾、自在天然的草原日常。

和草原在一起，和牧民在一起，许多事物如此不一样。那不是猎奇的书写，而是进入事物内部的认知：外面打雷了，那是“天作声”；马是天地的主人，它甚至比人更像草原的主人；牧民不会砍草原上那棵孤独的树，因为它是树里的独生子……蒙古族对他们所信赖尊崇的事物都会赋予拟人代称，比如他们会把加工五谷的碾子叫“察干欧布根”，意思是白色的、吉祥的老翁；他们管拉盐车队的首领叫“噶林阿哈”，意即火的兄长；他们管接生婆叫“沃登格”，意为大地的母亲……

从原野的文字中可以读到，草原的世界里一切都是生灵，彼此都是父母弟兄，尽管这些生灵是以风、以空气、以土壤，是以水、以动物的方式出现。人有人的优长，马有马的本领。“骑手说，马知道人的心事，会分担人的悲戚忧伤。你难过的时候，马走得很轻很轻，好像不敢踩到一棵草。你高兴的时候，马也会走得兴高采烈。有这样一匹马，人就知足了。”

这位作家对草原、对草原生活有如此强烈的爱。在他的笔下，动物们具有着神奇的灵性：“在清晨的山冈上，你看到公鹿和母鹿站在那里，脚下的露珠闪闪发光。它们精巧的小蹄子下面有野花，有香味冲鼻子的覆盆子。鹿真是奇怪的动物，它跑那么快，却从来不踩一棵花。懂得动物足迹的猎人都知道，没有哪一棵花是被鹿踩碎的，鹿的良心最好。公鹿和母鹿，它们俩一辈子都在恋爱，老是在一起，互相端详。”它们美好，澄澈，是大自然最原初的世界。越靠近草原，作家便越与它的灵魂接近。鲍尔吉·原野有深沉的人道主义情怀，那是对生态被破坏的极度痛惜。今天，草原上的马再也不能自由驰骋了，公鹿被抢走鹿茸，作家不由感叹："那些外地人开养鹿场，把鹿圈到屋子里喂草，给公鹿打激素。把公鹿绑到柱子上割它的茸，放它的血。这些人的心多黑啊！”

某种意义上，原野的写作是通灵的，通向有灵魂的草原，通向有灵魂的动物与植物。这位作家的魅力在于用干净、澄澈的笔触书写草原的灵性，复活草原的灵魂。《索布日嘎之夜：我听到了谁的歌声？》《流水似的走马》《我认识的猎人日薄西山》……激发了我们对久违的草原文明的敬意、对世间一切生灵的尊重与敬惜。这些文字使我们认识到，那些诚实、善良，那些对动物对草地对植物的疼惜从来都不是落后的，最朴素的情感里饱含我们习焉不察的文明与高贵。

雷平阳

1966年生于云南昭通，现居昆明，著有《云南记》《基诺山》《乌蒙山记》《送流水》等诗集、散文集多部。曾获华语文学传媒大奖诗歌奖和鲁迅文学奖等奖项。

回乡记

一

我家的老屋，是三间土坯房。母亲进城后，便用铁锁一一锁了，屋前屋后全都长出了荒草。

这次我专程去看了一眼老屋。

有人撬了铁锁，一家人住在里面，我不敢扰人，转身就走，一条狗追着我狂吠。进城，我与母亲说起这事，她说："让他们住吧！"

他们是谁？母亲说，她懒得知道。

二

老家的村庄坐落在两条河流的交汇处。那交汇的地方水利局建了一座桥，桥上安装了三道电动闸门。闸门很少提起来，堵下来的水，记忆中清汪汪的。守桥的人换了好几个，其中有一个触电身亡，还有一个勾引村庄里的女人，常常被村庄里的男人打得头破血流。乡下人都信邪，说那守桥人住的房子，建在了墓地上，守桥人的身上都附着鬼。

两条河的上游，都有一座城。现在的闸门也像以前那样是关死的，蓄下来的水却是臭的了。上面浮着的垃圾上甚至长出了青草，开出了花朵。我在河堤上走了个来回，一直捂着鼻子。坐在河边上抽烟的一个老人，他是我的堂叔，他告诉我，现在人们想自杀，都喝农药了，想死也不投河，想死得干净点，嫌这河水臭，嫌这河水黑，嫌这河水上的垃圾太厚了，跳下去尸体浮不上来。

三

我问一个与我年纪一样大的叔伯兄弟："娶媳妇了没有？"他回答："娶了个女鬼！"

他是个傻子。我又问："怎么头发全白了？"他回答："我天天吃石灰。"他一边笑，一边脱裤子，他让我看他的阴毛，他的阴毛也全白了。

他已经记不清我是谁了，低声问："你是乡上的，还是县上的？"我还没回答他，他就更小声地跟我说："前几天有人喝醉了，从城里带了个女人回家来，他老婆不准他进门，他一拳打掉了老婆的几颗牙齿。你猜，这个人是谁？"

我递了支烟给他，他把烟夹到了耳朵上。这个人是村子里的游魂，他知道这村庄里无数的秘密，关于通奸、盗窃、诬陷，甚至杀人。少年时代，我们曾经无所事事地在田野上游荡，有一天，他拉着我去看勘探队的钻井架，那些工人正坐在草垛上吃馒头，他指着一男一女，告诉我："就是这两人，昨晚在河堤下干烂事。"不过，给我印象最深的是，当年，只要村子里死了人，他都会去哭丧，哭声尖利、高飘，荡气回肠。

四

小时候有个玩伴，在一棵电线杆下触电身亡。他的父亲参加过徐蚌会战，还去过朝鲜战场，战争一完，回家当了农民。大饥荒那些年，他家没有挨饿，粮食是用军功章换回来。我去找那棵电线杆没有找着，那地方建起了几栋鬼头鬼脑的洋房，门上的锁全都生锈了。

五

中午，我去找我的一位初中老师喝酒，他现在是个屠夫，家里挂满了腌制的猪内脏。他是个兔唇，当年教我们的英语。吃着他一桌子的猪心猪肝猪肠子，我问他还记不记得几个英语单词，他指了指墙角的一堆杀猪刀，说只记得一个：knife。他读出了小刀，不知道杀猪刀，读得也不可能准确。我看着他一个劲地笑，他逼着我喝了满满一钢杯包谷酒。

从他家里出来，有几只喜鹊在白杨树上不停地叫。他醉意嚣张，弯腰捡起一块石头，用力地丢了出去。喜鹊纷飞，他长笑不止。

六

父亲曾经告诉我，乌鸦歇脚的树上都有过吊死鬼。我从来没有看见父亲爬过树，而我倒是一直喜欢爬到树上去。父亲还说，只要用乌鸦的血擦一下眼睛，就能在夜里看见满地风一样侧着身子走来走去的形形色色的鬼。

有一天晚上我梦游，第二天醒来，竟然是坐在一棵平常根本爬不上去的梨树上。梨花开得正旺，头上的天空白晃晃的。我看见父亲扛着一架木梯子飞奔而来，到了梨树下，却不急着将我救下。他坐在树底下抽烟，梨花落了很多在他身上。很久他才头也不抬地问："你是怎么爬上去的?" 我回答："不知道!"

那些我爬过的树几乎都被砍光了，这一棵梨树还在。父亲死的那年，母亲说这梨树死了一年，第二年又重生了。我不相信，母亲说："不相信就算了。"

七

在路上遇到一个中年妇女，她盯着我看了一会儿，欲言又止。我也盯着她看了一会儿，欲言又止。擦肩而过后，我才想起，我们应该是小学同学。转身再去看她，准备打一声招呼，她的身影已经闪进了一片烟草地。

她叫什么名字，我一直没有想起来。倒是牢牢地记住了她那鼓鼓囊囊、头发凌乱的样子。

八

堂哥大我两岁，但从小学到中学，我们都在一个班上，我上高中，他去当了建筑工地上的木匠。我师专毕业那年，他结了婚，很快就有了孩子。他发誓要让自己的孩子都考上大学，有份正当的舒服的工作。二十年的时间说过就过去了，苦尝尽了，他的两个孩子果然考上了神三鬼四的民营大学，而且又很快地毕业了。令堂哥火冒三丈的是，大学生毕业，国家已经不包分配，两个孩子又没学到什么真本领，好的工作找不到，只能跟着他在建筑上打工。

我们就着一盘猪头肉喝酒，他把两个孩子叫了过来，一定要给我磕三个响头，说是要托付给我。我问大儿子："学什么专业？"大儿子怯生生地回答："工商管理。"我问二儿子："学什么专业？"二儿子一样怯生生地回答："计算机。"我什么话也没有说，拉开门，走了。门外是白茫茫的月光。

走出很远，听见堂哥的一阵乱骂声。

我读书，有了工作，后来的人以为读了书就会有工作，结果他们没有找到工作。我知道，村子里有很多人一直在骂我，说我带了坏头。让我内心压抑的是，很多家庭，为了供孩子上学，家徒四壁，负债累累。

九

从堂哥家出来，上了河堤，傻子还站在那儿。问我是不是要走了。我说是。

他闻到了我身上的酒气，指着河上的一座水泥桥告诉我，某某前几天喝醉了，从桥上掉到了河里，死了，臭烘烘的。某某也是我的少年玩伴，上学时，成绩比我的还好。没考上高中，变成了村子中最有名的酒鬼。

我问傻子："你去哭丧了吗？"

他答："我去了邻村，那儿也死了酒鬼。"

十

回城的路上，总有摩托从我身边飞驰而过，我相信里面有我认识的人。黑夜里遇上，尽管有月光，谁也认不出谁来，打一声招呼的机缘都没有，这仿佛是生命里就没有让我们重新相认的那个环节，只能任其各赴生死，老死再不往来。到望城坡，想起父亲曾说，1949年以前这儿全是黑森林，常有土匪剪径。又想起父亲弃世时，小说家杨昭夜里赶路去陪我守灵，他说在这儿他曾碰上了两个人，一定要与他相伴走上一截。两个人都没有脸，声音直接从胸膛传出。过一片坟地时，两个人就没影了，路上又只剩下他一个人。

上坟记

清明节的早晨，空气里的清凉，不像特殊日子里夹着苍灰和悲戚的那种清凉。它有着一丝不经意的苦涩，舌头尖上的茶滋味，夏日中午出自地下河的微风，隐隐约约，去意彷徨。同时，它还有着刺芒穿越肌肤的功效，由神经的秘密线路，将最细小的感觉信息，传送给无所事事而又异常清醒的大脑。站在家门口的河堤上，我下意识地抬起左手，去摘杨树上的叶片，似乎想知道，杨树叶子是否与我有着相同的感受。我一连摘了三片，它们薄薄的身体，似乎也被什么东西袭击过了，处在常态中，但冰凉得未免过分。

母亲照例早早地就起床了，现在正坐在门前的石台阶上，认真地划着一刀刀纸钱。纸都出自深山的小作坊，工艺差，工人又粗糙，做得皮断肉不断、筋骨参差不齐，压在一起后，想一张张分开，若缺少耐心，乱用力气，那就休想得到一张完整的。母亲已经七十岁了，眼睛还不含糊，双手也还听使唤，只见她像在坎坷不平的锅底上揭鲜嫩而又热乎乎的面皮，“神三鬼四”，敬神的三张一叠，给鬼的四张一叠，小心翼翼地将一张张纸揭起来，折叠成纸钱。

太阳每天都从同一个地方升起来，这种重复没有新意但又很神奇。它很快就把无处不在的蓝色、黑色和灰色一扫而光，给空气——散发热能，甚至还将母亲折叠的纸钱涂抹得金光闪闪。母亲眼皮往上一翻，看见太阳，说：“这个鬼太阳，今天出来干什么嘛！”接着掉头往门洞里大声地喊我的哥嫂、弟媳以及他们的儿女：“还不出来帮我折纸钱？这个鬼太阳一升高，坟地上热得要命，到时我看你们钻到坟里面去躲阴凉！”母亲也为自己的幽默感到很开心，一边笑，一边还喊着：“你们快点，快一点！”一伙人伸着懒腰、打着哈欠出了门，个个拿上一捆纸，各自去折叠，大哥手上拿着纸，嘴巴上说着：“哟，整这么多干啥子，去年才给他们烧了几十亿，足够投资修一条从昆明到昭通的高速公路了，今年再烧这么多，我今天倒是要建议他们，把钱拿出一点点，把昭通城到欧家营这条破路适当修一下，你看人家三甲村，路通了，家家还住别墅……”大哥这么一说，大伙就笑。母亲也就来劲了：“修什么路嘛，如果纸钱要顶用，最好让人清理门前这条河，实在太臭了。”

我家门前这条河，名叫荔枝河。太阳没出来前，它黑黝黝的，像在暗处睡着了，扑哧扑哧地吹着梦呓的白泡。可当它迎着阳光醒来，变色龙似的，马上变成灰白色，继而又从灰白中泛起颗粒状的黑色。按道理，灰白色非常想死死地压住黑色，但黑色是沸腾的、向上的、压不住的。至于蔚蓝色，这水的本色，或说这清水与蓝天共同合成的色，多年没见了。当然也可以这么说，当腐烂的动物尸体和一座城市所有的污秽之物，汇聚到这儿，也许只有灰白色和黑色是协调的，是同一个话语谱系。我也曾一次次从骨头上冒傻气，总觉得古代文化传统中的“故乡”仍然存在，一厢情愿、不管不顾地想把自己与之相依为命的那条荔枝河，重新找回来，什么碧波荡漾，鱼虾成群，天神的客厅，活命之水之类，忙乎了半天，只剩无语哽咽，有些词，阳寿已尽，没了。母亲说，在十年时间以前，有的妇女，因为种种原因绝望了，就投河自尽，现在，看见河流这种样子，绝望的人，改喝农药自尽了。让人捶着胸膛、大声质问，也问不出任何道理来的一个问题是：为什么十年时间，我们就彻底改变了河流？

烧一堆纸钱给爷爷奶奶和我的父亲，寄望他们的灵魂在实在无法忍受时，花钱来清理一下荔枝河。想法荒诞而且空洞，生者的无力感和对死亡者跨界的、无理的要求，也只能视为一种别样的、吊诡的、黑色幽默似的悲怆和控诉。至于控诉谁，该领谁来指认现场，该在天地间的法庭上审判谁，仿佛谁都可以，谁都又不可以。可以确认的是，犯罪嫌疑人，每个人都是，谁都逃不掉。于我而言，内心最为纠结的或许还不是这一条河流的非河流化，在很多诗篇和散文里，因为强调对盲目工业化的反对，我把本已面目全非的故乡、这一条河，当成了“纸上原野”的美好元素，并将其写成了乌有乡，这算不算犯罪？算不算遮人耳目、为虎作伥？反之，每一次回老家，都会有老人、同辈和已经不认识的后辈来找我，给我递烟，邀我去喝酒，他们都以为我是个什么了不起的大人物，可以一言九鼎，希望我能找镇政府、区政府乃至市政府的领导反映一下，与其他乡村道路比，欧家营进昭通城的路根本就不是路，至于荔枝河，实在不像昭通人的母亲河，看能不能改善一下？也有初中同学某某，知道我卖文为生，多次鼓动我到有影响的报纸上去发文章，通过舆论监督，“逼”政府拨款修路。尤其是身边的三甲村一夜之间成为了“全国文明村”，阡陌交通，洋楼一排接一排，而欧家营仍然被遗弃、仍然作为垃圾堆，乡亲们内心的落差可想而知。人们说多了，我的心动了，也想有所贡献，但真不知道怎么做才好。背井离乡三十年，我应该去找谁？

太阳渐渐升高，荔枝河浓烈的腥臭气，果然是河堤关不住的，洪水一样漫进了欧家营。母亲不耐烦了，找了几个尿素口袋，把折了的纸钱往里面一塞，吩咐弟弟一定把香火、鞭炮、酒肉和水果带上，然后对全家人说：“走，没折完的纸钱到坟地上去再折！”家已经不是折纸钱的地方了。于是，一家十多口人，跟着母亲，一只手提东西，一只手捂着鼻子，沿着荔枝河的河堤，朝父亲的坟地走去。父亲的坟地离欧家营只有一公里左右，是父亲生前耕种过的土地中的一小块。按照风俗，父亲应该安葬到埋着更多祖先的“雷家坟山”上去的，但由于“雷家坟山”早已人满为患，再也插不进哪怕一根骨头，只好另找地方，而请来看穴的风水先生走到这儿，一口咬定父亲最熟悉的这块地，就是好地，我们一家人也就认了。这块地和它四周扩延出去的几千亩地，平展展的，是欧家营西面的一块高地。小时候，我们曾在这儿割草、放牛，或者经过这儿，前往十公里之外的狮子山去拾柴火。很多时候，在路边上我们还会看到人们丢弃的死婴或尚会啼哭的病婴。见得多的还是人们“送鬼”时烧在这儿的纸钱，泼在这儿的水饭，丢下来的几分诱人将“鬼”领走的硬币。据说，送到这儿的“鬼”，谁第一个碰上，“鬼”就会跟着这人走。乡村是鬼魂游荡的地方，人们对“鬼”存在着无边的好奇和想象，“鬼”在人们心中，有时是亲人，更多的时候则是邪恶、恶灵和死亡的象征，而且，尸体总是与“鬼”连在一起，甚至就等于鬼。所以，当我们看见那些死婴和正在死去的病婴，以及送“鬼”的痕迹，仿佛就看见了“鬼”，身体就先是僵硬、脸色发白、呼吸急促，接下来就铆足了劲，没命地逃离现场。有一年的秋天，我七岁左右，跟着村子里的人，穿过这片名叫“沙沟”的土地去邻村看露天电影。放电影的场地选择在一片坟场上，人山人海。电影是《平原游击队》和《龙江颂》，看过不下二十遍了，我先还跟着电影里的角色熟练地背台词，慢慢地，瞌睡来了，最后干脆倒在一座坟堆上就呼呼睡着了。滇东北的秋天，白天阳光灿烂，晚上则霜冷砭骨，等到我在冷霜里醒过来，曲终人散，身边全都是坟堆，鬼影幢幢。恐惧、孤单、被遗弃的失落感，另一种鬼，一齐扑了过来，我几乎是声嘶力竭地叫了声：“妈呀！”脸上便全部是泪水，然后跌跌撞撞，高一脚低一脚地朝着欧家营的方向窜。摔了跤，连滚带爬地站起来，又跑。掉到尚未收割的稻田里，一身泥浆，鞋帮里灌满了泥水，一边叫着“妈呀，妈呀！”还在跑。腿摔伤了，手上出血了，还在跑。穿过沙沟那无边无际的玉米林时，夜风吹得叶片哗啦啦地响，就像鬼哭狼嚎。我感到自己的身体空掉了，魂不在了，力气也快要用光了，喊“妈呀”的声音也卡在了喉咙里。再联想到看见的那些死婴，几次扑倒在地，用双手抓地时，觉得自己已经变成了一张皮，命都没有了。我不知道自己是怎么回到家的，事后才知，撞开家门，我便倒在堂屋里，昏死过去了。第二天，我的母亲，平生第一次也是唯一一次，站在荔枝河的河堤上，疯了似的，用乡村最歹毒、最不堪入耳的话语，一边诅咒带我去看电影的人，一边涕泪横流。她骂得整个欧家营鸦雀无声，又人人都竖着耳朵听。她骂得快虚脱了，坐到地上，有人来劝她，她就披头散发，目光凶狠，死死地抓住劝她的人："说，是不是你带我儿子去看的电影？说！"弄得谁也不敢去劝她。她就从早上骂到了黄昏。黄昏的时候，外婆来了，带着精疲力尽的母亲，沿着我失魂落魄的回家路，去给我喊魂。外婆喊魂的音调，我之后还听过，低沉、苍枯、急迫，有无奈，有恐慌，有哀求。

让母亲心有戚戚焉，又略感欣慰的是，外婆死后，也安葬在沙沟这儿，坟堆离我父亲的坟只有几百米。母亲的话是这么说的，欧氏坟山没空了，雷氏坟山也满了，两个没地方去的人，现在住在一块地里，也算有个走动，有个帮扶。所以，当我们在父亲的坟前，把纸钱折完，开始给父亲上祭，母亲拿一些祭品就往外婆的坟上去了。也不知什么原因、有何想法，每次去给父亲上坟，我们都想去外婆的坟上祭奠，母亲都坚决不允许。外公外婆一脉，同样子孙浩荡，不用我们跪谢？雷氏一族只有母亲是欧阳血脉，她足以代表我们？母亲希望我们在父亲的墓前多待一些时间？我每次都想破解母亲的谜底，一直没破解，问母亲，母亲总把话题一次次岔开。母亲到外婆坟上去所用的时间都不长，往往是她回来了，我们还在烧纸钱。等到我们磕头、放鞭炮、清理坟上荒草时，她就坐在一边看着，或自言自语地对父亲说："又给你烧这么多钱了，看你怎么用！"

父亲的碑文、墓联都是我写的，对联有三幅，没追求格律，一点也不工整。其一："生如五谷土生土长，归若八仙云卷云舒"；其二："农耕一生尘中尘，极乐千载仙上仙"；其三："望田畴犹在梦中，辞浮世已在天上"。三联的上联都是交代父亲的命运，下联写我对他的祈愿。不用说，尽管写对联的时候我心如刀绞，但它们还是写给人看的，是写在石头上以求不朽的。说父亲像五谷杂粮土生土长、一生躬耕是泥土中的泥土，这倒没什么夸张的成分，甚至根本没有说出父亲比五谷和泥土更卑贱的一面，问题出在语词中透出的豁达与超脱，仿佛父亲就是泥土和五谷之间的一个隐士。“望田畴犹在梦中”一句，更是留下了不小的误读空间，乍一看，别人还以为我父亲是多么地留恋令他屈辱万分的田地与劳作。记得跪伏在石头上写这些对联和碑文时，手握毛笔，一心想着馆阁体，想着笔笔都是中锋，我是何等的严肃，就怕哪儿一旦出错，有辱了理想化的父亲。可越这么想，越往别处用力，手就抖得越荒唐，越不像我的手。旁边的錾碑人不看场合又不知玄机，一个劲下药：“张凤举和赵家璧先生给人写碑，总会提一壶酒来，写一个字，坐下，慢慢地喝上几口酒。一座墓碑，一般都要写三天。”听他一说，我没法写了，我能提壶酒来边喝边写父亲的碑文？我能在此为了求法度、得庄严慢慢耗上三天？我之所以没去拜请谢崇岷、陈孝宁、黄吉昌等昭通书法大家来写，无非是我想把对父亲的情义写到石头上去，如果请他们中的哪一位来，我会领受这份不安与无助？绝境中，大哥递来救命草，他在电话中说，请来操持葬礼的道士已经定下父亲的出殡日期，时间太紧了，要我抓紧点。我也就不再犹豫，提起笔就往石头上写去，太想写好，结果写出了自己至今败笔最多的一堆字。不过，这倒也适合父亲，我的字处处败笔，他则是太想活得扬眉吐气，结果活得什么都不合心愿，活到最后，还觉得整个世界都亏待了他。但真要让他说出究竟是谁亏待了他，他又支支吾吾，不明不白。想想，父亲的一辈子，也的确活得不明不白。昭通解放时，他说枪声“像炒豆子”，豆子炒完，他八岁，没上学，当了合作社的放牛娃。长大成人了，被安排了当专职的赶牛车的人，遇到春耕大忙时，就牵着牛犁田耙地。农闲了，就赶着车拉煤或拉粪。如此，一直干到土地下放。土地到手，他却只会服侍牛，其他农活什么也不会做，或说总是做得难以达到母亲的要求标准。跟着母亲去栽秧，他把株距弄得比行距还宽，速度也比手脚边的蜗牛还慢，母亲让他拔掉重栽，顺便奚落了他几句，他用脚把栽错的秧苗一阵乱踩，把手中秧苗往水上一扔，走了。一个人坐在荔枝河埂上吸闷烟，有愤怒，也有内疚。1983年我高中毕业考上师专，从教育局领到录取通知书，一阵小跑，回家见了他，跟他说："爸爸，我考上了！"他一脸不屑："太阳从西边出来了。"我说："那打个赌？"他问："赌什么？"我说："一套军装。"他却想都不想就说好。我就把录取通知书拿了出来让他看，他不识字，但看到红彤彤的公章，就认输了，噔噔噔踩着木梯上楼，把母亲吊在屋梁上的，用来做种子的两袋小麦和蚕豆解下来，背篓一装，背进城变卖掉了。结果，父亲递来的军装，我心花怒放，母亲却气得跺脚，赌气不吃晚饭。我能考上，母亲其实比父亲还高兴，她痛心的是种子卖掉，来年用什么下种？猪可以卖，鸡鸭可以卖，怎么能卖种子！夜深人静，我们都睡下了，他们为此发生了激烈的争吵，还动了手。之后的一个多月，两人形同陌路，母亲要下地，也不喊父亲，父亲则隔三岔五跑到乡供销社，与几个老哥们打了劣质散酒，坐在墙脚喝，醉了才回家。喝醉了酒，父亲总是头低垂着，双手的十指插在头发里，一句话也不说，也不去睡觉，一个姿势可以到天亮。快到我要去师专上学了，必须请左右邻居、世戚穷僚吃顿饭以示喜庆，父亲和母亲才勉强彼此搭理，父亲进城卖猪，母亲在家张罗，弄了一席家庭史上无比奢侈的“八大碗”大席。我去学校报到那天，父亲执意要送我，还很固执地要替我扛背包，我不干，他圆睁着双眼，头发直立，伸出一双大铁掌，从我手中就把背包抢了过去。背包其实也不重，进城的路也不远，对当时年富力强的父亲来说，这点活计算不了什么，可我总觉得这种活已经应该由一个十六岁的小伙子来做了，父亲只需跟着走路就足够了，而且他完全可以不用送我。路上，父亲扛着背包走得很快，我一身崭新的军装，双臂好像变成了两只翅膀，身体想飞起来，却又行动迟缓，怎么也走不快。脚下的泥泞路，路两边的田野，田野里的禾苗、昆虫、阳光与阴影，在那时似乎都在讨好我，以卖命的方式向我呈现它们最单纯、最鲜活也最诱人的美。父亲走远了，见身后没人跟上，就大声地咳上一声以示提醒，而我也又才风一样地跟上。途中，父亲碰上过几拨熟人，别人问他进城干什么，他少见地眉飞色舞，拿出烟，敬了人家，还要给人家点上，点上了还要缠着人家多说话。意思太简单了，无非就是想让这些人天一句地一句地猛夸我，别人一夸，他就咧着嘴巴笑，露出两排黑牙齿。到学校大门了，父亲却怎么也不进门，扶着大门处的水泥柱子往里面看，看够了，把背包塞给我，转身，头也不回地就走了。

没有比母亲更了解父亲的人了，多年以后当父亲患上了老年痴呆，只会天天形影不离地跟着母亲，母亲曾跟我说：“你爹这个人，从生下来的那天起就患上了这种病，一直没好过，像只蜘蛛，结了个网，他不出来的话，谁都弄不出来。弄出来了，他还会再结一张网。”母亲说的这张网，父亲肯定是没有意识到的，而且我觉得父亲一直都想从这张网里钻出来，但又害怕被禽鸟叼走。与他同一个模子里塑出来的人何其多也，他能缩头、躬身、自认倒霉地偷生于尘土表面，已经是他的福分了。如此天命，他能做什么呢？那些所谓的庄稼能手、鸡鸣狗盗之徒、渴望美好生活而不惜离乡背井的人，又有几个得到了好下场？还不是一样的瞎折腾，谁也没见生活赏他们一个笑脸。不过，母亲也羡慕父亲，常挂嘴边的一句话是："你爹倒是安逸了，到死还能喝酒，一喝醉，共产主义就来了。"也许很多没有乡村经验的人不知道，"共产主义"这个词条，因为它太普及又太诱人，集合了乡下人所有的理想和空想，甚至囊括了乡下人的太多的"想都不敢想"，所以乡下人就总是把它具象化、世俗化，力求能伸手就抓住。比如，一顿大酒可叫"共产主义"，逮住一条鳝鱼也可叫"共产主义"，偷了别人一只鸡没被发现，当然也可叫"共产主义"，甚至于见到了某个大人物、结婚了、高寿而逝、路上捡到一角钱、某人递过来一支烟等等，都可以叫"共产主义"，"共产主义"不在远方，就在手边上，如果在远方，人们就懒得去想了，一想就累。就像现在，当我们在父亲墓前礼毕，坐在墓地旁的草丛中吃水果，吃了一个，母亲又会递来第二个："吃，多吃点。"如果哪个人不吃，母亲就会接着说："哼，你不吃？这苹果又不是纸扎的，吃，如果是纸扎的，你想吃也吃不着！"妹妹把剩下的几个水果放在了父亲的墓前，母亲不反对，但还是说了这么一句："老辈人说，你爹那边有那边的水果，你放在这儿，他还能从坟里爬出来吃？"

从父亲的墓地上走开，已是中午了，太阳毒辣，荔枝河上的腥臭味开始变成恶臭。我们挤上弟弟的面包车，去几公里外的"雷家坟山"。车又得在荔枝河的河堤上颠簸好一阵子，车窗必须紧紧关上，但车是破车，怎么关都有裂隙，恶臭味都会进来。于是车子内，又挤，又热，又臭，人人都大汗淋漓，不敢喘气吸气，懒得说一句话。“雷家坟山”位于昭通古城即“土城”遗址附近的一座丘陵上，在母亲的记忆中，大炼钢铁运动以前，这儿还是看不见天空的黑森林，现在一棵树都没有了，除了坟山，全都是耕种了多年的熟土，类似树木的，是一架又一架的高压线铁塔。高压线的下面，上坟的人络绎不绝，种植玉米和土豆的人则在春风掀起的灰尘中挖塘、下种、浇水，像地上冒出的泥巴人。其中几个是母亲认识的，他们与母亲打招呼，一笑，脸上皱纹里的尘土就往下掉，母亲不买账，虎着脸就咒骂：“你们这些绝人，种自己的地就行了，年年都要挖坟山地，多挖一锄，种得出几棵玉米，就不怕满地下的鬼跑到你们家里去闹腾？”那些人都是母亲的晚辈，不敢还嘴，赔着笑：“以后不敢了，不敢了！”母亲不依不饶：“啥子不敢了，挖吧，尽管挖，不就是一堆堆白骨，锤碎了，还可以做肥料，保证让你们的土豆长得比人的心还大！”

“雷家坟山”埋的大多数是雷家的亡魂，也有少数他姓人家的人，因为坟山满了没地方埋，又是雷氏的亲戚，便埋到了这儿。按照坟山上所埋之人的辈分和去世年庚推算，这片坟山形成的时间也就四十年左右，即上世纪六十年代末期。众所周知，那是一个非常时期，很多人肉体和灵魂都没有葬身之地。在我写的《祭父帖》这首长诗中，关于那个时候的父亲，也有这么一段：

> 围着他的棺木，我团团乱转，一圈又一圈
> 给长明灯加油时，请来的道士，喊我

一定要多给他烧些纸钱，寒露太重，路太远
我就想起，他用“文革体”，字斟句酌
讲述苦难。文盲，大舌头，万人大会上听来的文件
憋红了脸，讲出三句半，想停下，屋外一声咳嗽
吓得脸色大变。阶级说成级别，斗争说成打架
一副落水狗的样子，知道自己不够格，配不上
却找了一根结实的绳索，叫我们把他绑起来
爬上饭桌，接受历史的审判。他的妻儿觉得好笑
叫他下来，野菜熟了，土豆就要冰冷
他赖在上面，命令我们用污水泼他
朝他脸上吐痰。夜深了，欧家营一派寂静
他先是在家中游街，从火塘到灶台，从卧室
到猪厩。确信东方欲晓，人烟深眠
他喊我们跟着，一路呵欠，在村子里游了一圈
感谢时代，让他抓出了自己，让他知道
他的一生，就是自己和自己开战。他的家人
是他的审判员。多少年以后，母亲忆及此事
泪水涟涟：“一只田鼠，听见地面走动的风暴
从地下，主动跑了出来，谁都不把它当人，它却因此
受到伤害。”母亲言重，他其实没有向外跑
是厚土被深翻，他和他的洞穴，暴露于天眼
劈头又撞上了雷霆和闪电，他那细碎的肝脏和骨架
意外地受到了强力的震颤。保命高于一切

他便把干净的骨头，放入脏水，洗了一遍

我的父亲尚且如此，风头上、场面上的人物，命运就可想而知了。令我意外的是，同样是那个“铲除一切”的时期，原先的“雷家坟山”没空地了，国家竟然会在这距离昭通城只有三公里左右的地方，让出这么一块地来，供雷氏的亡人长眠！而且，可以肯定的是，那个时期，从合作社、大队、公社的手上让出来的土地绝不会只有这片“雷家坟山”，一定还有赵、钱、孙、李、周等等百家氏族的坟山。这一让，让出的是另一个世界，搭进去的则是我们这个世界的沃野千里。就此，我曾经想过要去档案馆查询一下，看有没有相应的文件、政策和规定的资料，如果有，那“文革体”的字词语境中，说不定会找到令人热泪滚滚的，另一些有魂的字眼。“雷家坟山”的面积有多少亩，我没测算过，用它来种植，能养活多少人，我也没概念，但它确实安顿下了密密麻麻的难以数清的坟堆子。在坟堆子里面，我奶奶的辈分是最高的，也差不多是最先入葬这儿的人（我爷爷比奶奶去世早，去世的时候原先的雷家坟山满员，这片坟山还不存在，借葬于一公里外的欧阳坟山）。在奶奶的坟墓四周，躺着的多数是我母亲那一辈的人，也有一些是我的同辈。也就是说，这儿的人们，全部都是母亲知根知底的人。与给父亲上坟一样，到了奶奶坟上，我们祭奠奶奶，母亲则点燃一大把香拿在手上，逐一地去给旁边的坟上香和烧一点纸钱。母亲患有严重的风湿，双腿变形了，走起路来总会左右摇晃，只见她到了任何一座坟头，上香和烧纸的过程中，都会跟坟里的人说说话。与她关系很好的，她会忆及美好的往事，说到动情处，就抬起手臂，用衣袖去擦眼泪；有些人生前与她关系一般甚至因鸡毛蒜皮的事儿交恶，她就会说："×××，活着的时候，你倒是太可恶了……不过，今天我还是要给你烧点钱！"和我同辈而又长眠于此的人，死因不外乎两种：重病和喝农药。母亲到了这些人的坟前，边烧纸边说："唉，老天怎么要这样对你啊，你留下的那两个儿子太可怜了。"或者说："×××，我说你倒真的是个死脑筋，那么大一点屁事就想不通了，喝农药，不难受吗？"在奶奶的坟墓旁，有一座坟，死者只活了二十多岁，母亲从来不去上香烧纸，并且每年都是同一句话了之："老子才不耐烦去理这个短命鬼，做什么事不可以，他要去吸毒！"……

去给爷爷上坟，步行，沿途都是坟墓群。地势忽高忽低，高处可以看见大兴土木的昭通城，在低处走，则感到明晃晃的人间不在了，自己只剩下了灵魂，走到了世界的终结处。爷爷死的时候，我只有四岁，他留给我的记忆只有一个：整天都坐在火塘边，敞着皱巴巴的胸膛取暖。即使是夏天，他也是冷的。听父亲说过，爷爷年轻时候所做的营生，就是以卖昭通酱养家，他挑着黄豆、辣子面等原料和荔枝河的水，从昭通步行十三天到昆明，在正义路的一家客马店里，现做现卖。那时候的荔枝河水，是做昭通酱的良好保证，爷爷挑着这水，走在莽莽苍苍的乌蒙山里，口干舌燥，却从来舍不得喝上一口。我有一首长诗，把荔枝河改名叫昭鲁大河，最后一段写的是1985年我师专毕业分配到外地工作，与家人和荔枝河告别时的感受，如下：

离开欧家营那年

他十八岁。穿着一身崭新的军装
一脸痤疮。身边的河水，清冽见底
几个捕鱼的人，看见他
撒下的渔网，忘记了拉
笑吟吟地跟他说话
他没有想到，那是昭鲁大河
最后一次清冽。人民的河流
神的宴会厅，十年之后，成了黑夜的家

爷爷奶奶、父亲母亲的荔枝河已经不在了，我们记忆中的那条河，则像这一座座需要祭奠的坟墓，存在着，但已经远离了生活现场，是另一个世界，只有清明节的时候，我们才会去上香、烧纸、磕头。至于黑掉、臭掉的这一条真实之河，谁也说不好，它属于怎样的人们，从哪儿流来，又将流到哪儿去，它到底要流淌多长。

天国上空的月亮

一

母亲对我说:"门前的这条河流，很多年没有人跳水自杀了!" 这条河流已经不能称之为河流了，它不流动，听不到水声，即使某一天下游拦河大坝上的闸门打开，它也是块河流形状的板结了的奇怪的物体，被一种邪门的力量推动着向下移动。这些板结了的水，由形形色色的原料组成，有农耕时代的死畜、玉米秆和稻草，也有充满现代性的塑料泡沫、塑料袋子、牙刷、避孕套、塑料模特等等，如果你戴着防毒面具，决心对这些东西进行更准确的细分，里面还有超现实主义、魔幻现实主义、象征主义、野兽派、存在主义和革命的浪漫的现实主义的边角废料。它们彼此之间没有距离感，互不排斥，死死地抱在一起，尽力地挤出体内的水分，将流动感和声音，将浪花和波涛彻底扼杀。

河面上生长着疯狂的恶之花和恶之草，如果中午的太阳足够毒烈，那恶的灰色气泡就会为人们奉上浩浩荡荡的恶心的气味，以及永无宁日的眩晕。死亡是体面的，自杀有着殉道般的尊严与圣洁，谁会一头栽到这河水中去？所谓流动的墓碑，所谓让流水把灵魂送抵大海，我现在看到的这条河流，已经担负不了如此神圣的使命。

母亲在这条河边生活了七十年，她能回忆起一长串投河自尽的人的名字，当然也能说出这些注定要从舍身崖上往下跳的人，他们轻生重死的缘由。母亲说，现在，河的两岸仍然有很多走投无路的人，但他们都选择了喝农药、上吊、用刀抹脖子或吃安眠药。有些心思复杂的人，则在决心赴死之前，进城去打工，或从高楼大厦的脚手架上往下跳，或让电把自己触死，也有人故意骑着摩托去撞汽车，目的都是在死之前，给儿子挣一笔赔偿金……在母亲见识过的死亡中，最让她接受不了的是我的一个表弟。这个表弟的妻子不堪生活的累重，悄悄地离家出走了，把四个嗷嗷待哺的儿女扔给了他。表弟天生无能却又阴邪无比，他自忖自己也养不活这个家，又没勇气自杀，提上一把菜刀便去杀人。他杀人的目的是为了让法律将他杀死。他砍死了一个孕妇，自己也被判了死刑，被枪毙在一片荒坡上，由于其一刀两命，罪孽深重，他的父母也羞于去收尸。

死亡，特别是人们自己主动选择的死亡，正以不同的形式，赋予死亡难以逆转的残暴乃至卑劣的多向性。死亡坠落了，多少死亡已经配不上人世间的安魂曲，多少死亡陷入了对死亡本身进行控诉和羞辱的循环圈。唯一的例外，十多年来，在这条河流的两岸，人们持守了决不死在河流之中的底线。

二

在猪厩里，他度过了自己的暮年

但他没死在猪厩里
他死在了比猪厩
更加肮脏的地方
死的时候，他看见了天国上空
冷冰冰的月亮，没有看见
他的五个儿子
月亮知道他有五个儿子
还知道这五个儿子
在五座城市的出租房里睡得正香
他奢望儿子们
会在梦中惊醒
他只求这轮天国上空的月亮
在他死后，把闪着寒光的白布
盖在他的尸体上

现在，我们的身边每天都在发生着只有神话中才有的大悲或大喜，神性没有唤醒人性，悲剧总是拔地而起，喜剧也从不需要铺垫，生活的每个点上、面上和每一条线上，处处都是悬崖或无底洞。这个死在短诗中的老人，现实生活中，他是我童年和少年生活中的邻居，名叫吴龙生，一个远近闻名的木匠。在听到他的死讯时，我正坐在由宁波开往上海的高速列车上，手上捧着一本诺曼·马内阿的书《索尔·贝娄访谈录：在我离去之前结清我的账目》，并且刚好读到两人关于卡夫卡《变形记》中关于大屠杀的对话那一页。

诺曼·马内阿："我们所有人都被自然判处了死刑，但在故事中，在集中营，你以一种非常人工的方式，残忍地早早死去。这种方式出现在了那个故事中，而它与法国人所谓的'宇宙集中营'有着深切的关联。"

索尔·贝娄："哦，乔治失去了自己人的属性，变成了一个物体，一个可以被扫进簸箕的物体……是的，我总在想这些问题。我们都在想，我猜，而没有得出任何答案……唯一的解决之道似乎是快乐地死去，或是在快乐的时刻死去，这样你就能够逃避这种人人都会毁灭的残酷性。我不明白，既然死亡普遍存在，我们为什么要如此煞费苦心地对待它。它会发生在所有生物身上，那些知道死亡和那些永远也不知道死亡的生物。有时我认为上帝给予动物的最大礼物是：不去想象死亡。它们不去想它，它们不跟它论理，除非是在凭借其本能逃离危险时。但是，当我看我的猫在窗外舒展开身子晒太阳时，我嫉妒它。我对自己说：它不会被死亡之思所萦绕。这是些只会给人类带来不幸的想法。"

吴龙生的死讯，是吴龙生的小儿子以手机短信发给我的，还告诉了我吴龙生葬礼的时间，希望我抽空回老家一趟云云。我当然没有回复他的短信，他在父亲没有"死亡之思"的死亡发生之后才现身，而且摇身一变，做了"孝子"，这是对人伦和死亡的公然挑衅。索尔·贝娄还说过一句话："过去的人死在亲人怀里，现在的人死在高速公路上"，他没有过去，失去了获取过去的可能性，而他的父亲也以自己的死告诉了他，父亲没有死在亲人的怀里，而他以及他的四个哥哥，已经死在高速公路上，死亡由肉体的消失普遍上升为灵魂的灭绝。所谓父亲的葬礼，也已经沦为宣布吴龙生死亡的仪式，一种恐怖的戏谑必然会在葬礼上，与五个儿子如释重负的心态汇合在一起，继而形成一出荒诞剧的中心思想。谁都能够想象，一个被遗弃的父亲，当他自行了断了生的历程，世界出现了短暂的鸦雀无声，可随后又多出来一场试图逃脱道义审判的隆重葬礼，这场葬礼肯定是可疑的，反常的。我们只能将这场葬礼当成那五个儿子，在上帝面前仓促写出的一篇命题作文，也可以说是五个儿子在替自己收尸之前，仓促拍摄的一部送交上帝审查的微电影，哭声、经幡、纸钱、长明灯、遗像、挽联、花圈、度亡经、送葬队伍，以及不朽的墓碑，都失去了自己的属性，纯粹是人工意义上的速朽的一次性道具。

高速列车停泊在杭州站的时候，我走到站台上去抽烟，一个年轻的江南男人过来向我借火，随口问我："先生要去哪儿？"我说上海，他说他也是上海。他伸手来接我递给他的打火机的一瞬，我看见他的手背上有个文身，图案是一具骷髅。我顿时觉得向我借火的人，他在死神手下当差。本来要收回的打火机，我告诉他："送给你了！"他收下了没有说谢谢，显然没有把打火机当成纪念品。我回到车厢里，他还在站台上抽烟，当他返回车厢之前，我看见他把打火机丢到了垃圾箱里。他与我不是一节车厢。

三

吴龙生是投河自尽的。投河之前，他把身上的衣服全部脱了，放在他住的猪厩的土墙上，赤身裸体地来到河边上。那时候是午夜，所有住在河流两岸的人都睡了，只有天上的那轮月亮，照着他的白发和同样苍白而骨锋奇崛的身体。他像一个灵魂和肉体双重的无政府主义者，有些费劲地拖着自己的影子，一点也不害臊，更没有羞耻感。按说，从村庄里经过时，他会有驻足和张望，每一户人家里，都有他做的灵牌、衣柜、供桌、床、饭桌、凳子、门窗和棺木，甚至很多房屋的屋梁、楼枕和柱子都是他一斧一斧劈出来的，又用刨子弄光滑，再用桐油和土漆刷得油光可鉴的。特别是棺木，外行人不知道，就那么六板厚木头，以为只要能将其按尺寸组装得严实合缝就可以了，殊不知，它才是考量一个木匠德艺的试金石。这六块厚木，把尺寸弄对了并不难，难在每个局部都得有统一的贯通始终的庄严和大气的法度，难在如何才能将六块木头变成可以拆开又浑然一体的一个小世界，难在木匠们必须给死者提供一个好的尽头。它不能用铁钉，也不开槽，有限的几个楔头必须妙到毫巅，只要哪个细节多推了一刨子，或少了一平斧，凸凹于发丝之间，就免不了漏风，甚至压不紧，严重的则可能导致六块厚木仍然是个体，没有变成棺木。漆水问题，常常也是阻碍一个木匠成为好木匠的鬼门关，而棺木的漆水尤其如此。在工业油漆已经横行天下的年代，唯有棺木，人们仍然只选择土漆。从漆树的选择、采漆的时候、熬制、配伍到上漆，整个程序中，处处都要功力和经验。再好的木材做棺木，埋到土中都难免腐朽，但只要漆水好，上了一层漆，又上一层，直至漆水在棺木外形成厚达数毫米的保护层，遇水挡水，常年的湿气难以浸入，那么，木质稍差的棺木也可确保百年乃至千年不腐。漆水的好坏还体现在外观上，好的漆水，蒙尘百年，毛巾和红布一擦，仍然可以做镜子。多少百年夫妻或少年怨偶，一方离世，另一方扶棺拭泪，用衣袖不断地擦拭棺木，目的也就是想从先亡者的棺木里看见自己，或把自己也移至棺木中，随之同行。不好的漆水，则是浑浊的，没有光泽，也做不了镜子，让棺木成不了阴阳两界通灵的载体。

在吴龙生还能挥斧拉锯的时候，这个村庄里的棺木几乎全部出自他的手上。从普通的一桌一凳，到灵位再到建房起屋，直到棺木，吴龙生安顿了人们日常的栖居器物，也给了人们生命尽头上的一座座小宫殿。那些年，即使饥馑、灾荒、人祸不断，手上的技艺和背上的工具箱，都能保证吴龙生及其家人过上相对殷实的生活。他在替人做活计时，自然少不了大酒大肉，再不堪，也有豆花和米饭。不给人做活计的空闲日子，他背着手，吸着机制香烟，往村庄里一走，正在吃饭的叫他吃饭，正在喝茶的马上给他上茶。有人从衣服袋子里找出半包皱麻麻的烟，在给他递上之前，还得拉伸展了，这才小心翼翼地递上，见他含到嘴上了，还得毕恭毕敬地把火点燃。附近的村庄也常常有人来找他帮忙，他工具箱一背，就跟着人走了。十天半月后回来，也有人在背后跟着，或背着一只火腿，或挑着一担大米。也有人直接给钱，他装在贴身的牛皮烟盒里。回到村庄，碰到某人，把烟盒拿出来，表面上是给人发烟，意思则是在炫耀。有些年头，我家顿顿土豆白菜，他家仍然白米饭红烧肉，他的儿子们吃饭时都喜欢端着碗，在村庄里乱串，那一坨坨红烧肉，惹出了我的多少口水。让我最羡慕的是，春节时候，我们能得到的压岁钱，顶多也就两角，他的几个儿子年年都有十块钱，真的是巨款了。稍有不同的是，我的两角钱，一般都买了连环画，他的儿子们的十元钱，大多在乡村锱铢必较和小奸小滑的赌博游戏中输得精光。让我的父母也大为不解，吴龙生对此从来不恼，没听他对着儿子们咆哮过一次。同样，当几个儿子后来纷纷做了学校的人渣和逃兵，他也不动怒，似乎他心里早就想明白了，五个顽劣的儿子就是自己的五个圣徒。作为一方幽闭的水土之上的木匠教主，他不相信世界在他闭眼之前未经他的同意，就会出现一种让自己没有立锥之地的宗教。令人唏嘘的是，当一个时代果然在很快的时间内，撤走笑脸，而将下流的屁股对着他时，他还以为这只是一个天生淫邪的寡妇在跟他开玩笑。在教主似的幻觉中，他没有发现，乡村的木器已经被塑料、纤维板和不锈钢器物取代了，火葬政策推行，做棺木的行为也已经是一种秘密的地下活动。直到五个儿子断然拒绝跟在他屁股后面学习屠龙术，并抛下他纷纷去了东莞、深圳、温州、上海和北京，宁愿死在外面也不愿守在他身边，他才发现斧子、凿子、刨子、锯子和钻子全都生锈了，墨斗里早就没有墨汁了，工字尺，漆光闪闪的自制三角尺，钉锤，找了半天都没找到。儿子们离开了，也没人再来找他做木活，两者之间仿佛没有直接的联系，实际上它们是由同一个魔鬼所操纵的，只是他没有看见这个魔鬼，更不可能知道这个商品经济的狂魔才是真正的教主。

妻子活着时，吴龙生还有个依靠。妻子去世时，所用棺木是他的收山之作，但那棺木上，木漆的镜子没能带走他。而且，靠老邻居们的施舍，他比所有的老邻居生命更绵长。村庄曾发生过一次地震，死了不少人，他的房屋也倒塌了，搜救人员却听见了他从地下传出的呼救声。扒开废墟上的屋顶，他竟然从废墟底下自己走了出来，没受到半点的伤害。政府发放重建家园扶助金，他没有再建房，搬进矮小的猪厩，猪一样，活得静悄悄的。偶尔，他才拿出一点扶助金，颤颤巍巍地出去，买食品，也买上一条劣质香烟。村子里的老人死光了，年轻一辈大多数外出了，孩子们他都不认识，每走一次他都上气不接下气，像走在想象过多次的黄泉路上。

不过，死亡的问题，之前他也没考虑过投河自尽。照他的愿望，五个儿子，至少有一个会回来，他想有人接住他的最后一口气。两年前的春节，他去找了村子里外出打工回来过节的所有人，分别给儿子们带口信，希望他们能回来，把自己埋了。一个在东莞打工的人，还拨通了他二儿子的电话，他以为至少会有一个问候，想不到二儿子开口就问："你这老不死的，还没有死？"他卡住了，没吭声，把手机还给那人，出了门，走在布满积雪的回家路上，忍不住老泪纵横。他等了两年多时间，没有人回信，也没有人回来。终于不想等了，也不想给死亡一份体面和尊严，只想让不堪的死亡悄悄地把自己带走。

四

月亮看着吴龙生，射出的光，却又无力拉住一个断了生念的老人。他知道纵身一跃，身体会浮在水面上，于是慢慢地走下河堤，一层一层地把水的皮沉重地撕开，待水面上出现了一个足够他身体穿过的窟窿，他使出最后一丝力量，一头就钻了进去。水面上没有出现所谓的涟漪和漩涡，河岸上也没有留下任何衣物之类的东西，作为死亡现场的证据。只有月光的安魂曲感动了月亮之神，将他的遗体打捞起来，托举在空中，洗干净了，超度了他的灵魂，这才把他放在河堤上，为他盖上了一层遮羞布。但在现实生活中，他没有接受月亮之神的恩赐，而是又挣扎着滚下了河堤，准备再次钻进那个水面的窟窿，河边的一棵白杨树拦住了他。

他终于没有再动一下，他的力量已经一点不剩地耗尽了。

冰面上的雪

儿子刚一生下来，她还没有从麻醉剂中彻底苏醒，浑身冷得直哆嗦，医生就用冰凉的语气告诉她，她和儿子，两个人都携带着艾滋病病毒，而且，儿子的生命体征非常微弱。

这是她意料中的结局了，一点也不惊恐。从病床上挣扎着爬起来，把衣服穿好了，束了束头上满是汗渍的头发，她这才接过护士手上抱着的儿子，看了看儿子天使般的小脸。用随身带着的一件绿色破袄将儿子裹严实，掉头对医生和护士们凄然一笑，恍恍惚惚的她就从医院里往外走。身上没劲，双脚免不了轻飘，不留神踢翻了走廊上的一个痰盂缸，她没有弯腰去打理，照直走向了楼梯。没有人劝她留在医院里静养，对她怀里的孩子似乎也缺少同情心，走廊里的人，一句话也没说，个个贴墙而站，直到她消失在楼梯的转角，才有人聚在一块儿，低声交流起来。下到楼梯最后一级的时候，她走不动了，就坐在台阶上喘气，医院大门外吹进来的风，让她打了几个喷嚏，还把她的头发吹乱了，她侧了侧身子，紧紧地捂住怀中的儿子，靠到了楼梯的扶手上。当她拉着扶手站起来，抱着儿子走出医院，人们发现她坐过的楼梯台阶上，留下了一片血迹。

出了医院，天上还在落雪。医院门口，报刊亭里的老妇人看见她落在雪地上的一滴滴鲜红的血，嘴巴和双眼都张大了，头颅随着她身影的移动而移动。她走远了，老妇人的嘴巴和双眼仍然没有恢复到正常状态，也始终没有找到其他更能表达自己愕然的肢体语言。流着血进入医院的人，见得多了，流着血，一个人抱着新生儿离开的人，老妇人还是第一次碰上。

一辆出租车，顶着厚厚的积雪，主动停在她的身边。司机摇下窗子玻璃，伸出头来，嘴巴里呼出一团团白雾，问她要去哪儿。她跺了跺脚，把鞋子上的雪抖掉，然后用空洞洞的眼睛望着司机，本想说，我想去地狱，你送我去，但又忍住了，木然地摇了摇头。出租车排出一大团白雾，把她罩住了。站在雾里，她真希望这雾不要散掉，就这么罩着她，让另外的车辆冲过来，把自己连同儿子一起撞死。不过，这瞬间的念头，就像白雾一样，很快就散了，她横过大街，折入一条小巷，朝着废墟的方向吃力地走着。途中，儿子哭了几次，显然是饿了，她想停下来给他喂奶，望着越下越大的雪，却没有照自己的想法去做。

这个城市不大，冒着寒雪在街边上卖烧土豆、卖皮帽和手套、卖假烟，以及游手好闲的人，其实好多个她都认识，以前见了，总会打个招呼。可自从丈夫死于艾滋病的消息传开之后，人们看见她，总是躲开，装着不认识，有的还会朝她吐浓痰。她不怪罪任何人，也不对谁抱希望，她知道，这个世界不要她了，把她开除了，盼望她尽快消失，消失得不留半点痕迹。同时，她也感到，生活在这个世界里面的人，因为谁也不敢触碰她，总是与她保持着长长的距离，仿佛真的又把整个世界腾空了，给了她一个人。开始的时候，这种感觉令她无所适从，菜市场、街道、楼房，自己可以毫无顾忌地做一个闯入者，但它们又丧尽了具体的现实意义，只要自己一伸手，想去抓住什么，世界就会朝后退，她什么也抓不住。当她像一个修理工那样，把“艾滋病”这三个字笨拙地拆散开来，她发现它们的一笔一画不是锈迹斑斑，而是像一根根高压电线，不需要任何形式的触碰，就能嗅出浓烈的死亡气息。她甚至觉得，这三个字的每一点，每一横，每一竖，每一撇，上面都藏着一位阎王，足以让人死，也足以吓跑任何一个人。因此，作为一个与世界无冤无仇的女人，她相信自己乃至儿子的名字已经被阎王从生死簿上划掉了，自己还能做的事儿，就是主动从人世中隔离出来，别再给人世添麻烦。不会有人知道她对人世所抱有的慈善，但她会持守到自己死去的那一天。如果还有什么难以放下的话，就是怀中的这个儿子，她在流产与生育之间权衡过，流产意味着预支死亡，生育则是人为地把死亡往后推延几年。她选择了生育，其实就是想让一个注定要迅速毁灭的生命有机会看一眼世界，看看世界之后再无望地死去。她本来就是一个遭到世界遗弃的人，不是没有考虑到儿子一旦生下来就必须承受被遗弃的命运，而是天生的母爱在作祟。她自问过，哪一天自己死了，这个无人敢收留的儿子该怎么办？这是一个没人能回答的问题，她自然也回答不了。半年多来，她腹里装着儿子，背上背着丈夫的骨灰盒，在这个城市郊外最荒僻的一座废墟里以拾荒续命。几乎每个晚上，对着骨灰盒说话，最后一句她都是在问，我该怎么办啊？昨天晚上，废墟上大雪飞舞，她的肚子开始了一轮接一轮撕裂般的疼痛，她意识到儿子就要出生了，背靠着一堵断墙，她的原计划是将儿子生在丈夫的骨灰盒旁边，让儿子知道，自己有父亲。可她没有想到自己会难产，疼痛迫使她发出了一阵又一阵惨烈的喊叫，接着她便昏迷过去了。当她恢复意识的时候，她躺在了手术室中，医生正在给她注射麻醉剂。

出了城，站在路边的一棵梨树下，她腾出左手，把头上和身上的积雪拍了拍，身上的雪落到地上，听不到一点声音，倒是梨树上响起了喜鹊的叫声，吓了她一跳。她下意识地抬头看喜鹊，却又看见有一只乌鸦也栖在梨树上。喜鹊和乌鸦同时出现在一棵树上，她以前没见过，喜鹊一声声叫着，飞走了，随后，一声不叫的乌鸦也飞走了，惊落下来的雪，又落了许多在她身上。拍了拍身上的雪，她继续朝着废墟走去，途中，一个结冰的池塘边有一个石墩子，她抹去积雪，在上面坐了很久。雪花不停地扑向池塘的冰面，同时扑向四周的山丘和田野，但因为她一直凝视着冰面，整个世界的雪似乎都集中到了冰面上。它们累集在一起，为冰块增高，冰块也顺势冻结它们，将它们自由地飞舞、无尘的洁白和经不住任何挑战的天真，一一的归化为零，形成与天地对接的无边的洁白。这个池塘，她以前每天都要经过，水不多，而且又黑又臭，是城市排放各种垃圾的场所之一，除了她和另外几个拾荒的老人，基本很少有人光顾，即使必须路过，都会用纸巾死死地捂住鼻孔，一闪而过。她一动不动地坐在石墩子上，雪花把她和儿子也染白了，仿佛那石墩子在一夜之间长高了，变成了一尊圣洁的母与子雪雕。期间儿子在雪被下，用微弱的声音哭了一次，她没有听见，就像她永远不可能听见黑暗的冰块不断地抬升的声音。她不知道，那一会儿，她的儿子也变成了冰块的一部分，冰块已经带走了她身体之外的一切。所以，当她重新站起身来，朝着废墟走去，她抱着的不是儿子，她是抱着一块再也不会哭泣的冰块。

按照内心慈善的人们的想象，这个女人，当她回到废墟中，在她平时居住的断墙下的窝棚前，一定坐着那几个与她一起拾荒的老人。而且，头天晚上，正是这几个不惧怕死亡或说已经死过很多次了的老人，听见了她的惨叫，然后把她送进了医院。现在，又是这几位老人，给她燃起了一堆柴火，还在她丈夫的骨灰盒上放了一筐鸡蛋和几块红糖。在这个想象的场景里，她得到了一份人世的问候与安慰，绝路之上响起了安魂曲。然而，事实并非如此，她去到废墟，只是为了把丈夫的骨灰盒背到背上，然后，她穿过废墟，走向了白茫茫的原野。她丈夫是如何患上艾滋病的，是一个谜团。她产子的晚上，是谁将她送到医院去的，还是一个谜团。按照我们身边频频发生的无头无尾的悲剧模式，对这个悲剧进行还原，可以肯定的是，那一天，她在雪野上继续行走，背上是丈夫的骨灰盒，怀里是已经变成了冰块的儿子，走着走着，走到一个人迹罕至的地方，她的血流光了，便抱着丈夫和儿子咽下了人世的最后一口浊气，大雪悄悄地埋葬了他们。这样的结局令人心颤，更令人心碎的是，几个月后，一个拾荒老人说，这个女人死在了离废墟不远的一片松树林中。她先是埋葬了丈夫的骨灰盒，然后，斜靠在坟头上，敞开衣襟，把两只乳房露了出来，让儿子的一只小手，象征性地抓住她的一只乳房，儿子的小嘴，则象征性地含住另一只乳房的乳头。

主编的话

反诗意的诗意

——关于雷平阳的散文

三十年光阴流转，三十年荒草没膝。雷平阳的“乌蒙山记”系列作品，写的是故乡、故人与故事。但却与乡愁无关。村庄在这里不是启蒙对象，不是抒情对象，他写它们，只因为是事物本身，存在本身。

他是如此冷静。“守桥的人换了好几个，其中有一个触电身亡，还有一个勾引村庄里的女人，常常被村庄里的男人打得头破血流。”他只写所见所闻，村庄里的疯子；欲言又止的女同学；兔唇的已做了屠夫的中学英语教师；还有，村庄里那条臭不可闻的脏河。“现在人们想自杀，都喝农药了，想死也不投河，想死得干净点，嫌这河水臭，嫌这河水黑，嫌这河水上的垃圾太厚了，跳下去尸体浮不上来。”还原事物本身，并不过多表示感慨。“爬过的树几乎都被砍光了，这一棵梨树还在。”

人、神在村庄里同住，也在文字里同在。这是雷平阳作品最迷人的部分。他在村庄里看到摩托从身边飞驰而过，“我相信里面有我认识的人。黑夜里遇上，尽管有月光，谁也认不出谁来，打一声招呼的机缘都没有，这仿佛是生命里就没有让我们重新相认的那个环节，只能任其各赴生死，老死再不往来”。人们对亡灵存在着无边的好奇和想象，亡灵对生者而言，有时是亲人，有时候是情谊的象征。母亲在乱坟堆里与亡灵们交流。“上香和烧纸的过程中，都会跟坟里的人说说话。与她关系很好的，她会忆及美好的往事，说到动情处，就抬起手臂，用衣袖去擦眼泪；有些人生前与她关系一般甚至因鸡毛蒜皮的事儿交恶，她就会说：‘×××，活着的时候，你倒是太可恶了……不过，今天我还是要给你烧点钱！’”诚实地、全心全意地画出眼前之物，才是无限趋近真实的书写。

雷平阳的笔触是笃定的，枯瘦的，萧瑟的，但也是历经风霜的。由此，这些文字显现出了一种诗意。但那种诗意与我们通常理解的不同。那不是更美好更有光环的诗意，而是更逼近所写之物，更趋近他们的皱纹、毛发的诗意。并不夸饰每一个用笔，该用力时也毫不减损。《上坟记》中，“我”给父亲写碑文：“手握毛笔，一心想着馆阁体，想着笔笔都是中锋，我是何等的严肃，就怕哪儿一旦出错，有辱了理想化的父亲。可越这么想，越往别处用力，手就抖得越荒唐，越不像我的手。”天堂和尘世，地狱与人间，其实并无清晰的界限。这是拒绝分析、拒绝拔高、拒绝阐释的书写，这是一种反诗意的诗意，是更高层面的诗意。

这位作家的本领在于创造性地将现代诗的诗性与诗意引入他的写作维度里。那是真实的但也是荒诞的；那是具体可感的但又深具抽象性，从而，他使自己的散文写作抵达了更广大的真实，不拘泥于一时一地的真实。在《上坟记》中，他固然使用了一些真实的地名，一些真实的故事，但是，他又能抽离那种具象的真实："地势忽高忽低，高处可以看见大兴土木的昭通城，在低处走，则感到明晃晃的人间不在了，自己只剩下了灵魂，走到了世界的终结处。"——作家逃离了"真实"的拘囿而抵达了一种象征，或者隐喻。

冷静克制地回到事物本身是对所写之物最大的尊重，是呈现生命本身、事物本身高贵性的一种方式。很难忘记《天国上空的月亮》中那位有五个儿子的木匠，"投河之前，他把身上的衣服全部脱了，放在他住的猪厩的土墙上，赤身裸体地来到河边上"。还有《冰面上的雪》中那位同患艾滋病的产妇和新生儿："半年多来，她腹里装着儿子，背上背着丈夫的骨灰盒，在这个城市郊外最荒僻的一座废墟里以拾荒续命。几乎每个晚上，对着骨灰盒说话，最后一句她都是在问，我该怎么办啊?"……雷平阳写的是平凡的人，平凡的事，平凡的乡土，也写的是村庄本身，人的存在本身；他以诗人独有的敏感捕捉到了事物本身的神性，从而也写出了他所怀抱着的、旁人难以察觉的深情。

李敬泽

1964年生于天津，1980年就读于北京大学中文系。曾任《人民文学》杂志主编，2010年任中国作协党组成员、书记处书记，现为中国作协党组成员、副主席，中国现代文学馆馆长。20世纪90年代中期开始文学批评写作，近年来专注于散文随笔写作。著有评论集《致理想读者》，散文集《青鸟故事集》《咏而归》《会饮记》等，曾获鲁迅文学奖文学理论评论奖，华语文学传媒大奖年度评论家奖、年度散文家奖，十月散文双年奖等。

《枕草子》、穷波斯，还有珍珠

《枕草子》中有一段写的是“不相配的东西”：

> 不相配的东西是：头发不好的人穿着白绫的衣服、鬈发上戴着葵叶、很拙的字写在红纸上面。
>
> 穷老百姓家里下了雪，又月光照进那里，都是不相配的，很可惋惜的。月亮很是明亮的晚上，遇见敞篷大车，而这车又是用黄牛牵着的，这很不相配。……
>
> 年老的男人睡得昏头昏脑，还有长着络腮胡子的老人抓了椎树的子尽吃。没有牙齿的老太婆，吃着梅子，做出很酸的样子，看去都是不相配的。
>
> 身份低的女人，穿着鲜红的裤子。但是近来，这样的人却是非常的多。

《枕草子》为日本清少纳言所作，其时一条天皇在位，清少纳言是宫中的女官，她随手写下事与思，后来成为日本文学的经典。曾有一部电影名为《枕边书》，即是《枕草子》的异译，主角却是一位模特，这位由邬君梅扮演的日本模特在东京、香港，在浮华的都市中阅尽阴郁狂暴的欲望和激情；她写着自己的《枕草子》，而清少纳言的声音是母亲的声音，从明亮深远的童年传来。

——这恐怕也是“不相配的东西”，《枕草子》与20世纪末是不相配的，人的心和人的眼都不复有那种微妙的尺度感，现代的美学精神不是和谐、相配，而是不和谐、不相配，只有不和谐、不相配才能使我们精神振作，使我们注视某种“东西”。

清少纳言的时代是中国的北宋初年。我的一位朋友宣称，他的梦想是活在宋朝，我估计他所想的正是这个时代，那时大宋王朝由一批哲学家统治，这几乎是柏拉图的“理想国”在人间的唯一一次实现。只可惜这些哲学家往往同时也是诗人，而在“理想国”中，诗人是该被驱逐出境的。可见人间不如意事常八九，理想很难完美无缺地实现。

在包拯、杨家将和潘仁美的宋朝之外，还有一个宋朝，那是中国文明的正午，古代中国在此前此后都不曾像宋朝那样接近“现代”，文明的花正放，富丽端庄，相比之下，《枕草子》中同时的日本就更像唐朝，清简质朴，花上犹带朝露，即使宫廷生活也见不出森严幽深，倒像家常日子里的大观园，和乐贞静。

《枕草子》本就是“唐风”遗韵，周作人即曾指出其“模仿唐朝李义山‘杂纂’的写法，列举‘不快意’‘煞风景’等各事，以类相从，只是更为扩大，并及山川草木各项，有美的也有丑的，颇为细微”。

——闲读《枕草子》，每觉妩媚可喜，以为中国古文中或无类似章法，比如《怀恋过去的事》：

怀恋过去的事是：枯了的葵叶；雏祭的器具；在书本中见到那些夹着的二蓝以及葡萄色的剪下的绸绢碎片；接到的当时曾十分相好的人的信札，在下雨觉着无聊的时候，找出来看；去年用过的蝙蝠扇；月光明亮的晚上；这都是使人回顾过去，很可怀恋的事。

再比如《高雅的东西》：

高雅的东西是：穿着淡紫色的衵衣，外面又套了白袭的汗衫的人；鸭蛋；刨冰里放上甘葛，盛在新的金碗里；水晶的数珠；藤花；梅花上积满了雪；长得非常美丽的小孩子在吃着草莓。这些都是高雅的。

——现在，听了知堂老人的话，翻出李商隐《杂纂》来看，方知如此章法咱们“古已有之”，即如上引《不相配的东西》，在《杂纂》中就有《不相称》条：

穷波斯，病医人，瘦人相扑，肥大新妇。

后三条一千多年后还是“不相称”，一望可知，毋须辞费。倒是

“穷波斯”何以就“不相称”了呢？一个波斯人，看上去却穷，这在唐人眼里难道非常怪异？

在遥远的唐朝，人常有奇遇，比如于寂寞的旅途中偶遇抱病垂危的波斯商人。有一人，不知他是谁，从何处来到何处去，只知道他名叫李灌，性情孤静。有一天他乘坐的客船靠泊在荒僻的岸边，岸上一间茅棚，茅棚下躺着一个人，波斯人。李灌从他深陷的碧蓝的眼睛、虬曲的须髯断定他是波斯人，一个“穷波斯”。波斯人病了，他将孤独地死于异乡，这时一个名叫李灌的人来到他的身边，每天喂他喝下米粥，然后，李灌就坐在那儿，静静地看着他，目光温润安详。

几天后，波斯人要死了，濒死的波斯人伸出苍白的手指着身下的黑毡：“珠子——”

是的，一颗硕大的珠子。当李灌移开波斯人的尸体，他看到那张破败的黑毡似有微光溢耀，珍珠就缝在黑毡之中……

合上棺板之前，李灌静静地看着波斯人，目光依然温润安详，他又看了看手中的珠子，珠子浮动着雾一般的银光，他合起手掌，把手伸向波斯人微张着的嘴，然后，又把手在眼前摊开，手里什么都没有了，似乎从来也不曾有过什么。

这个名叫李灌的人站在船头，他看着岸边的那棵小树，小树下埋着波斯人，波斯人的嘴里含着珍珠，小树越来越小，人们再也没有见到过李灌。

——这个故事出于《独异志》，载于《太平广记》。我对这个故事的重述是有感于相逢于天涯沦落的古典情怀，而当这个故事在唐人口头传播时，他们其实也在传达一个明白无误的消息：即使是“穷波斯”，他的身上也必有你意想不到的宝物。

李灌的故事只是围绕着这个消息的众多故事中的一个。比如又有一人名李勉，这回我们知道他是什么人了，故事传开时他已是司徒——一个大官，但故事发生时他还仅是刚卸任的县尉。那是开元初年，玄宗在位，李勉也在旅途中遇到一个老病垂危的“穷波斯”，怜而恤之，让他搭船前往扬州。半路上，波斯人死了，临死前同样以珠相酬，这一次的珠子比李灌那颗更为贵重，乃波斯“传国宝珠”，“价当百万”。和李灌一样，李勉也把这颗珠子放回波斯人口中……

所以，当李商隐断定“穷波斯”“不相称”时，他表达了唐人的普遍常识。医生应该精神矍铄而不该像个痨病鬼，相扑手应该胖大魁伟而不能如精瘦的鼓上蚤，当然新娘子应是窈窕淑女而不应大腹便便，同样，来自远方的波斯人也应该富而不应该穷，这就是世界的秩序，是知识。当然世界与它的秩序、生活与关于生活的知识之间常有不相称，这就需要予以矫正，就要讲故事，比如我们得知，“穷波斯”的大腿中常常藏有宝珠，于是“不相称”终于还是“相称”了。

在李勉的故事里，波斯人“抽刀决股，珠出而绝”——随着鲜血迸溅，一颗璀璨的珠子自腿上的伤口中滚落，这种惨酷而隐秘的藏珠方法在唐人小说中时有所见，且多行于胡人之间。当然，如果不幸碰上硬点子，藏在哪儿也没用。武则天当朝时，一胡人从和尚手里重价购得一枚珠子，那珠子不过拇指大小，微青，和尚本来不以为贵，现在被人家宝贝一样买走了，想来想去，大概越想越觉得吃亏，竟一个小报告打到了武则天那里。胡人被捕，官府令他交出珠子，那胡人答道：“已被我吞下肚去了。”谁知官府一拍公案，喝令衙役给他开膛。

胡人一看不是事，只得讨一把刀，自己从腿上把珠子剜出来，我估计也没人给他打麻药。

——“波斯”本是今之伊朗，但在唐时也泛指胡人。特别是来自阿拉伯半岛、南洋诸岛的外国人，那些佶屈聱牙的国名我们记不住，又没学过世界地理，记住了也还是不知他到底从何而来，所以笼而统之，都叫“波斯”，盖因当时的波斯执中外贸易之牛耳，扬州城中，遍地“波斯胡店”，富商巨贾，手笔豪阔，国人为之侧目。

也许正是从那时起，中国人就坚定地认为，凡外国人都有钱，“穷波斯”不相称，“穷老外”也不相称——这也是我家楼下李大爷的看法。李大爷的修鞋摊上时有洋人光顾，李大爷捧一双船一般的大鞋，细针密线修补妥帖，然后看着洋人远去，就喝口茶，叹道：“这老外真是，越有钱越抠门啊。”

老爷子的智慧通常是渊源有自，难以辩驳。比如现在，我就得知，李大爷千年之上还有一位李商隐，他们对事物的看法一脉相承。当然，李大爷论证“老外”之富有只有一个简单实用的尺度：钱。而在李商隐的时代，“胡人”的财富却不能以金银或钱币衡量，这些来自远方的陌生人，他们之富有超出了我们平庸、日常的经验，只能付诸想象，而想象将指向某个超现实的表征，比如珍珠。唐人小说中，惊世骇俗的珍珠大多来自胡地，经历了万里波涛而流落中土，它们往往有神奇的魔力，这种魔力在沉睡，等待着被一个胡人唤醒。

——那位险些被开膛破肚的胡人后来被带到武则天面前，武则天老佛爷把那枚珠子拈在指间迎着阳光左看右看，看了半晌，说：“也没什么名堂嘛，你花那么多钱买来做什么？”那胡人已晓得厉害，不敢不照实答话："小的家乡有个大湖，湖里无数的珍珠宝贝，只是满积淤泥，捞不出来，只要把这珠子扔进去，泥马上就变成清水，宝贝一网一网只管捞。"

当然，他再也别想得到他的珠子了，那颗神奇的珍珠从此藏于深宫，据说唐玄宗时还有人见过，后来就不知下落了，也许被哪位宫女镶了首饰。

珍珠在唐朝大概相当于18、19世纪英国人眼中的钻石，是神奇的财富，也是危险的财富。它远比金银和钱币贵重，却不像金银和钱币那样可以理解、稳健牢靠，它是脆弱的，像阳光下的气泡，总有一天，你的家门口会出现几个形状诡异的胡人，他们用半生不熟的汉语问："你假地烛子，埋不埋？"——这场面像威尔基·柯林斯的《月亮宝石》，届时，宝珠将离你而去，重返故乡。

珍珠就是这样的东西：它有如人世的浮华。

——所以，清少纳言写道："穷老百姓家里下了雪，又月光照进那里，都是不相配的，很可惋惜的。"她在如雪的纸上写下这行流丽的字，那时是深宫的深夜，华贵酣沉。

而很多年后，清少纳言老了，她又回到京都，贫病交侵，孑然一身。在下雪的日子，又有凉薄的月光照到庭前，她也许会忆起，多年前，在红烛高烧的夜里，她写过的《不相配》。

风吹不起

公元前636年，春王正月，公子重耳立于船头。对岸渐渐近了，晋国迎面而来。

瓜熟蒂落。重耳是一个耐心的人，他忍耐和等待了十九年，从十七岁等到三十六岁，现在，不是他夺回晋国，而是晋国准确无误地落到他的掌中。

他回过头，却见狐偃立在身后，面容肃然，双手捧着一枚玉璧。他认出，那是他当年赐予狐偃的玉璧，是他和狐偃主从关系的信物。

河风凛冽，重耳觉得身上每一根寒毛森然而立。

狐偃说："臣负羁绁从君巡于天下，臣之罪多矣。臣犹知之，何况君乎？请由此亡。"

巡于天下！呵呵，说得多么体面！那不是什么巡于天下，那是丧家之狗！野狗一样奔窜、乞讨，被人嘲笑、被人轻贱，不知前途何在，不知明天睡在哪个窝里！身边的人越来越少，他们走了，他们看不到希望，只有这个人，他确信他将不离不弃，狐偃，狐子犯，他的舅舅，更是他的兄弟，没有子犯他早就熬不住了。而现在，晋国就在眼前，国君的大位就在眼前，这个人竟然对他说，我要走了。我知道过去很多地方得罪了您，我把这玉璧还给您，从此解除我们之间神圣的誓约，我要浪迹天涯去。

重耳接过玉璧。

玉冰凉。他转过身，对着滔滔的黄河，把玉璧高高举起：

“所不与舅氏同心者，有如白水！”

玉璧沉入黄河的河底。它见证着一份新的誓约：在此刻，在他即将成为真正的君王的时刻，他和他的追随者重新确认他们的关系。

狐偃说：过去，我们是兄弟，现在，船到对岸时，我们不再是兄弟而只是君臣，对吗？

重耳说：不。我们是君臣，也永远是兄弟。

船靠岸了。晋国的大地一望无际，无数的人在等他，各怀其心。

那天夜里，他终于来了。

——寺人披。史书上是这么称呼他的。

寺人，阉人也。被阉割，一刀割去了对祖先、家族、后代和自身的责任，从此他与世界的关系仅仅是他与他的主人的关系。

这个叫披的人，其实也不叫披，他的本名是勃鞮，“勃鞮勃鞮勃鞮”，叫顺了嘴就叫成了“披”。

一个被强行简化的人，从他的身体到他的名字。

寺人披是历史记载中最早的一位武功高强的阉人。从重耳的父亲献公时代起，披的职责就相当于后世的东厂，他负责“干脏活”，替国君杀人，当然，他必定消息灵通，他听得见草叶微动的风。

这个人，此时就站在重耳的门外，他说：

我只是尽我的全力执行命令，“君命无二，古之制也。除君之恶，唯力是视”，我不会思考为什么杀人，古往今来，如果每个人都要思考和选择，那么军队和监狱都将无法运转。所有的君王，不管是你的父亲、你的弟弟、你的侄子还是你，都离不开我这样的人。

——那一年，公子重耳在秦国军队支持下横扫晋国，登上君位。然后，他就每天坐在宫中，忙碌地清算恩仇。

流亡十九年，有恩的恩重如山，有仇的仇深似海。现在，结账的时候到了。漫长的十九年里，在孤寂、困苦和绝望中，支持他熬过来的，恰恰就是此刻——背弃他的人、蔑视他的人都将跪倒在他面前祈求宽恕，为糊涂油蒙了心而后悔而战栗；而那些追随他的人，那极少数人，他们的忠诚和情义将得到报偿，他们将从他的手中获得荣耀、权力、财富和土地，他们和他们的子孙都将永远庆幸他们做出了对的选择。

重耳如神，立于群山之巅，分配雷霆或雨露，决定和更改人的命运。太阳照耀着他，舞台上的聚光灯照耀着他，万众瞩目，所有的人都在围观这人世最盛大的戏剧。

不知晋文公重耳是否意识到他所具有的原型意义，在后来的中国人心中，恒久地存有一个根本的想象，而他恰恰就是这想象最初的源头，公元前636年的重耳，他所做的一切都将被无穷尽地模仿。

这是因为，他差不多是中国史上第一位起于江湖的王者。他是公子，但他曾经落入最底层，他带领一支小小的创业团队在毫无希望的情况下长期奋斗，他将是后世的刘邦、刘备、朱元璋，将是许许多多挣扎于泥泞的人梦想成为或梦想遇见的那个人。这样一个人，必有无数的恩仇要料理，而料理恩仇在后世的民间想象中就是故事的高潮、结局和意义。

重耳看不到那么远。他不是看戏的人不是观众，他知道，料理恩仇其实只是开场。晋国经过十九年的动荡，正处于权力和利益的真空，现在，他在重新分配一切，让每个人在新的晋国得到自己的位置，分得准不准，分得是否妥当，这关系到能不能摆稳他的君位、他的江山。

——他毫不犹豫，立刻杀掉了晋怀公子圉。那是他的侄子，但他没有这个侄子，他面对的只是一个死敌。还在秦国时，他就迎娶了怀公留在秦国的夫人、秦穆公的女儿。他曾经有所迟疑，但身边人几句话就打消了他的心理障碍：娶了此女对获得秦国的支持至关重要，而你与子圉，"道路之人也，取其所弃，以济大事，不亦可乎？"

他不是你的侄子，她也不是你的侄媳妇，有什么下不去手的？

然而，对在这十九年中留在晋国的人，那些曾经效忠惠公、怀公父子的人，他必须显示足够的宽大，弃小怨而安众心，毕竟，他不能把留在晋国的人杀光。他大度地赦免了曾经携款叛逃的头须，在后来的《韩诗外传》中，人们甚至想象他和这个昔日的仇人手牵着手举行了招摇过市的游行。重耳深知，在报恩报仇之外，他必须宽恕。

但有的人断难宽恕。比如，披。

披现在站到了门外。他向新主人报到，而且有情况要报告——

披来了？重耳一听就蹦了起来：

他还敢来？好啊，你们去问问这王八蛋，十九年前，我爹派你来蒲城杀我，限你一天一夜赶到，你呢，倒是腿快，没掌灯你就提着刀到了。我跳墙逃命，俩手还扒着墙头呢，你丫一刀就砍到袖子上，差点没把手给我剁了！

还有，我跑出去跟着狄人在渭河边种地，我弟又派你来杀我，限你四天时间，结果呢，你丫第三天就到了，你当你是高铁呢这么提速，你急什么急？你丫还有脸见我，滚！

然后，披就做了刚才那一番自辩。披冷冷地说：

我还以为你这回回来，长了见识，知道该怎么做主子了，却原来你还糊涂着呢。我滚，可以，只怕照这样该滚的人就多了去了，剩下你一个等着倒大霉吧。

——现在，我们必须注视这个卑贱的披。他此刻提出了一个重要的伦理问题，该问题在这种情景下提出，在中国精神史上具有隐秘的原创意义。

披这个人，让人想起埃希曼，那个集中营里的屠夫，我们完全可以相信，如果他来到集中营，他会成为埃希曼。

披和埃希曼，无情地追杀无辜者，或者漠然地像运送物资一样把千百万无辜者送往死地，他们都是有罪的。

但是，我不敢肯定，在正常境遇下，他们一定就是恶人。比如披如果穿越到不知哪国，成为法治社会的一个警察，他也许像《悲惨世界》里的沙威警长那样不近人情，但他必定铁面无私。而埃希曼，如果让他管理铁路或民航，我相信，必会安全、正点。

也就是说，他们还是他们，他们可能是值得尊敬的人。

那么，在什么地方出了问题呢?

汉娜·阿伦特对此反复阐述，她认为披或埃希曼的问题是“不能思考”，在阿伦特以及她所理解的康德看来:“每个人在开始行动时都是他自己的立法者。通过使用实践理性，人们发现能够也应该成为法则的准则。”

听上去很有道理。但是，以赛亚·伯林嗤之以鼻，他说:“我无法接受阿伦特的邪恶之庸常性的观点……那些钦佩她的人，不过是会摆弄字母的文人，他们不用脑子思考。”

阿伦特说披和埃希曼不思考，伯林说阿伦特及其粉丝不思考。

那天晚上，晋文公重耳认真思考了。他走出门，重新认识了披，现在他不会让披滚，他想明白了，他需要披。

此时的重耳确认，必须有人把一种价值中立的责任和义务当作最高法则，否则一个王国或一个政治共同体将无法存续。

果然，披告诉他，有人谋反。披准备以一如既往的热情和干劲执行他的命令。

叛乱者遭到了无情镇压。杀了该杀的，赏了该赏的，用了该用的，万民各得其所。

寂静的绵山下，一个人与老母黯然对坐，他远远地、冷冷地看着世间的烈火烹油、煎炒烹炸。

他叫介子推。介子推属于公元前655年跟随重耳出逃的那几十人的小集团，现在，他回家了，和十九年来倚门望子的母亲团聚。

据司马迁说:“文公修政，施惠百姓，赏从亡者及功臣，大者封邑，小者尊爵。”弹冠相庆，一片欢腾。但是，偏有一个人被忘了，这就是介子推。介子推“不言禄，禄亦弗及”。

你不说，也就没有了。忘了也就忘了。很可能就这么彻底忘了。

在某一个晚上，介子推与母亲说起这件事：

“献公之子九人，唯君在矣。惠、怀无亲，外内弃之。天未绝晋，必将有主。主晋祀者，非君而谁？天实置之，而二三子以为己力，不亦诬乎，窃人之财，犹为之盗，况贪天之功以为己力乎？下义其罪，上赏其奸，难与处也。”

——在这阴暗的小屋里，说出的是重要的话，请屏息静听。

介子推完全否定了文公和臣下之间的江湖和庙堂逻辑，当所有的人都在谈功劳和报偿时，他在谈论天——在这里，天既是超验的，也是中国人所体认的“势”，晋献公九个儿子，现在只剩下重耳，而惠公、怀公父子又不争气，那么，除了重耳还有谁呢？

对当时的晋国来说，选择的余地有限，重耳能够顺利夺位，传檄而定，确实是势所必至。但是，天意在上，人事在下，你不能说人的行动毫无意义。当介子推标举天意时，他是激愤于人的虚伪和贪婪。十九年的流离，介子推是亲历者，他必是深知这十九年间人的软弱、人的动摇、人的困顿愁苦，这一切即使在史书上都不慎有所流露。而现在，那些人把这一切全忘了，他们正在争吵着比较功劳，他们的忠义原来也不过是贪婪，他们像一群投下重本的赌徒，竞相索取回报，而晋国就如同等待分割和烹煮的羔羊！

这并非是愤世嫉俗，介子推看到的，文公重耳必也看到了。

——在船上，狐偃还璧的时候，重耳必定有一瞬间感到面前这个人如此陌生。这是赤裸裸的要挟，狐偃代表着那一群忠诚的追随者：赵衰、魏武子、胥臣等等，他们要求明确他们在新晋国的特殊地位。在那一刻，重耳清晰地知道，原来他们和他并不同心，他们另有自己的利益自己的心。

重耳不是介子推，他毫不迟疑地满足了他们。他知道，这就是江湖的逻辑，也是庙堂的逻辑，人世正是如此运转。在后来的岁月里，他们和他们的后代在晋国形成了侵夺君权的贵族统治，最终三家分晋，三家之中就有赵、魏。

重耳和介子推都看见了。重耳看得开，而介子推看不开。这是一个有洁癖的人，在那个小集团中他必定没有一个朋友，重耳把他忘了，别人也不曾记起他，这很可能是心照不宣的蓄意遗忘。

母亲说话了："何亦求之，以死，谁怼？"

你也去说说呀，不然就这样待到死，又怨谁呢？

在这里，话开始分叉。介子推是在鄙夷那些争夺奔竞的人，而母亲却从基本的人情世故上理解儿子：这么大怨气，不就是因为没有轮到赏赐吗？咱也去说说呀。

介子推像很多儿子一样，有时对母亲的话感到无语，我在谈天道和真理，而你只关心我的委屈。

"尤而效之，罪又甚焉。且出怨言，不食其食。"

让我像他们那样，我不是更下贱了。况且，我已经口出怨言，我压根看不起他们君臣，又怎么能再去端那个饭碗！

母亲不甘心，母亲进一步劝说：

"亦使知之，若何？"

还是想想办法吧，给人家提个醒。

介子推有点恼了：

“言，身之文也。身将隐，焉用文之，是求显也。”

我已决意从此遁世，还废什么话！

“能如是乎？与汝偕隐。”

——母亲到底也不懂儿子的心思，还能这样啊？难道可以在付出一切后放弃和拒绝人世的荣耀和报偿？但是，母亲说，我和你一起走。他们分别太久了，母亲只有一个念头，我要和我的儿在一起。

在那个清晨，儿子背负着母亲，隐没于山林。介子推再没有说过什么话。他归于沉默。

介子推母子的对话最早见于《左传》，《史记》基本照抄，但《史记》中另有一处重要的补充，那就是，介子推原来是黄河船上那一幕的目击者：“是时介子推从，乃笑曰：‘天实开公子，而子犯以为己功而要市于君，固足羞也。吾不忍与同位。’乃自隐渡河。”

我很怀疑这一段是太史公想当然所加。或许他看出了《左传》中母子对话所隐含的疑难。

在《左传》中，我们面对的仅仅是这几段对话，即使是这篇对话，也遭到了眼尖的钱锺书先生的质疑：既是母子对话，谁听见来？但这其实不是什么大问题，真正的问题是，在《左传》的语境下看这篇对话，或许会觉得介子推的议论不过是矫情的牢骚，如果文公没忘了他，他很可能早就欢天喜地领赏去了。南宋吕祖谦《东莱博议》中就此洋洋洒洒发了一大篇议论，介子推是老实人，吭吭哧哧几句话哪经得住吕先生那一张利嘴:“今既推咎文公之滥赏，又怨文公之不赏，此近于人情乎？吾是以知推之言，特借理而逞怨也。天下固有迹高而心卑，形清而神浊者矣，如推之徒是也!”

——经他这么一说，介子推简直就是一个小人。

但读完这篇高论，我却对吕祖谦顿生厌嫌，此人好一支刀笔，不该论史，该去做状师。他不像是活在南宋，倒像是活在21世纪的互联网上，所求者不过是占一个吵架的上风，他所远的，恰恰就是人情。放下吕祖谦，再看那篇对话，反觉得在说与未说之间曲尽人情，那一定是介子推与母亲真实的交谈。母亲的眼里只有儿子，母亲不懂政治，母亲不理解儿子在想什么，母亲只是觉得儿子在外面受了委屈，你为什么不去说呢？咱想想办法，别这么憋着呀。而儿子，他是在说着自己的话，他并不是在诉委屈，但他同时也不得不回应母亲，妈我不能那样，那样做更让人看不起……

吕先生和介子推他妈的眼界一致，他也是觉得介子推受了委屈，母亲为儿子的委屈而焦愁，吕先生却大喜过望：哈哈，你果然是个小人!

而司马迁，我不知道他写下河上那一幕时有何依据，但他终究是有远比吕祖谦高贵的心，当他让介子推与文公、与狐偃在河上断然分手时，他已经对后面的对话做出了判断，那不是什么牢骚，问题的要害也不在忘不忘、赏不赏，这是一颗清洁的、可能过于清洁的心在这浊世做出的决绝选择。

介子推，他决不苟且，他蔑视算计和交易，他对这一切感到羞耻，他拒绝参与这个游戏。他对世界和人生的理解偏执而狭窄，但这种偏执和狭窄中有一种森严壁立的力量：他竟然不遵从江湖的逻辑也不遵从庙堂的逻辑，他在无可选择中做了一个选择，从人群中走出，独自隐入山林。

隐何其难也，人世之牵绊竟不能断。介子推大概有两三个弟子或仆从，他们很可能在最终的隐退之前一直追随着他。这实际上也解释了钱先生的质疑，至少，在介子推与母亲说话时，《左传》并没有说明是否有人在场。现在，他们显然和母亲一样，认为必须说，为什么不说？他们把陈情书写在绢上或帛上，挂到了宫门外：

“龙欲上天，五蛇为辅；龙已升云，四蛇各入其宇。一蛇独怨，终不见处所。”

重耳闻报，一拍脑袋，想起来了：

介子推！

怎么就忘了他，哎呀呀你看看你看看，太忙了，这都忙昏了头了！快！把他找来。

——或许真是太忙，百废待兴，诸事并举。但也可能是想起了，想了想又放下。或许介子推看得明白：上下相蒙，在上者等待着在下者的渴望、竞争和乞求，只有这样，一种依附关系才能够确立，一份效忠契约才能够达成。而一个人冷冷地等着，一言不发，你为什么要想起他？他根本就不会感激涕零。但是现在，不能再忘，必须想起，这份公开的陈情把问题提到了另一个层面，那不是介子推的安排问题，而是君王是否公正，是否对得起臣下的忠诚。

一场声势浩大的寻找介子推的运动展开了。

但是显然没有结果。

在两千多年前的茫茫群山中找两个决意不见你的人几乎是不可能的。

最终，重耳做出了一个象征性的姿态：把绵山周围封为介子推的禄田，“以志吾过，且旌善人”。

当然，介子推是不会来领这份禄的。

然后，大家不肯放过介子推。

他们说，介子推有大恩于重耳，他在流亡途中曾经“割股奉君”，割下大腿上的肉熬了一锅汤给重耳喝。

他们说，重耳搜山找不到介子推，想出个三面烧山的主意，想把他逼下山来，结果山烧光了，介子推母子抱树焚死。

他们说，因为这件事，文公重耳下令每年此日不得举火，必须寒食，所以有了寒食节。

他们后来又把清明和寒食混到一起，清明也是为了纪念介子推。

人们越来越不理解介子推是何等样人，但人们对介子推不能释怀。他走进山中，永不归来，人们无法解释他的心思，但人们每想起他都会感到巨大的悲凉和伤感。在中国文化中，几乎所有的节日都是红火的、热闹的，充满对现世的迷恋和肯定，而人们把唯一无火的、冷清的、寂寞的节日留给他，这个名叫介子推的人。

一千七百多年后的寒食那日，贬谪黄州的苏轼提笔写下《寒食诗》，最后四句是：“君门深九重，坟墓在万里。也拟哭途穷，死灰吹不起。”

死灰吹不起。也许苏轼所想的正是传说中那场烧遍绵山的大火。

公元前636年的人们，文公重耳、狐偃、寺人披，他们谁都不曾想到，他们之中最长久地被记住的，竟是那个被忘记的人——介子推。

夜奔

一

肉与火与孜然，这确实是烧烤的气味。没有什么是不可能的，这撸串与啤酒之城，马上你就会看到烧烤摊，就架在到达大厅的门口，烟气腾腾，从天上飞下来的人们，直接落入肠胃和肉体的生活。

他快步穿过大厅，大理石的地面，起舞弄清影，这空旷明亮的、冷的、工业的、禁欲的圣殿，却弥漫着烧烤的气味，像冬天盖了一夜的棉被。没有人，人都在后面，他终于逃出来，他受够了，他已经和那群人在飞机里关了七八个小时。

然后他看见了在出口接机的人群，那些子夜时分倦怠、陈旧的脸，“这些面庞从人群中涌现，湿漉漉的黑色树枝上的花瓣”，他忽然想起这句诗，庞德的诗，很多年前他在湖边读过，湖边的椅子湿漉漉的。他同时嘲笑了自己一下，你总是能想起一句别人的话，你活在别人的句子里。

当然没有烧烤摊。他穿过人群，他知道没有人等他。等和被等都是牵挂，他渴望无牵无挂。

他站在候车处。据说该城的出租车极不靠谱，也许应该叫一辆快车或专车，这么想着，他脑子里闪过一串儿红色的词，抢劫、杀人、猥亵，至少，最后这件事与我无关。风雨交加，他喜欢这雨，粒粒结实坚硬，粒粒皆辛苦皆清楚明白，听说今天还下过冰雹，在冷雨中走也是好的，但是别瞎想了大叔，会感冒发烧打点滴住院，黑夜的丛林里，欲望、恐惧、恶念蠢蠢欲动，你需要一辆可以辨认的车，亮着标志灯的车。然后，那辆出租车就停在了身边。

“大叔，做啥生意的？”

他愣了一下，他意识到又碰上了饶舌的司机。他们收取的车费里大概包括着陪聊的钱，每公里几块？能不能告诉他，这份钱是为了购买沉默？

“做点小生意。”——他从不向陌生人暴露自己的职业。是个批评家？是个作家？他觉得莫名羞耻。

司机一定在后视镜里看了他一眼：这个中年男人，这张疲惫、松懈的脸，这个在深夜里奔波的人，他当然不是生意人。

好吧，进入角色。作为生意人，他得陪着司机谈谈这个城市的经济状况，不太好啊，生意难做。他觉得他是被强拉进一台戏里，随时都想停下溜走，但司机揪住不放，台词滔滔不绝：年轻人也没啥正经营生，要不然就当主播，坐在家里描眉画眼，嗖嗖地收钱。外地人来得也少，为啥呢？营商环境不好呗，那能好吗？说了不算算了不说，没契约精神呗。

车轮破开积水，声如破浪。雨更大了，路上车稀，两边高楼森然壁立，点点孤灯，深夜有人醒着。

司机在奔驰：好在咱这疙瘩人心大，没大事儿，再大的事撸个串就没了，要还有，那就再撸个串！

车突然一震，他一把撑住前座靠背，妈的这就要出大事！

车滑行着，停住了。他看见，在路边，雨中站着一个女人。

司机摇下右边的车窗，顿时风雨大作，灌满一车：

大妹儿，上哪旮啊？

女人高大、强健，黑色的短裙被雨水紧裹在身上。他看见她紧绷的腰腹，沉甸甸的乳房，长发像黑色的海草。她俯在窗前，喊了句什么。

听不清，风声雨声太大，也许她说了一个地名。

司机显然听清了：上来！这么大雨，也不拿个伞。

女人拉门跳上来，风吹凉雨打在他脸上，车门“砰”地关上。

车轮一声尖叫，仓皇奔逃。他想，这是电影是警匪片吗？这女人是从魔窟淫窟里逃出来后边追着一群臭流氓黑社会吗？我一个做小生意的怎么就平白无故摊上大事了呢？

回头看去，雨倾泻在后窗上，雨后边是急速退去的路。

司机已经开始谈生意：那旮老远了，这大半夜的，给一百四吧。

女人沉默。他注意到前座有微弱的蓝光，女人正在看手机。

司机等了一会儿，说：没带钱啊，手机支付呗。

女人仍不说话。他感到司机在后视镜里和他对视了一眼：那就说好了啊。

怎么就说好了，他忽然醒过神来，这应该是我叫的车吧，怎么就冷不丁上来一个。我知道这叫拼车，至少你得跟我商量一下吧，问我同意不，少收几块车钱行不行。人得有契约精神不是刚才你丫说的吗？

——好吧，他什么也没说。别扯什么契约精神了，这是个女人，在黑夜里、大雨中奔逃的一只鹿一匹狼，这辆车正在把她救走，她让这辆车充满潮湿的、兵荒马乱的危险气息。

二

手机在桌上震动，他拿起来，看了一下电话号码，陌生的。他很少接电话，更不接陌生电话，那不是让你买房或卖房，就是要把高利贷借给你。昨天睡得太晚，现在他的脑袋还不肯醒，会议室里一半人在看手机，另一半昏昏欲睡。他已经说完了自己的那一份，八分钟。他准确地把自己的话限制在八分钟，也许终有一天他也会自动巡航说啊说啊不能停，但现在，必须八分钟。坐着飞机晚点七个小时来到这个城市只是为了讲这八分钟话，这是荒诞的，但至少，在荒诞中你坚持了自制的美德，控制舌头，不让它变成一条疯跑的狗，控制你的肉身，不让它被脂肪压垮。

手机安静下来，发言的那人正在高潮。这个会就是为了谈论一部新出的小说，在这小说里，一个男人经历了一次次失败，每一次都如此倒霉如此乏味，你只能认为作者一定是恨他，以至于如此耐心地让他一次次爬起来，再一次次用同一只大脚丫子把他踹倒。而他们认为这很深刻，他们正津津有味地分析这只上帝般的大脚。这位发言者挪地有声、声如裂帛地宣称：是的，文学的立场就是站在失败者一边！

他在心里笑了一下。“失败者”未必就想站在你那一边。问题是，你对你的话是否深思？你何以判断成败？当你以那只脚来判断是否失败时，你可真是个恋足癖啊，你对那只脚该有多么崇拜。在这个会议室里，你不过是在操练你熟谙的“贯口”，像个说相声的一样，同时期待着小小的成功。

他想起昨夜的大雨和大雨中的人，他想，如果现在站起来，宣布换一个地方，开始撸串喝啤酒，或许可以让先生们闭嘴？

手机又开始震动，还是那个号码，他拿起来——

一个平淡的声音：我是老周的朋友。

老周！他浑身一紧，走出会议室。

他和老周站在那儿，看着那座铁塔。

阳光暴烈，群山金黄，蓝格莹莹的天，只那座塔黑沉沉立着。这是一座标了价格的塔，价值人民币一个亿。范仲淹必定见过此塔，这塔立于此已经千年，然后它竟走了，走了万里路，走到大海边，然后又走回来。

老周老而健，为人五湖四海，于本地掌故无所不晓，黑白两道皆通。老周笑道：现在走不了啦，装上了监控，住了保安。

他点点头：那个马哥，能不能帮我找到他？

江湖中人，没下落了。

哦，衡阳雁去无消息。

沉吟了一下，老周说：你真要找他？找他干什么？

他想了想，说：也不干什么。就是好奇。这个人，和他喝杯酒也好啊。

老周笑了：哈哈，就冲这杯酒，我帮你打听打听！

前一天晚上，他和老周喝了三瓶酒，酒酣之际，老周讲了马哥的故事。

你想啊，那是国保单位，光天化日，生生把一座宋塔让人偷走了，闻所未闻，没法儿交代啊！查！上天入地也得有个说法。

真要泼了命查当然查得出来，就是马哥干的。除了他还有谁啊？

分析来分析去，这东西肯定是海外有人订货，否则，把这大家伙拆下来满世界转，卖给谁呀？这不是找死吗？能接这活儿的，也只有马哥。

问题是你到哪儿找他去？通缉令也发了，海捕文书，估计着他肯定是往东南去，几个港口也去了人，但是，整整半年，没消息。

没消息不奇怪。我要是马哥我也不急，找个仓库一放，过了这阵子再说。可是咱这边也不能闲着啊，上天入地，往死里查！最后你猜怎么着？还真逮着了。

不是马哥，是马哥的女人。

不是他老婆，他就没老婆。反正是一个女的，俩人同居着。

这下好了，就顺着这个女人找他。这女的也大半年没见着马哥了，也不知道马哥在哪儿。那家伙是老手，手机早停机了，只有一个QQ号，有时上来聊几句。

那怎么办？守着那个QQ，等呗，没几天还真等来了。

这时候也没什么废话，直接把话撂桌面上。这女的在我们手里，你看怎么着吧！

也不知道管用不管用，手里就这么一张牌，有枣没枣打一竿子。这女的跟了他这么些年，好多事也难免掺和，租卡车还是用的她的身份证，好歹也算共犯，判几年没问题。

马哥那边没吭声，就那么过了一会儿，下线了。

他回到会议室。讨论仍在继续，人们正在谈论底层、正义和不公。他不再听，他想着那个名叫马哥的人。不是姓马的哥，而是姓马名哥，这个盗墓贼，他用偷来的一座佛塔换了一亿人民币，然后，他又把这一亿退给买家；用佛塔换他的女人。

马哥隐居于南方。他想，他要飞过去，和马哥坐坐。

三

对面就是那个江心小洲，暗夜里，密林如大片浓墨，一条蓝色灯带在林间穿行，不许山河睡去。

他多年前来过这里。那时江也荒着，洲也荒着，恰秋季水枯，只记得河滩裸露，寥寥几棵树。

鹰击长空，鱼翔浅底。

但此刻，此地是满江满街的人间烟火。他望着江，却不知站在他身边的男人就是马哥，马哥点上一根烟，也看着粼粼江水。一根烟抽完了，这个男人把烟蒂在石栏上捻灭，自言自语地说："我姓马，咱们走吧。"

你是怎么把那座塔搬走的？我查了一下，那塔足有九米。

马哥灵巧地剥开手里的小龙虾。他竟是一个瘦弱的人，身材中等，白皙，你看不出他的年龄，是四十，也是五十。黑T恤、牛仔裤，走在街上，泯然众人矣。后来，他竟记不起马哥的长相，这个人，把自己提炼成了一滴水，相忘于江湖。

但他记住了马哥的手，手指修长灵敏，宜弹琴宜握剑，玉白的，灯下几乎透明。

马哥吃完了这只虾，抽一张纸巾擦着手，说：我去了好几次，把它想透了。北宋的塔，不可能整体铸造，不是说七级浮屠吗？是一层一层套上去的。

所以，你就那么一节一节把它吊起来了？

马哥不看他，远远地看着那塔，忽然说：我一直以为塔基的地宫里应该有货。

结果呢？

没有，什么都没有。

警察不会信的，你怎么让他们相信那里边是空的？

马哥收回目光，看着他，淡淡地说：他们要的是那座塔。

是啊，让它回去，立在那儿。追回了塔，大功告成。

这个人，带着三个兄弟，开着卡车，卡车上装着吊机，偷走了在大西北荒无人烟的山间立了千年的一座佛塔。这尊北宋铁塔被拴上钢索，一层一层拔起来、吊起来，节节落地，整个过程精确、无声，像梦一样寂静。

塔是天与地的中介，是天梯，是世界之柱。在古埃及，名叫舒的大神艰难地把天举起，他很累呀，他随时可能撑不住，然后天就会塌，所以，人们提心吊胆，必须好好地哄着他、鼓励他，顶住啊你能行的。但是，问题不在于他是否顶得住，而是，他会不会在无穷尽的时间中感到厌倦——受够了静止不动，看够了人的谄媚和自私。

然后，那座塔被节节肢解，摊了一地。天没塌，还是高高在上蓝格莹莹的天。当然，他确信马哥那时不会想到天。这个人有一双专注、坚定的手，这双手正全神贯注地奔赴它的目标，它要把这铁塔装车，然后穿越大地，从黄土高原到东南海边，再装船偷渡，交给客户。

在海边，装在集装箱里的货上了船，马哥抽了根烟，满潮时分，海浪舒缓地拍打着沙滩，他想了会儿那个女人。然后，烟蒂捻在沙滩上，站起来，打一辆车进城，找了一个网吧。

马哥喝酒如饮水，喝了也就喝了，水波不兴。

知道那边出事了，你怎么办？

站起来，回海边，坐着。

都想什么了？

马哥沉吟了一下：还能想什么，想那娘们儿。

然后举起杯，饮了。

周围红男绿女，喧嚣如沸，只有这一桌的两人默然相对，像是翻腾的巨大漩涡中一个小小的静默的中心，小到最后，小到针眼，所有的浪都从这针眼里漏下，消失。

马哥说不出那是个什么样的娘们儿。他一开始就发现马哥沉默寡言。他是老周介绍的，马哥必是信得过老周，今晚过后，他们了无牵扯，答应见，便是可以说，不说，就是真的说不出。

没话找话，他说，这馆子的小龙虾名不虚传，比簋街的味道更厚。

马哥不答，仔细地剥一只虾，放到嘴里，慢慢嚼着。忽然说：我吃过一千年前的酒席。

有一年，在内蒙古那边，挖一个辽墓。都挺顺的，洞打下去，正在墓室顶上。

马哥端起空着的玻璃酒杯，举到眼前，入神地看着，对着那透明的杯子说：

我一个人先下去，灯一照，就看见一桌酒席。就在棺材前头的台子上，整整一桌酒席，盘子、碗、筷子、勺子，盘子里还留着骨头，一个碗里还剩半碗栗子。那就是一桌酒席，好好地摆在那儿。好像是，我来晚了，人都散了。

我坐了一会儿，抽了根烟，然后从碗里抠下一颗栗子，攥在手心里，原路出去，让他们把墓封好。

四

车在雨夜里奔行。这辆车忽然有了刀，屏住呼吸，锋利静默地奔向一个凶险莫测的目标。

前座的女人好像不在。但是他知道她在，从她上车开始，饶舌的司机没有说过一句话，他知道、他能感到，这可怜的家伙快被憋死了，毛孔和雷达都向着右边这个女人打开，怦怦的心都在向右跳，但是，这家伙竟然忍住了，不说。

这是个什么样的女人啊。他来不及看清她，他能够感觉到这辆车因为这个女人变得拥挤、动荡、沉重。有一个瞬间，他和司机在后视镜里目光相对，他感到司机在求助：怎么办怎么办，我拿她怎么办？

车突然减速，司机发出慌乱含混的低语：大妹子，别这样，别这样——

他探过头去，看见女人湿漉漉的长发，看见女人的脊背在颤抖，看见女人俯下身体，在哭。

车停下了。女人抽泣着，颤抖着，司机无助地扭头看着，嘟囔着：别这样，别这样……

雨一阵阵敲打车顶，突然，就像是破了、决堤了、天塌了、崩溃了，女人压抑的抽泣爆发为大哭，那不是哭，那是不要命了是绝望的哀叫，那一刻，他觉得洪水滔天，世上就剩下这辆车、这大哭的女人和两个男人。

司机闭嘴。他听着哭声，觉得心脏正被越来越紧地攥着。

突然，司机推开车门，跳下去，疯了一样从车前跑过。他吓了一跳，不自觉地也打开车门，还没等他决定干什么，司机已经猛地拉开了前座的车门，嘶喊着：

哭啥呀，多大事啊！活不了了？

雨狂暴地倾泻，这个男人，对着女人咆哮：

天能塌了呀？多大个事啊，男人跑了？怀野种了？欠债还不了了？多大个事啊？你个骚货你哭啥呀！

——他一个人走在江边，他想象着马哥的那个女人，是啊，想象和描绘那个女人是我的事。可是，他无法让她在心中浮现出来。他所熟悉的、他所认识的女人，他难以想象其中有任何一个会爱上马哥或为马哥所爱。那个女人，她在这个男人这个贼的心里价值超过一亿。

他忽然想起了在北方雨夜中痛哭的女人，他抽着烟，看着粼粼江水，只觉得悲从中来，不可断绝，他想，就是她啊。

他和马哥告别。他们从此不会再见了。他犹豫着是否握个手，但是，没等他伸出手来，马哥已经抬起双手，左手压右手，拱手作别。

他愣了一下，也抬起了手，左手压右手。

如在宋朝。铁塔的宋朝，范仲淹和苏轼的宋朝，林冲和鲁智深的宋朝。

然后，各走各的路。马哥融入茫茫人海。

你和她，现在在一起吗？

告别时，他问了马哥最后一句，他其实一直想问，但不知何故，竟问不出口。

过了一会儿，马哥说：不能在。

主编的话

中国之心与“杂”的文

——关于李敬泽的散文

李敬泽是突然出现的散文作家。2017年之前，他是名满天下的文学批评家，在他才情横溢的评论之后，一批又一批优秀作家茁壮成长；2017年之后，他则是独具文体意识、令人耳目一新的散文作家。当然，这一切也并不是突然发生的，在此之前，他的批评一直被当作文章阅读。

不论是文学评论，还是《青鸟故事集》，“春秋”专栏，以及有关当下生活的《会饮记》，“中国”二字是李敬泽念念在兹的。《风吹不起》中，我们重新认识了介子推，那位跟随重耳颠沛流离多年的臣子，在重耳重获王位后他并不主动要求奖赏，“他决不苟且，他蔑视算计和交易，他对这一切感到羞耻，他拒绝参与这个游戏。……他竟然不遵从江湖的逻辑也不遵从庙堂的逻辑，他在无可选择中做了一个选择，从人群中走出，独自隐入山林”。就是在这个人身上，我们看到“中国之心”。每年寒食，我们都会纪念他：“人们每想起他都会感到巨大的悲凉和伤感。在中国文化中，几乎所有的节日都是红火的、热闹的，充满对现世的迷恋和肯定，而人们把唯一无火的、冷清的、寂寞的节日留给他，这个名叫介子推的人。”辨认中国之人、中国之景、中国之风，他的散文里有一颗旺盛跳跃、奔腾不息的“中国之心”，正因如此，他的作品形成了迷人的中国性。

这是作为向导的写作者，这是我们时代最迷人的举火把者。他带领我们来到历史的晦暗之地；他使我们与那些远在时间深处的人相逢；我们看到他们凛冽的面容，看到他们身体喷涌的鲜血，看到他们为信义所做的牺牲；夜凉如水，我们听到他们发出低微但又有穿透力的呼喊。——这位有中国之心的作家更眷顾我们民族精神能量中的那种柔、那种韧，那是滋养我们民族生生不息的骨血。

李敬泽的历史写作有如“钻探”，有如一个人从最深处的地壳水源去取水。书写不是为了回到历史现场，他撷取的是历史深海中的某个碎片。他要经由一个个具体而精微的碎片直抵历史的深部——关于春秋的历史写作，是为那些春秋人物重塑肉身。这关乎一个有中国之心的写作者试图回到传统内部重新发现中国历史，也关乎一位当代写作者于历史深处如何理解人类文明推进的难度。某种意义上，透过那些来自远古的铜镜，我们得以照见“春秋中国”。

“中国”不只是他所关注的内容，也是他所关注的形式。文体界限、学科壁垒在他这里烟消云散。李敬泽在努力拓展他的文学领地，有如一个技艺高强的人依然在寻找武功秘籍。这秘籍当然是中国文学传统。他没有选择晚明小品，于他而言，这些文体太轻逸。他阅读《春秋》《左传》《史记》，重新面对“文”的传统。他要追寻的是魏晋文章，在彼时，文章并未分家，那是美妙的“文”的时期。“这个

‘文’，是中国文明和文学的根底，它既是体也是用，既是道也是器，非常重要。……中国文学两三千年，每到山重水复，就要回到这个传统源头上去，放下、再出发，重新获得活力。”重要的是识见，穿越事物表象的理解力。这是我们时代整体性与思考力并存的散文作家，他有巨大的吞吐能力，他吞食这个时代的芜杂表象，然后，使用李氏文笔，分泌出独属于他的认知。

《〈枕草子〉、穷波斯，还有珍珠》《风吹不起》《夜奔》代表了李敬泽散文写作的多个面向，这里有属于他的语意转合，有属于他的曲径通幽；有属于他的人性洞察，也有属于他的锐利反讽。他看到这个时代的觥筹交错、烈火烹油，也能看到之后的清冷、沉潜与大寂寞。不拘泥于此时此地，也不陷入“记载”无法自拔。李敬泽的写作广博、通达。恣肆磅礴的想象力使《青鸟故事集》《会饮记》都成为当代文学领域具有先锋气质的实验性文本，它们博杂、深刻、好看，为读者打开理解世界的新途径，也使人别有所见。

理解李敬泽的文字，需要理解他的句型。他总会话锋一转。这句话前后都是他要表达的，但连在一起，要远比我们读到的更曲折丰饶。言有尽而意无穷。这需要读者慢慢品味，这需要一种智性互动。同时，李敬泽的表达里有一种可以把我们平庸生活迅速点燃的化学成分，能照亮读者情感内部，使之豁然开朗。

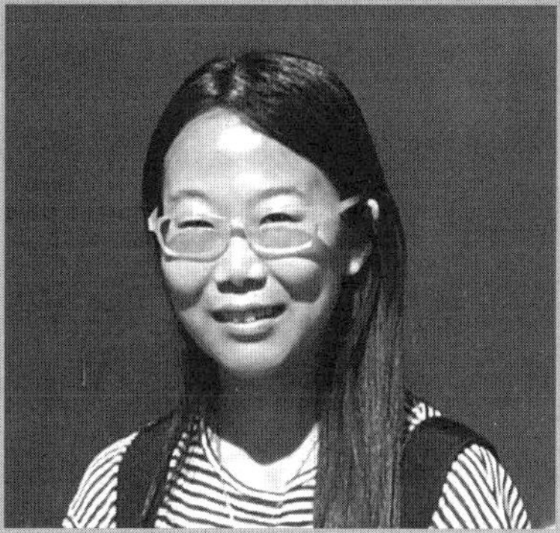

李　娟

1979年生于新疆奎屯建设兵团。出版图书有《九篇雪》、《我的阿勒泰》、《阿勒泰的角落》、《走夜路请放声歌唱》、《羊道》三部曲、《冬牧场》、《记一忘三二》、《遥远的向日葵地》等等。曾获鲁迅文学奖、人民文学奖等。

冬夜记

小时候的富蕴县，冬天真冷啊。睡到天亮，脚都是冰凉的。我和我妈睡一个被窝，每当我的脚不小心触到她，总会令她惊醒于尖锐的冰意。被子那么厚，那么沉，却是个大冰箱，把我浑身的冰冷牢牢保存。然而被子之外更冷。我俩睡在杂货店的货架后面。炉火烧到前半夜就熄透了，冷却后的铁皮炉和铁皮火墙比一切的寒冷都冷。那时，我还是个八九岁的孩子，就已经开始失眠了。我总是静静躺在黑暗中，相峙于四面八方的坚固寒意。不只是冷，潜伏于白昼中的许多细碎恍惚的疑惑也在这寒冷中渐渐清晰，膨胀，迸裂，枝繁叶茂。我正在成长。一遇到喧嚣便欢乐，一遇到寂静便恐慌。我睡不着，又不敢翻身。若惊醒我妈，她有时会温柔地哄我，有时烦躁地打骂我。我不知道哪一个是真实的她。我活了不到十年，对所处世界还不太熟悉不太理解。好在不到十年就已经攒存了许多记忆，便一桩桩一件件细细回想。黑暗无限大。我一面为寒冷而痛苦，一面又为成长而激动。

就在这时，有一个姑娘远远走来了。

我过于清晰地感觉到她浑身披戴月光前来的模样。她独自穿过长长的，铺满冰雪的街道，坚定地越来越近。仿佛有一个约定已被我忘记，但她还记着。

我倾听许久，终于响起了敲门声。

我惊醒般翻身坐起。听到我妈大喊："谁？"

仿佛几经辗转，我俩在这世上的联系仍存一线细细微光。仿佛再无路可走，她沿光而来。在门的另一边轻盈停止，仿佛全新。

她的声音清晰响起："我要一个宝葫芦。雪青色的。"

我妈披衣起身，持手电筒走向柜台。我听见她寻摸了一阵，又向门边走去。我裹着被子，看到手电筒的光芒在黑暗中晃动，看到一张纸币从门缝里递进来，又看到我妈把那个小小的玻璃饰品从门缝塞出去。这时，才真正醒来。

小时候的富蕴县真远啊。真小。就四五条街道，高大的杨树和白桦树长满街道两侧，低矮的房屋深深躲藏在树阴里。从富蕴县去乌鲁木齐至少得坐两天车。沿途漫长的无人区。我妈每年去乌鲁木齐进两到三次货。如果突然有一天，县里所有的年轻姑娘都穿着白色"珠丽纹"衬衫、黑色大摆裙及黑色长筒袜；或者突然一天，所有人不停哼唱同一个磁带专辑的歌——那一定是我家的小店刚进了新货。在小而遥远的富蕴县，我家小店是一面可看到外面世界些微繁华的小小窗口。

又有一天，所有年轻人每人颈间都挂着一枚葫芦形状的玻璃吊坠，花生大小，五颜六色，晶莹可爱。"宝葫芦"是我妈随口取的名字，一旦叫开了，又觉得这是唯一适合它的名字。我知道它的畅销，却从不曾另眼相看。还有"雪青色"，也从不觉得有什么特别。然而一夜之间突然开窍。从此一种颜色美于另一种颜色，一个人比另一个人更令人记挂。原来世上所有美丽的情感不过源于偏见罢了。我偏就喜欢雪青色，偏要迷恋前排左侧那个目光平静的男生。盲目任性，披荆斩棘。我在路上走着走着，总是不由自主跟上冬夜里前来的那个姑娘的脚步。我千万遍模仿她独自前行的样子，千万遍想象她暗中的美貌。又想象她已回到家中，怀揣宝葫芦推开房间门。想象那房间里一切细节和一切寂静。我非要跟她一样不可。仿佛只有紧随着她才能历经真正的女性的青春。

我总是反复想她只为一枚小小饰品冒夜前来的种种缘由。想啊想啊，最后剩下的那个解释最合我心意：她期待着第二日的约会，将新衣试了又试，难以入睡。这时，突然想起最近年轻人间很流行的一种饰品。觉得自己缺的正是它。便立刻起身，穿上外套，系紧围巾，推开门，心怀巨大热情投入黑暗和寒冷之中。

我见过许多在冬日的白天里现身的年轻姑娘，她们几乎长得一模一样。穿一样的外套，梳一样的辫子，佩戴一样的雪青色宝葫芦。她们拉开门，掀起厚重的门帘走进我家小店，冰冷而尖锐的香气迎面扑来。她们解开围巾，那香气猛然浓郁而滚烫。她们手指绯红，长长的睫毛上凝结白色的冰霜，双眼如蓄满泪水般波光潋滟。她们拍打双肩的积雪，晃晃头发，那香气迅速生根发芽，在狭小而昏暗的杂货铺里开花结果。

我是矮小黯然的女童，站在柜台后的阴影处，是唯一的观众，仰望眼前青春盛况。我已经上三年级了，但过于瘦弱矮小，所有人都以为我只是幼儿园的孩子。说什么话都不避讳我。我默默听在耳里，记在心里，不动声色。晚上睡不着时，一遍又一遍回想。一时焦灼一时狂喜。眼前无数的门，一扇也打不开。无数的门缝，人影憧憧，嘈嘈切切。无数的路，无数远方。我压抑无穷渴望，急切又烦躁。这时敲门声响起。雪青色的宝葫芦在无尽暗夜中微微闪光。霎时所有门都开了，所有的路光明万里。心中雪亮，稳稳进入梦乡……然而仍那么冷。像是为了完整保存我不得安宁的童年，世上才有了冬天。

这世上那么多关于青春的比喻：春天般的，火焰般的，江河湖海般的……在我看来都模糊而虚张声势。然而我也说不清何为青春。只知其中的一种，它敏感，孤独，光滑，冰凉。它是雪青色的，晶莹剔透。它存放于最冷的一个冬天里的最深的一个夜里，静置在黑暗的柜台中。它只有花生大小。后来它挂在年轻的胸脯上，终日裹在香气里。

青春还有一个小小的整洁的房间，一床一桌，墙壁雪白，唯一的新衣叠放枕旁。是我终生渴望亲近的角落。小时候的自己常被年轻女性带去那样的空间。简朴的，芬芳的，强烈独立的。我坚信所有成长的秘密都藏在其中。我还坚信自己之所以总是长不大，正是缺少这样一个房间。我夜夜躺在杂货铺里睡不着，满货架的陈年商品一天比一天沉重，一夜比一夜冷。白天我缩在深暗的柜台后，永远只是青春的旁观者。

那时的富蕴县，少女约会时总会带个小电灯泡同去，以防人口舌。同时也源于女性的骄傲，向男方暗示自己的不轻浮。我常常扮演那个角色，一边在附近若无其事地玩耍，一边观察情意葳蕤的年轻男女。他们大部分时候窃窃私语，有时执手静默。还有时会突然争吵起来。后来一个扭头就走，一个失声大哭。

她大哭着冲向铺满冰雪的河面，扑进深深积雪，泪水汹涌，浑身颤抖。很久后渐渐平复情绪，她翻身平躺雪中，怔怔眼望上方深渊般的蓝天。脸颊潮红，嘴唇青白。冬天的额尔齐斯河真美啊！我陪在她旁边，默默感知眼前永恒存在的美景和永不消失的痛苦。就算心中已透知一切，也无力付诸言语。想安慰她，更是张口结舌。真恨自己的年幼。我与她静止在美景之中，在无边巨大的冬天里。

有时候我觉得，一切的困境全都出于自己缺了一枚宝葫芦。又有些时候，半夜起身，无处可去。富蕴县越来越远。可一到夜里我还是睡在货架后面。假如我翻身起床，向右走，走到墙边再左转，一直走到尽头，就是小店的大门。假如我拔掉别在门扣上的铁棍，拉开门，掀起沉重的棉被做的门帘。门帘后还有一道门，拔开最后一道门栓我就能离开这里了。可是没有敲门声，也没有宝葫芦。似乎一切远未开始又似乎早已结束。我困于冰冷的被窝，与富蕴县有关的那么多那么庞大沉重的记忆都温暖不了的一个被窝。躺在那里，缩身薄脆的茧壳中，侧耳倾听。似乎一生都处在即将长大又什么都没能准备好的状态中。突然又为感觉到衰老而惊骇。

恐惧记

小时候我在四川，总爱长时间流连乡间小道。无目的地行走，奔跑，喃喃自语，高声唱歌。田野四面荡漾。夏天鸣蝉如密网裹住双耳，冬天湿泥顽强团在鞋底。眼前道路无尽延伸，心中异想呼啦迸响。火花四溅，大汗淋漓。我如感受不到全世界一样行走在全世界里，如鱼感受不到水一样畅游水中。不时磕着碰着，伤痕累累。伤口不肯愈合，浑身到处都疼，到处都不安分。身躯是密室，年龄是禁限，重重封印无穷大的热情和伤心。然而话语之中有裂隙，眼睛中也有，指尖的力量中也有，头发的生长之中也有。这是成长的雷霆之势，轰然堆蓄一生元气。后来的自己，不停生病，羸弱不堪。幸有源自童年的旺壮有力的成长，童年的猛力，镇守的身体一方，隆隆作响。于是生病的时刻无论多么痛苦难挨，总觉得死亡遥遥无期。

我在乡间闲耍，无限欢乐，又心怀巨大恐惧。我怕野狗，怕蛇，怕毒虫。最怕路边的坟墓。新坟倒也罢了，墓碑崭新，遍地红屑，看上去多少显得喜气洋洋。而旧坟森森，石碑歪斜，坟山塌陷，棺材外曝、变形。潮湿的棺木上生满黑绿相间的苔藓，朽坏处黑洞洞的，看进去深不见底。每次经过这样的坟墓，心中紧绷，后背恶寒，嘴里却哼着歌。渴望快速经过，却硬逼着自己放慢步伐。童年的自己总是故作无畏。有人的时候，这无畏做给人看。没人的时候，做给冥冥之中的眼睛看。非得如此逞强不可。似乎非得如此才能震慑冥冥之物。有时当着别的小伙伴，还故意爬上裂开的老坟，踏上裸露的棺材，嘻嘻哈哈。还凑近上面的破洞往里看，拾捡被鼠类啃噬的棺材碎片抛打同伴。那些木片轻飘飘的，使劲一捏便成粉末，从指尖簌簌而下。那时心中既有恐惧，也有得意，还有隐隐哀求。这童年的轻薄之态，这小小的人儿，她瘦小，尖锐，不安，富于希望。我渴望她被原谅。

我渴望她快快长大，哪怕到了现在，我仍然以为长大后一切就会好起来，长大后，就什么都不怕了。但是“长大”何时到来？她感到时间无限静止。每天早上醒来，好像一觉睡醒又回到了昨天。外婆像昨天一样催促她起床，屋檐水像昨天一样无止境地滴嗒。她懵懵然躺着。她躺着，一切不会到来。她主动起身追逐，一切仍不会到来。她翻个身面对木板墙壁。这是一座木结构的百年老屋，阴暗、霉湿。木板墙上嵌满虫蛀过的纹路，无尽地弯曲，均匀地混乱。这情景她看过一万遍。一万遍地心想：虫子迷路了。虫子在木板表面啃咬前行，像是在黑夜里拿着手电筒前行。她的手指细抚虫子的道路，然后又睡着了。梦中困于虫子的迷途。外婆又在叫她。她突然想起上学的事，感到焦灼，却怎么也醒不过来。

外婆八十多岁，她不足十岁。外婆比她多过了七十多年。七十多年的距离，令她常常感到世界深远。她一次又一次去向田野，一次又一次爬上最高的高坡，遥望群山连绵的远方。那时的希望与豪情才将她微微推向世界腹心。她紧攀世界的边缘，心想，只差一点了，再长大一点吧，再长大一点……她回到六平米的家中，外婆躺在黑暗中。她隔着七十多年的距离看她，不知她是生是死。突然感到自己的成长可能源于外婆生命的退避。于是她又犹豫了。

整个童年里，她担心外婆死去。后来渐渐地，不知不觉地，开始等待外婆的死去。死亡是什么呢？失去是什么？她再不愿往下细想。她飞快地跑，像在追赶又像在逃避。她越跑越快，越跑越快，后来飞了起来。风瞬间鼓满咽喉和身体，上下左右前后方位瞬间混乱。世界瞬间失去地心引力。她瞬间大于整个世界。飞翔是她童年里的大秘密。她有时觉得是梦中经历，有时确信无疑。然而她哭的时候飞不起来，害怕的时候也飞不起来。那两种时候她沉重不堪。她一边哭，一边拖着沉重的身体走在田野间，走在大街小巷。我尾随其后，无能为力。一生都无能为力。

童年的孤独还在于，旁观者永不现身，见证者永远沉默。童年中的自己独自走在无人的长巷中。前后顾盼，慢吞吞拖着双腿。天黑了也不愿回家。但是天黑不回家要挨打。我站在街头，站在茫茫童年之中。沧海一帆无尽地漂流。我犹豫再三。

小时候的自己胆儿真小啊。怕挨打，怕野狗，怕蛇，怕毒虫，怕恶人恶语。归根结底就是怕死。怕一切暗处的，潜伏的，会突然降临，全面控制自己命运的事物。怕坟墓，怕死人，怕鬼。后来我知道了：人鬼殊途。可当我小的时候，小小的人儿心神明灭不稳，过于急切的成长总会不时触碰万物的边界。走在路上，一脚阴，一脚阳。走着走着就走迷了，不知是梦是醒。乡间传说与个人记忆纠缠不清，莽莽时间中的累积物大于全世界。全世界下半部分拥挤，上半部分旷朗。我站在世界下半部，常常被挤得一动也不能动。抬头仰望天空，似乎看久了就会天地倒悬，坠落进无边的空旷之中。

小时候总被噩梦魇压。无论白天还是夜晚，半睡半醒间，总被黑暗而坚硬的事物深深俯瞰。被观察，被试探。它们弄不清我是什么，便离去。可有的却怀有恶意，它与我对峙，非要我示弱不可。它们逼至极近处，如同等待我死去般看着我。它比我更深刻地感受着我此刻隆隆巨鸣的双耳，倒涌的血液，敲锣响钹的胸腔。它目睹我浑身颤抖，默数一波强于一波的震荡次数。当数到某个特定的数字，它退后一步，目睹我沉没深海。细细观察万米高压四面八方将我的神魂捏搓为齑粉。

我体会的只是痛苦而已，可我的眼珠先我一步察觉到危险——它一个劲儿地往上翻。突然想起，人死了才会翻白眼。我不想死，死亡还远着呢。我拼尽全力掀动眼睫。我似乎看到了房间里的一切。以为这就是一切。然而恍眼间墙上一幅画没了。再努力看过去，它仍好好儿地挂在那里。霎时清醒，悍然睁眼，烟消云散。

又躺了一会儿，渐渐有了力气，便起身把墙上那作祟之物摘下来。接着再睡。

这世上所有具攻击性的事物：醒不来的噩梦，甩不掉的鞋底泥，紧追不舍的狗，秘密伺守的蚊虫……都附着沉沉阴物。我无从躲避。我在乡间小路奔跑，又如挤身而过。巨大的未知与本能的希望一路紧随，前后翻腾，是命中自带的大风大浪。一时恐惧，一时狂喜。怎么也停不下来。我知道一停止奔跑，一安静下来，四面八方的伏击物就会扑上来。然而我跌了一跤。然而它们扑了个空。巨大的疼痛将我带走。我坐在陌生的地方号啕大哭。有人经过我目不斜视。又有人看了我一眼。我对他畏惧而心怀期待。然而他也走了。我心中的火苗渐渐稳当。四面八方的伏击物仍安静窥伺。我走过漫长的路回家。家是更可怕的所在。

家最坚硬。最亲的亲人最冷漠，夜夜入眠的床最危险，黑夜最漫长。可所有这些都消磨不尽我对人世间的迷恋。我是下次月考成绩不进步就会被打手心的学生，是参加六一仪彩队游行之前必须借到一件白衬衣的儿童，是丢失了自动铅笔拼命想要瞒过家长的坏孩子，是每天放学都变换不同路线回家以逃避同班男生追打的胆小鬼。胆小鬼不顾一切地在无边无际的恐惧丛林中奔突。无依无靠，无可凭持，却心存信心。奇异而巨大的信心啊！胆小鬼一边逃跑，一边生出巨翅。胆小鬼终于回到六平米的家中，年迈的外婆和更为年迈的外婆的养母坐在黑白电视机前，两人一起扭过头来。她们如此苍老。后来她们死了。胆小鬼从没经历过如此巨大的死亡。世世代代累积至此的死亡。房间昏暗。胆小鬼忘记了外婆的责骂，记住了她留在锅里的一份温暖晚餐。

这一世，一定是我生生世世的第一世。这一定是我第一次来到世上吧。我突然就出现在童年里了，突然就站在那里了。我双手触及之处全是世界尽头，双脚所到之处全是深渊边缘。我看到昆虫就以为自己是昆虫，看到鸟兽就以为自己是鸟兽。要么我是野草吧？要么我是杂木顽石吧？我小得快要消失，又完整得不可思议。我上学，放学，上课，下课，睡觉，吃饭，看电视，做作业。我真的快要消失了。却又在世界另一端突然清晰、突然强壮。在那里，我仍迷恋奔跑，仍对全世界一无所知。仍倔强而迷惑，仍惧骇而勇敢。

难以相信，最后我还是长大了。我稳稳当当不偏不斜走在路上。我几乎就要什么也不怕了。所有前来威胁我的事物，我一眼就能看穿它的虚张声势。看不穿的，也能与其宁静共处。我身体健康，情感庞杂而坚定。我越来越强大，几乎就要无所不能了。就在这时，我开始衰老。

可是我连衰老都不怕了。可是我真的不怕吗？我清晰感到童年仍潜伏在我身体深处，伤痕累累，依旧敏感，依旧耐心。它静静等待远比衰老更茫然更巨大的变化。我怀疑那便是死亡。但仍觉得死亡遥遥无期。

鼠居记

我曾和一千只老鼠住在一起。我吃饭的时候，它们在饭桌下四处走动，在脚边商议大事。我上楼的时候，它们在狭窄的楼梯两侧列队窜行，左上右下，经过我如经过激流中的礁石。夜里，我躺在床上，它们在我头顶上方“嗖嗖”而过，在床下嬉戏打闹。我伴随各种琐碎的声音入睡，又频频被刺耳的啃噬声吵醒。有时是“吱吱”尖叫。我猜有一只老鼠在哭泣。那时已经夜深，我疲惫不堪，只能大喊一声。尖叫声立刻停止。然而，当我再次沉入梦中时，它又哭了。

好像它们比我更痛苦，它们的“人生”比我更曲折。我常常长时间坐在沙发上，观看老鼠世界的种种情景剧。我想不通它们如何就能抱住对它们来说异常粗壮光滑的桌腿攀上高高的桌子，也不能理解为什么要绕我的鞋子一圈又一圈地打转。时间久了我就有些糊涂了。开始我是老鼠世界的一个庞大的旁观者，后来只不过是它们梦境中的异物。我在房间里大声唱歌，跺脚，把家具嘎吱嘎吱推来推去。否则我就渐渐消失了。可无论制造出多大的动静，我还是正在越发虚弱。满地老鼠，它们的梦境仍完整无缺。没有一个抬头看我。我打开门出去看，甚至没有惊动一个邻居。

我租住的是河边一排老房子中的一套，带个小阁楼，异常狭窄，偏远安静。每天下班，走很远的路回到家，打开门，浓重的鼠气迎面扑来。瞬间满目惊忙。像有人摇动一棵晚秋中果实累累的大树，老鼠们的身影同时从高处跃下。从桌子上，从床上，从柜子上，从椅子上，从天花板上。满地流窜。那是开门声惊动了它们，不是我。我走进房间，关上门，老鼠的世界又严丝合缝。我站在房间中央，看到窗台是悬崖，窗帘是藤蔓，桌子是孤岛，沙发是开满黄色花朵的向阳山坡。空气中看不见的地方有各种通道，小径复杂分岔，加起来比全地球所有的道路还要漫长。这是老鼠的丛林王国。这幽暗的房间完全封闭，与世隔绝。我站在那里，感到饥饿。又感到我的饥饿也与世隔绝。什么也不想吃。仿佛食物是唯一的入侵者，外界将通过食物打开我最后一道防线。米饭和蔬菜以种子破土而出就开始积蓄的力量静置碗中，肉块附近的空气里站着它作为一个动物时的完整形象，睁着完整的眼睛，深深看着我。简单的晚餐中历历罗列万般前因后果。我面对晚餐坐在那里，我的灵魂却在后退。我去洗脸刷牙，水池边的老鼠抬头看我。仿佛遥望满天晚霞。它眼睛如此温柔，却不可亲近。我慢慢地刷，轻轻地漱口。唯恐惊扰到它的柔情。

我上床躺着。还是饿。还是不想吃东西。非常口渴，也不想喝水。怀着深深的厌恶感和一线希望渐渐入梦。衣箱里的声响越发大了。我担心它们咬坏我最好的那件衣服。却不想起身，兀自往梦境深处走去。但是书架那边又传来密集的啃噬声。只好从梦中返回，翻身起床。衣服是我自己的，书架上的书却是房东的，不能被破坏。实际上所有的书的书脊已经被啃得斑斑驳驳，书页边缘也都留有细碎齿痕。我挪开书，厚厚的一层老鼠屎，黑乎乎的，粒粒整齐，仿佛那是文字最终的累积。我清理这些累积，拿出香水喷。香水是警戒线，能把老鼠的道路暂时封闭。我又去检查衣箱。几乎每一件衣服上都有洞。然而我并不怕穿有洞的衣服，我如此黯淡。我又去看鞋子。老鼠们只咬布鞋和真皮鞋。然后直接把毛茸茸的碎片铺在鞋子里垫窝。有一只鞋子里已经生了一窝鼠仔。还没长毛，肉色，柔弱洁净，静静挤成一团，自以为还在子宫之中。我渴望伸手去抚摸。最终还是熄灭了灯。

之前我把怕咬的一些东西用绳子系起，悬挂在架子上。月光透过薄薄的窗帘，照在这些高高低低大大小小的悬挂物上。老鼠们沿着绳子上上下下。绳子的晃动对它们来说如地球的自转一样毫无意义。我的做法也毫无意义。我躺在床上侧身看着，又回想那些悬挂的袋子里都装了些什么，突然什么也想不起来。又突然觉得这世上没有什么不可失去的东西。

长夜漫漫。疲惫焦虑。房间里的动静永无止境，是活跃在宇宙里最小物质中的人间烟火。明天还要上班，还要带着一千只老鼠的气息出门。走在大街上，走进单位，处理全宇宙最虚幻短暂的工作。我静静平躺在全宇宙最冷静的一张床上。被子不时轻微颤动，那是有老鼠从上面经过。它们不怕我，唯一顾忌的是我身体的温暖。我是顽石朽木般的存在，可我的体温却是生命最神秘的光芒，是灵魂的气息，不可侵犯。于是我总担心会突然死去。当身体变得和周遭万物一样冰凉，便失去了与全世界的界线。当老鼠们再也感觉不到我了，就会团团围住我死去的身体放心啃噬……并不在意自己正在啃咬的这具身体曾走过多么遥远的路，去过多么美丽的地方，曾被人多么温柔地抚摸……我总是长时间清醒地躺在宇宙之中，不敢深沉睡去。

我家老鼠数量之多甚至影响到了邻居的生活，邻居便提供了老鼠药。至今静静放在桌子上。我不愿拆开，仿佛那是一个同归于尽的按钮。老鼠们绕着这个按钮打转。毫无意义。

后来我决定搬家。

交房前我大扫除，把所有家具挪开，把厚厚的鼠粪清除干净，把墙角密密麻麻的鼠洞堵塞。用84消毒液反复洗地，用来苏水四处喷洒。把衣箱里的鼠窝端了，把被鼠尿浸渍的衣物焚烧。时值春天，我日夜开窗透气。我做着这些，似乎渐渐成为有力的人，不再虚茫抑郁。却又深深感到生命之阀已经高抬，生命之水从此迅速流逝。

老鼠的大本营却一直不敢触动，那是封闭的楼梯间。后来房东来收房子，她一打开楼梯间，老鼠汹涌奔逃。她随便连跺几脚，就踩死了一大片。很多年后，再谈到此事，她还极其惊骇。

我抛弃了一千只老鼠后，像是一个从不曾见过老鼠的人那样若无其事地活在世上。却深知它们从不曾抛弃过我，至今仍在我身体深处某个绝对封闭的狭小空间里生生不息。后来遇到了很多人，他们真心喜爱我，渴望了解我。他们对我说："其实我是和你一样的人，我们有共同的经历。"我暗自叹息。只有一千只老鼠听到我的叹息，在我生命的阴影中一齐抬头，目光若繁星。

是的，我曾和一千只老鼠生活在一起，其实最开始的时候，我只和一只老鼠在一起。有一天做饭时，一扭头就看到了它。心里嘀咕：

“这房子怎么会有老鼠?”顺手舀了一勺剩饭放到橱柜下的空地上。第二天，那勺剩饭没有了。从此我每天都在同样的地方放一勺饭等它。

我想得太简单了，以为把它喂饱了，可能就不会来偷我的粮食啃我的家具了。结果，温饱思淫欲，它下了一窝鼠仔，又下了一窝，又下了一窝……渐渐占据我二十七岁那年的生命。

主编的话

蜕变就是从自身分泌出另一个自己

——关于李娟的散文

李娟一直生活在阿勒泰地区，她陪伴母亲，以裁缝和小杂货店为生。许多人都喜欢她写外婆和妈妈的文章，她离开家，把兔子或小耗子留给她们，她们跟这些小动物说话，就像跟她说话一样。“兔子死了的时候，我妈对我说，以后再也别买这些东西了，你能回来，我们就很高兴了。我外婆对我说，以后再也别买这些东西回来了，死了可怜得很……你回来了就好了，我很想你。”叙述人是女儿，是外孙女，娇憨、生动，但又深情。“又记得在夏牧场上，下午的阳光浓稠沉重。两只没尾巴的小耗子在草丛里试探着拱一株草茎，世界那么大，外婆拄杖站在旁边，笑眯眯地看着。她那暂时的快乐，因为这‘暂时’而显得那样悲伤。”（李娟《我所能带给你们的事物》）

李娟能将日常生活中的细微写得甜美而温暖。她的温暖和良善像长在田野里一样，有着茁壮生机。那是多么有趣可爱的外婆啊，年迈的她拄着拐杖天天赶牛，一扭身牛们又来了，她便和那些动物说着话，唠着嗑。那又是多么坚忍而又乐观的母亲，她辗转生活，卖木耳，开修鞋店。“有一天，妈妈也独自一人走上那条路。她拎着小桶，很久以后消失在路的拐弯处。等她再回来时，桶里满悠悠地盛着洁白细腻的酸奶。”

书写一个非传奇性、非戏剧化、非风光化的新疆是李娟带给当代文学的新气象。构成这个女青年身上葆有对大自然的美好情感，她像她的外婆和母亲一样，天然地具有与大自然，与土地、天空以及动物和谐相处的能力，她依凭这样的能力使她和她生长的那块疆北土地唇齿相依，也使自己的写作接上了地气和人气。在李娟既天真又有情感爆发力的文字之下，一个富有文学象征意义的阿勒泰世界正日益显露出光芒。

写作是作家从生命经验中挖掘宝藏。某一天，当李娟感叹她快要把30岁之前的事情写完了时，也意味着她要面对写作源泉的某种枯竭。事实上，这也是许多读者为她担心的。《冬夜记》、《恐惧记》和《鼠居记》的发表意味着重要变化的到来。作家重新返回内心。《冬夜记》是童年记忆里对青春的憧憬。“我是矮小黯然的女童，站在柜台后的阴影处，是唯一的观众，仰望眼前青春盛况。”回到内心，那里如此敏感。“然而我也说不清何为青春。只知其中的一种，它敏感，孤独，光滑，冰凉。它是雪青色的，晶莹剔透。它存放于最冷的一个冬天里的最深的一个夜里，静置在黑暗的柜台中。它只有花生大小。后来它挂在年轻的胸脯上，终日裹在香气里。”一个女童突然长大了，身体幼稚，但所想辽远。“我困于冰冷的被窝，与富蕴县有关的那么多那么庞大沉重的记忆都温暖不了的一个被窝。躺在那里，缩身薄脆的茧壳中，侧耳倾听。似乎一生都处在即将长大又什么都没能准备好的状态中。突然又为感觉到衰老而惊骇。”

喜欢写美好清澈世界的女性，开始书写对未知的惊恐。“巨大的未知与本能的希望一路紧随，前后翻腾，是命中自带的大风大浪。一时恐惧，一时狂喜。怎么也停不下来。我知道一停止奔跑，一安静下来，四面八方的伏击物就会扑上来。”风景不再是迷人的，甚至也不再是通常意义的美。她的内心越来越复杂，充满了对死亡的恐惧，对苍老的躲避。这是对以往美的世界的一种决绝的逃离。李娟在重建属于她的美的世界。“三记”读来是复杂的，让人五味杂陈。但是，正是在这种让人五味杂陈的文字里，李娟写出了人与所处之物的共通，人与动物习性的某种相近。

重要的是如何与内心安稳相处。李娟最近的文字表明，她正在艰难地从自身分泌出一个新的自己——一个成长的人看一个惶惶不安的女童。没有人可以永远躲在无忧无虑的少年记忆里。李娟让人惊喜处在于她找到了一种既沧桑又童稚的调子。对于这位年少成名的作家而言，最大的美好便在于成长已至，蜕变已来。

李修文

作家、编剧，武汉市作家协会主席，湖北省作家协会主席。出版有长篇小说《滴泪痣》《捆绑上天堂》，中短篇小说集《不恰当的关系》《闲花落》《心都碎了》，散文集《山河袈裟》《致江东父老》等。获鲁迅文学奖、茅盾文学新人奖等多种奖项。

羞于说话之时

大概在十几年前，一个大雪天，我坐火车，从东京去北海道，黄昏里，越是接近札幌，雪就下得越大，就好像，我们的火车在驶向一个独立的国家，这国家不在大地上，不在我们容身的星球上，它仅仅只存在于雪中；稍后，月亮升起来了，照在雪地里，发出幽蓝之光，给这无边无际的白又增添了无边无际的蓝，当此之时，如果我们不是在驶向一个传说中的太虚国度，那么，连我自己都不相信。

有一对年老的夫妇，就坐在我的对面，跟我一样，也深深被窗外所见震惊了，老妇人的脸紧紧贴着窗玻璃朝外看，看着看着，眼睛里便涌出了泪来，良久之后，她对自己的丈夫，甚至也在对我说："这景色真是让人害羞，觉得自己是多余的，多余得连话都不好意思说出来了。"

我一直记着这句话，记了十几年，但是，却也爱恨交织。它提醒我，当造化、奇境和难以想象的机缘在眼前展开之时，不要喧嚷，不要占据，要做的，是安静地注视，是沉默；不要在沉默中爆发，而要在沉默中继续沉默。多年下来，我的记忆里着实储存了不少羞于说话之时：圣彼得堡的芭蕾舞，呼伦贝尔的玫瑰花，又或玉门关外的海市蜃楼，它们都让我感受到言语的无用，随之而来的，是深深的羞愧。

害羞是什么？有人说，那其实是被加重了的谨慎和缄默。可是，人为什么要害羞呢？其中缘由，至今莫衷一是，美国人杰罗姆·卡格恩找了满世界的人做实验，最终还是无法确定害羞的真正缘由，或者说他已经找到了答案：任何存在都可以导致害羞。害羞竟然无解，难怪它席卷、裹挟了如此多的人群，“甚至害羞还没有来，我的身体就有了激烈的反应，心脏狂跳，胃里就像藏着一只蝴蝶般紧张不安”，杰罗姆·卡格恩的患者如是说。

不不，我说的并不是这种害羞，这是病，是必然，就像不害羞的人也可能患上感冒和肝炎；我要说的，其实是偶然——不单单看自己的体内发生了什么，而是去看身体之外发生了什么：明月正在破碎，花朵被露水打湿，抑或雪山瞬间倾塌，穷人偷偷地数钱。所有这些，它们以细碎而偶然的面目呈现，却与挫败无关，与屈辱无关，如若害羞出现和发生，那其实是我们认同和臣服了偶然，偶然的美和死亡，偶然的卫星升空和仙女下凡，它们证明的，却是千条万条律法的必然：必然去爱，必然去怕，必然震惊，必然恐惧。

所以，我说的害羞，不是要强制我们蜷缩在皮囊之内，而是作为一段偈语，一声呼召，让我们去迎接启示：世界何其大，我们何其小；我们站在这里，没有死去，没有更加徒劳，即是领受过了天大的恩典。

就像有一年，我去了越南，那一日黄昏之际，在河内街头，我目睹过一场法事：其时，足有上百个僧人陆续抵达，坐满了一整条长街，绿树之下，袈裟层层叠叠，夺目的夕光映照过来，打在僧人们的脸上，打在被微风吹拂的袈裟上，就像此地不是河内，而是释迦牟尼说法的祇园精舍；随后，吟诵开始了，这清音梵唱先是微弱，再转为庄严，转为狮子吼，最后又回到了微弱，当它们结束的时候，一切都静止了，飞鸟也都纷纷停落在屋顶，在场的人足足有二十分钟全都默不作声，就好像释迦牟尼刚刚来过，又才刚刚离开，但就在这短暂的聚散之间，地上的可怜人接受了他的垂怜。

袈裟，绿树，梵唱，夕光，还有羞愧得说不出话：此时言语是有用的吗？乃至我们去看去听的感官，难道不应该被取消吗？应当让这奇境和狂跳的心孤立地存在，像海市蜃楼一般地存在，如此，当我们回忆起来，才要一遍遍地去确认它的真实，确认我有过羞于说话之时。如果你没有忘记，那么，这些羞于说话之时，不管是寥落还是繁多，它们就是散落在你一场生涯里的纪念碑。

是纪念碑，不是一口口的井，如若是井，你就有可能跌落下去，那便是执迷，乃至是喧哗，害羞不值得供奉，值得供奉的仅仅是你的害羞之物，它们的衣襟里没有藏着刀剑，也就不存在弃你而去的役使和阉割：梵高害羞，在星空底下乞灵，求神饶恕他的罪，一转身便割掉了自己的耳朵；卡夫卡，这个害羞到怯懦的保险经纪人，一边迷恋刨花的香气，锤子的敲打声，说是这些才能令他感到安全，但是，当一次次的婚约逼近，他的拒绝也是几近凶残。这自然是极端的例证。再说今日，《生命之树》的导演特伦斯·马利克，说起这个人，他一生里可谓遍布着羞于说话的时刻，因为害羞，他几乎不肯站在任何颁奖台上，可是，当他在拍摄这部堪称杰出的电影时，害羞却变成了惊人的偏执和专注，火山的爆发，星云的飘移，潮浪的涌动，都被他绣花般记录了下来，若非如此，便恶狼般不肯放过自己。

我一直记得这一幕：香港电影《蝴蝶》里，名叫小叶的女孩子和名叫阿蝶的成熟女人并肩前行，空气里流动着情欲，因为青春总是容易叫人有恃无恐，小叶的挑逗几乎算得上蛮横，使得阿蝶的羞怯愈加突出，甚至引来了小叶的嘲笑，但是画面一转之后，在浴缸里，当真实的鱼水之欢上演，小叶就发现自己上当了，却原来，她才是被挑逗的那一个——害羞不光只是手足无措，它也可能是一幅挂在墙上的卷轴画，掀开它，墙壁要“轰隆隆”作响，一个辽阔的、崭新的洞府就在眼前。

此处的害羞，不是看轻自己，而是格外看重了自己以外的东西；此处的不说话，其实是要叫话语站有站相，坐有坐相，能够匹配得上被它描述的物事，犹如我们的一生：不是一味地去战胜，也不是一经碰触便溃逃远遁，而是不断地想出法子，使之恰如其分；如果此时是恰如其分的，那就请此时变作行船，送我们去往他处，去迎接其他时刻的恰如其分。

无情对面是山河：羞于说话的人，往往最安静，也最无情。他既然可以忍受最枯燥的安静，自然也能接受必须穿越众多枯燥的无情：革命时的呼号，受冤时的哭诉，你们只管来，我都受得起，我都发得出声，切莫说这小小的情欲，无非是几声欢好时的叫喊。

可是，天分四季，月有阴晴，一枚硬币有正反两面，人这一世，越是在反对什么，你就越是被反对的东西限制得更深，反之亦如此：但凡物事，你越是增添爱欲，它便越是成为你的救命稻草，但，活在凡俗的日常里，更多时候，我们要的只是一饭一蔬，而不是救命稻草，稻草多了，造化多了，都会压垮自己。

《欲望号街车》的作者田纳西·威廉斯如此回忆他的害羞生涯之起初："上中学，几何课上，我走神了，往窗外看，正好看见一个迷人的姑娘，我盯着她看，没想到，她也在盯着我看，顿时，我的脸开始发烫，而且越来越烫，从此以后，只要有人盯着我看，不管男的女的，我的脸就开始发红，发烫。"

——实在是悲伤的事，到了这个地步，害羞已经不仅是害羞，它是病，是逆风执炬，必有烧手之患。我也是。"这景色真是让人害羞，觉得自己是多余的，多余得连话都不好意思说出来了。"十几年下来，当初那个老妇人的话，我一直都记得，而且记得越来越牢，到最后，它就变成了怪物电影里的猛兽：我先是饲养它，又再被它反噬。我越是想扎根于更多的羞于说话之时，那种纯粹而剧烈的害羞便在我身上黏附得越紧：说话的声音，翻动书页的声音，乃至碰杯的声音，都要小，都要轻，不如此便不能放心，日渐加剧之后，它便成了病，病一发作，就叫人紧张难安。

几年来，我一直都在写剧本，实话说吧，写剧本这桩事情并未给我带来什么痛苦，唯有一件事例外，那就是每一次的剧本讨论会，每逢此时，我就如坐针毡，说到底，不过是十几年前听过的那句话又在作祟，时至今日，它已深入了我的骨髓：什么是写作？它就是写，沉默地写，不见天日地写，它怎么可以被说出呢？但我不说，自然有人会说，说桥段，说转折，我一边听，一边心惊肉跳；轮到我说了，我几乎已经心如刀绞，之前的全部生涯都变作一片即将崩塌的堤岸，我每说一句话，一块裂土就离开了堤岸，抢先落入水中。往往说到后来，巨大的虚无感降临，我便觉得我自己是个叛徒，我不仅背叛了此前有过的羞于说话之时，也背叛了写作，背叛了写作中的困难、神秘、不可捉摸和一切不能被说出的东西。

我还没有去写，就先说出来了，这使我看上去好似一只油滑的寄生虫。

这便是人活于世的诸多悲哀之一种：想嫁给皇帝的人勉强做了压寨夫人；练了十年长跑的人只能奔跑在送信的路上；其间还要夹杂多少明珠暗投，指鹿为马，直把杭州作汴州。或早或晚，我们要活成最厌恶的那个自己，既然结局已定，我们越往前走一步，便越是在背弃自己的路上更往前了一步，而得救还遥不可及，我们仍须丢弃害羞，去争吵，去斥责，去辩论，去滔滔不绝，唯有经过了这些，安静下来，想起自己如何度过了无数虚妄里的困顿和奔走，这才害羞，这才说不出话来；事实上，时代变了，你我也变了：世间照样存在叫我们羞于说话的物事，但它们不再是雪和玫瑰花，也不再是袈裟和海市蜃楼，它们渐渐变作了我们日日制造又想日日挣脱的妄念与不堪。

我未能甘心。多少滔滔不绝的间隙，我还是想念札幌郊外的那场雪。《五灯会元》里记录过这么一段——僧问："如何是古佛心？"师曰："东海浮沤。"曰："如何领会？"师曰："秤锤落井。"好吧，我既无法重回到十几年前，暂且就不再将那羞于说话之时看作中心，看作一段行路的终点，而是看作浮沤，随缘任运，无所挂碍，随处漂流，时有时灭。说不定，到了最后，那些沉默、震惊和拜服反而会像秤锤般结结实实地落入了井中，就像十几年前的那列火车，它没有停，穿过太虚国度之后也没有停，一直开进了我此刻的生活，只要我还能发现、遭逢和流连羞于说话的时刻，我就可以拿它们作为车票，不断朝前走，一直不下车。

譬如几年前在祁连山下。半夜里，道路塌方，数百辆车全都堵在了一起，我下了车，在山路上闲逛的时候，突然看见了一群哭泣的羔羊。却原来，卖羊的人不知道什么时候才能赶进城里，怕时间来不及，于是，便寻了一块空地开始了屠宰。天上的星辰伸手可及，青草的香气在旷野上飘荡，香气里，又夹杂着血腥的气息，数十张被剥掉的羊皮就摊放在公路边，也摊放在待宰的羔羊面前，它们除了流泪，甚至都不敢不踏过血污，走向屠宰场的中心，但它们全都在流泪，月光寒亮夺目，我看得真真切切。

终究有一只羊发出了哀鸣，其后，暂且还拥有性命的羊羔们全都一起哀鸣起来，而月光照样寒亮，青草的香气照样飘荡，此时让人羞怯的，不是美景，而是生死。但，在生死的交限，我，羔羊，乃至杀羊的人，却都是无能的，我们既不能叫月光黯淡，以匹配死亡，也不能叫血腥之气消散，以抵御哀伤；不仅如此，就算离开这里，我还要在更多的地方，长街和小巷，穷途和末路，我还要在更多的地方变得更加无能，一如那群羔羊，哀鸣不能使它们离开死亡，反而让它们离死亡越来越近：我，我们，竟然置身在如此乖戾的一场生涯里。不自禁地，我又想起了那句话："这景色真是让人害羞，觉得自己是多余的，多余得连话都不好意思说出来了。"

——只是这一回，要再说一次：让人害羞的，说不出话的，不再是美景，而是生死，是面向生死的无能。无能的羔羊和屠宰，无能的月光和青草。无能的八千里路和十年生死两茫茫。

又譬如更早一些时候。汶川地震之后，我们一行几人，买了足足三辆车的食物和药品，穿州过省，去往了距离汶川几十公里之外的另一座小县城。可是，当我们躲过了一路的余震、塌方和随时从山顶崩塌的碎石，终于赶到目的地的时候，竟然找不到可以交接的人，我接连去了好几次官员们办公的地方，但是，每次都被推说人手不够，没有人帮助卸货，即使卸了货，也要自己负责看管，而另外一边，却不断有受了灾的人来到我们的车辆边求取药品，如此，我的心里便生出了怨怒，横竖不管，开始就地卸货，再给那些陆续涌来的人群发放药品。

没想到的是，来了一位官员，不光横加阻拦，还要喝退求药的人们，说是赈灾货物非得要统一发放不可。到了这个地步，我就再也无法忍住横冲直撞的怨怒了，我拽住他，跟他动了手，对方当然也不会善罢甘休，叫来几个人，追着我往四处里跑，越是往前跑，我就越是怒火中烧，终于停下了步子，从地上捡起一根木棍，准备迎过去，我偏要看看，接下来到底会发生什么。

终究没有。我不仅没有跟他们继续殴打，而且还迅速地、满面堆笑地跑回去，向那个官员认了错，然后，一刻也不停地，搂紧了他的肩膀，叫他再不要出声，他似乎也被这突至的亲密吓了一跳，懵懂里，竟然变得顺从，之后，再顺着我的指引，跟我一起看十步之外的景象：一个孩子正在捕捉萤火虫。月光下，蟋蟀在轻轻地鸣唱，灌木丛随风起伏，一个孩子的手正在离萤火虫越来越近。但是，这个头上缠着绷带的孩子却只有一只手，如果盯着他看一会儿，甚至能看清楚他的鼻青脸肿，这自然都是地震带来的结果。现在，这仅剩的一只手正在从夜空里伸出去，越过了草尖，越过了露水，又越过了灌木，正在离那微小的光亮越来越近，越来越近。

当此之时，言语是有用的吗？悲伤和怨怒是有用的吗？无论你是谁，亲爱的，让我们沉默下来，不说话，去看，去听，去见证一只抓住光亮的手，看完了，听完了，我们还要再将此刻所见告诉别人，只因为，此刻所见既是惯常与微小，也是一切事物的总和，它们是这样三种东西：天上降下了灾难，地下横生了屈辱，但在半空之中，到底存在一丝微弱的光亮。

——亲爱的，如果它们都不能让你羞于说话，那么，你就是可耻的。

长安陌上无穷树

很长一段时间了，每天后半夜，我从陪护的小医院出来，都能看见有人在医院门口打架。这并不奇怪，在这城乡接合部，贫困的生计，连日的阴雨，喝了过多的酒，都可以成为打架的理由。无论是谁，总要找到一种行径，一种方式，来证明自己的存在，可能是喝酒，恋爱，也可能就是纯粹的暴力。

今晚的斗殴和平日里也没有两样：喊打喊杀，警察迟迟没有来，最后，又以有人流血而告终，这都不奇怪。举目所见：一条黯淡的、常年渍水横流的长街，农贸市场终日飘荡着腐烂瓜果的气息，夹杂着粗暴怨气的对话不绝于耳，人人都神色慌张，王顾左右而言他，唯有彩票站的门口，到了开奖的时刻，还挤满了一脸厌倦又相信各种神话的人。难免有打架、将小偷绑起来游街、姐夫杀了小舅子等等稍显奇怪和兴奋之事发生，但是很快，这诸多奇怪都将消失于铺天盖地的不奇怪之中，最终汇成一条匮乏的河流，流到哪里算哪里。

实际上，当我经过斗殴现场的时候，架已经打完了，只剩下被打得浑身是血的人正趔趄着从地上爬起来，我看了一眼，就赶紧奔上前去，搀住他，因为他不是别人，而是我熟得不能再熟的人。这个不满二十岁的小伙子，是医院里的清洁工，打江西来，热心肠到匪夷所思的地步，许多次，在我搬不动病人的时候，忘记了打饭的时候，他都帮过我。

而现在，他已经不再是我平日里认识的他：脸上除了悲愤之色再无其他，狠狠推开了我，径自而去，身上还淌着血，但那血就好像不是他身上流出来的，他连擦都不擦一下。我只能眼睁睁地看他离开，但心里全然知道，这个小伙子受到了生平最大的欺侮，他一定不会就此罢休。

果然，没过多久，等他再从医院里出来的时候，左手右手各拿着一把刀，就算进了医院，他也没去包扎一下，愤怒已经让他几乎歇斯底里，在这愤怒面前，之前围观的人群都纷纷闪避，莫不如说，人们对接下来要发生的事情其实更加期待——殴打小伙子的人几乎都住在这条街上，只要他找，他就一定能找得见他们。

这时候，一声尖利的叫喊在小伙子背后响起来，紧接着，一个老妇人狂奔上前，紧紧地抱住了他，再也不肯让他往前多走一步。但我知道，那并不是他的母亲。那只是他的工友，跟他一样，也是清洁工。这个老妇人，平日里见人就是怯懦地笑，也不肯多说话，我印象里似乎从来就没听见过她说一句话，没想到，在如此紧要的时刻，她却使出了全身的力气，抱住小伙子，再用一口几乎谁都听不懂的方言央求小伙子，要他不做傻事，要他赶紧回去缝伤口，自始至终，双手从来都没有从小伙子的腰上松开。

我一阵眼热：在儿子受了欺负的时刻，在需要一个母亲出现的时刻，老妇人出现了，当此之际，谁能否认她其实就是他的母亲？

她矮，也瘦，所以，终究被小伙子推开了，但是，小伙子还没走出去几步，老妇人又追上前来，仍要抱住他的腰，小伙子闪躲，但她还是抱住了他的腿，顿时，小伙子翻脸了，高喊着要她松手，甚至开始咒骂她，终究没有用，她好歹就是不松手。这反倒刺激了小伙子的怒气，就拖着她，生硬地、缓慢地朝前走，走过水果摊，走过卤肉店，再走过一家小超市，终于挪不动步子了。只好停下来，低下头，两眼里似乎喷出火来，就那么直盯盯地看着老妇人，大口大口喘着粗气。

看了一会儿，小伙子丢下了手中的刀，颓然坐在地上，号啕大哭；那老妇人一开始并没有搂住他，却是赶紧从口袋里掏出碘酒，先擦他的脸，再去擦他的手；然后，才将他拉过来，拍着他的肩膀，轻声对他说话，还是一口全然听不懂的方言。小伙子根本没听她在说什么，只是哭——哭泣虽然丢脸，但却是度过丢脸之时的唯一办法。他的身上还在淌着血，所以，老妇人再没有停留，强迫着，几乎是命令般将他从地上拉扯起来，再跌跌撞撞地朝医院走去。

看着他们离去，我的身体里突然涌起一阵哽咽之感：究竟是什么样的机缘，将两个在今夜之前并不亲切的人共同捆绑在了此时此地，并且亲若母子？由此及远，夜幕下，还有多少条穷街陋巷里，清洁工认了母子，发廊女认了姐妹，装卸工认了兄弟？还有更多的洗衣工，小裁缝，看门人；厨师，泥瓦匠，快递员；容我狂想：不管多么不堪多么贫贱，是不是人人都有机会迎来如此一场福分？上帝造人之后，将一个个地扔到这世上，孤零零的，各自朝着死而活，各自去遭逢疾病，别离，背叛，死亡，这自是一出生就已注定的大不幸，但好在，眼前也并不全都是绝路，上帝又用这些遭逢，让我们一点点朝外部世界奔去，类似溺水者，死命都要往更远一点的水域里挣扎，最终，命中注定的人便会来到我们的眼前；如此，那些疾病和别离，那些背叛和死亡，反倒成了一根蜡烛，蜡烛点亮之后，渐渐就会有人聚拢过来，他们和你一样，既有惊恐的喘息，又有一张更加惊恐的脸。

我常常想：就像月老手中的红线，如此福分和机缘，也应当有一条线绳，穿过了幽冥乃至黑暗，从一个人的手中抵达了另外一个人的手中。其实，这条线绳比月老的红线更加准确和救命，它既不让你们仅仅是陌路人，也不给你们添加更多迷障纠缠，爱与恨，情和义，画眉深浅，添花送炭，都是刚刚好，刚刚准确和救命。

就像病房里的岳老师。还有那个七岁的小病号。在住进同一间病房之前，两人互不相识，我只知道：他们一个是一家矿山子弟小学的语文老师，但是，由于那家小学已经关闭多年，岳老师事实上好多年都没再当过老师了；一个是只有七岁的小男孩，从三岁起就生了骨病，自此便在父母带领下，踏破了河山，到处求医问药，于他来说，医院就是学校，而真正的学校，他一天都没踏足过。

在病房里，他们首先是病人，其次，他们竟然重新变作了老师和学生。除了在这家医院，几年下来，我已经几度和岳老师在别的医院遇见，这个四十多岁的中年女子，早已经被疾病，被疾病带来的诸多争吵、伤心、背弃折磨得满头白发。可是，当她将病房当作课堂以后，某种奇异的喜悦降临了她，终年苍白的脸容上竟然现出了一丝红晕；每一天，只要两个人的输液都结束了，一刻也不能等，她马上就要开始给小病号上课，虽说从前她只是语文老师，但在这里她却什么都教，古诗词，加减乘除，英文单词，为了教好小病号，她甚至要她妹妹每次看她时都带了一堆书来。

中午时分，病人和陪护者挤满了病房之时，便是岳老师一天中最是神采奕奕的时候，有意无意地，她就要拎出许多问题，故意来考小病号，古诗词，加减乘除，英文单词，什么都考。最后，如果小病号能在众人的赞叹中结束考试，那简直就像是有一道神赐之光破空而来，照得她通体发亮。但小病号毕竟生性顽劣，病情只要稍好，就在病房里奔来跑去，所以，岳老师的问题他便经常答不上来，比如那句古诗词，上句是“长安陌上无穷树”，下一句，小病号一连三天都没背下来。

这可伤了岳老师的心，她罚他背三百遍，也是奇怪，无论背多少遍，就像是那句诗活生生地在小病号的身体里打了结，一到了考试的时候，他死活就背不出来，到了最后，连他自己都愤怒了，他愤怒地问岳老师：“医生都说了，我反正再活几年就要死了，背这些干什么？”

说起来，前前后后，我目睹过岳老师的两次哭泣，这两场泪水其实都是为小病号流的。这天中午，小病号愤怒地问完，岳老师借口去打开水，出了走廊，就号啕大哭，说是号啕，但其实没有发出声音，她用嘴巴紧紧地咬住了袖子，一边走，一边哭，走到开水房前面，她没进去，而是扑倒在潮湿的墙壁上，继续哭。

哭泣的结果，不是罢手，反倒是要教他更多。甚至，跟他在一起的时间也要更多。她自己的骨病本就不轻，但自此之后，我却经常能看见她跛着脚，跟在小病号的后面，喂给他饭吃，递给他水喝，还陪他去院子里，采了一朵叫不出名字的花回来。但是，不管是送君千里，还是教你单词，她和他还是终有一别——小病号的病更重了，他的父母已经决定，要带他转院，去北京，闻听这个消息之后的差不多一个星期，她几乎每天晚上都耿耿难眠。

深夜，她悄悄离开了病房，借着走廊上的微光，坐在长条椅上写写画画，她跟我说过，她要在小病号离开之前，给他编一本教材，这个教材上什么内容都有，有古诗词，有加减乘除，也有英文单词。

这一晚，不知何故，当我看见微光映照下的她，难以自禁地，身体里再度涌起了剧烈的哽咽之感：无论如何，这一场人世，终究值得一过——蜡烛点亮了，惊恐和更加惊恐的人们聚拢了，但这聚也好散也好，都还只是一副名相，一场开端；生为弃儿，对，人人都是弃儿，在被开除工作时是生计的弃儿，在离婚登记处是婚姻的弃儿，在终年蛰居的病房是身体的弃儿，同为弃儿，迟早相见，再迟早分散，但是，就在你我的聚散之间，背了单词，再背诗词，采了花朵，又编教材，这丝丝缕缕，它们不光是点滴的生趣，更是真真切切的反抗。

其实，是反抗将我们连接在了一起。在贫困里，去认真地听窗子外的风声；在孤独中，干脆自己给自己造一座非要坐穿不可的牢房；这都叫作反抗。在反抗中，我们会变得可笑，无稽，甚至令人憎恶，但这就是人人都不能推卸的命，就像一只鹦鹉，既然已经被关在笼子里了，我能怎么办？也唯有先认了这笼子，再去说人的话，唱人的歌，哪怕到了最后，我也没有逃离樊笼，直至死亡降临，我仍然只是一个玩物，可是且慢，世间众生，谁不都是在一生里上下颠簸，到了最后，才明白自己不过是个玩物，不过是被造物者当作傀儡，在一波未平一波又起的徒劳中度过，直至肉体与魂魄全都灰飞烟灭？

但是，有一桩事情足以告慰自己：你并不是什么东西都没有剩下。你至少而且必须留下过反抗的痕迹。在这世上走过一遭，反抗，唯有反抗二字，才能匹配最后时刻的尊严。就像此刻，黯淡的灯光反抗漆黑的后半夜；岳老师又在用如入无人之境的写写画画反抗着黯淡的灯光，她要编一本教材，使它充当线绳，一头放在小病号的手中，一头往外伸展，伸展到哪里算哪里，最终，总会有人握住它，到了那时候，躲在暗处的人定会现形，隐秘的情感定会显露，再如河水，涌向手握线头的人；果真到了那时候，疾病，别离，背叛，死亡，不过都是自取其辱。

后半夜快要结束的时候，岳老师睡着了，但是我并没有去叫醒她，护士路过时也没有叫醒，她迟早会醒来——稍晚一点，天上要起风，大风撞击窗户，窗玻璃会在她的脚边碎裂一地，她会醒来；再晚一点，骨病会发作，疼痛使她惊叫了一声，再抽搐着身体睁开眼睛，她会醒来；醒来即是命运。这命运里也包含着突然的离别：一大早，小病号的父母就接到北京的消息，要他们赶紧去北京，如此，他们赶紧忙碌起来，收拾行李，补交拖欠的医药费，再去买来火车上要吃的食物，最后才叫醒小病号，当小病号醒来，他还懵懂不知，一个小时之后，他就要离开这家医院了。

九点钟，小病号跟着父母离开了，离开之前，他跟病房里的人一一道别，自然也跟岳老师道别了，可是，那本教材，虽说只差了一点点就要编完，终究还是没编完，岳老师将它放在了小病号的行李中，然后捏了他的脸，跟他挥手，如此，告别便潦草地结束了。

哪知道，几分钟之后，有人在楼下呼喊着岳老师的名字，一开始，她全然没有注意，只是呆呆地坐在病床上不发一语，突然，她跳下病床，跛着脚，狂奔到窗户前，打开窗子，这样，全病房的人都听到了小病号在院子里的叫喊，那竟然是一句诗，正在被他扯破了嗓子叫喊出来："唯有垂杨管别离！"可能是怕岳老师没听清楚，他便继续喊："长安陌上无穷树，唯有垂杨管别离！"喊了一遍，又再喊一遍："长安陌上无穷树，唯有垂杨管别离！"

离别的时候，小病号终于完整地背诵出了那两句诗，但岳老师却并没有应答，她正在号啕大哭，一如既往，她没有哭出声来，而是用嘴巴紧紧咬住了袖子。除了隐约而号啕的哭声，病房里只剩下巨大的沉默，没有一个人上前劝说她，全都陷于沉默之中，听凭她哭下去，似乎是，人人都知道：此时此地，哭泣，就是她唯一的垂杨。

枪挑紫金冠

谁要看如此这般的戏？新编《霸王别姬》。霸王变作了白脸，虞姬的侍女跳的是现代舞，到了最后，一匹真正的红马被牵上了舞台。说是一出戏，其实是一支催化剂：经由它的激发，我先是变得手足无措，而后又生出了深深的羞耻——所谓新编，所谓想象，在许多时候，它们并不是将我们送往戏里，而是在推我们出去，它们甚至是镜子，不过，只映照出两样东西，那便是：匮乏与愚蠢。

羞愧地离席，出了剧院，二月的北京浸在浓霾之中。没来由想起了甘肃，陇东庆阳，一个叫作小崆峒的地方，满眼里都是黄土，黄土上再开着一树一树的杏花。三月三，千人聚集，都来看秦腔，《罗成带箭》。我来看时，恰好是武戏，一老一少，两个武生，耍翎子，咬牙，甩梢子，摇冠翅，一枪扑面，一锏往还，端的是密风骤雨，又滴水不漏。突然，老武生一声怒喝，一枪挑落小武生头顶上的紫金冠，小武生似乎受到了惊吓，呆立当场，与老武生面面相对，身体也再无动弹。

我以为这是剧情，哪知不是，老武生一卸长髯，手提长枪，对准小的，开始了训斥；鼓锣钹之声尴尬地响了一阵，渐至沉默，在场的人都听清了训斥：他是在指责小武生上台之前喝过酒。说到暴怒之处，举枪便打将过去。这出戏是唱不下去了，只好再换一出。换过戏之后，我站在幕布之侧，正好可以看见小武生还在受罚：时代已至今天，他竟然还在自己掌自己的嘴，光我看见的，他就掌了足足三十个来回。

梨园一行，哪一个的粉墨登场不是从受罚开始的？但它们和唱念做打一样，就是规矩，就是尺度。不说练功吊嗓，单说这台前幕后，遍布着多少万万不能触犯的律法：玉带不许反上，韦陀杵休得朝天握持，鬼魂走路要手心朝前，上场要先出将后入相。讲究如此繁多，却是为何？那其实是因为，所谓梨园，所谓世界，它们不过都是一回事：因为恐惧，我们才发明了规矩和尺度，以使经验成为眼见得可以依恃的安全感。越是缺乏安全感，恐惧就越是强烈，尺度就愈加严苛。

欧阳修之《伶官传序》既成，写到后唐庄宗李存勖，“及其衰也，数十伶人困之，而身死国灭，为天下笑”之句既出，伶人之命就被注定，自此，两种命数便开始在伶人身上交缠：一种是着蟒袍，穿霞帔，扮作帝王和弃女，扮作良将和佞臣，过边关，结姻缘，击鼓骂曹，当锏卖马。如若是有命，就花团锦簇，传与遍天下知道，如若无命也不妨，你终是做了一辈子的梦，这梦境再作刀剑，将多少劳苦繁杂赶到了戏台之外，你和尘世之间的窗户纸，只要你不愿意，可以一直不捅破；一种却是，三天两头就被人喝了倒彩，砸了场子，不得科举，不得坐上席，甚至不得被娶进门去。在最是不堪的年代里，伶人出行，发上要束绿巾，腰上要扎绿带，不为别的，单单是为了被人认出和不齿；就算身死，也难寿终正寝，死于独守空房，死于杖责流放，死于黥字腰斩，哪一样何曾少过？

烟尘里的救兵，危难之际的观音，实际上一样都不存在，唯有回过头来，信自己，信戏，以及那些古怪到不可理喻的戒律，岂能不信这些戒律？它们因错误得以建立，又以眼泪、屈辱和侥幸而浇成，越是信它，它就越是坚硬和无情，但不管什么时候，它总能赏你一碗饭吃，到了最后，就像种田的人相信农具，就像打铁的人相信火星子，它们若不出现，你自己就先矮了三分；更何况，铁律不仅产生禁忌，更产生对禁忌的迷恋和渴望，除了演戏的人，更有那看戏的人，台上也好台下也罢，只要你去看，去听，去喜欢，你便和我一样，终生都将陷落于对禁忌的迷恋与渴望之中，我若是狐媚，你也是狐媚的一部分，如此一场，你没有赢，我没有输。

西蒙娜·薇依有云：所谓勇气，就是对恐惧的克服。要我说，那甚至是解放，我们在恐惧中陷落得越深，获救的可能就反而越大，于人如此，于戏也如此。在江西的万载县，乡村场院里，我看过一出赣剧《白蛇传》，说起来，那大概是我此生里看过用时最长、记忆也最刻骨的一出戏。

恰好是春天，油菜花遍地，在被油菜花环绕的村庄里，桃花和梨花也开了，桃花梨花最为繁盛之地，便是舞台，这不是无心插柳，而是存心将枯木与新绿、红花与白花全都纳入了戏台之内。但这只是由头，时间才是真正的主角。这出戏总共五回，每一回竟然长达一个小时，稍有拖延，就可以演到一个半小时。先说武戏：小青与法海。一场打斗，被细密地切分了，如果时长十分钟，则每两分钟之间都有转换，由怨怼转为愤懑，再转为激烈，最后竟是伤心和哭泣。可能是我想多了，但我确实在想——编排这出戏的人才是看透了人世，人活一世之真相，都在戏台上：但见翎子翻飞旗杆挑枪，但见金盔跌落银靴生根，可是小青，可是法海，你们究竟从哪里来，又要到哪里去，你们是谁？在上下翻腾之中可曾想过，你们究竟是打斗的主人，还是打斗的傀儡？而坏消息是：时间还早，你们仍要将这一场打斗几乎无休止地进行下去，持续下去，既认真，又厌倦。

再说白素贞和许仙。他们说着西湖，说着芍药，身体便挨近在了一起，端的是：隔墙花影动，金风玉露一相逢。就要挨在一起之时，既不急促，也未太慢，有意无意地闪躲开了。我们都嗅到了他们的呼吸，我们都已经听见了衣襟擦撞的声音，就像一根冰凉的手指经过了滚烫的肉体，然而，他们竟然就这么错过了。端庄，天真，而又淫靡。一切开始在微小之处，且未拼死拼活，但这微小却激发出了两个阵营：他凉了，我热了；他在如火如荼，我却知道好景不长；她莲步轻移，我这厢敲的是急急锣鼓；她在香汗淋漓，我看了倒是心有余悸。到了最后，这许多的端庄、天真和淫靡只化作了山水画上的浓墨一滴，剩余处全是空白，演戏的人在走向残垣，走向断墙，看戏的人却火急火燎，奔向了空白处的千山万水。

这便是戏啊——“始于离者，终于和”，到了此时，老生和花旦，凤冠和金箍棒，都不再是孤零零的了，时间先是折磨了他们，现在又让他们聚拢，再使他们翻手为云，造出幻境：红脸的是关公，白脸的是曹操，这一方戏台之内，江河并无波涛，不事耕种也有满眼春色，所谓“强烈的想象产生事实”，所谓“离形而取意，得意而忘形”，真正不过如此。到了这时候，还分作你看戏我演戏？不，唯有时间是最后的判官，害怕时间，我们发明了钟表；为了与之对抗，我们发明了更多的东西：酒，药，战争，男欢女爱，当然还有戏，譬如这一出漫长的《白蛇传》，六个小时演下来，何曾为入场退场所动？我演我的，你走你的，因为我根本不是他物，乃是时间的使节和亲证，我若不能证明时间才是写戏排戏又演戏的人，我便是失败的。

我还清楚地记得散场之后的夜路。全然未觉得自己已经离开了戏台，反而，那一隅戏台被空前扩大，连接了整个夜幕：在月光下走路，折断了桃树枝，再去动手触摸草叶上的露水，都像一场戏。只因为，稍稍去看，去听，去动手，都横生了无力感和暧昧，和六个小时演出里的痴男怨女一样，离开戏台，我们也在深受时间的折磨，因为万事看不到头的绝望，我们去亲密、暧昧和离别，反过来，又因它们加重了绝望。实在是，这一出戏已经改变了此前的满目风物，就像一片雪，一棵刚刚钻出地面的新芽，都在使世界不一样。

先作如此想，再去看这满目风物：哪里不是戏台，哪里没有青蛇和白蛇？一如元杂剧《单刀会》里的关公唱词，他先唱：“水涌山叠，年少周郎何处也？不觉的灰飞烟灭，可怜黄盖转伤嗟。破曹的樯橹一时绝，鏖兵的江水犹然热，好教我情惨切！”唱到此处，流下泪来：“这也不是江水，二十年流不尽的英雄血！”

这么多年，每到一处，逢到有戏开演，如果没去看，总归要茶饭不思，好在是机缘常有，除去大大小小的剧院，田间村头也看了不少，这一次看徽剧《单刀会》，就是在安徽的一个小县城，长江里一艘废弃的运沙船上。那只不过是个寻常的戏班子，农闲之后，以运沙船作戏台，招得二三十个看客，消磨一两个时辰，风大一点，天黑得早一点，也就不演了，所以，我连看了好几天都没看完一整出。

可是，在十二月的寒风里，这一出零散小戏，我还是听得面红耳热。实在太好了，要么不演，一演起来就像是七军合纵，去打一场激烈的、快去快回的仗：顷刻之间，鼓声频发，锣声紧急，散板，哭板，叠板，齐刷刷像冰雹一样砸下来；低落时唱吹腔，激愤时唱拨子，紧跟着余姚腔，青阳腔，甚至能听见京调和汉腔，虚虚实实，相生相克，轻重缓急却是不错分毫，好似真正的战役正在进行，该杀人的杀人，该割首的割首。就在这快速行进的顷刻之间，生旦净丑轮番演过，马战，行船，翻台，滚火，更是一样都没落下。我站在人群里，岂止要叫好，简直就像被一盆热水浇淋过了，湿漉漉的，通体却都生出了热气，再颓然低头，兀自想：那个美轮美奂的古代中国，横竖是不会再有了。

这却不是这出戏的要害。要害是，这里的关云长，全然不是人人都见过的那个关云长。说起关公戏，大小剧种大小剧目加起来只怕有上百种，《古城会》《走麦城》《灞桥挑袍》，不一而足，大多的戏里，关云长先是人，后是神，最终只剩下一副面具——他非如此不可，万千世人越是缺什么，就越要将他装扮成缺失之物的化身，他只能在言说中变得单一和呆板，乃至是愚笨，只因他绝不是刘玄德一人的二弟，他其实是万千世人的二弟。他的命运，便是被取消情欲，再被我们供奉。可是，且看这出戏里的关云长：虽说逃脱了险境，惊恐，忐忑，侥幸，却是一样都没少，就算置身在回返的行船上，却反倒像一个孩子，一遍遍与船家说话，唯有如此，他才能分散一点惶恐。

这一出乡野小戏，因为几乎照搬了元杂剧，竟然侥幸逃过了修饰和篡改，就像一个被灭国的君王，传说葬身火海，实则遁入了空门，风浪平息之后，再在人迹罕至之处娶了妻，生了子；不仅如此，这出戏，还有更多的小戏，其实就是典籍和历史，只不过，修撰者不是翰林和同平章事，而是人心，人心将那些被抹消的、被铲平的，全都放置于唱念做打里残存了下来，这诸多顽固的存留，就是未销的黑铁，你若有心，自将磨洗认前朝。别人未见得知道，《单刀会》里的关云长却是知道这一天必然来临，你看他，戏终之前，一叹再叹："昏惨惨晚霞收，冷飕飕江风起，急飐飐云帆扯。承管待、承管待，多承谢、多承谢。"

还是二月的北京，看完了新编《霸王别姬》，没过几天，我再入剧院，去看《战太平》，又是要命的新编，可是既入此门，也只好继续这一夜的如坐针毡：声光电一样都没少，就像是有一群人拎着满桶的狗血往舞台上泼洒，管他蟒袍与褶衣，管他铁盔与冠帽，都错了也不打紧，反正我有声光电；谋士的衣襟上绣的不再是八卦图，名将花云的后背上倒是绣上了梅兰竹菊，都不怕，反正我有声光电。

唯有闭上眼睛。闭上眼之后，却又分明看见一个真实的名将花云正在怒发冲冠，正在策马狂奔。我若是他，定要穿越河山，带兵入城，闯进剧院，来到没有畏惧的人中间，一枪挑落他们头顶的紫金冠，再对他们说：这世上，除了声光电，还有三样东西——它们是爱、戒律和怕。

阿哥们是孽障的人

时近正午，冻雨砸向小城，半个小时过去，黄河堤岸上仅有的一株蜡梅便消失不见，全然被灰蒙蒙的雨雾覆盖了进去，但是，毕竟已是大年三十，孩子们终于忍耐不住，开始当街呼喊奔跑。最后一批打年货的人们也在雨雾里渐次显露身影，直至“嘣”的一声，一只巨大的爆竹在半空里鸣响，冻雨骤然而止，炊烟升上屋顶，一个荒凉地界的农历新年，总算是掀开了序幕。

然而，爆竹越响，我便越是躁乱不堪——我来此地，原本是为一个剧组救急，帮他们再改一遍剧本，没曾想到，我前脚才到，剧组后脚就宣告解散了，我也只好收拾行李准备离开，正在收拾行李的时候，竟然被人直接关在了剧组借住的一幢小楼里，再也走不出去了。却原来，剧组欠了拍摄地不少钱，不知何时，制片人竟然带着大部分人逃跑了，未及跑出的，不过寥寥数人，其中就有我一个。

接下来，我只好化身为一个边城囚徒，每日里足不出户，除了一遍遍给制片人打电话，也想不出别的办法，直到制片人彻底关机不再接听，他所许诺的解救也仍然远在天边。如此，时间便来到了大年三十，看守我们的人们总要回家过年，也是吃准了我和同犯们逃不出此地，出乎意料地，我们竟然获得了在街上游荡的机会——就此逃脱的确是不可能的：此地被群山环抱，唯一通往外界的道路，是黄河上的渡船，而黄河已经上了整整三天的冻了。

就像一群郁郁寡欢的游魂，一行人在破落的街道上来来回回走了好几遍，或许是因为愤懑，也或许仅仅只是对彼此的厌弃，几乎无人说话，渐渐地，大家便都走散了。我给远在几千里外的亲人打完了电话，一边将挥之不去的凄凉之感推出体外，一边信步走上了黄河堤岸，下意识里，大概是想去见一见那株隐藏在浓重雾气里的蜡梅。全然不曾想到，一踏上堤岸，就听见有人在不远处唱歌："出门遇上了大黄风，闪花的草帽儿落圈，绯红花儿你听，你的大哥哥们走哩，肝花妹妹坐吆，阿哥们是孽障的人……"

犹如被一道闪电击中，我原地站住，心脏竟然激烈地狂跳起来：如果我没记错，上次听见这首花儿还是在十年前的青海，也是在冬天的山梁上，一群庄稼人站在积雪里给我唱起过；此刻突然听见，我还以为我的魂魄错乱了，定了定神，四处张望，而确切的歌声却再度冲破了雾气："阿哥们世下的太寒酸，这么价活人是可怜，绯红花儿你听，你的大哥哥们走哩，肝花妹妹坐吆，阿哥们是孽障的人……"

刹那之间，我不再有半点犹豫，面朝歌声响起的方向狂奔了过去，仅仅只跑了三两分钟，就在堤岸下面一座几近废弃的船坞里看见了唱歌的人：一群男人，有老有少，更多的则是青壮年，要么坐在钢梁上，要么靠在船舷边，看见我狂奔而至，也就没有再唱，只是微笑着，甚至是羞涩地看着我，然而，几乎就在一瞬之间，在那些黑红的肤色和刀削般的脸映入我眼帘的一瞬之间，我便大致明白，他们应当就是来自甘肃或者青海，他们的父兄，也许正好是站在十年前的积雪里唱歌给我听的人。

当此穷途末路之际，不由分说，我先在心里将他们认作了我的远亲，紧接着，再结结巴巴地告诉他们，我差不多可以算作西北风土的义子，既唱过湟中河谷的花儿，又赶过河州城里的夜路，在贺兰山下的一个村庄，我盘桓半月之久，临别时已经差不多能认清村庄里的每一只羔羊；这么说着，眼前的远亲们便又笑了起来，那种源自于埋首劳作的羞涩，也在这突至的机缘里慢慢褪去了，最当头的走近我，道了一声："弟兄么。"随后，远处的也围拢上前，我们就在一条锈迹斑斑的大船上说起了西北——靖远的羊肉，兰州的皮筏子，还有灵武的枸杞，西宁的酥油糌粑。

渐渐地，风大了起来，我终不免开口问他们，何以会像我一般，大年三十还流落在这荒僻小城？还有，这么多的弟兄聚在一处，哪怕再寒碜，一顿团年饭总是该备下的吧？话说到这里，我才总算知道了答案，却原来，眼前的远亲们和我一样，身陷此地都是被迫的困守——春天里，他们跟随一个当家人从家乡出来，承包了我们此刻置身的修船厂，一年里出入平安，一切还算顺利；唯一的例外，发生在二十多天前：一个弟兄生了重病，如果想要保住性命，就非得要去省城里救治不可，但是，哪怕当家人变卖了修船厂里所有能够变卖的东西，治疗费也远远不够，于是，在场的这些远亲们，老的老，少的少，每个人都把自己压鞋底的钱拿出来了，虽说已经走了二十多天，那个身患重病的弟兄，连同他们的当家人，却都还远远没有回来的迹象，而修船厂却已经卖掉了，他们没有了栖身的地方，只好分头打些零工糊口，分头找些屋檐睡觉，如此零星收入，回家的盘缠当然不够，就连手机话费也全都充不起了，所以，今日里虽说是大年三十，大家在修船厂聚首，为的却并不是吃团年饭，只是像每日里一样，说几句话，一起往黄河对岸看一看，他们就会散去，也是突然想家了，他们这才唱起了花儿。

已是正午时分了，天气越来越冷，可是，我一边听他们说话，某种巨大的热切乃至滚烫之感，却从心底里猛然滋生了出来——这寒风中的示现，我实在一点都不陌生：武威城里，陌生人曾经给困倦已极的我递过满满的一碗热酒；湟中野外，放羊的老者曾经容留我睡在他的帐篷里，而他自己却在羊群里睡了整整一夜。是啊，在那些荒瘠河川里，诺言像石头一般坚硬，情义像刀子一般干脆，一如眼前的这些远亲，已然将千里之外的石头和刀子搬迁到了这里：怀抱着诺言与情义，他们就此甘心在贫寒与等待中画地为牢，所以，此处不是他处，就是青海、甘肃和宁夏，就是西海固、贺兰山和河西走廊。

如此，一个念想便从脑子里浮了出来：我应当和我的远亲们一起吃顿团年饭。一念既出，我就马上告诉他们：虽说我也算是穷愁潦倒，而且还正身处在一场莫名的关押之中，但是，一桌饭菜，几瓶烧酒，我尚且还请得起，同在这天远地偏之处，我们便活该亲近，更何况，我早已将自己认作了西北风土的义子。当头的刚要反对，我却早已扔下手机给他，要他和众弟兄向千里之外报个平安，又二话不说地拉起两个小伙子，顶着西风跑上了堤岸，满心只想着赶在店铺关门之前买来更多的酒菜。

这么多年，这是唯一一个我没有在亲人身边度过的农历新年，但是，我可以肯定，在此后的时光里，这个农历新年却定然会像岩画一样雕刻在我的身体之上，因为它不是别的，它是委屈被抹消，是底气被托举，是走投无路之后的天无绝人之路。

事实上，在那艘锈迹斑斑的大船上，饭菜刚刚做好就全都被风吹凉了，好在我们有酒，三两杯喝下去，身体暖和了，家常话也就多了起来。说来凑巧，其中一对父子，我竟然踏足过他们的村庄，父亲一把抓紧了我的手，赶紧吩咐儿子给我倒酒，又连说了好几遍："真是弟兄么，真是弟兄么。"如此便要再次举杯，我当然一饮而尽，转而再去敬别的弟兄，几番敬过，竟然毫无醉意。这时候，天色将晚，黄河上交错的冰层正在一点点碎裂开来，就在我对着黄河稍一愣怔的时候，刚刚那个将我唤作弟兄的父亲，竟然扯着嗓子唱起了花儿："贵德的黄河往南淌，虎头的崖，又落了一对儿凤凰，朝你的方向上哭一场，有心来，没个落脚的地方……"

手捧热酒，置身于上天送来的弟兄们中间，我又怎么能不开口唱起来呢？于是，不管听没听过的，我都跟着唱，唱了河州令，再唱东乡令，唱了《交亲亲》和《下四川》，再唱《妹妹的山丹花儿开》和《老爷山上的刺梅花》，一句一句唱下来，整个身体都热烘烘地，一时之间，全然不知今夕是何夕，就像是被甘肃的沸水浇淋了，又像是被青海的月光照亮了，但我不曾停止，一唱再唱，反复纵容着自己陷入这小小的放浪。这时候，天色黑定了，醉意也慢慢袭来，我正陷入懵懂的犹豫，想着是否再喝一杯，那句我熟悉的调子便又响了起来："又背了沙子又背了土，又背了大石头了，绯红花儿你听，你的大哥哥们走哩，肝花妹妹坐吆，阿哥们是出门去的人……”霎时间，我便眼红耳热，仓皇着再喝尽一杯，赶紧跟着唱：“又受了孽障又受了苦，还受了旁人的气了，绯红花儿你听，你的大哥哥们走哩，肝花妹妹坐吆，阿哥们是出门去的人……”

——这夜幕里响起的调子，不是别的，它是落难，是拿刀子挖自己的心。

那一晚，直到冻雨再次齐刷刷尖利地落下，神迹降临般的团年饭才算宣告结束，无论有多么不愿意，我也只好与我的弟兄们在江堤上作别，他们还要去找各自过夜的地方，而我，则只好回到我借住的小楼里去继续我的囚徒生涯，只是我并没有告诉他们，在各自分散之后，我又折回了船上，也没有喝酒，径直走来走去，拼命回忆着此前唱过的每一句，其时情境，就像是一个远道而来的凭吊客，正在败落的遗址里寻找自己的身世；又像是一个失忆症患者，再三确认着他是否真正是从一场难以言说的神迹里走出来的。

我当然是从神迹里走出来的。因为直到第二天清晨，这场神迹还在延续。

清晨，我被冻雨落在屋顶上的敲击之声惊醒，起了床，刚一推开窗子，迎面便看见了足以惊人的景象：楼下的铁门之外站着两个人，不是别人，正是昨日船上的那对父子，儿子的手里拎着一瓶白酒，父亲虽说撑着一把雨伞，但是那把伞太残破了，挡不住雨，所以，两个人的身上都已经淋得湿透了。

震惊了一瞬间，我赶紧问他们，为何会到这里来找我。全然不曾想到，父亲竟然回答我，既然我拿他当了弟兄，他就应当拿我也当弟兄，按照他们家乡的礼数，大年初一，当小辈的应当带上礼物，去给长辈磕头，而我一人在外，自然没人给我磕头，所以，他便带着儿子来给我磕头了，说话间，儿子已经在湿漉漉的地上跪下，接连给我磕了三个头，磕完了，又将那瓶白酒从铁门的门缝里塞了进来，再重新站好，对着我笑。

没有人看见我的战栗，然而，我是真正的满身战栗了起来。站在窗子前，懵懂与哽咽将我轮番冲击包裹，除了瞠目结舌，我根本未能说出一句话，直到父子二人离开，看着他们的背影在雨雾里越来越小，我还是不知道是否应该对着他们呼喊一句。终于没有，愣怔了一小会，如梦初醒一般，我飞奔下楼，捡起了铁门边的白酒，想了又想，竟然掀开盖子喝了起来——我早已知道，我的弟兄囊空如洗，可是，他仍然在大年初一的早晨送来了这瓶白酒，所以，喝下它，就是喝下了贫苦，喝下了从贫苦里长出的情义。

多年以后，我依然能够清晰地回想起喝下满瓶白酒的那一天：跌跌撞撞，却又飘飘欲仙，虽说铁门紧锁，我却并没有心生怨怼，正所谓，不知道可以原谅什么，但觉世间万事都应该被原谅。这一天，雨雾尽管仍然没有散，但是，当我重新站在窗子前，竟然觉得山河浩荡，觉得黄河堤岸上全都长满了蜡梅，而且，一朵一朵，全都怒放。这当然是我的狂想，然而狂想一旦开始就不曾休歇，我甚至想，说不定，在黄河的对岸，某处隐秘的地界，也有一个人如我般被关押，弟兄啊，我对他说，不要紧，无论深陷何时何地，尽管安之若素，要不了多久，哪怕霜寒夜重，你也会迎来命定的弟兄，命定的弟兄一定会找到你。

我当然不会想到，那些白日里的狂想，刚刚入夜就验证在了自己身上。入夜之前，看守我们的人来了，毕竟是大年初一，他们各自也都喝了酒，可能是因为制片人的电话仍然无法接通，也可能仅仅只是因为想起了自己的命运，一个个的，竟然全都不由分说地暴怒，站在院子里，对着我和我的同犯们一顿辱骂，但是，我们之中，并无一人出来回应，所以，对方辱骂了一会，也就锁上铁门，继续回家过年了。

看守们走远了之后，没过多长时间，我竟然听见有人叫我的名字，我恍惚了一小会，迷惑着打开窗子，先是雨幕扑面而来，然后，我就在雨幕里看见了我的弟兄们：不仅仅只有那对父子，而是所有的弟兄都来了。我当然赶紧跑下了楼，来到铁门边上，不料，我还未及开口，当头的弟兄竟然劈头告诉我，虽说雨还在下，但气温已经没有那么低，黄河正在解冻，差不多可以行船了，而修船厂里恰好还有一条没有损坏的小船，所以他们商量过了，决定现在就带我过河逃离此地，以免明天看守们来了，我就又走不了了。

——当我狂奔着下楼，怎么会想到事情竟然是这样呢？听当头的弟兄说完，我站在铁门之内，某种错乱迅速袭来，这错乱几乎使我疑心自己根本没活在这世上，也不是活在某部电影抑或传奇小说之中，而是活在几千年里所有情义的要害里：千里送京娘的夜路，黑旋风劫法场的黎明，抑或羊角哀找到了左伯桃栖身的树洞，范无救奔走在解救谢必安的河水中。不过是一刹那，电光石火纷至沓来，我在电光石火里看看背后黑黢黢的小楼，再看看眼前寡言的弟兄，除了陷入比白日里更加巨大的震惊，根本无法知道该如何是好。但是，满天的冻雨，还有森严的铁门，它们都可以证明：正在等候我的，确切是我昨日才相识今日便过命的弟兄。就在当头的弟兄说话间，两个青壮的小伙子已经翻越了铁门，跑上楼，将我的行李拎了下来，再在我身边站住，笑着看我，不发一言，到了此时，我再也没有片刻犹豫，三两步便攀上了铁门。

没想到的是，一行人刚刚要跑上黄河堤岸的时候，看守们来了，而且，他们还叫来了更多的人，隔了老远也能听见他们兴奋的咒骂声，随后，咒骂声越来越近，他们将摩托车和小货车的车灯都打开了，灯光远远照射过来，就像正在照射一群待宰的羔羊。我站在弟兄们中间，看看这个，再看看那个，和众弟兄一样，既然事已至此，我倒也和他们一样并不慌乱，这时候，仍然是那一对父子，走到我的身前，父亲叮嘱儿子，将我照顾好，又对我说："修船的么，水性好，放宽心。"

一语说罢，弟兄们竟然一起朝车灯亮起的方向走了过去，只剩下了我和另外三四个人停留在原地，这时候，给我磕过头的少年劝说我，赶紧跑上堤岸，去上船渡河，我当然不愿意，径直告诉他：现在是过命，既然是过命，我就不能不过自己的命。哪知道，少年竟然一把拽着我就往前奔跑，我刚想要挣脱，另外几个弟兄又一并将我拉扯着往前奔，一边跑，少年一边对我说："给你磕过头了，不能扔下你。"

就这样，一路踉跄着，不过几分钟的时间，我们就奔到了黄河岸边，未曾有半刻停留，少年便拉扯我坐进了一条铁皮小船，一入黄河，少年立刻端坐在船头，持桨敲击冰层，冰层应声碎裂，我们的船就从簇拥的冰层里穿行了出来，并没有走多远，冰层便消失不见了，水流也不急缓，似乎正在预示着一个即将来临的大好晴天，而我却未发一言，颓然蜷缩在船舱里，只觉自己是个临阵脱逃的叛徒。倒是船头的少年，开口唱了起来："牛头跟马面俩两边里站，把我俩，押给了阎王的殿前，好花儿我俩唱翻了阎王殿，把好少年，我俩漫红了阴间……" 再停下来，对我说："唱么。" 然而我却没有唱，一个劲地回头张望，可是，黑暗已经将我刚刚离开的堤岸完全笼罩，依稀可见的，只有河面上零星漂浮的冰层，显然，我离我的弟兄们是越来越远了。

然而，就在这个时候，一句歌声从身后广大无边的黑暗里响了起来，只这一句，我便腾地从船舱里站了起来，因为唱歌的不是别人，正是少年的父亲，我过命的弟兄。现在，他回来了，和他一起的弟兄们也都回来了，他们全都扯开了嗓子，用歌声为我送行，那歌声，既猝不及防，又撕心裂肺，就算有妖孽正在经过，那歌声也足以使它低头认罪，还等什么呢？如遭电击之后，我也扯开嗓子，跟着弟兄们一起嘶喊："一身的脂肉儿苦干了，压弯了脊梁骨了，绯红花儿你听，你的大哥哥们走哩，肝花妹妹坐吆，阿哥们是离乡的人；拿着的干粮吃完了，出门人孽障死了，绯红花儿你听，你的大哥哥们走哩，肝花妹妹坐吆，阿哥们是离乡的人……"

唱完了一遍，再唱一遍："没风没雨的三伏天，脊背上晒下的肉卷，绯红花儿你听，你的大哥哥们走哩，肝花妹妹坐吆，阿哥们是孽障的人；一年三百六十天，肚子里没饱过一天，绯红花儿你听，你的大哥哥们走哩，肝花妹妹坐吆，阿哥们是孽障的人……"

唱完了一遍，从头开始，又唱一遍："出门遇上了大黄风，闪花的草帽儿落圈，绯红花儿你听，你的大哥哥们走哩，肝花妹妹坐吆，阿哥们是孽障的人；阿哥们世下的太寒酸，这么价活人是可怜，绯红花儿你听，你的大哥哥们走哩，肝花妹妹坐吆，阿哥们是孽障的人；又背了沙子又背了土，又背了大石头了，绯红花儿你听，你的大哥哥们走哩，肝花妹妹坐吆，阿哥们是出门去的人；又受了孽障又受了苦，还受了旁人的气了，绯红花儿你听，你的大哥哥们走哩，肝花妹妹坐吆，阿哥们是出门去的人；一身的脂肉儿苦干了，压弯了脊梁骨了，绯红花儿你听，你的大哥哥们走哩，肝花妹妹坐吆，阿哥们是离乡的人；拿着的干粮吃完了，出门人孽障死了，绯红花儿你听，你的大哥哥们走哩，肝花妹妹坐吆，阿哥们是离乡的人；没风没雨的三伏天，脊背上晒下的肉卷，绯红花儿你听，你的大哥哥们走哩，肝花妹妹坐吆，阿哥们是孽障的人……"

主编的话

山河人间与中国式美学

——关于李修文的散文

读李修文的散文，我多次想到鲁迅先生的话:“无穷的远方，无数的人们，都和我有关。”那是一位好作家应该拥有的情怀，也是好作品所要达到的境界。在文字里，这位作家实现了和“无穷的远方，无数的人们”在一起的愿望，他以深情而不凡的书写获得了我们时代读者的审美信任。今天，有这样追求的作家和作品珍稀而宝贵。

李修文的笔下有许多身份“低微”的人，但是，“低微”遮蔽不了内心的光芒。最卑微的人身上也有尊严和教养，那是一种“人生绝不应该向此时此地举手投降”的信念，因为，“在这世上走过一遭，反抗，唯有反抗二字，才能匹配最后时刻的尊严”。《长安陌上无穷树》《羞于说话之时》《枪挑紫金冠》《阿哥们是孽障的人》都是有人的光芒的作品。他把世间草民的情感与尊严写得浓烈而令人神伤。李修文的笔力之魅，是使渺小的人成为人而不是众生，他使凡俗之人成为个体而不是含混的大众。某种意义上，这位作家有如人性世界的拾荒人，他把我们忽略的、熟视无睹的人事一点点拾到他的文字里，炼成了属于他的金光闪闪的东西。

“我曾经以为我不是他们，但实际上，我从来就是他们。”作家在创作谈中如是说。这是卓有意味的转折，这是重要的方法论意义的改变。他的写作从此柳暗花明，气象一新。他所追求的是与万物“共在”与“共情”，而不把所写之物奇观化、对象化。也许写作者是外在的，但是，透过特殊的取景器，他将自我融入所写之物，从而实现与普通读者的“情感同盟”。

在李修文的作品里，你能看到此时此刻的中国，无数的人民，热气腾腾的生活，人与人之间的情深意重；当然，也能感受到他的修辞追求。那种凝练、跳跃、悬置，那种旁逸斜出、突然宕开一笔，那种强烈的情感的凝聚力与爆发力，以及，一种与古诗意境有关的、令人着迷的场景，都在他的散文中出现了。

所写固然是当代人生活，但是，作家创造性地处理了当代人情谊与古代传统情谊的关系。即使身患绝症，岳老师也要在病房里敦促同样生病的小病友读诗，孩子总也记不住。但就在他们分离的一瞬，孩子背出了那句诗：“长安陌上无穷树，唯有垂杨管别离。”穿越千年而来的诗句，让人内心酸楚。那是活生生的人间别离，却也是在生死大限面前的深情不已。这样的场景让人意识到，我们的民间，我们的大地上原来有如此高贵的情感——我们的当代生活并非凭空而来，这些人也并非忽然而至。李修文将民间大地上人与人之间的情谊放在了时间的河流中，通过这样的故事，他使我们重新回到民族的时间怀抱，使我们重新认领了这样的情感。

当然，几乎所有读者都感受到作家文本中所携带的戏曲气质。但这种携带并不突兀。因为戏曲是长在中国人血液里的，长在中国人时间长河里的，而我们常常习焉不察。当作家将这些人事书写与戏曲中的复沓吟唱叠合在一起时，读者会感受到一种基于美学层面的匹配——李修文在散文中重新消化了中国古诗与中国戏曲的情境，由此，那些日常生活场景在他笔下生成了熠熠闪光的有情瞬间。

文字中有中国的山河、中国的日夜、中国的人民，同时也将古诗与戏曲的意境引入创作中，一咏三叹、百转千回，于是，便有了中国古典美学在当代散文写作中的折射。其中有大热烈，也有大荒凉，那是一种参差交错之美。轻盈的与厚重的，浓艳的与孤绝的，凄美的与壮烈的，都同时出现在这位作家的笔下。这是属于李修文的散文美学。换言之，李修文的文字里有我们时代散文稀缺的辽阔山河之气，也有与这种气息相伴的源远流长的中国式美学，由此，作为散文家的他独树一帜。

刘亮程

著有诗集《晒晒黄沙梁的太阳》，散文集《一个人的村庄》《在新疆》，长篇小说《虚土》《凿空》《捎话》等，有多篇文章收入全国中学、大学语文课本。获第六届鲁迅文学奖。2013年入住木垒，创建菜籽沟艺术家村落及木垒书院，任院长。

剩下的事情

一、剩下的事情

他们都回去了，我一个人留在野地上，看守麦垛。得有一个月时间，他们才能忙完村里的活儿，腾出手回来打麦子。野地离村子有大半天的路，也就是说，一个人不能在一天内往返一次野地。这是大概两天的路程，你硬要一天走完，说不定你走到什么地方，天突然黑了，剩下的路可就不好走了。谁都不想走到最后，剩下一截子黑路。是不是。

紧张的麦收结束了。同样的劳动，又在其他什么地方开始，这我能想得出。我知道村庄周围有几块地。他们给我留下够吃一个月的面和米，留下不够炒两顿菜的小半瓶清油。给我安排活儿的人，临走时又追加了一句：别老闲着望天，看有没有剩下的活儿，主动干干。

第二天，我在麦茬地走了一圈，发现好多活儿没有干完，麦子没割完，麦捆没有拉完。可是麦收结束了，人都回去了。

在麦地南边，扔着一大捆麦子。显然是拉麦捆的人故意漏装的。

地西头则整齐地长着半垄麦子。即使割完的麦垄，也在最后剩下那么一两镰，不好看地长在那里。似乎人干到最后已没有一丝耐心和力气。

我能想到这个剩下半垄麦子的人，肯定是最后一个离开地头。在那个下午的斜阳里，没割倒的半垄麦子，一直望着扔下它们的那个人，走到麦地另一头，走进或蹲或站的一堆人里，再也认不出来。

麦地太大。从一头几乎望不到另一头。割麦的人一人把一垄，不抬头地往前赶，一直割到天色渐晚，割到四周没有了镰声，抬起头，发现其他人早割完回去了，剩下他孤零零的一垄。他有点急了，弯下腰猛割几镰，又茫然地停住。地里没一个人。干没干完都没人管了。没人知道他没干完，也没人知道他干完了。验收这件事的人回去了。他一下泄了气，瘫坐在麦茬上，愣了会儿神：球，不干了。

我或许能查出这个活儿没干完的人。

我已经知道他是谁。

但我不能把他喊回来，把剩下的麦子割完。这件事已经结束，更紧迫的劳动在别处开始。剩下的事情不再重要。

以后几天，我干着许多人干剩下的事情，一个人在空荡荡的麦地里转来转去。我想许多轰轰烈烈的大事之后，都会有一个收尾的人，他远远地跟在人们后头，干着他们自以为干完的事情。许多事情都一样，开始干的人很多，到了最后，便成了某一个人的。

二、远离村人

我每天的事：早晨起来望一眼麦垛。总共五大垛，一溜排开。整个白天可以不管它们。到了下午，天黑之前，再朝四野里望一望，看有无可疑的东西朝这边移动。

这片大野隐藏着许多东西。一个人，五垛麦子，也是其中的隐匿者，谁也不愿让谁发现。即使是树，也都蹲着长，躯干一曲再曲，枝丫匍着地伸展。我从没在荒野上看见一棵像杨树一样高扬着头，招摇而长的植物。有一种东西压着万物的头，也压抑着我。

有几个下午我注意到西边的荒野中有一个黑影在不断地变大。我看不清那是什么东西，它孤孤地蹲在那里，让我几个晚上没睡好觉。若有个东西在你身旁越变越小最后消失了，你或许一点不会在意。有个东西在你身边突然大起来，变得巨大无比，你便会感到惊慌和恐惧。

早晨天刚亮我便爬起来，看见那个黑影又长大了一些。再看麦垛，似乎一夜间矮了许多。我有点担心，扛着锨小心翼翼地走过去，穿过麦地走了一阵，才看清楚，是一棵树。一棵枯死的老胡杨树突然长出许多枝条和叶子。我围着树转了一圈。许多叶子是昨晚上才长出来的，我能感觉到它的枝枝叶叶还在长，而且会长得更加蓬蓬勃勃。我想这棵老树的某一条根，一定扎到了土地深处的一个旺水层。

能让一棵树长得粗壮兴旺的地方，也一定会让一个人活得像模像样。往回走时，我暗暗记住了这个地方。那时，我刚刚开始模糊地意识到，我已经放任自己像植物一样去随意生长。我的胳膊太细，腿也不粗，胆子也不大，需要长的东西很多。多少年来我似乎忘记了生长。

随着剩下的事情一点一点地干完，莫名的空虚感开始笼罩草棚。活儿干完了，镰刀和铁锨扔到一边。孤单成了一件事情。寂寞和恐惧成了一件大事情。

我第一次感到自己是一个，而它们——成群的、连片的、成堆的对着我。我的群落在几十里外的黄沙梁村里。此时此刻，我的村民帮不了我，朋友和亲人帮不了我。

我的寂寞和恐惧是从村里带来的。

每个人最后都是独自面对剩下的寂寞和恐惧，无论在人群中还是在荒野上。那是他一个人的。

就像一粒虫、一棵草，在它浩荡的群落中孤单地面对自己的那份欢乐和痛苦。其他的虫草不知道。

一棵树枯死了，提前进入了比生更漫长的无花无叶的枯木期。其他的树还活着，枝繁叶茂。阳光照在绿叶上，也照在一棵枯树上。我们看不见一棵枯树在阳光中生长着什么。它埋在地深处的根在向什么地方延伸。死亡以后的事情，我们不知道。

一个人死了，我们把它搁过去——埋掉。

我们在坟墓旁边往下活。活着活着，就会觉得不对劲：这条路是谁留下的。那件事谁做过了。这句话谁说过。那个女人谁爱过。

我在村人中生活了几十年，什么事都经过了，再待下去，也不会有啥新鲜事。剩下的几十年，我想在花草中度过，在虫鸟水土中度过。我不知道这样行不行，或许村里人会把我喊回去，让我娶个女人生养孩子。让我翻地，种下一年的麦子。他们不会让我闲下来，他们必做的事情，也必然是我的事情。他们不会知道，在我心中，这些事情早就结束了。

如果我还有什么剩下要做的事情，那就是一棵草的事情，一粒虫的事情，一片云的事情。

我在野地上还有十几天时间，也可能更长。我正好远离村人，做点自己的事情。

三、风把人刮歪

刮了一夜大风。我在半夜被风喊醒。风在草棚和麦垛上发出恐怖的怪叫，像女人不舒畅的哭喊。这些突兀地出现在荒野中的草棚麦垛，绊住了风的腿，扯住了风的衣裳，缠住了风的头发，让它追不上前面的风。她撕扯，哭喊。喊得满天地都是风声。

我把头伸出草棚，黑暗中隐约有几件东西在地上滚动，滚得极快，一晃就不见了。是风把麦捆刮走了。我不清楚刮走了多少，也只能看着它刮走。我比一捆麦子大不了多少，一出去可能就找不见自己了。风朝着村子那边刮。如果风不在中途拐弯，一捆一捆的麦子会在风中跑回村子。明早村人醒来，看见一捆捆麦子躲在墙根，像回来的家畜一样。

每年都有几场大风经过村庄。风把人刮歪，又把歪长的树刮直。风从不同方向来，人和草木，往哪边斜不由自主。能做到的只是在每一场风后，把自己扶直。一棵树在各种各样的风中变得扭曲，古里古怪。你几乎可以看出它沧桑躯干上的哪个弯是南风吹的，哪个拐是北风刮的。但它最终高大粗壮地立在土地上，无论南风北风都无力动摇它。

我们村边就有几棵这样的大树，村里也有几个这样的人。我太年轻，根扎得不深，躯干也不结实，担心自己会被一场大风刮跑，像一棵草一片树叶，随风千里，飘落到一个陌生地方。也不管你喜不喜欢，愿不愿意，风把你一扔就不见了。你没地方去找风的麻烦，刮风的时候满世界都是风，风一停就只剩下空气。天空若无其事，大地也像什么都没发生。只有你的命运被改变了，莫名其妙地落在另一个地方。你只好等另一场相反的风把自己刮回去。可能一等多年，再没有一场能刮起你的大风。你在等待飞翔的时间里不情愿地长大，变得沉重无比。

去年，我在一场东风中，看见很久以前从我们家榆树上刮走的一片树叶，又从远处刮回来。它在空中翻了几个跟头，摇摇晃晃地落到窗台上。那场风刚好在我们村里停住，像是猛然刹住了车。许多东西从天上往下掉，有纸片——写字的和没写字的纸片、布条、头发和毛，更多的是树叶。我在纷纷下落的东西中认出了我们家榆树上的一片树叶。我赶忙抓住它，平放在手中。这片叶的边缘已有几处损伤，原先背阴的一面被晒得有些发白——它在什么地方经受了什么样的阳光。另一面粘着些褐黄的黏土。我不知道它被刮了多远又被另一场风刮回来，一路上经过了多少地方，这些地方都是我从没去过的。它飘回来了，这是极少数的一片叶子。

风是空气在跑。一场风一过，一个地方原有的空气便跑光了，有些气味再闻不到，有些东西再看不到——昨天弥漫村巷的谁家炒菜的肉香。昨晚被一个人独享的女人的体香。下午晾在树上忘收的一块布。早上放在窗台上写着几句话的一张纸。风把一个村庄酝酿许久的、被一村人吸进呼出弄出特殊味道的一窝子空气，整个地搬运到百里千里外的另一个地方。

每一场风后，都会有几朵我们不认识的云，停留在村庄上头，模样怪怪的，颜色生生的，弄不清啥意思。短期内如果没风，这几朵云就会一动不动赖在头顶，不管我们喜不喜欢。我们看顺眼的云，在风中跑得一朵都找不见。

风一过，人忙起来，很少有空看天。偶尔看几眼，也能看顺眼，把它认成我们村的云，天热了盼它遮遮阳，地旱了盼它下点雨。地果真就旱了，一两个月没水，庄稼一片片蔫了。头顶的几朵云，在村人苦苦的期盼中果真有了些雨意，颜色由雪白变铅灰再变墨黑。眼看要降雨了，突然一阵北风，这些饱含雨水的云跌跌撞撞，飞速地离开村庄，在荒无人烟的南梁上，哗啦啦下了一夜雨。

我们望着头顶腾空的晴朗天空，骂着那些养不乖的野云。第二天全村人开会，做了一个严厉的决定：以后不管南来北往的云，一律不让它在我们村庄上头停，让云远远滚蛋。我们不再指望天上的水，我们要挖一条穿越戈壁的长渠。

那一年村长是胡木，我太年轻，整日缩着头，等待机会来临。

我在一场南风中闻见浓浓的鱼腥味。遥想某个海边渔村，一张大网罩着海，所有的鱼被网上岸，堆满沙滩。海风吹走鱼腥，鱼被留下来。

另一场风中我闻见一群女人成熟的气息，想到一个又一个的鲜美女子，在离我很远处长大成熟，然后老去。我闲吊的家什朝着她们，举起放下，鞭长莫及。

各种各样的风经过了村庄。屋顶上的土，吹光几次，住在房子里的人也记不清楚。无论南墙北墙东墙西墙都被风吹旧，也都似乎为一户户的村人挡住了南来北往的风。有些人不见了，更多的人留下来。什么留住了他们。

什么留住了我。

什么留住了风中的麦垛。

如果所有粮食在风中跑光，所有的村人，会不会在风停之后远走他乡，留一座空荡荡的村庄。

早晨我看见被风刮跑的麦捆，在半里外，被几棵铃铛刺拦住。

这些一墩一墩，长在地边上的铃铛刺，多少次挡住我们的路，挂烂手和衣服，也曾多少次被我们的镢头连根挖除，堆在一起用火烧掉。可是第二年它们又出现在那里。

我们不清楚铃铛刺长在大地上有啥用处。它浑身的小小尖刺，让企图吃它的嘴，折它的手和践它的蹄远离之后，就闲闲地端扎着，刺天空，刺云，刺空气和风。现在它抱住了我们的麦捆，没让它在风中跑远。我第一次对铃铛刺深怀感激。

也许我们周围的许多东西，都是我们生活的一部分，生命的一部分，关键时刻挽留住我们。一株草，一棵树，一片云，一只小虫……它替匆忙的我们在土中扎根，在空中驻足，在风中浅唱……

任何一株草的死亡都是人的死亡。

任何一棵树的夭折都是人的夭折。

任何一粒虫的鸣叫也是人的鸣叫。

四、铁锨是个好东西

我出门时一般都扛着铁锨。铁锨是这个世界伸给我的一只孤手，我必须牢牢握住它。

铁锨是个好东西。

我在野外走累了，想躺一阵，几锨就会铲出一块平坦的床来。顺手挖两锨土，就垒一个不错的枕头。我睡着的时候，铁锨直插在荒野上，不同于任何一棵树一杆枯木。有人找我，远远会看见一把锨。有野驴野牛飞奔过来，也会早早绕过铁锨，免得踩着我。遇到难翻的梁，虽不能挖个洞钻过去，碰到挡路的灌木，却可以一锨铲掉。这棵灌木也许永不会弄懂挨这一锨的缘故——它长错了地方，挡了我的路。我的铁锨毫不客气地断了它一年的生路。我却从不去想是我走错了路，来到野棘丛生的荒地。不过，第二年这棵灌木又会从老地方重长出一棵来，还会长到这么高，长出这么多枝杈，把我铲开的路密密封死。如果几年后我从原路回来，还会被这一棵挡住。树木不像人，在一个地方吃了亏下次会躲开。树仅有一条向上的生路。我东走西走，可能越走越远，再回不到这一步。

在荒野上我遇到许多动物，有的头顶尖角，有的嘴龇利牙，有的浑身带刺，有的飞扬猛蹄，我肩扛铁锨，互不相犯。

我还碰到过一匹狼。几乎是迎面遇到的。我们在相距约二十米远处同时停住。狼和我都感到突然——两匹低头赶路的敌对动物猛一抬眼，发现彼此已经照面，绕过去已不可能。狼上上下下打量着我。我从头到尾注意着狼。这匹狼看上去就像一个穷叫花子，毛发如秋草黄而杂乱，像是刚从刺丛中钻出来，脊背上还少了一块毛。肚子也瘪瘪的，活像一个没支稳当的骨头架子。

看来它活得不咋样。

这样一想倒有了一点优越感。再看狼的眼睛，也似乎可怜兮兮的，像在乞求：你让我吃了吧。你就让我吃了吧。我已经几天没有吃东西了。

狼要是吃麦子，我会扔给它几捆子。要是吃饭，我会为它做一顿。问题是，狼非要吃肉。吃我腿上的肉，吃我胸上的肉，吃我胳膊上的肉，吃我脸上的肉。在狼天性的孤独中我看到它选择唯一食物的孤独。

我没看出这是匹公狼还是母狼。我没敢把头低下朝它的后裆里看，我怕它咬断我的脖子。

在狼眼中我又是啥样子呢。狼那样认真地打量着我，从头到脚，足足有半小时，最后狼悻悻地转身走了。我似乎从狼的眼神中看见了一丝失望——一个生命对另一个生命的失望。我不清楚这丝失望的全部含意。我一直看着狼翻过一座沙梁后消失。我松了一口气，放下肩上的铁锨，才发现握锨的手已出汗。

这匹狼大概从没见过扛锨的人，对我肩上多出来的这一截东西眼生，不敢贸然下口。狼放弃了我。狼是明智的。不然我的锨刃将染上狼血，这是我不愿看到的。

我没有狼的孤独。我的孤独不在荒野上，而在人群中。人们干出的事情放在这里。即使最无助时我也不觉孤独和恐惧。假若有一群猛兽飞奔而来，它会首先惊慑于荒野中的这片麦地，以及耸在地头的高大麦垛，尔后对站在麦垛旁手持铁锨的我不敢轻视。一群野兽踏上人耕过的土地，踩在人种出的作物上，也会像人步入猛兽出没的野林一样惊恐。

人们干出的事情放在土地上。

人们把许多大事情都干完了。剩下些小事情。人能干的事情也就这么多了。

而那匹剩下的孤狼是不是人的事情。人迟早还会面对这匹狼，或者消灭或者让它活下去。

我还有多少要干的事情。哪一件不是别人干剩下的——我自己的事情。如果我把所有的活儿干完，我会把铁锨插在空地上远去。

曾经干过多少事情，刃磨短磨钝的一把铁锨，插在地上。

是谁最后要面对的事情。

五、野兔的路

上午我沿一条野兔的路向西走了近半小时，我想去看看野兔是咋生活的。野兔的路窄窄的，勉强能容下我的一只脚。要是迎面走来一只野兔，我只有让到一旁，让它先过去。可是一只野兔也没有。看得出，野兔在这条路上走了许多年，小路陷进地面有一拳深。路上撒满了黑豆般大小的粪蛋。野兔喜欢把粪蛋撒在自己的路上，可能边走边撒，边跑边撒，它不会为排粪蛋这样的小事停下来，像人一样专门找个隐蔽处蹲半天。野兔的事可能不比人的少。它们一生下就跑，为一口草跑，为一条命跑，用四只小蹄跑。结果呢，谁知道跑掉了多少。

一只奔波中的野兔，看见自己上午撒的粪蛋还在路上新鲜地冒着热气是不是很有意思。

不吃窝边草的野兔，为一口草奔跑一夜回来，看见窝边青草被别的野兔或野羊吃得精光又是什么感触。

兔的路小心地绕过一些微小东西，一棵草、一截断木、一个土块就能让它弯曲。有时兔的路从挨得很近的两棵刺草间穿过，我只好绕过去。其实我无法看见野兔的生活，它们躲到这么远，就是害怕让人看见。一旦让人看见或许就没命了。或许我的到来已经惊跑了野兔。反正，一只野兔没碰到，却走到一片密麻麻的铃铛刺旁，打量了半天，根本无法过去。我蹲下身，看见野兔的路伸进刺丛，在那些刺条的根部绕来绕去不见了。

往回走时，看见自己的一行大脚印深嵌在窄窄的兔子的小路上，突然觉得好笑。我不去走自己的大道，跑到这条小动物的路上闲逛啥，把人家的路踩坏。野兔要来来回回走多少年，才能把我的一只深脚印踩平。或许野兔一生气，不要这条路了。气再生得大点，不要这片草地了，翻过沙梁远远地迁居到另一片草地。你说我这么大的人了，干了件啥事。

过了几天，我专程来看了看这条路，发现上面又有了新鲜的小爪印，看来野兔没放弃它。只是我的深脚印给野兔增添了一路坎坷，好久都觉得不好意思。

六、等牛把这事干完

麦子快割完的那天下午，地头上赶来一群牛，有三十来头。先割完麦子的人，已陆陆续续从麦地那头往回走。我和老马走出草棚。老马一手提刀，一手拿着根麻绳。我背着手跟在老马后头。我是打下手的。

我们等这群牛等了一个上午。

早晨给我们安排活儿的人说，牛群快赶过来了，你们磨好刀等着。宰那头鼻梁上有道白印子的小黑公牛。肉嫩，煮得快。

结果牛群没来，我们闲了一上午。

那头要宰的黑公牛正在爬高，压在它身下的是头年轻的花白母牛。我们走过去时，公牛刚刚爬上去，花白母牛半推半就地挣扎了几下，好像不好意思，把头转了过去，却正好把亮汪汪的水门对着我们。公牛细长细长的家什一举一举，校正了好几次，终于找准地方。

"快死了还干这事。"老马拿着绳要去套牛，被我拦住了。

"慌啥。抽根烟再动手也不迟。"我说。

我和老马在草地上坐下，开始卷烟抽。我们边抽烟边看着牛干事情。

我们一直等到牛把这件事干完。

我们无法等到牛把所有的事干完。刀已磨快，水也烧开，等候吃肉的，坐在草棚外。宰牛是分给我们的事情，不能再拖延。

整个过程我几乎没帮上忙。老马是个老屠夫，宰得十分顺利。他先用绳把牛的一只前蹄和一只后蹄交叉拴在一起，用力一拉，牛便倒了。像一堵墙一样倒了。

接着牛的四蹄被牢牢绑在一起。老马用手轻摸着牛的脖子，找下刀的地方。那轻柔劲就像摸一个女人。老马摸牛脖子的时候，牛便舒服地闭上眼睛。刀很麻利地捅了进去。牛没吭一声。也没挣扎一下。

冒着热气的牛肉一块块卸下来，被人扛到草棚那边。肠肚、牛蹄和牛头扔在草地上，这是不要的东西。

卸牛后腿的时候，老马递给我一根软绵绵的东西。

“拿着，这个有用，煮上吃了劲大得很。”

我一看，是牛的那东西。原扔给了老马。

“不要？”老马扭头看着我。

“你拿回去吃吧。”我说，“你老了，需要这个。”

“我吃过几十个了，我现在比牛的还硬哩。”老马说着用刀尖一挑，那东西便和肠肚扔在了一起。我们需要的只是牛肉，牛的清纯目光、牛哞、牛的奔跑和走动、兴奋和激情，还有，刚才还在享受生活的一根牛鞭，都只有当杂碎扔掉了。

七、对一朵花微笑

我一回头，身后的草全开花了。一大片。好像谁说了一个笑话，把一滩草惹笑了。

我正躺在土坡上想事情。是否我想的事情——一个人头脑中的奇怪想法让草觉得好笑，在微风中笑得前仰后合。有的哈哈大笑，有的半掩芳唇，忍俊不禁。靠近我身边的两朵，一朵面朝我，张开薄薄的粉红花瓣，似有吟吟笑声入耳。另一朵则扭头掩面，仍不能遮住笑颜。我禁不住也笑了起来。先是微笑，继而哈哈大笑。

这是我第一次在荒野中，一个人笑出声来。

还有一次，我在麦地南边的一片绿草中睡了一觉。我太喜欢这片绿草了，墨绿墨绿，和周围的枯黄野地形成鲜明对比。

我想大概是一个月前，浇灌麦地的人没看好水，或许他把水放进麦田后睡觉去了。水漫过田埂，顺这条干沟漫流而下。枯萎多年的荒草终于等来一次生机。那种绿，是积攒了多少年的，一如我目光中的饥渴。我虽不能像一头牛一样扑过去，猛吃一顿。但我可以在绿草中睡一觉。和我喜爱的东西一起睡一觉，做一个梦，也是满足。

一个在枯黄田野上劳忙半世的人，终于等来草木青青的一年。一小片。草木会不会等到我出人头地的一天。

这些简单地长几片叶，伸几条枝，开几瓣小花的草木，从没长高长大，没有茂盛过的草木，每年每年，从我少有笑容的脸和无精打采的行走中，看到的是否全是不景气。

我活得太严肃，呆板的脸似乎对生存已经麻木，忘了对一朵花微笑，为一片新叶欢欣和激动。这不容易开一次的花朵，难得长出的一片叶子，在荒野中，我的微笑可能是对一个卑小生命的欢迎和鼓励。就像青青芳草让我看到一生中那些还未到来的美好前景。

以后我觉得，我成了荒野中的一个。真正进入一片荒野其实不容易，荒野旷敞着，这个巨大的门让你在努力进入时不经意已经走出来，成为外面人。它的细部永远对你紧闭着。

走进一株草、一滴水、一粒小虫的路可能更远。弄懂一棵草，并不仅限于把草喂到嘴里嚼几下，尝尝味道。挖一个坑，把自己栽进去，浇点水，直愣愣站上半天，感觉到的可能只是腿酸脚麻和腰疼，并不能断定草木长在土里也是这般情景。人没有草木那样深的根，无法知道土深处的事情。人埋在自己的事情里，埋得暗无天日。人把一件件事情干完，干好，人就渐渐出来了。

我从草木身上得到的只是一些人的道理，并不是草木的道理。我自以为弄懂了它们，其实我弄懂了自己。我不懂它们。

八、三只虫

一只八条腿的小虫，在我的手指上往前爬，爬得慢极了，走走停停，八只小爪踩上去痒痒的。停下的时候，就把针尖大的小头抬起往前望。然后再走。我看得可笑。它望见前面没路了吗，竟然还走。再走一小会儿，就是指甲盖，指甲盖很光滑，到了尽头，它若悬崖勒不住马，肯定一头栽下去。我正为这粒小虫的短视和盲目好笑，它已过了我的指甲盖，到了指尖，头一低，没掉下去，竟从指头底部慢慢悠悠向手心爬去了。

这下该我为自己的眼光羞愧了，我竟没看见指头底下还有路。走向手心的路。

人的自以为是使人只能走到人这一步。

虫子能走到哪里，我除了知道小虫一辈子都走不了几百米，走不出这片草滩以外，我确实不知道虫走到了哪里。

一次我看见一只蜣螂滚着一颗比它大好几倍的粪蛋，滚到一个半坡上。蜣螂头抵着地，用两只后腿使劲往上滚，费了很大劲才滚动了一点点。而且，只要蜣螂稍一松劲，粪蛋有可能原路滚下去。我看得着急，真想伸手帮它一把，却不知蜣螂要把它弄到哪。朝四周看了一圈也没弄清哪是蜣螂的家，是左边那棵草底下，还是右边那几块土坷垃中间。假如弄明白的话，我一伸手就会把这个对蜣螂来说沉重无比的粪蛋轻松拿起来，放到它的家里。我不清楚蜣螂在滚这个粪蛋前，是否先看好了路，我看了半天，也没看出朝这个方向滚去有啥好去处，上了这个小坡是一片平地，再过去是一个更大的坡，坡上都是草，除非从空中运，或者蜣螂先铲草开一条路，否则粪蛋根本无法过去。

或许我的想法天真，蜣螂根本不想把粪蛋滚到哪去。它只是做一个游戏，用后腿把粪蛋滚到坡顶上，然后它转过身，绕到另一边，用两只前爪猛一推，粪蛋骨碌碌滚了下去，它要看看能滚多远，以此来断定是后腿劲大还是前腿劲大。谁知道呢。反正我没搞清楚，还是少管闲事。我已经有过教训。

那次是一只蚂蚁，背着一条至少比它大二十倍的干虫，被一个土块挡住。蚂蚁先是自己爬上土块，用嘴咬住干虫往上拉，试了几下不行，又下来钻到干虫下面用头顶，竟然顶起来了，摇摇晃晃，眼看顶上去了，却掉了下来，正好把蚂蚁碰了个仰面朝天。蚂蚁一轱辘爬起来，想都没想，又换了种姿势，像那只蜣螂那样头顶着地，用后腿往上举。结果还是一样。但它一刻不停，动作越来越快，也越来越没效果。

我猜想这只蚂蚁一定是急于把干虫搬回洞去。洞里有多少孤老寡小在等着这条虫呢。我要能帮帮它多好。或者，要是再有一只蚂蚁帮忙，不就好办多了吗。正好附近有一只闲转的蚂蚁，我把它抓住，放在那个土块上，我想让它站在上面往上拉，下面的蚂蚁正拼命往上顶呢，一拉一顶，不就上去了吗。

可是这只蚂蚁不愿帮忙，我一放下，它便跳下土块跑了。我又把它抓回来，这次是放在那只忙碌的蚂蚁的旁边，我想是我强迫它帮忙，它生气了。先让两只蚂蚁见见面，商量商量，那只或许会求这只帮忙，这只先说忙，没时间。那只说，不白帮，过后给你一条虫腿。这只说不行，给两条。一条半。那只还价。

我又想错了。那只忙碌的蚂蚁好像感到身后有动静，一回头看见这只，二话没说，扑上去就打。这只被打翻在地，爬起来仓皇而逃。也没看清咋打的，好像两只牵在一起，先是用口咬，接着那只腾出一只前爪，抡开向这只脸上扇去，这只便倒地了。

那只连口气都不喘，回过身又开始搬干虫。我真看急了，一伸手，连干虫带蚂蚁一起扔到土块那边。我想蚂蚁肯定会感激这个天降的帮忙。没想到它生气了，一口咬住干虫，拼命使着劲，硬要把它原搬到土块那边去。

我又搞错了。也许蚂蚁只是想试试自己能不能把一条干虫搬过土块，我却认为它要搬回家去。真是的，一条干虫，我会搬它回家吗。

也许都不是。我这颗大脑袋，压根不知道蚂蚁那只小脑袋里的事情。

九、老鼠应该有一个好收成

我用一个下午，观察老鼠洞穴。我坐在一蓬白草下面，离鼠洞约二十米远。这是老鼠允许我接近的最近距离。再逼近半步老鼠便会仓皇逃进洞穴，让我什么都看不见。

老鼠洞筑在地头一个土包上，有七八个洞口。不知老鼠凭什么选择了这个较高的地势。也许是在洞穴被水淹多少次后，知道了把洞筑在高处。但这个高它是怎样确定的。靠老鼠的寸光之目，是怎样对一片大地域的地势作高低判断的。它选择一个土包，爬上去望望，自以为身居高处，却不知这个小土包是在一个大坑里。这种可笑短视行为连人都无法避免，况且老鼠。

但老鼠的这个洞的确筑在高处。以我的眼光，方圆几十里内，这也是最好的地势。再大的水灾也不会威胁到它。

这个蜂窝状的鼠洞里住着大约上百只老鼠，每个洞口都有老鼠进进出出，有往外运麦壳和杂渣的，有往里搬麦穗和麦粒的。那繁忙的景象让人觉得它们才是真正的收获者。

有几次我扛着锨过去，忍不住想挖开老鼠的洞看看，它到底贮藏了多少麦子。但我还是没有下手。

老鼠洞分上中下三层，老鼠把麦穗从田野里运回来，先贮存在最上层的洞穴。中层是加工作坊。老鼠把麦穗上的麦粒一粒粒剥下来，麦壳和渣滓运出洞外，干净饱满的麦粒从一个垂直洞口滚落到最下层的底仓。

每一项工作都有严格的分工，不知这种分工和内部管理是怎样完成的。在一群匆忙的老鼠中，哪一个是它们的王，我不认识。我观察了一下午，也没有发现一只背着手迈着方步闲转的官鼠。

我曾在麦地中看见一只当搬运工具的小老鼠，它仰面朝天躺在地上，四肢紧抱着两支麦穗，另一只大老鼠用嘴咬住它的尾巴，当车一样拉着它走。我走近时，拉的那只扔下它跑了，这只不知道发生了啥事，抱着麦穗躺在地上发愣。我踢了它一脚，才反应过来，一轱辘爬起来，扔下麦穗便跑。我看见它的脊背上磨得红稀稀的，没有了毛。跑起来一歪一斜，很疼的样子。

以前我在地头见过好几只脊背上没毛的死老鼠，我还以为是它们相互厮打致死的，现在明白了。

在麦地中，经常能碰到几只匆忙奔走的老鼠，它让我停住脚步，想想自己这只忙碌的大老鼠，一天到晚又忙出了啥意思。我终生都不会，走进老鼠深深的洞穴，像个客人，打量它堆满底仓的干净麦粒。

老鼠应该有这样的好收成。这也是老鼠的土地。

我们未开垦时，这片长满苦豆和艾蒿的荒地上到处是鼠洞，老鼠靠草籽和草秆为生，过着富足安逸的日子。我们烧掉蒿草和灌木，毁掉老鼠洞，把地翻一翻，种上麦子。我们以为老鼠全被埋进地里了。当我们来割麦子的时候，发现地头筑满了老鼠洞，它们已先我们开始了紧张忙碌的麦收。这些没草籽可食的老鼠，只有靠麦粒为生。被我们称为细粮的坚硬麦粒，不知合不合老鼠的口味。老鼠吃着它胃舒不舒服。

这些匆忙的抢收者，让人感到丰收和喜悦不仅仅是人的。也是万物的。

我们喜庆的日子，如果一只老鼠在哭泣，一只鸟在伤心流泪，我们的欢乐将是多么的孤独和尴尬。

在我们周围，另一种动物，也在为这片麦子的丰收而欢庆，我们听不见它们的笑声，但能感觉到。

它们和村人一样期待了一个春天和一个漫长夏季。它们的期望没有落空。我们也没落空。它们用那只每次只能拿一支麦穗，捧两颗麦粒的小爪子，从我们的大丰收中，拿走一点儿，就能过很好的日子。而我们，几乎每年都差那么一点儿，就能幸福美满地——吃饱肚子。

十、孤独的声音

有一种鸟，对人怀有很深的敌意。我不知道这种鸟叫什么。它们常站在牛背上捉虫子吃，在羊身上跳来跳去，一见人便远远飞开。

还爱欺负人，在人头上拉鸟屎。

它们成群盘飞在人头顶，发出悦耳的叫声。人陶醉其中，冷不防，一泡鸟屎落在头上。人莫名其妙，抬头看天上，没等看清，又一泡鸟屎落在嘴上或鼻梁上。人生气了，捡一个土块往天上扔，鸟便一只不见了。

还有一种鸟喜欢亲近人，对人说鸟语。

那天我扛着锨站在埂子上，一只鸟飞过来，落在我的锨把上，我扭头看着它，是只挺大的灰鸟。我一伸手就能抓住它。但我没伸手。灰鸟站稳后便对着我的耳朵说起鸟语，声音很急切，一句接一句，像在讲一件事，一种道理。我认真地听着，一动不动。灰鸟不停地叫了半个小时，最后声音沙哑地飞走了。

以后几天我又在别处看见这只鸟，依旧单单的一只。有时落在土块上，有时站在一个枯树枝上，不住地叫。还是给我说过的那些鸟语。只是声音更沙哑了。

离开野地后，我再没见过和那只灰鸟一样的鸟。这种鸟可能就剩下那一只了，它没有了同类，希望找一个能听懂它话语的生命。它曾经找到了我，在我耳边说了那么多动听的鸟语。可我，只是个种地的农民，没在天上飞过，没在高高的树枝上站过。我怎会听懂鸟说的事情呢。

不知那只鸟最后找到知音了没有。听过它孤独鸟语的一个人，却从此默默无声。多少年后，这种孤独的声音出现在他的声音中。

十一、最大的事情

我在野地只待一个月（在村里也就住几十年），一个月后，村里来一些人，把麦子打掉，麦草扔在地边。我们一走，不管活儿干没干完，都不是我们的事情了。

老鼠会在仓满洞盈之后，重选一个地方打新洞。也许就选在草棚旁边，或者草垛下面。草棚这儿地势高，干爽，适合人筑屋鼠打洞。麦草垛下面隐蔽、安全，麦秆中少不了有一些剩余的麦穗麦粒，足够几代老鼠吃。

鸟会把巢筑在草棚上，在伸出来的那截木头上，涂满白色鸟粪。

野鸡会从门缝钻进来，在我们睡觉的草铺上，生几枚蛋，留一地零乱羽毛。

这些都是给下一年来到的人们留下的麻烦事情。下一年，一切会重新开始。剩下的事将被搁在一边。

如果下一年我们不来。下下一年还不来。

如果我们永远地走了，从野地上的草棚，从村庄，从远远近近的城市。如果人的事情结束了，或者人还有万般未竟的事业但人没有了。再也没有了。

那么，我们干完的事，将是留在这个世界上的——最大的事情。

别说一座钢铁空城、一个砖瓦村落。仅仅是我们弃在大地上的一间平常的土房子，就够它们多少年收拾。

草大概用五年时间，长满被人铲平踩瓷实的院子。草根蛰伏在土里，它没有死掉，一直在土中窥听地面上的动静。一年又一年，人的脚步在院子里走来走去，时缓时快，时轻时沉。终于有一天，再听不见了。草根试探性地拱破地面，发一个芽，生两片叶，迎风探望一季，确信再没锨来铲它，脚来踩它，草便一棵一棵从土里钻出来。这片曾经是它们的土地已面目全非，且怪模怪样地耸着一间土房子。

草开始从墙缝往外长，往房顶上长。

而房顶的大木梁中，几只蛀虫正悄悄干着一件大事情。它们打算用八十七年，把这棵木梁蛀空。然后房顶塌下来。

与此同时，风四十年吹旧一扇门上的红油漆。雨八十年冲掉墙上的一块泥皮。

厚实的墙基里，一群蝼蚁正一小粒一小粒往外搬土。它们把巢筑在墙基里，大蝼蚁在墙里死去，小蝼蚁又在墙里出生。这个过程没有谁能全部经历，它太漫长，大概要一千八百年，墙根就彻底毁了。曾经从土里站起来，高出大地的这些土，终归又倒塌到泥土里。

但要完全抹平这片土房子的痕迹，几乎是不可能。

不管多大的风，刮平一道田埂也得一百年工夫。人用旧扔掉的一只瓷碗，在土中埋三千年仍纹丝不变。而一根扎入土地的钢筋，带给土地的将是永久的刺痛。几乎没有什么东西能够消磨掉它。

除了时间。

时间本身也不是无限的。

所谓永恒，就是消磨一件事物的时间完了，这件事物还在。

时间再没有时间。

寒风吹彻

雪落在那些年雪落过的地方，我已经不注意它们了。比落雪更重要的事情开始降临到生活中。三十岁的我，似乎对这个冬天的来临漠不关心，却又一直在倾听落雪的声音，期待着又一场雪悄无声息地覆盖村庄和田野。

我静坐在屋子里，火炉上烤着几片馍馍，一小碟咸菜放在炉旁的木凳上，屋里光线暗淡。许久以后我还记起我在这样的一个雪天，围抱火炉，吃咸菜啃馍馍想着一些人和事情，想得深远而入神。柴禾在炉中啪啪地燃烧着，炉火通红，我的手和脸都烤得发烫了，脊背却依旧凉飕飕的。寒风正从我看不见的一道门缝吹进来。冬天又一次来到村里，来到我的家。我把怕冻的东西一一搬进屋子，糊好窗户，挂上去年冬天的棉门帘，寒风还是进来了。它比我更熟悉墙上的每一道细微裂缝。

就在前一天，我似乎已经预感到大雪来临。我劈好足够烧半个月的柴禾，整齐地码在窗台下。把院子扫得干干净净，无意中像在迎接一位久违的贵宾——把生活中的一些事情扫到一边，腾出干净的一片地方来让雪落下。下午我还走出村子，到田野里转了一圈。我没顾上割回来的一地葵花秆，将在大雪中站一个冬天。每年下雪之前，都会发现有一两件顾不上干完的事而被搁一个冬天。冬天，有多少人放下一年的事情，像我一样用自己那只冰手，从头到尾地抚摸自己的一生。

屋子里更暗了，我看不见雪。但我知道雪在落，漫天地落。落在房顶和柴垛上，落在扫干净的院子里，落在远远近近的路上。我要等雪落定了再出去。我再不像以往，每逢第一场雪，都会怀着莫名的兴奋，站在屋檐下观看好一阵，或光着头钻进大雪中，好像有意要让雪知道世上有我这样一个人，却不知道寒冷早已盯住了自己活蹦乱跳的年轻生命。

经过许多个冬天之后，我才渐渐明白自己再躲不过雪，无论我蜷缩在屋子里，还是远在冬天的另一个地方，纷纷扬扬的雪，都会落在我正经历的一段岁月里。当一个人的岁月像荒野一样敞开时，他便再无法照管好自己。

就像现在，我紧围着火炉，努力想烤热自己。我的一根骨头，却露在屋外的寒风中，隐隐作痛。那是我多年前冻坏的一根骨头，我再不能像捡一根牛骨头一样，把它捡回到火炉旁烤热。它永远地冻坏在那段天亮前的雪路上了。

那个冬天我十四岁，赶着牛车去沙漠里拉柴禾。那时一村人都靠长在沙漠里的梭梭柴取暖过冬。因为不断砍挖，有柴禾的地方越来越远。往往要用一天半夜时间才能拉回一车柴禾。每次去拉柴禾，都是母亲半夜起来做好饭，装好水和馍馍，然后叫醒我。有时父亲也会起来帮我套好车。我对寒冷的认识是从那些夜晚开始的。

牛车一走出村子，寒冷便从四面八方拥围而来，把我从家里带出的那点温暖搜刮得一干二净，浑身上下只剩下寒冷。

那个夜晚并不比其他夜晚更冷。

只是我一个人赶着牛车进沙漠。以往牛车一出村，就会听到远远近近的雪路上其他牛车的走动声，赶车人隐约的吆喝声。只要紧赶一阵路，便会追上一辆或好几辆去拉柴的牛车，一长串，缓行在铅灰色的冬夜里。那种夜晚天再冷也不觉得。因为寒风在吹好几个人，同村的、邻村的、认识和不认识的好几架牛车在这条夜路上抵挡着寒冷。

而这次，一野的寒风吹着我一个人。似乎寒冷把其他一切都收拾掉了。现在全部地对付我。

我裹紧羊皮大衣，一动不动趴在牛车里，不敢大声吆喝牛，免得让更多的寒冷发现我。从那个夜晚我懂得了隐藏温暖——在凛冽的寒风中，身体中那点温暖正一步步退守到一个隐秘的连我自己都难以找到的深远处——我把这点隐深的温暖节俭地用于此后多年的爱情和生活。我的亲人们说我是个很冷的人，不是的，我把仅有的温暖全给了你们。

许多年后有一股寒风，从我自以为火热温暖的从未被寒冷浸入的内心深处阵阵袭来时，我才发现穿再厚的棉衣也没用了。生命本身有一个冬天，它已经来临。

天亮后，牛车终于到达有柴禾的地方。我的一条腿却被冻僵了，失去了感觉。我试探着用另一条腿跳下车，拄着一根柴禾棒活动了一阵，又点了一堆火烤了一会儿，勉强可以行走了，腿上的一块骨头却生疼起来，是我从未体验过的一种疼，像一根根针刺在骨头上又狠命往骨髓里钻——这种疼感一直延续到以后所有的冬天以及夏季里阴冷的日子。

太阳落地时，我装着半车柴禾回到家里，父亲一见就问我：怎么拉了这点柴，不够两天烧的。我没吭声。也没向家里说腿冻坏的事。

我想很快会暖和过来。

那个冬天要是稍短些，家里的火炉要是稍旺些，我要是稍把这条腿当回事，或许我能暖和过来。可是现在不行了。隔着多少个季节，今夜的我，围抱火炉，再也暖不热那个遥远冬天的我，那个在上学路上不慎掉进冰窟窿，浑身是冰往回跑的我，那个跺着冻僵的双脚，捂着耳朵在一扇门外焦急等待的我……我再不能把他们唤回到这个温暖的火炉旁。我准备了许多柴禾，是准备给这个冬天的。我才三十岁，肯定能走过冬天。

但在我周围，肯定有个别人不能像我一样度过冬天。他们被留住了。冬天总是一年一年地弄冷一个人，先是一条腿、一块骨头、一副表情、一种心境……尔后整个人生。

我曾在一个寒冷的早晨，把一个浑身结满冰霜的路人让进屋子，给他倒了一杯热茶。那是个上了年纪的人，身上带着许多个冬天的寒冷，当他坐在我的火炉旁时，炉火须臾间变得苍白。我没有问他的名字，在火炉的另一边，我感觉到迎面逼来的一个老人的透骨寒气。

他一句话不说。我想他的话肯定全冻硬了，得过一阵才能化开。

大约坐了半个时辰，他站起来，朝我点了一下头，开门走了。我以为他暖和过来了。

第二天下午，听人说村西边冻死了一个人。我跑过去，看见这个上了年纪的人躺在路边，半边脸埋在雪中。

我第一次看到一个人被冻死。

我不敢相信他已经死了。他的生命中肯定还深藏着一点温暖，只是我们看不见。一个人最后的微弱挣扎我们看不见，呼唤和呻吟我们听不见。

我们认为他死了。彻底地冻僵了。

他的身上怎么能留住一点点温暖呢。靠什么去留住。他的烂了几个洞、棉花露在外面的旧棉衣？底快磨通、一边帮已经脱落的那双鞋？还有，他多少个冬天积累起来的彻骨寒冷。

落在一个人一生中的雪，我们不能全部看见。每个人都在自己的生命中，孤独地过冬。我们帮不了谁。我的一小炉火，对这个贫寒一生的人来说，显然微不足道。他的寒冷太巨大。

我有一个姑妈，住在河那边的村庄里，许多年前的那些个冬天，我们兄弟几个常走过封冻的玛河去看望她。每次临别前，姑妈总要说一句：天热了让你妈过来喧喧。

姑妈年老多病，她总担心自己过不了冬天。天一冷她便足不出户，偎在一间矮土屋里，抱着火炉，等待春天来临。

一个人老的时候，是那么渴望春天来临。尽管春天来了她没有一片要抽芽的叶子，没有半瓣要开放的花朵。春天只是来到大地上，来到别人的生命中。但她还是渴望春天，她害怕寒冷。

我一直没有忘记姑妈的这句话，也不止一次地把它转告给母亲。母亲只是望望我，又忙着做她的活。母亲不是一个人在过冬，她有五六个没长大的孩子，她要拉扯着他们度过冬天，不让一个孩子受冷。她和姑妈一样期盼着春天。

……天热了，母亲会带着我们，蹚过河，到对岸的村子里看望姑妈。姑妈也会走出蜗居一冬的土屋，在院子里晒着暖暖的太阳和我们说说笑笑……多少年过去了，我们一直没有等到这个春天。好像姑妈那句话中的“天”一直没有热。

姑妈死在几年后的一个冬天。我回家过年，记得是大年初四，我陪着母亲沿一条即将解冻的马路往回走。母亲在那段路上告诉我姑妈去世的事。她说：“你姑妈死掉了。”

母亲说得那么平淡，像在说一件跟死亡无关的事情。

“怎么死的？”我似乎问得更平淡。

母亲没有直接回答我。她只是说：“你大哥和你弟弟过去帮助料理了后事。”

此后的好一阵，我们再没说话，只顾静静地走路。快到家门口时，母亲说了句：天热了。

我抬头看了看母亲，她的身上散着热气，或许是走路的缘故，不过天气真的转热了。对母亲来说，这个冬天已经过去了。

“天热了过来喧喧。”我又想起姑妈的这句话。这个春天再不属于姑妈了。她熬过了许多个冬天还是被这个冬天留住了。我想起爷爷奶奶也是分别死在几年前的冬天。母亲还活着。我们在世上的亲人会越来越少。我告诉自己，不管天冷天热，我都常过来和母亲坐坐。

母亲拉扯大她的七个儿女。她老了。我们长高长大的七个儿女，或许能为母亲挡住一丝的寒冷。每当儿女们回到家里，母亲都会特别高兴，家里也顿添热闹的气氛。

但母亲斑白的双鬓分明让我感到她一个人的冬天已经来临，那些雪开始不退、冰霜开始不融化——无论春天来了，还是儿女们的孝心和温暖备至。

随着三十年的人生距离，我感受着母亲独自在冬天的透心寒冷。我无能为力。

雪越下越大。天彻底黑透了。

我围抱着火炉，烤热漫长一生的一个时刻。我知道这一时刻之外，我其余的岁月，我的亲人们的岁月，远在屋外的大雪中，被寒风吹彻。

先父

一

我比年少时更需要一个父亲，他住在我隔壁，夜里我听他打呼噜，费劲地喘气。看他躬腰推门进来，一脸皱纹，眼皮耷拉，张开剩下两颗牙齿的嘴，对我说一句话。我们在一张餐桌上吃饭，他坐上席，我在他旁边，看着他颤巍巍伸出一只青筋暴露的手，已经抓不住什么，又抖抖地勉力去抓住。听他咳嗽，大口喘气——这就是数年之后的我自己。一个父亲，把全部的老年展示给儿子。一如我把整个童年、青年带回到他眼前。

在一个家里，儿子守着父亲老去，就像父亲看着儿子长大成人。这个过程中儿子慢慢懂得老是怎么回事。父亲在前面蹚路。父亲离开后儿子会知道自己40岁时该做什么，50岁、60岁时要考虑什么。到了七八十岁，该放下什么，去着手操劳什么。

可是，我没有这样一个老父亲。

我活得比你还老时，身心的一部分仍旧是一个孩子。我叫你爹，叫你父亲，你再不答应。我叫你爹的那部分永远地长不大了。

多少年后，我活到你死亡的年龄：37岁。我想，我能过去这一年，就比你都老了。作为一个女儿的父亲，我会活得更老。那时想起年纪轻轻就离去的你，就像怀想一个早夭的儿子。你给我童年，我自己走向青年、中年。

我的女儿只看见过你的坟墓。我清明带着她上坟，让她跪在你的墓前磕头，叫你爷爷。你这个没福气的人，没有活到她张口叫你爷爷的年龄。如果你能够，在那个几乎活不下去的年月，想到多少年后，会有一个孙女伏在耳边轻声叫你爷爷，亲你胡子拉碴的脸，或许你会为此活下去。但你没有。

二

留下5个儿女的父亲，在5条回家的路上。一到夜晚，村庄的5个方向有你的脚步声。狗都不认识你了。5个儿女分别出去开门，看见不同的月色星空。他们早已忘记模样的父亲，一脸漆黑，站在夜色中。

多年来儿女们记住的，是5个不同的父亲。或许根本没有一个父亲。所有对你的记忆都是空的。我们好像从来就没有过你。只是觉得跟别人一样应该有一个父亲，尽管是一个死去的父亲。每年清明我们上坟去看你，给你烧纸，烧烟和酒。边烧边在坟头吃喝说笑。喝剩下的酒埋在你的头顶。临走了再跪在墓碑前叫一声父亲。

我们真的有过一个父亲吗。

当我们谈起你时，几乎没有一点共同的记忆。我不知道6岁便失去你的弟弟记住的那个父亲是谁。当时还在母亲怀中哇哇大哭的妹妹记住的，又是怎样一个父亲。母亲记忆中的那个丈夫跟我们又有什么关系。你死的那年我8岁，大哥11岁。最小的妹妹才8个月。我的记忆中没有一点你的影子。我对你的所有记忆是我构想的。我自己创造了一个父亲，通过母亲、认识你的那些人。也通过我自己。

如果生命是一滴水，那我一定流经了上游，经过我的所有祖先，爷爷奶奶、父亲母亲，就像我迷茫中经过的无数个黑夜。我浑然不觉的黑夜。我睁开眼睛。只是我不知道我来到世上那几年里，我看见了什么。我的童年被我丢掉了，包括那个我叫父亲的人。

我真的早已忘了，这个把我带到世上的人。我记不起他的样子，忘了他怎样在我记忆模糊的幼年，教我说话，逗我玩，让我骑在他的脖子上，在院子里走。我忘了他的个头，想不起家里仅存的一张照片上，那个面容清瘦的男人曾经跟我有过什么关系。他把我拉扯到8岁，他走了。可我8岁之前的记忆全是黑夜，我看不清他。

我需要一个父亲，在我成年之后，把我最初的那段人生讲给我。就像你需要一个儿子，当你死后，我还在世间传播你的种子。你把我的童年全带走了，连一点影子都没留下。

我只知道有过一个父亲。在我前头，隐约走过这样一个人。

我的有一脚踩在他的脚印上，隔着厚厚的尘土。我的有一声追上他的声。我吸的有一口气，是他呼出的。

你死后我所有的童年之梦全破灭了。只剩下生存。

三

我没见过爷爷，他在父亲很小时便去世了。我的奶奶活到78岁。那是我看见的唯一一个亲人的老年。父亲死后她又活了3年，或许是4年。她把全部的老年光景示意给了母亲。我们的奶奶，那个老年丧子的奶奶，我已经想不起她的模样，记忆中只有一个灰灰的老人，灰白头发，灰旧衣服，躬着背，小脚，拄拐，活在一群未成年的孙儿中。她给我们做饭，洗碗。晚上睡在最里边的炕角。我仿佛记得她在深夜里的咳嗽，和喘息，记得她摸索着下炕，开门出去。过一会儿，又进来，摸索着上炕。全是黑黑的感觉。有一个早晨，她再没有醒来，母亲做好早饭喊她，我们也大声喊她。她就睡在那个炕角，躬着身，背对我们，像一个熟睡的孩子。

母亲肯定知道奶奶的更多细节，她没有讲给我们。我也很少问过。仿佛我们对自己的童年更感兴趣。童年是我们自己的陌生人。我们并不想看清陪伴童年的那个老人。我们连自己都无法弄清。印象中奶奶只是一个遥远的亲人，一个称谓。她死的时候，我们的童年还没有结束。她什么都没有看见，除了自己独生儿子的死，她在那样的年月里，看不见我们前途的一丝光亮。我们的未来向她关闭了。她对我们的所有记忆是愁苦。她走的时候，一定从童年领走了我们，在遥远的天国，她抚养着永远长不大的一群孙儿孙女。

四

在我8岁，你离世的第二年，我看见12岁时的光景：个头稍高一些，胳膊长到锨把粗，能抱动两块土块，背一大捆柴从野地回来，走更远的路去大队买东西——那是我大哥当时的岁数。我和他隔了4年，看见自己在慢慢朝一捆背不动的柴走近，我的身体正一碗饭、一碗水地，长到能背起一捆柴、一袋粮食。

然后我到了16岁，外出上学。19岁到安吉小镇工作。那时大哥已下地劳动，我有了跟他不一样的生活，我再不用回去种地。

可是，到了40岁，我对年岁突然没有了感觉。路被尘土蒙蔽。我不知道40岁以后的下一年我是多大。我的父亲没有把那时的人生活给我看。他藏起我的老年，让我时刻回到童年。在那里，他的儿女永远都记得他收工回来的那些黄昏，晚饭的香味飘在院子。我们记住的饭菜全是那时的味道。我一生都在找寻那个傍晚那顿饭的味道。已经忘了是什么饭，一家人围坐在桌旁，筷子摆齐，等父亲的脚步声踩进院子，等他带回一身尘土，在院门外拍打。

有这样一些日子，父亲就永远是父亲了，没有谁能替代他。我们做他的儿女，他再不回来我们也还是他的儿女。一次次，我们回到有他的年月，回到他收工回来的那些傍晚，看见他一身尘土，头上落着草叶。他把铁锨立在墙根，一脸疲惫。母亲端来水让他洗脸，他坐在土墙的阴影里，一动不动，好像叹着气，我们全在一旁看着他。多少年后，他早不在人世，我们还在那里一动不动看着他。我们叫他父亲，声音传不过去。盛好饭，碗递不过去。

五

你死去后我的一部分也在死去。你离开的那个早晨我也永远地离开了，留在世上的那个我究竟是谁。

父亲，只有你能认出你的儿子。他从小流落人世，不知家，不知冷暖饥饱。只有你记得我身上的胎记，记得我初来人世的模样和眼神，记得我第一眼看你时，紧张陌生的表情和勉强的一丝微笑。

我一直等你来认出我。我像一个父亲看儿子一样，一直看着我从8岁，长到40岁。这应该是你做的事情。你闭上眼睛不管我了。我是否已经不像你的儿子。我自己拉扯大自己。这个40岁的我到底是谁。除了你，是否还有一双父亲的眼睛，在看着我。

我在世间待的太久了。谁拍打过我头上的土。谁会像擦拭尘埃一样，拭去我的年龄、皱纹，认出最初的模样。当我淹没在熙攘人群中，谁会在身后喊一声：呔，儿子。我回过头，看见我童年时的父亲，我满含热泪，一步步向他走去，从40岁，走到8岁。我一直想把那个8岁的我从童年领出来。如果我能回去，我会像一个好父亲，拉着那个8岁孩子的手，一直走到现在。那样我会认识我，知道自己走过了怎样一条路。

现在，我站在40岁的黄土梁上，望不见自己的老年，也看不清远去的童年。

我一直等你来认出我，告诉我辈分，一一指给我母亲兄弟。他们一样急切地等着我回去认出他们。当我叫出大哥时，那个太不像我的长兄一脸欢喜，他被辨认出来。当我喊出母亲时，我一下喊出我自己，一个40岁的儿子，回到家里，最小的妹妹都30岁了。我们有了一个后父。家里已经没你的位置。

你在世间只留下名字，我为怀念你的名字把整个人生留在世上。我的身体承受你留下的重负，从小到大，你不去背的一捆柴我去背回来，你不再干的活我一件件干完。他们说我是你儿子，可是你是谁，是我怎样的一个父亲。我跟你走掉的那部分一遍遍地喊着父亲。我留下的身体扛起你的铁锨。你没挖到头的一截水渠我得接着挖完，你垒剩的半堵墙我们还得垒下去。

六

如果你在身旁，我可能会活成另外一个人。你放弃了教养我的职责。没有你我不知道该听谁的。谁有资格教育我做人做事。我以谁为榜样一岁岁成长。我像一棵荒野中的树，听由了风、阳光、雨水和自己的性情。谁告诉过我哪个枝丫长歪了。谁曾经修剪过我。如果你在，我肯定不会是现在的样子。尽管我从小就反抗你，听母亲说，我自小就不听你的话，你说东，我朝西。你指南，我故意向北。但我最终仍长得跟你一模一样。没有什么能改变你的旨意。我是你儿子，你孕育我的那一刻我便再无法改变。但我一直都想改变，我想活得跟你不一样。我活得跟你不一样时，内心的图景也许早已跟你一模一样。

早年认识你的人，见了我都说：你跟你父亲那时候一模一样。

我终究跟你一样了。你不在我也没活成别人的儿子。

可是，你那时坚持的也许我早已放弃，你舍身而守的，我或许已不了了之。没有你我会相信谁呢。你在时我连你的话都不信。现在我想听你的，你却一句不说。我多想让你吩咐我干一件事，就像早年，你收工回来，叫我把你背来的一捆柴码在墙根。那时我那么的不情愿，码一半，剩下一半。你看见了，大声呵斥我。我再动一动，码上另一半，仍扔下一两根，让你看着不舒服。

可是现在，谁会安排我去干一件事呢。我终日闲闲。半生来我听过谁的半句话。我把谁放在眼里，心存佩服。

父亲，我现在多么想你在身边，喊我的名字，说一句话，让我去门外的小店买一盒火柴，让我快一点。我干不好时你瞪我一眼，甚至骂我一顿。

如今我多么想做你让我做的一件事情，哪怕让我倒杯水。只要你吭一声，递个眼神，我会多么快乐地去做。

父亲，我如今多想听你说一些道理，哪怕是老掉牙的，我会毕恭毕敬倾听，频频点头。你不会给我更新的东西。我需要那些新东西吗。

父亲，我渴求的仅仅是你说过千遍的老话。我需要的仅仅是能够坐在你身旁，听你呼吸，看你抽烟的样子，吸一口，深咽下去，再缓缓吐出。我现在都想不起你是否抽烟，我想你时完全记不起你的样子。不知道你长着怎样一双眼睛，蓄着多长的头发和胡须，你的个子多高，坐着和走路是怎样的架式。还有你的声音，我听了8年，都没记住。我在生活中失去你，又在记忆中把你丢掉。

七

你短暂落脚的地方，无一不成为我长久的生活地。有一年你偶然途经，吃过一顿便饭的沙湾县城，我住了20年。你和母亲进疆后度过第一个冬天的乌鲁木齐，我又生活了10年。没有谁知道你的名字，在这些地方，当我说出我是你的儿子，没有谁知道。40年前，在这里拉过一冬天石头的你，像一粒尘土埋在尘土中。

只有在故乡金塔，你的名字还牢牢被人记住。我的堂叔及亲戚们，一提到你至今满口惋惜。他们说你可惜了。一家人打柴放牛供你上学。年纪轻轻做到县中学校长，团委书记。

要是不去新疆，不早早死掉，也该做到县长了。

他们谈到你的活泼性格，能弹会唱，一手好毛笔字。在一个叔叔家，我看到你早年写在两片白布上的家谱，端正有力的小楷。墨迹浓黑，仿佛你刚刚写好离去。

他们听说我是你儿子时，那种眼神，似乎在看多少年前的你。在那里我是你儿子。在我生活的地方你是我父亲。他们因为我而知道你，但你不在人世。我指给别人的是我的后父，他拉扯我们长大成人。他是多么的陌生，永远像一个外人。平常我们一起干活，吃饭，张口闭口叫他父亲。每当清明，我们便会想起另一个父亲，我们准备烧纸、祭食去上坟，他一个人留在家，无所事事。不知道他死后，我们会不会一样惦念他。他的祖坟在另一个村子，相距几十公里，我们不可能把他跟先父埋在一起，他有自己的坟地。到那时，我们会有两处坟地要扫，两个父亲要念记。

八

埋你的时候，我的一个远亲姨父掌事。他给你选了玛纳斯河边的一块高地，把你埋在龙头，前面留出奶奶的位置。他对我们说，后面这块空地是留给你们的。我那时多小，一点不知道死亡的事，不知道自己以后也会死，这块地留给我们干什么。

我的姨父料理丧事时，让我们、让他的儿子们站在一旁，将来他死了，我们会知道怎样埋他。这是做儿子的必须要学会的一件事，就像父母懂得怎样生养你，你要学会怎样为父母送终。在儿子成年后，父母的后事便成了时时要面对的一件事，父母在准备，儿女们也在准备，用很多年、很多个早晨和黄昏，相互厮守，等待一个迟早会来到的时辰，它来了，我们会痛苦，伤心流泪，等待的日子全是幸福。

父亲，你没有让我真正当一次儿子，为你穿寿衣，修容，清洗身体，然后，像抱一个婴儿一样，把你放进被褥一新的寿房。我那时8岁，看见他们把你装进棺材。我甚至不知道死亡是怎么回事。在我的记忆中埋你的墓坑是一个长方的地洞，他们把你放进去，棺材头上摆一碗米饭，插上筷子，我们趴在坑边，跟着母亲大声哭喊，看人们一锨锨把土填进去。我一直认为你从另一个出口走了。他们堵死这边，让你走得更远。多少年来我一直想你会回来，有一天突然推开家门，看见你稍稍长大几岁的儿女，衣衫破旧，看见你清瘦憔悴的妻子，拉扯5个儿女艰难度日。看见只剩下一张遗像的老母亲。你走的时候，会想到我们将活成怎样。我成年以后，还常常想着，有一天我会在一条异乡的路上遇见你，那时你已认不出我，但我一定会认出你，领你回家。一个丢掉又找回来的老父亲，我们需要他的时候他离去了。等我长大，过上富裕日子，他从远方流浪回来，老得走不动路。他给我一个赡养父亲的机会。也给我一个料理死亡的机会。这是父亲应该给儿子的，你没有给我。你早早把死亡给了别人。

九

我将在黑暗中孤独地走下去，没有你引路。40岁以后的寂寞人生，衰老已经开始，我不知道自己在年老腰疼时，怎样在深夜独自忍受，又在白天若无其事，一样干活说话。在老得没牙时，喝不喜欢的稀粥，把一块肉含在口中，慢慢地嚼。我的身体迟早会老到这一天。到那时，我会怎样面对自己的衰老。父亲，你是我的骨肉亲人，你的每一丝疼痛我都能感知。衰老是一个缓慢到来的过程，也许我会像接受自己长个子、生胡须一样，接受脱发、骨质增生，以及衰老带来的各种病痛。

但是，你忍受过的病痛我一定能坦然忍受。我小时候，有大哥，有母亲和奶奶，引领我长大。也有我单独寂寞的成长。我更需要你教会我怎样衰老和死亡。

如果你在身旁，我会早早知道，自己的腿在多大年龄变老，走不动路。眼睛在哪一年秋天花去。这一年到来时，我会有时间给自己准备老花镜和拐杖。我会在眼睛彻底失明前，记住回家的路，和那些常用物件的位置。我会知道你在多大年龄开始为自己准备后事，吩咐你的大儿子，准备一口好棺材，白松木的，两条木凳支起，放在草棚下。着手还外欠的债。把你一生交往的好朋友介绍给儿子，你死后无论我走到哪，遇到什么难事，认识你的人会说，这是你的后人。他们中的某个人，会伸手帮我一把。

可是，没有一个叫父亲的人，白发飘飘，把我向老年引。我不知道老是什么样子。我的腿不把酸痛告诉我。我的腰不把弯曲告诉我。我的皮肤不把皱纹告诉我。我老了我不知道。就像我年少时，不知道自己是一个孩子。我去沙漠砍柴。打土块。背猪草。干大人的活。没人告诉我是个孩子。父亲离开的那一年我们全长大了，从最小的妹妹，到我。你剩给我们的全是大人的日子。我的童年不见了。

直到有一天，我背一大捆柴回家，累了在一户人家墙根歇息，那家的女人问我多大了，我说13岁。她说，你还是个孩子，就干这么重的活。我羞愧地低下头，看见自己细细的腿和胳膊，露着肋骨的前胸和独自长大的一双脚。你都死去多少年了，我以为自己早长大了，可还小小的，个子不高，没有多少劲。背不动半麻袋粮食。

如果寿命跟遗传有关，在你死亡的年龄，我会做好该做的事。如果我活过了你的寿数，我就再无遗憾。我的儿女们，会有一个长寿的父亲。他们会比我活得更长久。有一个老父亲在前面引领，他们会活得自在从容。

现在，我在你没活过的年龄，给你说出这些。我说的时候，我能感觉到你在听。我也在听，父亲。

主编的话

“无知”的“有知”

——关于刘亮程的散文

刘亮程并不以写新疆风物而为人所识，尽管他身在新疆。作为散文作家，他的魅力在于找到了一种独属于他的透视法。他以一种空着双手进入事物的方式来到村庄。所谓空着双手进入，是排除定见、偏见以及正见等等先入为主的理解方式，是使自己变成“无知”。这位作家愿意倾听，愿意站在角落里看这个世间；他愿意站在野兔、站在树木、站在风、站在狼，乃至不知名的小虫子身上去理解，某种意义上，这种“无知”便是另一种“有知”。

《剩下的事情》是空着双手进入事物的代表作。什么是剩下的事情呢？在“我”看来，“每个人最后都是独自面对剩下的寂寞和恐惧，无论在人群中还是在荒野上。那是他一个人的”。“我们在坟墓旁边往下活。活着活着，就会觉得不对劲：这条路是谁留下的。那件事谁做过了。这句话谁说过。那个女人谁爱过。”剩下的事情在一些人看来不重要，但其实很重要：“如果我还有什么剩下要做的事情，那就是一棵草的事情，一粒虫的事情，一片云的事情。”

空着双手进入，没有人比草木高贵的念头，那么，人与草木便是一样的。而草木从来不只是草木，“也许我们周围的许多东西，都是我们生活的一部分，生命的一部分，关键时刻挽留住我们。一株草，一棵树，一片云，一只小虫……它替匆忙的我们在土中扎根，在空中驻足，在风中浅唱……”于是，在这位作家的价值观里，“任何一株草的死亡都是人的死亡。任何一棵树的夭折都是人的夭折。任何一粒虫的鸣叫也是人的鸣叫”。事实上，人和草木之间有着如此迷人的呼应关系。“一个人头脑中的奇怪想法让草觉得好笑，在微风中笑得前仰后合。有的哈哈大笑，有的半掩芳唇，忍俊不禁。”

在这位作家的文字世界里，铁锹是有生命的，野狼也有思维。要尊重它们，也要弄懂它们。但是，要弄懂它们何其难。“弄懂一棵草，并不仅限于把草喂到嘴里嚼几下，尝尝味道。”而从草木那里得到的道理，也并不是草木的道理，“我从草木身上得到的只是一些人的道理，并不是草木的道理。我自以为弄懂了它们，其实我弄懂了自己。我不懂它们”。这便是宝贵的属于刘亮程的“有知”。

空着双手进入事物，眼前事物便发生了颠倒和错位。那是陌生的，令人吃惊的认知，也由此，刘亮程拥有了属于他的世界。在他那里，草木是人，人是草木；野兔是人，人也可能就是一只野兔。没有高贵低贱之分，都是生命本身，互有不可知的部分。

因为拥有宝贵的“异形”视角，刘亮程写出了这个世界的孤独与热闹，也写出了一个事物与另一个事物的无限靠近。《寒风吹彻》中，人与寒冷的关系变得微妙：“我裹紧羊皮大衣，一动不动趴在牛车里，不敢大声吆喝牛，免得让更多的寒冷发现我。从那个夜晚我懂得了隐藏温暖——在凛冽的寒风中，身体中那点温暖正一步步退守到一个隐秘的连我自己都难以找到的深远处——我把这点隐深的温暖节俭地用于此后多年的爱情和生活。我的亲人们说我是个很冷的人，不是的，我把仅有的温暖全给了你们。”于是，在寒冷的世界里，他能看到一些看不到的人，猜想他们度不过这个冬天，“他们被留住了。冬天总是一年一年地弄冷一个人，先是一条腿、一块骨头、一副表情、一种心境……尔后整个人生”。——谁能看到一个人一生中的雪呢？“每个人都在自己的生命中，孤独地过冬。我们帮不了谁。”

深感孤独的人拥有最敏感的神经。《先父》让人心内柔软。那是儿子向已逝父亲的诉说，那是关于逝去的你如何长成今日的我的诉说，“我的有一脚踩在他的脚印上，隔着厚厚的尘土。我的有一声追上他的声。我吸的有一口气，是他呼出的。”“你死去后我的一部分也在死去。”“你在世间只留下名字，我为怀念你的名字把整个人生留在世上。”这是关于骨血的接续和情感的流淌，这里包含着最深沉的爱与寄托。

刘亮程的散文一出手就让人惊奇。他以孤独的方式写下生命中的蓬勃，他以寒冷的方式写下地表之下的温暖，也以最节制的方式写下内心的澎湃。他文字的美妙在于孤寒又混沌，简短又凝练。当刘亮程心无旁骛地建设他的纸上村庄时，他已然开始建设起他的世界：一个人的孤独不只是一个人的孤独，一个人的村庄也不只是一个人的村庄。

塞　壬

原名黄红艳，1974年出生于湖北，现居东莞长安。已出版散文集《下落不明的生活》《匿名者》《奔跑者》三部。两度获《人民文学》年度散文奖；获第七届华语文学传媒大奖“最具潜力新人奖”、第十六届百花文学奖及第六届、第七届鲁迅文学奖散文提名奖。

匿名者

一

二〇〇九年，我结束了在广东九年的漂泊生涯，一个叫塞壬的写作者，她是这段匿名生活的终结者。我记得那一天，世界仿佛被擦亮，像是有人在瞬间从我心里掀开了个帘子，哐啷一声响，突如其来的光，一下子无蔽地照向我。我没来得及适应在明处的生活，没来得及获得双脚着地的踏实感，在紧张、不知所措、裹挟着某种慌乱的幸福感中，我填写了一张东莞图书馆的入职表。但这次，我填写了真实的姓名、出生地、年龄以及最简洁干净的经历。我一笔一画地写着，饱蘸着力量，仿佛要把字刻在纸上一样，永不再改变。面对自身的真相，我竟然感到茫然。太陌生了，陌生到可疑。这得要追溯到多少年前啊，眼前定格在表格上的这个人——黄红艳，她已消失了多年。简历上，九年的漂泊生涯，起初，我想一句带过：二〇〇〇年至二〇〇九年，漂泊于南方各城镇。严格来说，用“混迹”一词更为准确。这么写，我居然感受到一种让人受不了的炫耀成分，十分地矫情。最后，落在纸上的是：二〇〇〇年到二〇〇九年，供职于广东省各类传媒。我有意模糊它，让它沉进最深的内心之狱底，然后封上封条。像过去的任何一次一样，我要删除过往，去刷新生活，所不同的是，我不再匿名。

然而，我很快发现，重新续接二〇〇〇年前的我是荒谬的，也是粗暴的。我如何能绕过那个“九年”去轻松面对以后的生活？在缺乏过渡的角色转换中，“轻松”实在是一个太沉重的词。我蓄意想删掉的这段历史开始不安分地打扰着我，它们以大量而密集的细节反复出现在我的梦境里，那么近与清晰，如同昨天才发生的一样，它让我长久地不安与惊悸。这咬啮性的烦恼，锥人。它让我觉得，如今有着真实身份的我更像一个笑话，一个假象。我对那九年下了如此定论——当然，听上去更像是在辩解——那是一种偷来的生活。仿佛长期穿着不合体的衣裳，篡改的名字，伪造的经历，被切割的时光，频繁地迁徙，生活的碎片被扔在各个城市的角落，面目全非——但它不属于真实的我。在清点过往资料的时候，我打了一个包，一个我即将予以销毁的包裹。它可以证明那个匿名者曾经出生在上海、北京或者广州；她毕业于不同院校、不同专业，它还证明了我，有时出生在七零后，有时出生在八零后，姓胡或者姓张。此外，我还有很多英文名字，我有时未婚，但有时还离过婚，有一个五岁的男孩留守在湖北老家，由我可怜的母亲抚养；我有各类职称及资格证书，其中有两个居然是珠宝鉴定师和园艺师的资格证，我做梦都不曾预想我会从事这两种如此离谱的行当（我是学中文的）……是因为不再有再次使用的可能我才迫不及待地去销毁它？还是因为，难以启齿的……羞耻心？我觉得两样都像，却又不完全像。这个包裹，这个记录真相的可怕的目击者，我感到它无处不在，它像是一个不死的活物，长着有芒刺的眼睛时刻注视着我，滚烫而犀利。它提醒我，九年的匿名流浪生涯顽癣一般真实，它混乱、落魄、阴郁、压抑还有疯狂，被厄运追赶，在困境中沉浮，无数次的谎言只是为了圆第一个谎，然后被它追赶、驱逐。这才是属于我的真实生活，它是一个强大而有力的存在！现在，它无数次出现在我的梦境里，大块大块的影像在我面前晃动，我在逃离，仓皇的身影，瞳孔深处的哀伤。它们攫住我，梦魇般，让我长久地不安，无法忽略和剥离。销毁它们是容易的，付之一炬，但要彻底洗掉，要当它从未发生过，需要达到另一种人生境界。我还不愿意去达到那样的境界。

每年春节，我都要如期把自己送回湖北老家，让父母亲看到我还好好的，他们是这个世界上唯一爱我的人。我得告诉他们，我过得很好，有钱，有体面的工作，身体健康，笑容满面。出生地，是一个人所有秘密的源头，我可以摘掉面具，摊晾最原生的表情。火车一节节靠近故土，过韶关，入湖南，最后抵湖北境内。每一个地点的方向转折，这时光和空间的转折，在岔道口的拐角，身体被速度和风的方向撕裂。我在一层层还原，一寸寸清晰。回到湖北，我利索地说着方言，成为一个话多、时常大笑、不擦口红、不洒香水的三十五岁女人。谁都认识我，我活在明处。短暂的假期，我沦为一个客人，享受着客人所有的礼遇。今年春节在家，忽然接到一个中学同学二十年聚会的通知。二十年间，我在广东待了九年，跟家乡的任何一个中学同学都断了联系，他们居然能找到我。被浅薄的好奇心驱使，我去了。

一个重工业城市郊区的中学，二十年前，从这里毕业的学生后来大多读了职工大学，继而成为这个钢铁城市的工人。聚会设在市中心的一个大酒店里，我一下子被认了出来，黄红艳，他们叫着我的名字，啊，这个名字在很多年里，尘封了一般。因为未婚，我被八卦的女生们围住。我先前读过不少关于此类聚会的文章，大多都是在说，读书时不起眼的人，如今成了当地赫赫有名的人物，漂亮的女生，她总会有悲惨坎坷的结局，无非造化弄人，世事无常。但是，我要说的是，在这样一个发展缓慢、相对闭塞的重工业城市，我的同学都没有太大的起落，没有人们想象的那样具有戏剧化的人生。他们基本上都还是工人：分厂厂长、车间主任，或者是技术骨干，也有一些小老板，仅有一个在国外。权贵、大富跟他们无缘。

饭桌上，我注视着这样一群人，显然他们在生活中都有频繁的往来，一起打牌，一起喝酒。有几个男生可能刚下班，工作服都没有换，他们把钢铁车间的气味带了过来，热燥、生腥，混着耿直的粗暴。我熟悉这样的气味，更熟悉他们身上特有的痞劲，大声劝酒，喧哗，炉火烤红了他们的脸，黄段子一茬接一茬。当年青涩的少年们，都成了粗壮、硬糙的汉子。那一张张脸，被钢铁和酒精打磨，发着红光，仿佛就是，天底下就他们过着一种最得意的生活，谁也比不了。女生，都成了别人的老婆和母亲，她们无所顾忌地大笑，跟男人一样叫嚣。她们肥胖而快乐，毫无例外的，秉性里单纯的良善在泼辣的言辞中，竟表现出贞洁的美。这么多年，劳动赋予她们明净、利索而昂扬的气质。因为是聚会，我还打扮了一番，化了妆，围着昂贵的绣花真丝披肩，紧身小羊皮裙，长筒靴子。这般刻意的隆重，比照女同学们大方、自然的做派，我反而显得特别怪异。这怪异让我别扭、局促，距离感就由此产生了。当我回答完他们的所有问题后，我只得归于沉默。我无法融入他们，我和他们隔着太久远的时光，还有充塞在这时光里的另一种暗处的、不为人所知的隐秘生活。隔着时光，我在暗处注视着他们，他们在明处，透亮，裸裎，没有太大的秘密，彼此相知。甚至于，他们的未来都是预知的。真实的个体，响亮对应。啊，这原本也该是属于我的生活图景，实名，敞亮，平等中有理直气壮的身份认同，公开的喜忧，一览无余的命运，在平凡中拥有谁也管不着的自命不凡和自足——如果我当初留守钢铁厂，如果我嫁给了那个电工。

一瞬间，我忽然意识到，我花了九年时间去苦苦追求我曾轻易舍弃的东西，在艰难地绕了一大圈后，生活又回到了原点。一位东莞图书馆普通工作者和一位湖北大冶钢铁厂电工的妻子，她们之间看上去似乎没什么区别，谁也不比谁高贵多少。从这一头抵达那一头，它不是一个递进关系，也就是说，我并没有变得更好。然而，这两个不同时段的女人，就因为她们隔着那个九年，她们才不再是同一个人。无视那个九年，就等于是删减了我人生中的复杂性和多样性。不，应该是这个世界的复杂性和多样性。现在，我分不清，以塞壬命名的这个女人，她所从事的写作行当，是不是开启了另一种匿名生涯？

二

进来面试的是一个才二十二岁的女孩子，她叫李艺。我被她的简历所吸引，上面说：我的热情和潜能是未知的。我捂住它，它老在我身体里蹿动。我需要在一种类似自焚的事业中看清我自己，去弄明白，我跟这个世界的关系。这几句话，我一连读了两遍，直接的感觉是：似曾相识。自信藏在真诚的后面，略略地带点挑衅的味道。看上去，她对这样的面试表现出一种故意的漫不经心。当然，这种简历，在职场上相当冒险，因为人事主管看不出你能为他的公司带来什么样的效益——尤其在看不到文凭和经验这两个重要保障的时候。应该说，这个文学女青年在找一个赏识她的人。我笑了。这是一个很有吸引力的姑娘，长圆脸，嫩皮肤，一双大眼睛长满钩子，忽闪闪的，露骨地表现出她的热情还混合着……某种天真的诱惑，扫到人身上，就印着一串串活泼而亮莹莹的问号。她梳了一个非主流的歪马尾，上身是镶亮片的白T恤，下身穿着一条满是口袋的迷彩裤子。湖北人？我拧高了眉毛，刻薄地对她说，以你的资历、专科，去工厂流水线当工人非常好，何必要到这种杂志社来碰壁？点到穴了，她满脸通红，捋了捋耳后的头发，咬着唇，但十分清晰地对我说，去流水线，二十五岁之后都来得及。她的两眼亮晶晶的，热切地望着我说，我得给自己机会，我得知道自己能不能干好某类工作。听了这话，我感到内心有一处隐秘的地方被微微地牵动了一下，此外，她终究没说出瞧不起流水线那类让人硌硬的话来。她拿出一厚摞打印出来的文稿，笑嘻嘻地递给了我，说是平常涂鸦的。在她之前，我面试了两个乏味的女生，虽然她们有精致的发型、妆容及着装，但中规中矩的简历，毕业院校，工作经历，薪金要求，所有这些就像是一个机器印出来的，毫无创意。标准的表格，内容惊人地雷同，包括笑容，看不到她们的内心及思想中那灵动的部分。一问，无非就是希望锻炼自己，学到更多的东西，实现个人价值等这类陈词滥调，所有的回答更像是一场表演，事先就有了标准的答案。她们全都有一副自我感觉良好的表情，这表情更多源自于她们对青春和容貌的自信。我一直认为，太多人，他们是没有内心的，盲目，从众。人群中，他们没有太明显的可识别性。

我当然不能凭此就决定让李艺通过。面试最重要的一环是现场检验这个人的能力。作为一本时尚杂志，记者采访是为了广告，但采访本身并不暴露其广告目的，如何接近被采访对象就是一个最起码的技术问题。我给出几个公司品牌总监的电话号码，看谁能够做到预约采访成功。一般情况下，这类人对采访很谨慎、挑剔，不太容易约到。两个乏味的女生失败了，她们甜美的声音当场都被对方回绝说：对不起小姐，我最近太忙了，请把相关资料发到我邮箱，如我需要，再跟您联系，接着电话就忙音。李艺接通电话，在报明身份之后说道：我们编辑部做了一组新闻策划，我要把策划书递交给贵公司品牌部发言人，请问，具体交给谁？对方说，交给我。李艺答道：那好，我下午送来。她成功了，她的聪明在于把一个问题进行了方向转折处理。如果像那两个女孩子那样，直接问，我们要对您进行一个采访，请问您什么时候有空？对方通常会直接说没空。李艺把“何时有空”转为“应该找谁”，这样对方的答案将不可能是拒绝的。我看着她，虽然我不认为这个方法是她原创的，但至少她看了类似于营销方面的书。面试通过了，她看上去有点喜形于色。我告诉她，三天内会打电话通知的。用不用这个人，我只能提供参考意见，最后要人事经理说了算。

应该说，这么些年，我对广东太多的公司在用人制度方面感到失望。依然是唯文凭和经验这两种硬件论，此外，年龄、性别、籍贯也是三个很大的门槛。但这个世界总会有那样一种人，啊，你知道的，就是那样的一种人，我无法说清，他们身上有一种迷人的不确定性和多种难以预测的可能性。你只需要为他们开门，他们一旦上路，就会有令人炫目的飞翔之姿，他们很快就把你先前看好的那种有用之人狠狠地甩在后面。啊，总会有那样的人，比如……

最后李艺没有被录取，理由是，文凭略逊且没有经验，她还是个湖北人呢。人事经理那厚重的鼻音从来都有残酷的味道，我知道，跟这样的人多说一句都是浪费时间。在广东职场，我不明白为什么河南人和湖北人会如此地臭名昭著。河南人信誉不好，善于骗术；湖北人太精，一旦上位就总想挤掉主管甚至老板，腹黑，不忠。这类说辞在职场广泛流传，竟成了真理。本来，不录取就不必打电话。可是，心里有个东西老梗在那里，这个小姑娘让我有亲近感，她身上有太多的东西让我觉得“似曾相识”。我打电话给她，可怜的孩子以为是录取通知，开口就问，几时报到，那声音听上去都发着光。我艰难地把事情说完，然后告诉她这是我的手机号，“我姓黄，以后有什么事可以找我，希望能帮到你……”，是我先挂的电话。

半年多以后，我在一个傍晚接到了她的电话。她说她刚从东莞回到广州，很想见见我。我们约在一个湘菜馆见的面。因为上次的事情，我老是觉得亏欠她什么，算是请她吃个饭吧。见了面，她瘦多了，眼睛还是那样，忽闪闪的，仿佛是，整个肉身的灵魂就集中在这对眼睛上了，它隐隐地回避我的注视，我觉出它盛满凄凉。对于过去的半年，她似乎不太愿意多谈。我把汤盛到她面前，叫她吃饱。我太了解一个女孩只身在外可能遭受的不测，我不需要她讲出来。她突然把筷子停在半空，急急地问道，黄姐，到底用什么样的办法可以进到你们这样的杂志社？

你的选择很多的，为什么一定要进这种虚伪、势利，跟文化沾不上边的破杂志？

我不甘心……

我哑默，低头吃饭。半晌，我吐出一句话：为了进去，你真的什么都愿意？她又用她那双发光的眼睛盯着我，愿意愿意，是陪男人睡觉吗？我残酷地笑了一声，鄙夷地看了她一眼。出来这么久，居然还相信跟男人睡觉就可以解决问题。我郑重地告诉她，李艺，你的那些文稿我看了，很不错，你在这种杂志社混个经历是必要的。

两天后，我带李艺出来跟几个人在大排档吃饭。这几个人，我有必要交代一下，三男两女，年纪跟我相当。他们全都没有正规的工作，但身份非常复杂，具体的底细，我也不太清楚。他们混迹在各行各业，身兼数职，做各类业务：印刷，户外广告，代理某健身产品、化妆品，卖壮阳药材，代理红酒、保健品，办信用卡，办假证开假发票……他们是嫖客和妓女、骗子和混混，他们还是黄牛党和偷车贼。这些匿名在城市中的人，隐在暗处，他们活得旺盛而陶然，拥有非常丰富的信息量，我倒是喜欢听他们讲八卦，一些大企业的发家史，跟哪派黑道有密切的关系，还有女人，哪个要员是她们背后的大树……啊，普通民众的乐趣就在于此吧。我长期给他们提供各类文案并帮助接画册、单张平面设计等业务。跟这样的人打交道，我是放心的，他们从来没有拖欠我一分钱。他们叫我“女秀才”，说我是个读书人，就是有点死心眼。啊，这么些年，我一直流浪，却也衣食有着，当然是因为跟这样的一帮人混在一起，然而，我没有彻底地成为他们，我心里还有一点点没有完全殆尽的——梦和理想。如今的他们，都有钱了，身上的底层气味已被洗净。饭桌上，男人们跟我开着玩笑：阿红啊，让我包了你吧，你一个女人写字赚钱太辛苦了。我笑着说，今天我带表妹过来给你们认识，多关照啊。那李艺倒大方，一个接一个地给他们敬酒，大哥大姐地叫得热乎，一下子就跟他们活络了。我在那一瞬，忽然感受到异样的味道：我也许在帮助一只狼。这念头，迅速地在我脑子里闪了一下。她表现出的那种主动性和那份露骨的热情，让我……

我很快把两份证件交给了李艺。她现在叫易丽（李艺倒过来），二十五岁，上海籍，毕业于华南农业大学，中文本科。我告诉她，要滴水不漏地圆好这个谎。她张着嘴半天没合拢，心里在嘀咕什么，我不想去琢磨。但是，在一个陌生人面前泄露了这样隐秘的事，并让她有了可以偷窥到我的蛛丝马迹，我感到浑身不自在，不，我感到糟透了。她果然顺利地通过了人事经理那一关，成为一名时尚杂志的采编记者。

不到一年，这个叫易丽的女孩子卷走了三万多块钱的广告款。杂志社无法找到她，我当然也推个干净。这个期间，这个女孩掌握了这类媒体的运作方式，包括广告品牌份额的分布、新闻策划的要点、品牌推广的策略，以及这种时尚类杂志的奴才本性：她几乎熟悉所有讨好客户的方法。她跟我如此相似，从中获益了，还要在背后骂这类媒体如何的贱。她的离开，当然是在无法取代我这个编辑部主任的绝望之后，好狠的小狼崽！李艺成功地走完了最重要的一步，她再也不必去做流水线女工（她们也没有名字，以胸前的工号代替）那样的匿名者，她会隐在城市的深处，洗尽身上的底层气味，成为所谓的office lady。几天后，她往我的账号打了三千块钱，然后给我发短信说她在深圳一家媒体。我看着短信叹道，这个小蹄子，果然翅膀硬了。这三千块钱是什么意思呢，感激吗？看透一个人太悲哀了，让人难受。我感到了孤独和一阵阵的悸冷。

《西游记》里，妖怪的主人在云端叫出它的真名，那妖怪就会吓得现形。古埃及的神话里也有记载，有一种巫术，说是只要你能说出另一个神的真名，你就能制伏他。我的理解是，因为羞耻心，我们受控于自身，进而才能被他人所控。它一定是人的弱点，然而，没有这个弱点，再强大的内心，那又有什么用呢？李艺，在面对我的时候，应该是不自在的吧？在我的目光下，她就像被脱光了一样没有秘密。我掌握了她最初的秘咒，所以她要离我远远的，最好永不相见。她不会在任何人面前提起我，我是她的秘密、她的羞愧，一个永远的结。这些年，我在太多场合能准确地闻到这一类人，复杂的经历，圆熟的应变能力，他们谈吐漂亮，很会笑。但是，他们躲闪的目光、虚张的言辞总会暴露出某种狡狯的特质，以及，永远给人的不确定感。他们没有浑然天成的从容，那是因为：他们有着真正的畏惧、恐慌以及无法预知的生活所带来的焦虑。就像，不经意的一个谎，你听着像一阵轻风，但你无法感知它在那人心里引发的惊涛骇浪。

三

成为城市的匿名者，我们别无选择。从第一次的经验中全身而退，我也一样，获得了成熟的技能、野心以及更开阔的视野，世界在我面前打开了。这个开局，李艺几乎跟我一致。然而，我不同于李艺这类人，他们是务实的，目标明确，进取，忙碌，注重时间和效率。我注定要跟这样的人分裂而走向另一面，我无法成为他们，我只能是个失败者。为着生计，一次次地离开，被驱逐，更换面目，刷新生活，甚至探向并不熟悉的领域，为的是重新调整呼吸和节奏，去争取脱胎换骨的机会。这么些年的游走，我看清了自己，一个彻底的务虚者。我必须说，一个伪证使用者、一个篡改经历者是没有资格去谈崇高的。“像你这样的女人，居然还敢跟我谈格调，你以为你能做什么……”我拒绝去做安利，一个对我很友好的“朋友”突然对我翻了脸，原因是我说做安利的人没有格调。几年之后，我突然变成了一个作家，在报纸、电视上露面，我真怕啊，我害怕被人认出，被人揭发：我认得她，她不是叫这个名字，她骗了我们……这个女人当时在我们公司，居然动手打了人……就是她，欠了两个月租金逃跑了……阴郁，黑暗，隐疾，我这破败的人生，我将如何穿越这内心的地狱。我从来不敢正面笑迎那炫目的光环。然而，在惴惴不安中，我听到的是那样一些明亮而温暖的私语，从一个人的耳朵传到另一个人的耳朵，春天的风一般，最后传到我这里。那是关于对一个人的理想和精神的描述：她的恪守，她的爱，她的隐忍、无奈以及她为着她的坚持所做出的艰难的努力……这些断断续续的话，陆续地传来，我的眼泪长长地流着。

二〇〇三年，我带着一身的胆从广州奔向深圳，我把广州的某珠宝杂志拿到深圳设办事处。老板给我三十五个点的提成，其他费用自理。二十九岁，年轻，创业的激情涌动，我租了一个套间，招了三个采编记者，我的事业就这样开始了。为了能显得成熟，管好这三个年轻人，我自称已婚，三十二岁，孩子在湖北老家。红姐，他们都这么叫我。多么好的年轻人啊，两个男孩，一个女孩，他们的枕边有王小波、村上春树还有安妮宝贝。四个人生活在一起，那是我在广东度过的最美好的时光。有一个夜晚，我和两个男孩到处去找深夜未归的女孩子，心急如焚，打遍电话，分头找，像是去找我们最亲的人。半年之后，我带着他们逐渐打开了深圳的市场，我以抢眼的新闻策划为专题，迅速使杂志在同行及市场中获得不俗反响，广告越走越好。但在这个时候，我的老板突然授意另一帮人在深圳抢占广告业务。他们只拿二十个点的提成，完全不进行采访，赤裸裸地进行广告交易，以极低的价格卖出版面，不到两个月时间，他们像拉黄页广告一样，在短时间内完成大量的业务，他们摧毁了我刚刚建立起来的一切。我在《务虚者手记》这篇文章里详细地讲了这个事件，我说，要想赶走那帮人，首先，我必须要变成一头野兽，以违规的手法去阻止这帮违规的人。我没有那样做，并非不屑于打这种拙劣的价格战，而在于我变成野兽赶走了这些疯子，我还能重新回归成人吗？这是我苦苦恪守的，我清晰地说出，我要做一个人。那篇文章，一个失败者，以她的悲哀和泪水讲了一个人如何成为了人，面对令人心碎的结局，她只能自嘲自己是个务虚者。团队解散之后的头两年，我跟他们都还有联系，慢慢地，我们都四处游走，居无定所，至今是音讯全无。啊，太多的人和事都是如此，我们没有耐性去记起，还有更多的事在等着去遗忘。

惯于遭遇的生活，我被获准有机会修正上一轮经历中的种种过失。一个固执的人，她总是相信奇迹，相信——传说中的意外，她总是给新一轮的事业披上一种灵异的色彩，相信它会有所不同。二〇〇五年，我从广州扑向东莞的镇，从事同样的媒体代理行当。在《在镇里飞》这篇文章里，人们看到了我在生存的场里，贴着地在镇里疾奔，历经动荡、危险、肮脏的行程，而内心飞翔，我说出了肉身的姿势和精神的姿势，我说出了自由和爱情都无法取代的孤独，但我并没有讲到事情的结局。有过同样失败的经历，也只有我这种笨蛋会在同一个地方再摔一跤。我在厚街镇谈的一个地产的单，竟被老板的助理生生抢走。除了离开，我没有做出任何过激行为，虽然我在明白过来的那一瞬间有过“以唾其面”的冲动。我感到自己的弱，迷茫，我丢失了方向，并放弃表白和申辩。

激情在我身上慢慢消退，厌倦、疲惫、挫败感厚重地笼罩着我，我开始迷恋不省人事的昏睡，我害怕面对一个问题：除了写字，我还能做什么？如果我厌倦写字，我将何以为生？这太可怕了，我感到恐慌，并对自己充满怀疑。学的中文，如果放弃媒体的行当，那就业的面就更窄。我只得篡改经历，最终被聘为某珠宝公司的品牌经理，公司代理一家法国品牌。这个工作有相当大的一部分是跟媒体打交道，在以前的工作中，我跟很多大品牌的市场总监及品牌经理这类人有接触，我相信我能胜任，我应该也必须在这个行当中重新再来，这一扇门，我正在开启。上班第一天，人事经理南茜小姐告诉我，你的前任叫薇温，如果你没有英文名字，那你就叫薇温吧。我在相当长的时间内都没有适应，“薇温”是在叫我。

市场部总监萨宾娜小姐是从法国留学回来的，很漂亮，披着一头大波浪，用一种很复杂的香水，浑身散发着凌厉、精干的味道。公司刚刚启动的国内加盟连锁业务，是重新注册的一个新品牌，定位于浪漫、时尚。我负责加盟连锁前期的品牌策划及推广工作。对于这个新的品牌，我要赋予它一个高贵的出身，使它有不同凡响的沿革，有明确的出处。商业的操作从来都要跟文化有着天然的联系，作为这个概念制造者，我要把一个历史上有出处的典故，加以幻化，然后移植在一个现代的品牌中，成为它的灵魂。让它活过来，让它开口说话，表达主张。我要让它看上去天生就拥有那古老的灵魂。这个工作让我兴奋，仿佛血液在身体里重新活过来，我的激情被再次唤起。尽管萨宾娜小姐不太好沟通，她时常挑剔我的衣着，取笑我吃六块钱的快餐，但是，这些跟我对这项新工作的热爱比起来又算得了什么呢?

我的骨子里有着羔羊一般的驯良，太多的时候，只是等待被宰割。我把自己摊开，细瘦的身子骨，这么些年，我从来就没有仇恨、嫉妒、抱怨，我像一个容器，吞咽着所有的幸与不幸。我睁着满是泪水的大眼睛，注视着我行走着的人间。

为了赋予这个浪漫品牌一个高贵的出身（即它的缘起），我将情人节圣华伦泰的故事从古罗马幻化到法国，让这个古老而浪漫的故事成为这个品牌的缘起背景。我编了一个浪漫的爱情故事，让它发生在十九世纪中叶的法国马赛。平面表现用埃菲尔铁塔和巴黎古典建筑为背景，基本色定为金黄和黑色，奢华而浪漫。然后再找一个气质古典、优雅的法国女模特拍一套品牌形象的广告图片。我会用诗意、浪漫的文案配上去。整套的CI，包括定位、目标受众分析、品牌故事、品牌理念阐释、品牌策略、推广策略、产品定位、产品架构等策划案已经草拟出来，我发给萨宾娜小姐，希望尽快定下来，准备下一步的执行工作。

然而，等待我的是一盆冷水。萨宾娜小姐在例会上彻底否定了我的方案，她提出这个策划方案将由市场部全面负责。过了几天，人事经理找我谈话，她希望我去产品部，负责产品物流的调配。我的心跌到谷底，天一下子黑下来。

两个月后，我在另一家公司突然看到了一本加盟手册——品牌故事是以情人节圣华伦泰的故事作为背景的，将一个古罗马的故事幻化到了法国的马赛。这本画册的平面是以埃菲尔铁塔和巴黎古典建筑为背景，文案是我配的短诗，华丽而忧伤。包括定位、目标受众分析、品牌故事、品牌理念阐释、品牌策略、推广策略、产品定位、产品架构都跟我交给萨宾娜的策划案里的一模一样……

我定在那里一动不动。双眼起雾，这些年漂泊、流离的身影，被厄运驱逐，被挤对，我一次次地离开，背着行李四处奔走，在困顿中、在黑暗中努力保持着对明天的希望……我想起几次被飞车抢劫，被摩托车拖在地上，刺痛，我的呼喊，我惊慌失措的表情——所有这些在我面前晃动，它们再次照亮我破败的身体和人生。三十多年了，我河水一样悲伤的命运，一眨眼，就到了河中央。我紧紧地抱住自己。

我记得那一次的例会，我把那册子向那女人扔过去：萨宾娜小姐，请问这个册子怎么会到这家公司手里？那女人目光凶狠地盯紧我，她的下巴微微扬起，启唇之际，她的额头向上倾斜到一贯傲视我的角度，毒蛇般地，她嗞嗞地发出声音：你竟然将公司的策划案私自卖给了我们的竞争对手！

我已经疯狂了。我的整个肉身做了一生中最疯狂的决定，我将我全部的悲伤、我的血、我细瘦的躯体、我河水一样的命运，用我如柴的右手凝聚着巨大的痛楚掴过去，不。它们是整个地砸过去！同时，我变形的嘴唇从胸腔发出沉闷的低吼：婊子！

我慢慢地倒下，先是身子前倾，左腿一歪。整个身子开始向左慢慢倾斜，接着，我的左腿开始着地，我听见它也磕响了地板，紧接着，我的整个身子倒在地上，倒在地上，我就那么小小的一堆，一定很轻很轻。我身体的猛兽，它终于冲破了牢笼，它是为了一个人的尊严。

四

我时常陷入混沌中。黑夜和白天没有界限，昏睡，疲软，我的意志和肉身是一摊泥。我不知道我将走向何方，为着生存的五斗米，我成为城市中隐匿的写手，混迹于城市的暗处，写着海量的署着别人名字的文章。九年了，在那么长的黑夜里，我找到了一种文字。它紧贴着我，不离不弃，成为我的灵魂出口。在那一个世界里，我把经历过的事件再经历一次，让它们重新复活，给它们生命。我着迷这个游戏，这个叫塞壬的女人，她在她的世界里高蹈，完成另一个人在现实中的种种不可能。她获得了重生。当我写下匿名者，无数个匿名者被我轻轻触碰，而最痛的那一个，她将被铭记，因为被书写，她获得了独立的命运。

奔跑者

一

今年元旦，我参加了马拉松迎春长跑比赛，至今我都无法解释参与的动机。挑战自我？锻炼意志？强身健体？如此正确的理由，在我看来却是荒谬的，我从未在奔跑中注入速度的概念、竞赛的概念。为了获得一套耐克的运动装？我笑了。那天，三十九岁高龄的我在女子组中特别醒目，我是年纪最大的女选手。年轻的同事们表现出异常的兴奋，齐声一遍一遍地拍手喊着，塞老师加油，这让很多陌生的目光投向了我。我忽然意识到，这是我毕业后第一次公开地跑步，在白天跑步。枪响之后，我淹没在人流中，跟过去的任何一次都不一样，因为没有夜色，原本紧贴我后背的那块黑暗没有如期而至，没有慢慢涣漫到全身，当睁着眼睛只看到黑暗的时候，心眼就开始打开，后来就有光照进来，有大块大块的影像在眼前晃动。在这肉身彻底消失的疾奔中，我是一匹马，黑夜的长毛将我覆盖，我纵蹄如飞，时光回溯，在那里，我看到了村庄、工厂，呼啸而过的火车，一个人的童年，我看到了离别、迁徙，深夜的哭泣和一张一张原本已模糊的脸……可是那一天，我的肉身如此之重，越来越重，阳光太亮了，世界的喧嚣洪水般涌向耳膜，浊重的喘息，我被清醒的规则引导，被速度追赶，我的主体强烈地在场，由规则引申的意志集中在一个点上：超越。这是非常糟糕的一个体验，沉重的肉身从未离开我一秒。一小时三十五分钟之后，我到达了终点，按照规则，跑步由此结束。沮丧中，瞬间做出决定，我再也不会拿跑步去跟人比赛。

由于那次体验的陌生感及不适感，我开始正视伴随我多年的跑步习惯。不，准确地说应该是奔跑，它是那种关于精神、意志、飞翔、梦境、痛苦、迷茫、内省以及完成灵魂自我修复的放逐。它是隐秘的，我从来不是因为锻炼身体、训练毅力这样的理由去奔跑，虽然，从另一方面来讲，奔跑本身能够获得健康的体魄。站在镜子前，我打量着自己的身体，一百五十五厘米，四十九公斤，乳房挺拔，小腹平坦，结实有力的臀部和大腿让我有稳健的底盘，球状的小腿肚饱蘸着力量，仿佛每个毛孔都在呼吸，它时刻醒着、敏感，像只小兽，有一种特别狠的倔强气息，仿佛随时准备应对来自命运的暗算。相比十年前的四十二公斤，那薄薄的背影，全身满是扎手的骨头以及扎人的性格，干净的瘦骨，灵魂滚烫。那个时候我是易碎的，烈性的。我认为，十年中身体增加的这七公斤，它既不是脂肪，又不是肌肉，它是某种历练慢慢积累的生命之重，它包括灵魂的钙质及铁性，它加重了血液之盐。当我在奔跑中，在黑暗的甬道里，我一遍一遍地把遥远的、几乎遗忘在岁月深处的时光一一擦亮，我要不断地看见自己，打捞自己，重新面对过往、悲伤与幸福，我要确认，我是自始至终都没有变的那个人。

我最初从奔跑中收获的是自我的调息，包括平衡与遏制。最终在疾奔的惯性中，我获得了安宁，安宁永远属于低温，啊，那冷却之后的空旷的心灵广场。我遏制了谵妄、偏执还有疯狂。表面上，我沉静，善于微笑，给人的印象一直是怯懦、没有声息的。可是，我实在不是一个安静的人，焦虑，躁动，没有定力，游移，而且粗暴。最要命的，我似乎只对自己施暴。我记得第一次坐立不安、无助、悲痛、恐惧的那一天，那是1991年春天的一个下午，我的堂兄轩子遭遇车祸当场去世了。我至今没有为他写一个字，曾尝试着去写，可是瞬间我就会看见他的脸，那张躲不掉的让人心碎的年轻的笑脸。我的哥哥轩子二十岁就走了。那天我的家人们都赶到现场，现在，这个现场再一次出现在我面前，这么多年过去了，那惨烈的一幕依然触目惊心。紧接着我婶娘一声凄厉的哀号，我立刻把这个画面切换过去，然后闭上双眼，任眼泪长流。我哥哥骑着摩托车被迎面而来的汽车撞飞，身体飞出两丈远。人是无法去细述这个画面的，就像无法写出告别。

每年涨水的季节，长江都会往下漂来一些尸体，这些尸体肿胀，发臭，令人作呕。在江边长大，我们从小见惯了这样的死亡。这些与己无关的死亡总是能为我们这些孩子带来猎奇的愉悦。啊，是个女的，手上还戴了个镯子；是个孩子，双手被捆着呢；这是一男一女，手脚绑在一起呢……我们议论纷纷，猜测关于死亡的种种可能。我从来——我竟然从来都没有为这些生命发出过惋惜和感伤。而我哥哥的死才第一次让我感知什么叫死亡。那么近，那么真实，那么痛彻心扉。仿佛有人从你身上偷走了什么东西，就像春天抽走绿，玫瑰抽走香气。我快要失控了。“当初是谁同意给他买摩托车的?”“那天下午到底是因为什么事情一定要他出去一趟?”“撞人的家伙他必须偿命……”我不知道为什么会变得如此不可理喻。面对这连珠炮般的质问，可怜的婶娘只得呜咽着抱住我。我精神恍惚，并没有过分哭喊，嗓子却哑了，嘴唇干裂，说不了话，我突然没了睡眠，整夜地睁着眼，还长了满脸的痘。我应该是全身着火了，觉得一刻也不能那样待在屋子里。多少年后，我南下广东，火车在夜晚疾驰，车头的灯光闪烁，这多像烧着了自己痛得使劲奔跑啊。当我看到这个意象，我就想起那些个夜晚，寒冷的春夜，月光泛滥，我先沿着田埂跑到铁路边，沿着铁路，耳边是樟树叶飒飒的风声。我拐进村里的民办小学，然后，我开始在空无一人的操场上无休止地转圈，直到筋疲力尽摔倒在地。在机械的奔跑中，殡仪馆那震耳欲聋的哀乐在头顶盘旋——是那种铜管乐器吹奏的，它散发着招魂般的死亡气息，恐怖多于悲伤。我哥哥从太平间抬出来然后又被送进冰库里，我们匆匆瞻仰了遗容，接下来的火化，我看到的是火葬场上空的两个大烟囱排出长长的黑烟，而周遭绿树葱茏得可疑。我哥哥死了，我毫无准备。然而最让我毫无准备的是，这人世间存在着死亡、孤独，及生离死别，我——也身在其中，且无从逃离。那一年，我十七岁。我目睹一个人的死亡至入土的全部过程，然后被迫接受，一个人如同障眼法一般，无端地消失。

奔跑就这样开始伴随着我。这独自面对魂灵的精神之旅。时间消失了，肉身消失了，多年以后，我只在写作中找到类似的体验。当我回望少女时代、青年时代的每一次奔跑，我看到的是，在与孤独的博弈中，我一次次尝试对迷茫人生的突围，自我警醒、激励，以及重申对未来的希望。奔跑，奔跑，在大学的校园，在工厂空旷的料场，在家乡一望无际的水稻田埂。在失恋、失业中，在书里读到了卡夫卡、乔伊斯、马尔克斯、福克纳、米沃什、艾略特、莱蒙托夫和曹雪芹们，在没有信赖的人、没有可以实现灵魂对话的令人窒息的漫长的青春期，我在工厂与村庄之间犹疑，不甘贫乏的心被卑微笼罩，我不断地点燃自己又浇灭自己。我一次又一次地在黑夜里奔跑着，在那里，总会有一道光向我照过来。

二

2004年以前，我叫红。那个时候，我的世界里没有文学，而且从未想过此生会与文学结缘。十年了，我成了一个作家，我不止一次地想，如果拿掉文学的部分，我的生命还剩下什么，我真的是通过写作来确立自我的存在吗？如果不写，那是不是意味着，我将什么都不是？不，我不同意这个说法。我怎么能去轻易否定自己曾经是一名出色的吊车司机，一名优秀的钢铁光谱验质员，一名坚持新闻理想的正直记者，辣手文案，职业经理人，以及混迹于广州、深圳、佛山、福州、东莞的那些流浪的岁月，我曾热衷于职场的打拼，深陷两情相悦的甜蜜爱情，所有的这一切，在我的生命中，它们毫无意义吗？我结识了萍水相逢但终生难忘的朋友，我历尽他人即地狱的黑暗深渊，美好及短暂的独自旅行，还有那些在陌生的城市醒来的第一个清晨，踌躇满志紧握拳头下定决心人生再一次重来的铮铮誓言。尽管我一路走来，一路丢弃，把它们埋进时光的废墟。这里面没有刻意的择拣成分，是一种自然而然的行为。然而，从2004年至今，我居然定格于写作，不离不弃。我得说，即使我不写作，我依然是一个丰富的人，精神世界始终响亮地存在，我的主格在场，我始终在路上，在奔跑，像被火灼烧，痛得使劲奔跑，我奔向那扇只为我敞开的门。

二十岁那年，我进入本地最大的国营钢铁公司上班，分配到一个露天钢铁料场上工作。我先是开龙门吊天车，紧接着拿起激光光谱仪验钢。那个时候的我，多么厌弃生为普通工人的红，蓝色工装，红色安全帽，脖系白毛巾，笨重的绝缘靴，帆布手套，青春被灰色的情绪笼罩，卑微，还有对命运满腹的怨怼。我的几位进入政府事业单位的同学来钢铁厂看我，我正从料场返回，没来得及更衣，满面灰尘，双目呆滞，腋下夹着沾满机油的帆布手套，手里拿着一个旧搪瓷茶缸。因为风的缘故，我迎面给他们带来了料场上生冷的寒意和浓浓的铁腥味。我的同学都笑了，当然，这笑声里并没有嘲讽的意思。可是我在一瞬间意识到，我有了截然不同的气味，那种底层人生的气味。黑暗的一天，紧接着是黑暗的第二天，第三天。我开始了奔跑，在奔跑的漩涡中，我的憋屈、愤怒慢慢滋生出凶狠的狼性：我要想尽办法奔到高处，离开这里。

我是多么不喜欢那个时候的红啊，投机、虚荣、肤浅、偏激，最要命的还自命不凡。那个时候，我从来没有意识到钢铁工业、劳作、技术、机械设备、马达、火车、激光、电焊以及满是机油味的蓝色工服，所有这些，它们对于一个女人的青春来说是多么弥足珍贵的给予啊。多少年之后，它们让一个名叫塞壬的作家引以为豪，并时常矫情地玩味这其中的暴力美学。离开之后，我再也没有去过那个钢铁料场，我的生活从此也远离了铁腥、激光，远离了机械马达以及跟体能、汗液相关的粗砺元素。而现在，我要说起那个钢铁料场，我竟激动得双手在键盘上抖动，有泪涌出。那么多的夜晚，澄澈的星空下，红，像一匹发着光的黑马，在奔跑。掀开的劲蹄如翅膀一般，用倔强擎着薄薄的命运，那孤独，让人心碎。

料场临江，风从江面上呜咽着吹过来，打着旋，然后深入钢铁的腹地。一米多高的厚铁墩围成的料仓延绵两百多米，并列四条线，五个料仓，天车像庄稼一样林立在那里，铁轨静卧，远处的探照灯时常瞬间扫过料场，总会引起猝不及防的响动，光着屁股的男女仓皇失措，天车高处传来怪异的哈哈大笑。红是多么不屑跟这样一帮粗俗的人为伍啊，她总是清高地拿着本书，摆着臭脸，谁也不理。车间班组的那种工作生活偶尔也会让红感到心头一亮，但那仅仅是偶尔。想要奔往高处的心，一刻也没有动摇过。每一个工人的性格都清澈如水，他们几乎没有秘密，拿一样的工资，干一样的活，他们的快乐和愤怒简单而直接。在那样一个世界里，更大的人生奔头已经没有了，在那种被限死的命运里，人们整天围绕着奖金，性，想方设法占国有企业的便宜以及为一点点好处投机，人跟人之间的温情、善意与屌丝人性爆发出的尖锐与顽劣都合情合理地上演。因为不随和，我是落单的。几乎没有朋友。有男人曾在我面前开色情玩笑，被我掴过脸。啊，那个时候的红，真叫我不喜欢——我为了不再当一名低级的天车工，竟借口眼睛近视无法在高空作业为由，向厂工会一连写了四封申请书，强烈要求换岗，最终，在我频频制造的几次工作失误后，这可耻的伎俩得逞了，我拿起了激光光谱仪。这个工作，听上去，多少有一点科研的成分，要高端得多。但是，我依然是苦闷的。唉，那个时候的红，真叫我不喜欢。

我是长期上夜班的。从晚上十一点到第二天早上七点，两趟活，分别在十二点和凌晨两点。火车运来的钢料被天车工卸进料仓，然后我们拿着光谱仪进仓检测钢料，把它们分类，并做好标记。四点多钟活就干完了，工友们各自回班组睡回笼觉。而我，开始了在空旷的料场上奔跑，我睡不着，我的青春大片大片的精力被荒芜，我的激情无处安放，奔跑，被放逐的青春，我梳理阅读的书籍，念叨着一词一句；无望的爱情，暗恋团委那英俊的宣传干事，因为自尊不屑暗示，因为自卑而强压思念；那些日常的小烦恼会在此时被我无限放大，奔跑，在黑夜无止尽的深水里泅渡。泅渡，直到江面上空出现鱼肚白，直到朝霞染红一片天空。

有一次我听到身后有奔跑的脚步声在紧跟着我，一阵惊悸掠过全身：变态狂？我猛地回头站住，故作镇定地与来者对峙。黑影近了，看身形，我认出是班组的小菊姑娘，她呼哧呼哧地大口喘气：红，我是小菊啊。这位小菊姑娘长得很胖，双手只好撇着，夏天大腿内侧因走路而擦伤，溃烂。她双颊肥硕，高过鼻尖，眼睛总是流露出因做错了事情才有的那种深深的抱歉感，仿佛在等待你的责备和训斥。小菊在班组技术最差，没有人愿意跟她搭伙干活。她是弱势的，自卑，少语，没有朋友。红跟其他人一样，是势利的，这又丑又蠢的姑娘，我从来都不屑一顾，更不会去跟她交朋友。我继续奔跑，完全当她是空气，然后进入自己的个人世界里。然而，这又胖又笨的小菊似乎也当我不存在，她居然跟我一起跑到了天亮。在以后的几个夜晚，她都来了，我们照例不说话，各自闷头奔跑。可是，我并非每晚都跑，如果身体累，或者下雨，抑或某种不安的情绪以及无可名状的沮丧与焦躁，都会让我放弃奔跑。我的奔跑被工友解读成锻炼身体，且由来已久，虽然有时被戏谑成“发神经”，但至少，没有人围观注视我，然而，这个小菊加入进来后，我开始有点不自在了。我觉得，在夜幕下，两个年轻女孩一言不发地在钢铁料场上奔跑，这个画面太诡异了，无法解释这其中的荒谬，我觉得自己像一个傻子。于是，有一天夜晚我中途突然抽身离去。回到班组休息室，天下起了大雨，心里好生庆幸自己跑回来，没有淋到，而那个傻子在无处藏身的料场一定被大雨浇了个透心凉。等我从澡堂子出来，雨势已收住，小菊还没有回来。瞬间，好奇心顿起，我扔下毛巾，一口气狂奔至料场，被眼前的一幕惊呆了，被大雨淋透的胖子，打湿的工裤紧贴在她水桶般的大腿上，她昂着头，双脚不知深浅地乱踩，毫不规避地面的水坑，她缓慢而笨拙地奔跑着，像被放慢的电影镜头，她的表情看上去很陶醉，我读出，她在享受飞翔，且旁若无人。这个美妙的状态，我感同身受。更要命的，我忽然有种物伤其类的悲凉：我们都是那么孤独。

随后的几天里，我没有去料场奔跑。但我忍不住去留意那个胖子。她每晚都准时在料场奔跑，风雨无阻，从凌晨四点到早上六点半。算起来，有十几天了。我忽然很想走进一个人的心，一个一直没让我正眼瞧过的人的内心。因为现在我可以肯定，小菊不会放弃这样的奔跑。我非常清楚能够真正做到这一点是极不容易的，它需要魔鬼般的意志，强大的信念，并在肉身疲累的煎熬中进入纯粹的精神世界，飞翔，让肉身和时间消失。这是一个足以让我仰视的灵魂。而我，竟耻于跟她一起奔跑，竟觉得这一切荒谬。

我来了。我一次一次地超越她，又一次一次地在下一回程中与她迎面相逢，无声，但是默契已经在我们之间形成，我们彼此在心灵上有了某种微妙的感应。以致我经过她身边会轻声地说，小菊加油。我们终于坐定聊开了。如果说，当时二十三岁的我对于自己是一名普通工人而感到人生灰暗无望，那么，在面对长期深陷自己的失败感、焦虑感而无法自拔且无视他人世界的青春，我第一次，为自己感到羞耻。小菊跟我说，钢厂马上要裁员了，如果她被裁掉，不，自己肯定会被裁掉，那么她活在世界上，将会成为家人的累赘。她必须减肥才有可能在社会上找到工作。这是唯一的活路。这让我的人生如此失败如此毫无光彩的工作，竟然有人以拼命的姿态去争取，过往所谓的清高，不屑，对这份工作的嫌弃，种种细节此时历历在目，我的人生，还从未拉低到考虑活路这一命题上，然而，除了小菊，班组应该不止一个人在考虑活路及下一个人生的去处，危机笼罩着人心，恐惧漶漫。我跟这样的人同处一个时代，跟这样的人鼻息相闻，而我却活得像个局外人，还耻于跟他们一起面对这共同的命运。人们都小心翼翼地隐藏着这份恐惧，假装对裁员毫不在意，人跟人的微妙就在这里。可是小菊，她已经无所谓隐藏了，所有的人都拿她当裁员的垫底。

我第一次主动地做出了一个无关自己利益的决定。不，应该说，是关乎一个人的灵魂质量的决定。因为小菊初中未毕业，物理化学方面的知识几乎等于零，所以她对光谱的技术难以掌握。师傅也没有耐心去教她。因为自尊，也因为怕给别人添麻烦，她也不敢开口请教。我决定手把手地教她学习激光光谱验钢技术，我把料场常见的钢种挑出来，让她练习。我为她打开了铬、钒、镍、钼、钨、锰的世界，在蓝、绿、橙的光谱变幻中，小菊第一次体验到技术带给她的快乐。她激动地把我抱起来转圈。当你凝视着她的笑脸，你会百感交集，你终将体会一个长期备受歧视的人对生活那种热切的渴求。一个很小的进步，一句漫不经心的赞许，对她来说希望的口子在慢慢变大。我从来没有这样活过。在这个过程中，我对讲述一个又胖又笨的姑娘的励志故事毫无兴趣，我更不觉得自己具备某种美德。不到一年，她最终成功瘦身，并且留在了钢铁厂。这种故事丝毫没有所谓正能量的代表性，它只是一个极端的个例，我相信，极少有人能拥有那种可怕的毅力。包括我，在她那种坚不可摧的意志面前也只能甘拜下风。二十三岁的我，目睹一个人在生死边缘与命运较量，在激烈的挣扎中，生命的壮美与悲凉让人战栗。而我，真正看清了自己，并开始认知真实的世界。我不再回避，慢慢摩挲我所拥有的一切，此时它们都像宝贝那样发着光，我的蓝色工装、白毛巾、红色安全帽、绝缘靴、帆布手套以及冰冷而优雅的激光光谱枪，还有我的塑胶饭票、搪瓷饭盆，我的厂牌。对着镜子，我还有一张鲜艳的年轻的脸，朗目红唇，散发着清新、健康的气息。我的命，由这一串卑微的名词铸就，它只能属于奔跑的红，属于有体积、有重量，迎面飞奔撞痛青春的红。而奔跑继续。

三

来广东十三年，在很多次的梦境里，隆隆的火车声，我瘦弱奔跑的身影在眼前晃动，浊重的喘息、仓皇的脚印踏遍我熟睡的脸。在陌生的城市醒来，这漂泊不定的命运、落魄的气息，唯有影子相伴。枯坐，独对四壁是可怕的，你会感到它们由四周向你的肉身挤压，缩小周遭有限的空间，然后把人困在窒息的墓穴里。我需要旋转，奔跑，需要不停止地跳动。每到一个陌生的城市，租房，我会选择靠近广场的地方，如果是小区，就选择有篮球场、环形跑道或者有林荫道的。2008年，我在东莞某镇一家大型商城的市场部工作。这个时候，我已经是作家塞壬了，在写作中，我找到了另一种奔跑，它让我实现穿越个人黑暗地狱而抵达天堂的澄明。然而，即便我找到了写作这种表达方式来消解孤独，但留给我的时间空白依然巨大地笼罩着我。我不善交友，因为这需要讲很多话，还要经常出门，我不看电视，它的噪音和明晃晃的光影那么赤裸地照见一个人的孤单。而阅读，时常会让我激动得不能自已，在深夜大笑，或者大哭，狂拍大腿，捶床，有时从床上一跃而起，继而，身体唤起奔跑的记忆，在此刻，我需要的是，夺门而出。啊，我真是一个奇怪的人啊。

有一段时间，我的作息变得无序，晚上八点我就犯困，一直睡到凌晨一点。醒来后，如同满血复活，打开电脑，管涌般的语言涌向双指，我感受写作带来瀑布般的激荡与飞扬。而有时，我一个字也写不出，于是穿上宽松的睡衣，下楼，直奔篮球场。跟我同住一个套间的同事南茜姑娘曾经跟我提过，她说，其实我可以通过性爱来缓解。她以启蒙般的语气神秘地告诉我，作为作家，性爱带给我的体验将是一种难以言表的肉体与精神的双重狂欢。这是跑步所无法企及的。因为她从未看过我带男人回来过夜，在公司也没有男人来找过我。面对她的建议，我友好地笑了笑。我实在没有必要在一个不相干的女人面前表达我对性爱的见解。在我看来，这个世界上最为孤独的事情莫过于男女之间的性交了。甚至包括两个相爱的人。我希望，性爱可以实现让两个人成为一个人，在接通的瞬间，可以融进对方的生命与血液。撕咬、揉搓，疯狂与温柔，不顾一切地把身体嵌入对方，融为一个人。这不是单纯的生理行为，是因为我们太渴望彼此相拥的灵魂了。而事后的沉默与伤感，是因为我们全意识到，我们不是一个人，你还是你，我还是我，像左耳和右耳，两个独立的单元体，孤独依旧。可是我，总是希望长久地与一个人连为一体，需要从他那里取暖，需要成为彼此生命的一部分，成为他的魂器，进入他的命运。我一次一次地说，再来，再来一次，我需要再来一次，需要这样死去。这是红，或者塞壬所认知的人世间的性与爱情，悲凉，被孤独浸透，是薄薄的命运里危险的毒药。此外，我还流连过赌坊，我活着，始终与时间为敌。在肮脏、烟雾缭绕的私密麻将馆，我跟妓女、二奶、饭馆老板娘、有钱的闲女人一起，没日没夜地沉沦，天昏地暗，直打得自己只剩下一副骷髅的身子。卡里的钱，成千上万地消失。在经历割肉般的痛苦的同时，我开始老老实实地找公司上班，写稿，维持着生计。然而过不了一年半载，我就会再发作一次，去输掉一大笔钱，然后再一次地恶性循环。我不知道，为什么我的生活总是失控，我非常清楚，爱情、赌博、写作这三样，足以让我走向毁灭。一个人，只要对一样东西上瘾，他的人生就会失控。然而，奇怪的是，这么多年，我极少遇到一个让我膜拜的痴人，一头栽进致命的信念里，直奔死亡，而这样的人只存在于梵高、三毛、川端康成、杰克·伦敦、芥川龙之介、托尔斯泰、海明威、海子等这一长串卓越而天才的名字。我们活得如此理性、平庸，善于悬崖勒马、见风使舵，精于算计得失。我注定是失败者，缘于不可救药地上瘾、失控。然而，我终究是个俗人，我绝不会自杀，我要死皮赖脸地活着，平庸而绝望地活着。顶多，落得个别人在背后里指指点点：那个神经病。但是，奔跑，这唯一使我重拾希望，一次一次踌躇满志，发着誓言人生要再一次重来的精神之旅，在愈跑愈勇的黑夜里，我攥着对人生的信念，一次一次从深渊中突围。

凌晨一点半，我醒了。我再次穿上干净的睡衣、球鞋，快步奔向宿舍楼下面的篮球场。然而这次我又发现已经有了一个人在那里奔跑。是企划部的设计师罗生。我喊了他三遍，他才回应我。我是不会将自己的奔跑曝于他人的视线中的，既然这地方又被人占了，我只能去广场。罗生突然慢下来走到我跟前，问我是否可以跟他一起去宵夜。这个邀请是很难拒绝的，面对罗生，我相信公司的每一个人都不会拒绝多陪他一会。

这是2008年的8月，公司企划部设计师罗铭文是四川汶川人。他的妻子和七岁的女儿死于那场地震。公司曾为他发起募捐，但被他拒绝了。从此，罗生就陷入了无法自拔的巨大悲痛中，办公室很少见到他的人影，时常喝得烂醉如泥。即便如此，公司领导也没有炒掉他，还带着礼品来宿舍慰问过几次。所有的人对他说话小心翼翼地，生怕触到了那根悲痛的神经，可是，对罗生来说，他全身每一块地方都是那悲痛的神经。

我们来到一家潮汕牛肉火锅店，他点了肥牛片、牛肉丸、牛百叶和一堆青菜。我注视他的脸，干黄，双颊凹削，一张皮绷在颧骨与两腮上，双目无神，布满血丝，嘴唇起皮。油腻的长发搭在他的额头，由于刚刚结束了跑步，他身上浓烈的汗臭阵阵散发开来，但我没有扭开脸。锅底冒着热气，他用网给我捞起两颗牛肉丸。

“因为不愿意进入睡梦中，我才起来跑步的。”他讪讪地跟我解释。“酒精也不能阻挡那些可怕的梦。只有跑得筋疲力尽，我才能勉强睡上一会。”

我不想看他的眼睛，也没有问那些是什么样的梦。但是他却自顾自地说起来。他说，妻子和女儿的尸体没有找到，那应该是埋在地底。罗生跟我说起他那奇怪的梦，说作家大概是可以理解的。梦境是在一个类似于倒塌的废墟般的旧厂房，像墓地那样荒凉，他趴在地上，盯着一个缝，他的妻子和女儿被埋在倒塌的建筑堆里，她们向外面的缝伸出求救的手，她们只是用恐惧的眼睛盯着自己，不，用恐惧的眼睛盯着死神。却听不见任何呼喊。罗生说近在咫尺他却无法靠近。不，他纠正道，我已经觉得她们是在另一个世界，眼前的缝很近，却是永远够不着的，她们已经在另一个世界。

我怔怔地看着他，惊讶他的梦如此具体。他突然声音大起来：“你知道吗？我经历了一种可怕的死亡……”因为有个缝，总会有丝丝空气灌进去，所以妻子和女儿很久才死去。在这个过程中，另一个世界的他，每一分每一秒都跟她们一起经历着，直到突然无法呼吸，他才大汗淋漓地醒在床上。他垂下眼睑，说，作家，我想请你帮我一个忙。

后天是农历七月十五，按照汶川的习俗，要祭拜死去的亲人。因为要燃鞭炮、烧纸钱，所以祭拜只能选在少人居住的偏僻的地方。罗生要我帮他写一篇祭文，可是我这辈子没有写过祭文，但我还是犹豫着答应了。因为，我马上想起《红楼梦》有过类似的情节，藕官为死去的药官烧纸，在园子里被婆子捉住，偏被宝玉撞见，宝玉哪里见得这等痴事，傻事，以他的性情，是一定会帮这藕官的。我深知祭拜亲人备有祭文是相当隆重的，这一仪式后被很多人省略，而罗生此次要备祭文，我怎么能让他有这个遗憾。

那天我也去了，天一黑，我们来到附近一家没有建好的楼盘后面，靠山的那边，有一处堆放废弃木条和钢铁架的地方。他摆了一个香案，两样水果，一鱼一肉，四样。把两小捆香纸摊在地上，我看到“中元大会之期化洋钱一包”的字样，毛笔写的，“故妻罗氏×××收用”，他一一摊好，妻子的，女儿的。他蹲在那里，手法细致，轻柔，非常虔诚。他应该洗了澡，头发很干净，还换上了白色的T恤。我甚至还闻到清新的香皂味。他抽出三支香，并在一起，点燃，把香合在手中，跪在地上拜了几拜，然后插在泥土上，站起身。此时，我们一句话也没有说，罗生拿出一串鞭炮，示意我走开，不要靠得太近，我退了两步，把耳朵捂上。心惊肉跳的爆竹声过，一地浓香，一地碎红。罗生再次蹲下身去，点燃了香纸。我把祭文递给他。当他读到“恨不能追到地下，与你们团圆”这句时，他突然放声大哭，我的眼泪也夺眶而出。火熊熊燃烧起来，罗生哽咽着把祭文念完，然后抛入火中。

我捡来红砖垫在地上，我们坐在火堆跟前，灰屑飞舞，我们的脸上，头发上都是灰白的纸屑，火渐渐熄了，烧过的香纸打着卷，发出“噼啵”的响。罗生突然对我说，你知道我刚才为什么大哭吗？我疑惑地看着他，难道不是因为悲痛而失声痛哭吗？罗生转过脸来，说，上次我跟你提到那个梦了吧，其实我并没有全部都告诉你。他再次失声痛哭起来：当我把手伸向那个缝，可是，我发现有一股力量把我往下拖，我碰到死神冰冷的手。当时我只有一个意念：我不愿意跟她们一起死！我要逃离，不愿意死去。我立即收回了我的手。可是……我为什么连在梦中都不愿意做个假，为什么梦中也不愿意跟她们一起去？

——这个梦每天折磨我。我可耻地活着，活在假装失去她们的痛苦中。为了试探自己的内心，有几次，我爬上了天台……可是，我依然想活着。

这才是真正痛苦的根源，我读懂了这个在深夜奔跑的男人。生命本源性的矛盾让他痛苦。在灾难面前，在死神面前，人心是不堪试探的。一旦静止，让思绪有机可乘，他就会面对灵魂的责难与自我的羞辱。奔跑，是一种密不透风的麻醉，是短暂的放逐，而筋疲力尽之后睡眠可以让他的灵魂得以安歇。那么，我大可不必担心这位罗生，生命的本能会让他活下去，即便终生背负失亲的阴影，然而，我还是相信，他会有春天，会再次发芽，会灿烂如花。

深夜的篮球场上越来越少见罗生的身影。而我，显然要不可救药得多。我解释不了，为什么我的人生并没有遭遇灾难性的剧痛，我却硬是把它捣腾得满目疮痍。

四

去年秋天，我采访了东莞的一个奇人。他叫薛军，在一家鞋厂打工。2012年，他从江西瑞金负重起跑，历一百四十一天跑完了红军两万五千里长征路，过了草地，翻了五座雪山。一时间被媒体热议。我素来对铺天盖地的新闻报道不太有兴趣，诸如“中国阿甘”“马拉松狂人”这类媒体式标签，我以为遮蔽性太大。我之所以对他有兴趣，是因为奔跑。我隐隐觉得，跟这样的人会有某种隐秘的汇合，我们应该有相同的那部分。采访中，他说：“我像一个疯子一样在马路上奔跑，人群纷纷从我身边逃开。我被当作是疯子……”这个矮小的河南男人，一身农民的气质，颇为健谈，他不停地跟我说起诸如荣耀、毅力、励志之类的话题，我都不太听得进去。直到他说，我的身体有火，而且这火天天在长。这是我对他的采访中，唯一感觉跟我相同的那部分：身体里的火。

“如果我不跑，我就是一个农民”，听到这一句我笑了，塞壬啊，如果你不写作，你以什么来确立自身的存在？然而，薛军现在是一个探险的英雄，他觉得除此之外的人生毫无意义。奔跑成就了他，他的奔跑指向世俗的成功。这是他苦心经营的事业。我跟他的不同在于，即便没有成为塞壬，我依然觉得红的人生一样意义非凡，一样是一个强有力的存在。

在一次文学的沙龙活动中，有一个陌生人向我走来，他问我是否在东莞虎门待过。我点了点头，说自己在虎门待了两年。来人自我介绍说，自己是一名业余摄影师，有几张照片想要送给我。他把一沓照片递给我，我一张一张地看，眼泪涌出。这应该是2006年拍的，当时我在虎门。照片中，在广场深夜奔跑的我，咬着唇，绷着小脸，是那么不甘，路灯的红光映入眼中，我如同一头生猛的小兽，那么狰狞，那么凶狠。我穿着紧身的T恤，并没有戴文胸，乳房怒放，它圆滚滚地激突出两点，几乎夺衣而出。这就是奔跑中的塞壬，生腥，狂野，身体里装着马达，在黑夜疾奔，在无边无际的孤独中警醒，紧握拳头，奔向属于自己的那扇门。

主编的话

在这寒凉而又光明的人世间

——关于塞壬的散文

塞壬是生活在南方的女性。她的文字气息中有南方人的特质，有些像南方的天气，阴暗而明亮，倔强而坚忍。曾在工厂里工作的年轻人，不断渴望着另一个世界，“在失恋、失业中，在书里读到了卡夫卡、乔伊斯、马尔克斯、福克纳、米沃什、艾略特、莱蒙托夫和曹雪芹们，在没有信赖的人、没有可以实现灵魂对话的令人窒息的漫长的青春期，我在工厂与村庄之间犹疑，不甘贫乏的心被卑微笼罩，我不断地点燃自己又浇灭自己。我一次又一次地在黑夜里奔跑着，在那里，总会有一道光向我照过来”。

《匿名者》中写到“我”春节回到家乡，和同学聚会。“有几个男生可能刚下班，工作服都没有换，他们把钢铁车间的气味带了过来，热燥、生腥，混着耿直的粗暴。我熟悉这样的气味，更熟悉他们身上特有的痞劲，大声劝酒，喧哗，炉火烤红了他们的脸，黄段子一茬接一茬。当年青涩的少年们，都成了粗壮、硬糙的汉子。那一张张脸，被钢铁和酒精打磨，发着红光，仿佛就是，天底下就他们过着一种最得意的生活，谁也比不了。女生，都成了别人的老婆和母亲，她们无所顾忌地大笑，跟男人一样叫嚣。她们肥胖而快乐，毫无例外的，秉性里单纯的良善在泼辣的言辞中，竟表现出贞洁的美。”这些文字有生活的气味，市井的气味，以及生命本身的气味——在这样气味的环绕中，文字会远离空洞、浮华以及无根。

作为作家，塞壬有独属于她的痛感、愤怒以及忧伤。她的生活和这个时代所有人的生活一样是有速度的，一刻也不停息：流浪，游走，从此地到彼地。她不断地迁移象征了我们这个时代大多数人的命运。我们不由自主地奔跑，也不由分说地被侵略和剥夺。塞壬的文字其实复活了我们这个时代里特有的疼痛与鲜血。

有很多女作家的散文，都喜欢讲自己在屋子里走来走去，也往往放大自己的疼痛，给自己的哭泣加上扬声器——它会让读者觉得那是一种变相的撒娇，是以弱者的名义在文字里向读者索取同情。塞壬则不。她的魅力在于使疼痛不只是她自己的疼痛——她的魅力是使她的“自己的疼痛”与他者血肉相连。那文字中潜藏着一种力量和不驯服，她的文字里没有稀释，是结实的，有质感的，事实上，这是一位不断渴望向上的写作者，尤其在《奔跑者》中，你可以感受到一种柔韧的力量。

《奔跑者》是有意味的书写，“奔跑，它是那种关于精神、意志、飞翔、梦境、痛苦、迷茫、内省以及完成灵魂自我修复的放逐……它是某种历练慢慢积累的生命之重，它包括灵魂的钙质及铁性，它加重了血液之盐”。奔跑，“在与孤独的博弈中，我一次次尝试对迷茫人生的突围，自我警醒、激励，以及重申对未来的希望”。

作品中写到表哥的死让“我”忽然醒悟，之前“我”也曾经麻木的讨论落水者的死，“每年涨水的季节，长江都会往下漂来一些尸体，这些尸体肿胀，发臭，令人作呕。在江边长大，我们从小见惯了这样的死亡。这些与已无关的死亡总是能为我们这些孩子带来猎奇的愉悦……我从来——我竟然从来都没有为这些生命发出过惋惜和感伤。而我哥哥的死才第一次让我感知什么叫死亡”。但亲人的死唤醒了“我”，原来每一个无名死者身后都有巨大的悲伤。

而罗生的际遇则更让人唏嘘。一个哭着想念地震中死去的妻女的人，突然意识到先前所说不过是一种话术，其实自己很想活下去。“我碰到死神冰冷的手。当时我只有一个意念：我不愿意跟她们一起死！我要逃离，不愿意死去。我立即收回了我的手。可是……我为什么连在梦中都不愿意做个假，为什么梦中也不愿意跟她们一起去?”他为这个梦备受折磨。“我可耻地活着，活在假装失去她们的痛苦中。为了试探自己的内心，有几次，我爬上了天台……可是，我依然想活着。”这便是人，这便是灰暗而又温良的人世间。

塞壬的文字中有一种挣扎——即使卑微即使低贱，生活依然遮不住人向上的光。在她的写作中，光明伴随着黑暗，但黑暗中也总有力量。这是像刺一样生长在我们时代的作家，她是让人不敢直视但又不得不直视的力量。

张天翼

做过影评人、电影记者、编剧，现为自由职业者，以写小说为生。热爱郁金香、秋天的雨、螃蟹、跑步、电影、童话、足球、海岛和丈夫。历获朱自清文学奖等，已出版散文集《世界停在我吻你的时候》《爱是与水和星同行的旅程》《粉墨》，小说集《扑火》《荔荔》《性盲症患者的爱情》，有作品被改编成电影上映。

欢情

1

廖一梅这样说：在你找到完美无缺的情人之前，你的胃口早就吃坏了。因此我庆幸的是，在败掉胃口之前就停止了可能致命的暴饮暴食。大学里的恋爱似乎都乏善可陈，前三个年头，我出于不负少年头的心态，狂热地投入恋爱事业，几乎试遍与身边所有异性的可能性，连在火车上邂逅都不放过，每次都用一百二十分的力，每次都不成功，或日未久而生厌，甚或变生肘腋。这些，是薛君至今都不知道的（我曾打算告解，他没兴趣听）。

三毛生前曾有一次在演讲中讲述与荷西的初遇："我第一眼看见他时，触电了一般，心想，世界上怎么会有这么英俊的男孩子？如果有一天可以作为他的妻子，在虚荣心上，也该是一种满足了。"与薛君初见，庶几相似，不过并无"眼花缭乱口难言，魂灵儿飞在半天"。长沙一个秋天的下午，因要寻合租者，我在一棵巨大的槐树下与他相约见面。193厘米的他高得像一棵小树，皮肤黝黑，年轻的颧骨额头闪光如上好的瓷器；瘦，惊人地颀长；阳光的光纹像鞭痕嵌在他头发里；这样一个超大尺寸的男孩，神色却时而像等人认领的小童。我第一个想法，便是三毛的“如果有一天……也该是一种满足了”。

没说几句话，他笑了，牙齿雪白，如明月破云而出，我还没觉出好笑，已经禁不住跟着微笑起来。

于是事情就这么定了。我搬入他租住房间的隔壁。一个单元三间卧室，另一屋也是个女生，都是准备考研的人。他是建筑专业的工科生。属于他的一间小室清洁、整齐，主人明净的目光像有反光投在屋里，把斑驳的家具也映得亮堂了；书桌上，书本仰面砌成一叠，他解说是如果竖放，怕灰尘落到书页缝子里；他严格按照自己制定的时间表生活，前后不会相差十分钟，上课、学习、到操场打球、到食堂吃饭，绝不熬夜；他每天下午喝茶，每晚吃一颗水果，每周固定时间洗衣服，有计划地吃芹菜、猪肝、牛奶、豆腐、木耳；他大学一年级的时候已经是篮球比赛中的MVP（“最有价值球员”）；他从来不说脏话。

他……从来没有恋爱过。

他不是我见惯的敏感、挑剔、城府颇深的书生，不是“有匪君子，如切如磋，如琢如磨”，我从未见过这样的男孩，有如英谚中的“diamond in the rough”（意为：浑金璞玉，未经打磨的钻石）。他更像一枚刚铸造出的银币。

我无法克制地要跟他拉近距离，那时每天夜里用功到一两点钟，白天还要上课，需用咖啡提神。我跟他都买速溶咖啡喝。某天，我买到一种新牌子的咖啡，沏好一杯，放在客厅的案子上，然后回屋发短

信给他 :“× × 咖啡开展酬宾大活动！我们为您送货上门！只要您现在推开门到客厅去，就可获得一杯热气腾腾的咖啡！还等什么？心动不如行动！”短信发出后几秒钟，我听到隔壁的房间门轻轻地开了，足音走到客厅里，停了半晌，又转了回去，关上门。我无声地笑，得意非凡。隔几秒钟，短信回来了 :“贵公司本次活动举办得不错，深受消费者欢迎，咖啡沏得很好，不过，如果现场有礼仪小姐负责迎宾就更好了，希望下次注意改进……”

在做了两个多月邻居之后，他不经意说了这么一段话 :“你身上有香气。你待过的地方也有香气。穿堂风一吹起来，我在自己的房间里就能嗅到。如果香气浓，我知道你在，如果香气淡了，我便知道你出去了。”

——我还没来得及感动，就被撼动了。

他傍晚到操场跟同伴们打球，天空呈出深紫与琥珀色，即将碎裂成黄昏时的微光，建筑物默默地吐出白日吸收的余热。校园各个角落的呼叫和欢笑，汇成一片嘈杂得令人安心的烟雾，飘浮在上空。我常算好时间从图书馆出来，抱着书到操场找他，坐在石凳上一边看书一边等他。等他打完一场，到我身边坐下，就把准备好的水递给他，还特意有时乍着胆子将额角搁在他肩头，颈子不敢完全松弛，随时准备弹起来。他只浑不着意似的微笑，头发在夕阳下黑得发蓝，像黑喜鹊、渡鸦的羽毛。我暗想：此即“两鬓鸦雏色”。

这个时候我跟他，已经到了不说话也不觉得冷场的地步。

不过，很久之后他曾笑着说 :“那时你到操场找我，还要给我吃一块糖，其实刚剧烈运动过，人热得像个火炉，糖放进嘴里就像添了一把火，难受得上颚都要烧裂了。”我大为震惊——因记得那时还表功似的问：“糖好吃吗？”——不由得懊恼万分，“你为什么不告诉我？或者干脆不吃……或者你放在口袋里，说等会儿再吃！”他淡淡一笑，简简单单地道：“是你给的，怎么能不吃呀？”

男生晚上睡前容易饿，我经常买些香肠、饼、馒头备下，十一点钟左右，到厨房炸两块馒头、煎一根香肠，端到他房间里。其实只为多一些共同消磨的时间。

谁都不会去爱在自己眼中毫无钦羡之处的人，薛君学问不及我远甚，则他因何吸引我？说不清。他有一种无可挑剔的从容风度，十分笃定，永不会急躁失态；又有一种时常若有所思的、温柔的神情。与他晤对之时，“如坐春风”尚不足形容，更像是面对一株散发清香的植物，他每笑一声辄绽开一朵花，某种不可替代的宁静浸透身心。

他敏捷如雄鹿，温驯如牝羊；浓淡适中的眉云之下，双目犹如蜻蜓、鸽子或秋蝉的眼睛。

我已经不记得对另一人会渴望到这样程度，怀着这样恶狠狠的、绝望的热情……想要完全地占有他，要我的名字成为他唯一的呓语，成为他弥留时嘴唇上滑落的最后一片花瓣；但因自己曾经荒唐，我不得不反复求证这不是另一次转瞬即逝的好奇，且不仅仅是令登山家心痒难挨的“因为山在那里”。

又恨不能向天借得利剪，剪去杂芜往事，才好配得起他无瑕无邪。

有一段时间，我认为我终将失掉他，于是给他写一段离别曲：

“……似这般敲窗冷雨潇湘夜，怎忍听高楼人唱雨霖铃。恨只恨，香君闲了桃花扇，杜柳不遇牡丹亭。帘卷不尽西风，人道不尽飘零。早是我远渡河津，你留下空庭，此一去重见无音凭。算别后徘徊立遍苍苔径，你可也辗转终宵对月明？……”

《圣经·雅歌》:“耶路撒冷的众女子，我指着羚羊和田野的母鹿嘱咐你们，不要惊动，不要叫醒我所亲爱的，等他自己情愿。”我认为他是情愿的，因此“叫醒”也不算是罪过，更何况，我将给予他从未想象过的、世上最好的东西。

后来，我像要去杀人的西门吹雪一样，择吉日良辰，茹素一餐，沐浴三匝，更换松爽的新衣，把自己要做的反复想过两遭，便敲门进他房间去。他正在灯下读书，朝我回过头来，柔声问:“什么事?”灯罩清莹透明，发散橘黄光芒，半截屋子亮得浓，半截屋子淹在黑暗中。

我不出声，自暗影中轻手轻脚地走到光源处去，立在他面前，端详半晌，探身吻著了他。

他并未怎样惊异，就像春天的花苞迎迓雨水一样，承接了这个吻。我的手反复耙梳他的短发，发绺在指缝间滑动，像流淌的糖浆。绝顶的快活令浑身皮肤要迸裂开，险些喊叫出声。太锐利的幸福，有如抵在夜莺心口的玫瑰花刺，让人刺痛。

……那像是不再活在世间，或终于重生。

第一次见到他的身体，又是数日之后的事，其时也是在月光里，不过薛君不是白先勇笔下“月如”那样娇弱的学生，“青白的胸膛和纤秀的腰肢”(《金大班的最后一夜》)，他身架甚小，骨肉匀停，每处肌体都被十余年的不懈运动锻造过，腰肢细而柔韧，肌群不算发达，但出奇地精悍秀丽，有如春日山坡的曲线；那种修长身形，是青春期抽条抽得太快、体重还没跟上的瘦，令他长久滞留在少年的形象中。“今夕何夕，见此粲者？”在现实生活中，我从没见过、也再没见过更美的男人。

在那晚之后，我和他要做出的决定是：就是眼前这个人？要向做夫妻的地步努力了吗？

我知道我永不会忘记与他拥抱、亲吻、挨贴、凝视、抚摸的时候，玫瑰与果实是怎样芬芳地缭绕在脑际，那是一种强烈得像镌刻在石碑上的爱意，比血肉持久，深到这个地步的感觉不是十年、二十年、三十年能够摆脱的，一旦失去，往后的生命除了怀恋和悔恨，别无他途。

而对他这种男孩来说，第一个吻就像雏鸟破壳而出的第一眼。因此我跟他交换的答案都是：好。

歃血为盟、嚼指书誓都不必，事情就这么定了。

星辰之下，羊群终归于牧人的约束。“我们早起往葡萄园去，看看葡萄发芽开花没有，石榴放蕊没有，在那里，我将我的爱情给你。”

2

我的随身物品很少，一箱书一箱衣服，再把被褥抱进他的房间，就这样开始同居，暗合双鬟逐君去。胖房东来收房租的时候，把我和他上下打量两遍，笑嘻嘻地说：“恭喜恭喜！”他很坦然地接受了，我也没觉得窘迫。

莫泊桑有个短篇《爱情的语言》描述这样一对情侣：女人在情热之时，总是吐出不适宜的话，亲吻后把情人呼作“我的胖狗儿”“我的大公鸡”，令男人气恼得直想把她打倒在地。作者这样总结道：爱情像非常复杂的乐器，一点小事就能把它毁了……在爱情中应当有一种完美的协调，要在姿态、声音、语言、温情的表露上完全协调，要与那个动作、说话、表态的人以及他的年龄、身材、头发颜色以及他的形象完全协调。

“饥饿的人吃起来狼吞虎咽，讲究的人挑挑拣拣，他们常常为了一点微不足道的小事就会感到无法遏止的厌恶，对爱情对菜肴都是如此。”恋爱最开始的时期，人们会沮丧地发现：爱情是否能顺畅地继续，取决于许多极细小的地方，例如：劈开腿的坐姿，吃饭时不雅的声音与姿态（边吃边咂嘴，或每餐必以大蒜或臭豆腐佐餐，或喜欢张口、肆无忌惮地打出响亮的饱嗝）、肉体的气味（有些人的肉体散发陈腐气味，更别提口气、腋臭与脚臭对情爱兴致的毁灭性败坏），还有各种惹人不悦的生活习惯：尾指上留一截长指甲用来挖耳、把鞋跟踩塌了穿、往牙缝里吸气代替剔牙、趿着难看的拖鞋上街、入睡后鼾声震天，甚而至于对感情与生活的态度……衣食住行中布满成百个危险的细节，就像一条长路上的坑洼，不至于让车子翻覆，可总归是拖慢了速度；一口好菜中夹杂沙粒，你不会嫌恶得把菜全吐出来，但沙粒也够让人默默地不自在一阵。

比较著名的案例是，某对夫妇因牙膏从中间挤、还是从尾部挤的分歧而离了婚。

两只带有无数细齿的齿轮，要每一只齿都紧密无间地咬合，无碍无滞地运转，这要有多难？

我小心翼翼地度过了与他共处的第一个星期。难以置信的是，我没有感觉到任何不适，哪怕一闪念也没有。勤于运动、严谨作息、健康饮食，令他身上时时散发林间泉水似的清鲜香味，他面部孔窍中透出的气息更令我疯狂；以身高比例来说，他的手脚十分细小，长短适中的手指不够纤秀，但能清楚看到它在未来的生活中修理水喉、更换灯管，并描画出人生的曲线；他的所有动作，一扬手一回身，轻捷灵巧；每次我的手搂抱他，总要兜到他腰臀连接的地方，两个浅坑之下是陡然隆起的山丘——并非世上每个男人都有这么迷人的部位；他常为合租单元的公共区域做卫生；他对所有人都客气而温柔。

而他所不满意我的地方，计有：从外面回来不洗手，吃手指头，换衣服时不拉窗帘，躺着看书，用脚趾去按地上的插座开关（“容易触电！”），洗澡时不拔掉热水器插销（“容易触电！！”）。就这些。

……这几年，我一直在努力改着呢。

3

关于生活费，二人约定如下：买一个公用钱包，每次每人放进一百元，吃饭、购物都从其中取用。他还一定要说清楚：我答应跟你这么做，是因为现在咱们花的是父母的钱。等到我自己挣到钱，一定不可以这样。

简媜说“净”：有一种人净得无话可说，像两只透亮的水晶匙铿噔一响，连爱情也无法污染他。薛就是这般。心思好像搁在琉璃身子里，给我看个清明，毫无保留地相许相依。我并不感激涕零，只觉得一切本当如此。

研究生考试结束后，多数时间是这样打发：我盘膝在床上看书。他用电脑画毕业设计图纸，只穿一条短裤，精悍的肌肉轮廓根根是铁线描，弯着身坐，小腹前也淤不起一丝赘肉。画上一两小时，累了，他过来依偎着我，和我说话。我把正看的书拣一段好的，慢慢念给他；一次看元朝民歌，大为激赏，说父母为怕女儿偷情，在她床前细筛炉灰（跟安徒生童话《打火匣》同妙），结果是“小奴奴负郎进门负郎出，两人只穿一对鞋”，他为之笑，讶于此女智高胆大，我说不仅胆大，还要力大，若要我负你，那肯定是负不起，这女子的爱郎不知是怎样娇小；又读《杨叛儿》“欢做沉水香，依为博山炉”，释者说有性暗示，我要他与我一起参详，仍不得索解。

听我说话时，他喜欢把手插在我衣服下，并无“性”的意味，只是在一处静静栖停，如倦鸟得枝。外面昼长人静，骄阳遍地，此间一日，抵得世外千年。

亦有“欲”。怎可能没有？壮硕饱满的少年男女，爱意又如此充盈。第一次清晰感觉到身体中涌起陌生的潮汐，应和月亮的引力——他便是月；又像是天边燃起的火烧云。那种渴求是从每个细胞中渗出的，汇成壮阔的呼喊。但也没有别的想望，只要抱住他，只要让尽可能多的皮肤感知到他胴体的温暖，体内的波涛就逐渐平息下来。

无论多宽厚多富有的男人，都愿意家中有一位为晚餐忙碌的女人。从最开始的时候，我就对他说：君子远庖厨，以后家务完全由我来做，这不是新式女性或旧式女性的问题，也不是平等的问题，我觉得男人的社会角色不在厨房里——当然，你若肯帮忙，我自然高兴，不过只是感激这个情分罢了。

每天下午相偕去买菜。因没有冰箱，菜只能买很少，甚至几毛钱的一把。他强烈希望我常试验新菜式。这使我的图书馆记录添了一种：菜谱。就算我试验失败，做的菜偶有盐梅不调，他也仍然高高兴兴的，边吃边夸。像小孩子过家家，小女孩端出泥沙树叶对小男孩说：饭做好啦！小男孩响亮地作势大吃大嚼一番，嘴里说道：真好吃。而我的兴趣不在吃上，只在于看他吃。有一阵，给他熬养胃的桂圆糯米粥，天冷时文火炖一罐萝卜排骨汤，入夏改成每日一钵绿豆粥。夜宵端上来，他总要我也吃。我只陪上樱桃大小的一口——否则我的体重有望与他持平。

素日娱乐的种类十分贫瘠，无非是四处散步，或是玩拼图、下棋、看动画片、看电影。他看动画片真会笑不能抑，是有童心的人。有一次在草地发现硕大的蜗牛，个个有金橘大小，他颇以为奇，喊我和他一起捉，捉到几十只，用一只废旧铁壶盛着带回家，在里面放了树叶作为干粮，赏看半日。晚上，他说怕牛会死，还是放掉吧。放掉之前依依不舍地为牛群合影留念。牛们都甚精神，爬着挤在壶把上抢镜。趁夜，将壶放倒，搁在外面草丛里。早上去看，壶与牛皆踪影杳杳，牛们是自己爬走，壶是被收废品的收走了。

或者专等黄昏，到操场坐着，日落未日落、暮未暮的时分，数幢教学楼齐齐亮起灯光，宛如昼伏夜出的多目怪忽然梦醒睁眼，殊为奇观。

他颇识些星座，我愧不能及，夜如丝绒穹庐，他握着我的手指高指天幕，在虚空中画线，“看，这是猎人的腿，这是他腰刀，在他对面是金牛儿，牛角上那两点看到没？”

还陪他看电视。他喜欢所有的比赛转播，除了英超、意甲、西甲、NBA，连美国牛仔骑牛大赛都爱看。

有人说小龙女和杨过若隐居古墓之中，必不能得久，杨过是活泼性子，久必生厌。其实隐居不一定就是整日闭门不出，他二人到高山大川人迹罕至之处游玩，不入江湖不理俗人，也叫隐居，不然郭襄不会找不到他们而跑到少林寺去。我是安静人，他正是活泼性格。起初的半年中，我与他几乎与外界隔绝，自我放逐一般。他本来视篮球如性命，有我之后很少去球场。我特意租一张他所不喜的文艺电影碟（《孔雀》《大象》之类），他才肯撇下我去打球，说“你看完这个电影我就回来”。后来他的球友跟我说：“他告诉我们，他只待一个电影的时间。”偶尔朋友到访，虽有惊喜，仍祈祷来人快快离去，把蜗居留给我们这两只蜗牛。这样久了，我逐渐忘记如何与他之外的人说话，与旁人聊几句话，不知该持什么态度、亲昵该到如何程度，而且在说每句话前习惯地呼他的名字，然后再慌忙道歉。

屋小如舟，春深似海。

……日子总是长长的，时间也模糊了。偶然提起一事，我说：那是很多天前的事了。查一查，其实只是前天。朝霞星辰，晨风夜露，都混沌了逝去的痕迹。其实千百年来千百对夫妇都是这样过，所谓

“幸福的家庭都是相似的”；一时却只觉得这种日子只有我才得享用，忍不住沾沾自喜、夜郎自大。

此像是《古诗十九首》里的人世，或是《诗经》，又或如《玉台新咏》，物质几近于零，也知道没有奇迹，虽有梦想也不过是对庸常未来的谋划，然而寻常岁月里亦有繁华花事，寻常小楼里也可听枝头蝉嘶，袖底清风，云间明月，耳得之而为声，目遇之而成色，乃造物者之无尽藏也，是吾与薛之所共适。

有一次他朋友教导他说，女人是要浪漫的，要时不时搞点小惊喜，并大肆宣传“爱情保鲜论”。他回来转述给我，两人笑了一阵，惊喜和“浪漫”是怕对方不清楚自己的心思，刻意捏造，好像大观园里为宝玉所不喜的稻香村，附庸风雅，流于下乘。情人节时，他与我商量要不要买玫瑰，我说那天玫瑰太贵，真不如买菜实惠。他说：好歹是头一次过，还是买一枝，跟端午吃粽子似的，应个节令。于是下午从菜市出来进了花店，花店里漫天遍地的玫瑰，好像以前过冬时家家户户趸的冬储大白菜，又像夏天街边成车成车的西瓜。另外还有讲究，写在一张大红纸上张挂门旁：11朵象征一心一意；22朵象征二人偕老……99朵的口彩最好：爱你长长久久；云云。我在整桶整桶的红玫瑰里拣了一枝开得圆满的，付账，插在青菜兜子里回转。

那枝玫瑰的归宿，是夹在书里压成干花，聊为纪念。

我有时胡乱写点诗给他看，都迹近打油诗、“口占”、“口号”。最打油的如放假在家时候写道：“床前明月地上光，身在故乡心彷徨。人人尽道故乡好，故乡虽好无薛郎。”某次出门买午饭，半路小雨忽降，行人纷纷撑伞，我们淋着雨悠悠徐行。他炫耀道："我知道有一句讲下雨的诗！——天街小雨润如酥。"我故意问："后面呢？"他挠头，接下一句："天街小雨润如酥……这个这个，人皆有伞我独无！"我大喜而笑。在街市上买了热干面回去吃，他回家后把四句续完："天街小雨润如酥，人皆有伞我独无。冒雨去买热干面，回家吃面呼噜噜。"

人说只羡鸳鸯不羡仙，神仙确实没什么好羡慕的，不然天上神女不会纷纷思凡，织女和三圣母都是榜样；白蛇娘子盗仙草、水漫金山，也只为保住与许仙的情分名分。看起来世间最好的还是做人，虽为人甚苦，为女人尤甚，劳作生育，几十年就红颜老去，最终还不免一死，却有夫妻恩义，朝朝暮暮，鸡皮鹤发也能爱悦不渝，只这一点好处，已够引动天女精怪之心，上天入地，只求与讷书生、放牛郎厮守。

4

新学年开始后，我南下到广州升学，他则留在长沙读研。粤地校园中，有参天的椰子树，食堂供应便宜又鲜美的珠江鱼、多达十几种的凉茶；粤女娇小黝黑、热情质朴，粤曲也别具风味。风物人情俱美，然我无一刻不思念他，"虽则如云，匪我思存"。司马迁《报任安书》："肠一日而九回，居则忽忽若有所亡，出则不知所往。"又有《子夜四时歌》状相思之痴："想闻欢唤声，虚应空中诺。"一一应验。夜晚走在浓荫之下，会茫然立住脚，想象眼前幻化出他的身形，伸手想挽他的手，又仿佛听到他喊我的名字，低声答应。

在精神上，我与他每天几十次地对话；又写过很多很多情书。用的是这样的法子：随身带一个彩色的便签纸小本，上课、去图书馆、去食堂，想到要写的话就立刻撕下一条纸来写，写好了折个方胜儿带回宿舍，存放在纸盒子里。在写自己的情书之外，还誊抄过大把政客、文人、艺术家的情书，如拿破仑在军帐中挑灯写给爵色顺皇后的信："在军务倥偬、检阅营地之际，我的心中只有你。你的容颜、你的健康，无时不在念中。于我而言，热爱你，设法使你幸福，不做任何使你烦恼的事，是我此生的目标与追求。远离你，黑夜显得漫长、乏味和悲凉；在你身边时，又为不能永远是黑夜而深深遗憾。"最后一句旖旎不似君王口吻。另一封歌颂爵色顺对他的绝对霸权："……你从哪里学来的魔力？竟令我神魂颠倒、浑忘万物。我的心澄澈见底，对你一无隐私。我曾以为爱你已有多时，但自从与你离别之后，我才感到现在爱你胜过往昔一千倍。"纸条即将塞满盒子，就倒进一只大信封寄给他。

这种爱情文学的操练，反过来煽动了心灵之火。真正热烈的情书，对写信人比对收信人更危险。我对他的恋慕在那个时节达到顶点。而咀嚼思念之苦，像吃苦瓜、喝咖啡一样，亦是独特的乐趣。奇特的是我现在完全不记得我写过些什么，一个字也不记得。反倒是他，在几年后还常能背出我的句子，里面充满了澎湃得让人脸红的比喻句：

"于我，是生命的拼图完整了，原本模糊的图案清楚地显出每一根美丽线条；好像手里拿到一把巨大宝库的钥匙，心里知道有很多很多好东西等我领取；又像一扇门缓缓打开，门后是想都想象不到的奇妙景致……一个点只能衍生一条前途渺茫的射线，或是一条直线，或者永远只是一个点，但两个点就能确定一条线段、画出一个圆。现在，我终于找到了你这个点，我们所做的每一点努力都是积累，慢慢积累成我们的圆满……你喜欢我叫你宝贝，就让我一直叫到你九十岁吧。”

当时，他常要到建设中的武广高铁工地去做实验，回到学校又要帮导师做项目、写论文，十分忙碌，我的课业稍清闲些，于是每隔一个月，我就从广州搭车北上。为了早离校、晚回校，跟导师也不知说了多少谎话。又图省钱，每次都买一趟最便宜的慢车硬座，夜晚启程，凌晨到达。火车上总有奇怪的味道和相似的人群，那味道是过度浓稠的人的体味，烟味，再加上方便面和不新鲜的食物气味，在密封的铁皮厢中发酵。半夜时要上卫生间，站起来一望，只见尸横遍野，有的人上半截和下半截分别伸到两边的椅子下面，剩一段腔子横在走道中间；昏暗灯光中，所有人都在半睡半醒之间，表情狰狞，口涎挂在微张的嘴边，如地狱百鬼图。十几个小时硬座挨过去，脚踝肿得跟小腿一般粗，腰疼得要断掉。

即便如此，每次回去仍然像过节似的兴奋。

一年下来，往返车票积下一厚叠，有时拿出来像拿扑克似的捻开端详，一把写满离合的扇。每次我拖着行李箱在宿舍走廊里走过，同级不同级的人路过都笑着招呼：“又回去看你的男人？”有朋友甚是替我不值：“你是女生！为什么你去看他？他为什么不来看你？”我道：“有区别吗？总之是在一起就行了。”

有种比较流行的恋爱态度，是：女人要有所保留，要让男人来迁就，让他来做牺牲，这样才能令他倍加珍视。而在最初时，我已决定毫无保留。如果还会念及自尊，那必是爱得不够深切。不仅因为薛君值得不顾一切，还为了万一事不谐矣，抚膺自问，非战之罪，可以坦然无愧，不会终夜转侧悔青了肠子。

离开长沙回学校之前，往往故作镇定，实则惶恐如大难临头。我甚至不敢踏进到售票点，只站在外等他进去买票。晚上他送我到长沙火车站，我往往痛苦得说不出话，胃里仿佛吞进一块大石，吐又吐不出，化又化不掉。有时连硬座车票都卖罄，广州那边导师又严令要立即回校，无法迟延，只能持站票上车，寄望夜里能等到座位。

某年盛夏，那一趟车返粤的民工极多，厕所里站了三四人，过道的盥洗台上也盘坐着几位，我连车厢都挤不过去，一上车就只能站在两节车厢连接的地方。后面的乘客仍然在不断往上挤，有用扁担挑着脸盆行李的，有扛着硕大蛇皮袋的。我被挤得紧紧贴住最里面的车厢内壁，几只皮箱顶住胫骨、卡着脚踝。车门关闭后，人们默默地流着汗，等待开车，隐隐听得车门外传来有节奏的“咚、咚”声。怪声始终持续着，有人小声嘀咕：“外面怎么回事？”靠近车门的人艰难回身，在凝了一层雾膜的玻璃上抹个圈，道：“咦，有人在砸门，好像要跟车里的谁说话？……”

我心里一惊，粗暴地拨开前面的肉身，踮起脚往外看，圈里显出模糊的人影和一只按在玻璃上的手掌，是他。我弯腰到行李箱找手机，屏幕上十几个未接来电，哆嗦着拨回去，他简短地说：“你到车厢里的窗边去，从窗户出来。今天不走了。”

我仍在哆嗦："可是车快开了。"

"还有五分钟，时间富裕得很。快！"

我把手机一塞，一把抓起行李箱提手，叫道："让一下！"一瞬觉得箱子轻如鸿毛。侧过身子，上半身先往前栽过去，疯狂地用头和肩膀去撞面前湿黏黏的脊梁、肚腹，强迫他们让路，箱子拖在身后，悬在半空；很多在地上蹲坐的人被我踩了脚、被空中划过的箱子撞了头，骂骂咧咧地站起身。我像机器一样不停重复"对不起"，从车厢连接部到车厢的第一个窗口，花了两分钟，沿途激起一片涟漪似的怒叹和抱怨，余韵不息。我喘了口气，但见小桌上高高地堆着行李、食品袋，杂物中还搁了个襁褓，有婴熟睡。我说："我要开窗，请帮忙把东西拿开。"不等周围人答话，已当先抱起襁褓，婴儿的父亲母亲嘴里呼叫着，同时起身来抢，我趁乱把其余东西迅速清扫到地上，抓着木头窗棂，一股蛮力发作，"呼"地将厚重的窗玻璃提了起来。

外面湿热的空气猛扑进来，薛正在窗下，仰面望着我，犹如阳台下殷切的罗密欧。月台上昏黄灯光照着他侧脸，一层汗釉，亮光闪闪。他张开手臂，道："快下来。"

我顾不上说话，先把箱子递出去，然后爬上小桌，将自己的上半身探出窗口，胳膊刚好抱住他的颈子。此时浑身上下再也使不上劲，没个做手脚处，陡生一念：万一火车就此开动？……终于惶恐得呻唤出声。他双手握紧我的腰肢，发一声喊，我就像洞穴里的兔子、泥涂中的萝卜一样，被囫囵拖了出来。

距离开车还有一分钟。他把我轻轻放下平地，俯身亲吻我汗津津的脸颊，吻了又吻，说："不走啦。今天不走了。不然你这一夜怎么过？”

我几乎站不稳，两腿棉花也似，脚踝和大腿跟窗棂硬磨一回合，火辣辣的疼。惊魂甫定，强笑道：“我刚才是不是走光了？”他说：“不要紧。农民大哥们最纯朴，看到也不会给你乱说。”见我大汗淋漓，身上热腾腾地冒气，又笑道：“你现在活像一只刚出笼的包子。”

火车长长嘶鸣一声，缓缓开动。

目送火车远去，颇觉劫后余生。然后到售票厅去退票，买到两天后的票。竟然又有两天厮守。48个小时！无数分钟，无数秒钟！在公车上呆呆对视，看着看着就笑，狂喜得像捡到一筐金元宝。

后来又有几次“没走成”，例如前一天师兄忽然通知老师到外地去开会，一周课程全部取消。若能有延期，那么再走也不会觉得太难过了。

5

三年中，曾选了一个夏末去游西湖。临行前由我做了详细的预算报表，两个穷学生，一切以节约为标准。我们坐公交到西湖岸边，在距离“柳浪闻莺”公园很近的地方找了一家小旅舍。一群美术学院的学生恰好也住在舍中，几乎占据所有房间，我们住在院里的单间，门板薄得像三明治里那片肉，楼上楼下少年们的说笑声听得清清楚楚。

杭帮名肴有西湖醋鱼、龙井虾仁、蜜汁火方、干炸响铃等，因餐费严格算在旅资之中，两人约定每天只吃一件高价新鲜菜。一条全是饭馆的美食街，每家都有严妆姑娘笑吟吟地揽客，从头走到尾，查遍菜单，才选定一处最便宜的。上楼，叫一条醋鱼，一碟蒜蓉青菜，两碗米饭，珍视无比，一筷一筷搛鱼肉吃。结论是：西湖醋鱼就是清蒸鱼淋上醋，无他。

要上雷峰塔，也得另花门票钱，我毫不犹豫地拉他走开，说：穷人就穷逛，等咱们发迹了再来，把咱家私人直升机停在雷峰塔顶上。

旅舍的洗澡间在院子里，像中学宿舍似的，用橡皮管子导水，晚上洗澡需得排队，用搁着毛巾浴具的盆代表自己，一排水盆陈列在墙根，时不时要过来关照一眼，被人加塞就懊恼了。浴毕，相偕散步到湖边去。一团朗月恰上林杪，带水汽的凉风，从皮肤上丝丝缕缕曳过。月色如纱，我跟他在湖岸边坐下来，身子偎着，脸颊贴着他的脸颊，他默默微笑，脸部肌肉在我脸上滑动。雷峰塔在湖对岸的幽暗中矗立，塔顶一粒红灯灼灼。我跟他开玩笑说，塔上寄放着舍利子佛宝，因此夜放霞光。他一惊，我不禁大笑，道：你真的相信？这是雷峰塔，又不是《西游记》里的金光塔。

远处有人吹笛，水洗过似的声音款款送到耳畔，只不知是什么曲子。我跟他都凝神谛听，魂魄像随笛起舞的蛇，摇曳裂胸而出。

断桥之几乎被游客压断，苏堤之忽降小雨行人狼狈奔逃，都不如那一夜西湖边的笛声印象深刻。

后又去过一次湘西。小城从容在山坡下铺开，两边楼台人家，中间一脉清流，那便是沱江——苗女翠翠的沱江。江岸边长久泊住一只小船，船上穿苗服、头戴繁复银饰的姑娘，每天从清晨七点半开始用麦克风唱山歌——无非“阿哥阿妹”云云，每有一只载满游人的船驶过，辄曰："希望大家玩得开心，现在阿妹给大家唱一支歌"，歌毕道"好啦待会儿见，待会儿阿妹找你们赛歌"。不一会儿，船原路返回，此阿妹再献歌一首。歌讫，道："祝大家玩得愉快，再见！"

那支麦克风功力巨大，小城每个角落都听得到阿妹的山歌。

我和他白天在路边买了一瓶土酒，玻璃瓶子上连纸签都没有，卖酒的老阿姨笑眯眯地附送一袋她自家种的花生，花生壳子上还带着泥迹。晚上临窗对饮，一边喝一边从楼上往下看，沱江边很多人在放纸灯，黑黝黝的河里好似倒进一盆星子。那些巴掌大的莲花灯，离了岸，底儿上粘着一个亮忽忽的倒影，走了一段，又与别的灯会合，厮伴着，悠悠向下游去了。薛说："你喜欢吗？去放一盏吧。"我道："才不花那个钱。等咱发迹了，买上一万多个灯，来他个'投灯断流'……"

土酒的味道好得出奇，像是暖茸茸的烛光，自咽喉一路跌落，一头栽进胃里。死去果实的魂魄复活过来，在胸臆间缭绕，释放余香。

饮上几口，相视而笑，廓然忘贫。

……距离那时候，又过去了几年？蜗居之所从长沙移师北京，发迹始终无望，热恋仍然不减。悄悄问他："咱们要恋爱到何时为止呢？"他说："就到死亡的那一天吧。"我便说："求我死在你前面。万一你非要抢着死在我前面，我就在你榻前仰药自尽。"梁实秋在《槐园梦忆》中引Robert Burns的诗，道出千万伴侣心声："约翰·安德森，我的心肝，我们俩一同爬上山去。很多快乐的日子，我们是在一起过的；如今我们必须蹒跚地下去，我们要手拉着手地走下山去，在山脚下长眠在一起。"

……冬天已往，雨水止住了，百花开放、百鸟鸣叫的时候已经来到，斑鸠的声音在我们境内也听见了，良人，我们以青草为床榻，以香柏树为房屋的栋梁，以松树为椽子。风茄放香，在我们的门内有各样新陈佳美的果子，这都是我为你存留的。

求你将我放在心上如印记，戴在你臂上如戳记。我的良人，我终将与你到达流淌奶与蜜的应许之地。

从透明到灰烬

透明

在朋友家读到一册绘本，这样写：爷爷越来越透明了，他把东西藏起来让我们找，其实我们都能看得到就藏在他背后。后来他就彻底成了透明人。人们以为爷爷死了，不过有时空中会传来爷爷说话的声音，大家才知道他还活着。

我姥姥死的时候，当透明人当了快十年了。

小时读到李密《陈情表》，“母、孙二人，更相为命，是以区区不能废远。臣密今年四十有四，祖母刘今年九十有六”。想，他的奶奶活了九十六岁，真是高寿，大概是舍不得孙子吧，所以总挣扎活着。人到了九十六岁，该老成什么样呢？我的姥姥能不能活到九十六呢？

后来姥姥也在高寿这条路上蹒跚前行。八十了，八十五了，九十了，九十五了。每回过生日时大家都说，您老人家肯定能活过一百岁。百岁人瑞，政府会给发钱，为这个您也得努力。

她笑嘻嘻的，好，好，我就没皮没脸地活着，活到一百岁，真成老妖精了。又自言自语，一辈子没拿过工资，活出岁数来，政府还会给钱啊？

她死的这年九十六岁。

到底没熬到拿政府的“工资”。

寿则多辱，此言源于《庄子》，尧曰：多男子则多惧，富则多事，寿则多辱。周作人晚年把这四字刻作一枚闲章，无限沉痛。巴金：“长寿是一种惩罚。”活得越短，越没机会露出纰漏、丑态、昏聩。

衰老像夜晚一样徐徐降临，光并不是一下子就散尽，死神有惊人的耐心，有时他喜欢一钱一钱地凌迟。壮年时的余晖犹在，八十岁时，姥姥的食量仍是阖家之最。她独个儿住在老房子里，自己伺候一个蜂窝煤炉子，自己买菜做饭，虽是踮一对小脚，行如风摆杨柳，但还利索得很。她对大家都很有用，儿女们的孩子尚小，都得靠姥姥帮忙看管。六个外孙、孙女、外孙女，都经她的手抚养。于是她是有实质的，有威信，说话一句算一句，小辈们都不敢不认真听，稍有点嬉皮笑脸，姥姥脸色一沉，扬起一只大手，“打你！”喉咙里冒出不大不小的一个霹雳，威风凛凛。不听话者难免心头一凛，收敛起嬉皮笑脸，承认错误。

后来她越来越老了，城池一座一座失守，守军一舍一舍败退，退至膏肓之中。她不能再为家人提供利益，只能彻底地索取，因此她逐渐透明下去，世界渐渐看不见她了。她的威严熄灭了，儿女上门的脚踪逐渐稀了，孙儿辈异口同声地说工作忙，好像都在同一家公司，一年来两三趟，其余时间就算开车路过也不进门。春节团聚的时候，敷衍地拎一箱牛奶，进来叫一声姥姥或奶奶，这就算交差。她记忆漫漶得很了，一个孙女站在眼前，她要把所有孙女名字都叫一遍，才牵带得出正确的那个，像贾母一连声地喊“元春迎春探春惜春宝钗黛玉湘云”……

然而她也不生病，生病的老太太倒会有众人环伺探望的排场。她只是没尽头似的老下去，用不存在的方式，又存在了十年。

除了行动能力，在最后十年中，她也渐渐失掉正常交流谈话的智力。与人说话，一句起，一句应，一句止，她就很满足了，慢慢点着头，像回味这次对话似的，眼睛若有所思地转向别处。

有时，她想主动与人沟通，就拿手去碰触身边的人，叫着，嗳，嗳。脸色有点巴结地笑，郑重地问出一个问题，比如：我有点不记得，想了半天了——你今年多大？

这当然是可笑的。被问的人和旁边的人对此都有默契的认识，他们面面相觑，嬉笑着，拿不认真的嗓音说，您看我多大了？

她却仍是认真的，我想你是十九，还是二十？

被问的人呵呵大笑，姥姥，我都三十五啦。

然后人们继续管自说话，不再看她。他母亲说，在你姥姥眼里你年年二十。他则说：我倒希望我女朋友也这么看我，哈哈哈……

剩她独个儿咂摸那一点愕然，并陷入喃喃慨叹，哎呀，我外孙三十五了？当初我带你的时候，你整天哭，搁不下，只能一只手抱你，一只手捅炉子炒菜……

人们都同意跟她说话只要敷衍过去即可，谁让她活到这样老，老得跟世界文不对题。这世界必须被井井有条地划分，分奥运会和残奥会，分治活人的医院和敬老院，衰老是谁都要经受的最后一项残疾，除非你幸运地蒙召早退，逃出这环链条。

但她竟偶尔能记住一些事。几年前我有了男友，带回家，告诉她此人名字叫“楷”，小名叫“大楷”。这样见了几回，她居然记住这个人了，却把名字错记成“大海”。

于是每次见我回去，先很惊喜地问，咦，你回来啦？

然后问，大海呢？

我多高兴她能记住他，但仍要纠正，不是大海，是大楷。她也像发现一件新鲜事，恍然大悟地哦一声，原来是大楷不是大海啊。下一句就启用新名字，大楷怎么没跟你一起回来？

念书时，我答说，他放寒假回他们家去了，说下次再来看你。

过一阵，我到厨房去跟母亲说了话，或是去拿了本书再回来。她一见我，叫着我的小名，又很惊喜地说，咦，你回来啦？

接下来再问，大海呢？

我再答，他放寒假回他们家去了，说下次再来看你。

有时小薛陪我一起回家，进门来先坐到姥姥身边，笑呵呵地，很响亮地叫：姥姥！她也很凑趣很响亮地回答：嗳！大海，你来啦。并立即伸手拽住他的手。

我免不了在旁说，是大楷。

小薛反倒转头冲我说，姥姥要叫大海就叫呗，你纠正她作甚。

旁人就一阵笑，说，对，对，大海也很好听，你姥姥本来是海边的人，叫大海才亲切。

后面这些，她可就没听了，只顾看着小薛微笑，将他的手放在手心里，另一只手来回摸他的手背。见大家笑着议论，也抬头咧嘴看看，懵懂地笑，说：啊？

后来她的听力不太好了，人间把她又推远了一步。有时她会陷入沉思状态，陷得很深。盘腿坐着，小脚放在腿弯折叠处，手撑着额角，眼睛盯着墙，浑浊的眼珠停滞了，犹如哲学家整理胸中哲思。大家围坐在她旁边的沙发上，以这个行动表示孝敬。所有人当着她的面议论她，毫不避讳，也不用压低声音，就像她只是一座标本。她大女儿抽着烟说，其实咱妈是个很自私的人，她心里只有她自己。她外孙说，咱姥姥攒钱攒一辈子，也不知道攒了多少。连母亲也不例外，虽然口吻和主题大多是爱怜：瞧你们姥姥，嘴唇还是红彤彤的，头发也没怎么白，这个岁数的老太太，哪个有这么漂亮。连我，我也不例外，我也参与这种不动声色的残忍，我问起家里一件禁忌，姥姥最近没提起大舅吧？她是不是心里早就明白……

大舅，她的长子，五年前死于心脏病。谁也没告诉她。她偶尔问起，口径一致：上外地工作去了。

她就再不提了，不问六十多岁的人还做什么工作。她那年代的女人都这样，不言不语地接受一切遭际和安排，不追究不盘问。但大舅死后三年她说了一句，打电话让他来瞧瞧我吧，我想他。

自那次请求没有如愿，她再也不说“让他来”。

过年的时候，亲戚们提着点心盒子当道具，来访查证一下，哦，老太太还真硬朗，不简单，真不简单。也就走了。

能看得到她的只剩母亲，因要赡养她。查探她的变化，亦步亦趋地跟随她衰老的步伐调整食物饮水，摸索时时变更的身体规律，每一夜，每隔一小时起床服侍她小便。

生命和岁月交给的能力，她按原本的顺序一样一样还回去。五年前，很难出门了，用轮椅推到外面花园里，还能搀着别人的手走两步，走到池子边看人用馒头喂金鱼。后来不再出屋，不过还能从这间屋走到那间屋。再后来彻底不能行走，但还勉强能站立。再后来站起来也不能了，三年里整日只倚枕坐着，由母亲把她抱到马桶上。她的食量逐渐减少，食谱逐渐缩短，需要多费牙齿之力与肠胃之力的美味一项一项与她道别。本来她还能喝几口黄酒，后来终至一喝酒就腹泻。

筛子眼越来越细，兴致、乐趣都被筛出去了，日子唯余越来越纯粹的萧索。

最后半年，她吃得像个初生婴儿，粥，牛奶，一点点肉糜。

到临终两个月，粥和牛奶亦被肠胃拒绝了，只剩了饮水，蜂蜜调制的水，糖水。再让她喝两口牛奶，下午就泻一床。她常跟母亲说，想吃肉，想吃虾。母亲铺张出一大桌，她还是摇摇头不吃了。仅余的生命力负隅顽抗，又把这座孤城苦守了两个月，直至弹尽粮绝。

最后一次回家看她，她的精神已不够把眼皮撑足。眯缝眼看我，仍笑，喊我乳名，声音又虚又小，像一片揉烂的纸条。阳光照着她，能透过去。

我拉起她的手，攥一攥，又放下，然后做了一次从没跟她做过的动作：握着她硬邦邦硌手的肩膀，嘴唇碰着她颧骨，轻轻一吻。那皮肤薄得像一层膜。

她眼皮下闪出一星欣慰和快活，低声说，哟。然后问，你回来待几天啊？

我说，明天就走，你等着我，我再来看你。

她半迷蒙的一笑，代替回答。

英文中有这么一种表达：Somebody is dying，某人正在死去，进行时。原来真有这么一种状态，无法再称之为活，也不是死，这便是“dying”。

倒数第二样能力，吞咽。除了每天几口水，她无力吞咽更多东西，再多就累着了。

到世上来学会的第一样本领以及丢掉的最后一样，都是：呼吸。初夏的上午，她咽下最后一口呼吸。

钱财

我和姥姥，还有几种对话。

这一种是最长的：我在她身边坐着坐着，她忽然像想起顶重要的事，低声问我，嗳，你现在是上学还是上班了？

念书的时候，我说，上学。后来毕业了，就说，上班了。

如果我回答上班，她就笑一笑，问，上班挣多少钱呀？

我说，一千块。

她非常讶异地一探身子，多少？多少？

我再说，一千块。其实当然不止这些，不过因为我知道她下面的话，所以故意把钱说少了。

果然，她拍着巴掌说，嗬，一千块，真不少，太不得了了。我们那时候，刚进厂子，干学徒工，每个月只有十六块钱。哎哟哟，一千块！挣大钱了……

感叹完了，又有点促狭地冲我笑，说，嗳，跟你打个商量，你挣大钱了，给姥姥一点吧？

我说，没问题！她便满足地将身子往后一靠，说，我说笑话呢，姥姥哪能要你的钱。

我说，为什么不能要？我这就给你拿钱。

第一次拿钱的时候，母亲把我阻止了。她并不避开姥姥，说，你给她钱，是给我找麻烦。她数不清时，稀里糊涂的又要闹了。

为什么这样说？因为钱是她的梦魇，是全家共同的梦魇。

她是那种把一生献给别人的人，唯一快活的时代是在山东老家当闺女。她爹是渔老大（亦即“渔霸”），祖上传下花锦也似一份家业，家中养着好些艘打鱼的船，又雇有好些佃户在田里做工，呼奴使婢，甚有气象。姥姥是大小姐，出去溜达买些针线花朵，身上从不带钱，只说一句，记在账上。到节下，店铺自会到她家收账。

后来，姥姥她爹迷上了抽鸦片，几年就把家财败光了，无奈将大千金下嫁家中长工的儿子。后来姥爷北上到天津打工，在熟食坊当酱肉师傅。姥姥跟过来，在天津养育起四个儿女。

（她时或提起娘家鼎盛时的情景。有几句常说的，头一桩讲农忙时期，要给佃农供饭，供的都是红烧肉白馒头，管饱，“人家得干力气活儿，不好好待承哪行”。还有一段也关于吃食。我们买了基围虾，夹给她吃，她会摇头说，你们吃吧，我当年整天吃虾吃蟹。伸手比划自己在娘家吃的大虾，一尺长，“光吃那一个虾，不用就米饭，这一顿，饱了”。我们就说，知道您吃过见过，不过现在那么大的虾我们买不起，您也尝尝小的嘛。剥了几个虾，给她下酒，她又说，那时候，我们家雇着专门酿酒的伙计，院里搁着几缸，我馋了，就偷偷出去，拿木勺舀着喝。）

（据母亲说，姥姥年轻时是村里头一个美人，长身玉立，目如点漆，眉不画自翠，唇不点自朱，最难得是站如松坐如钟卧如弓，安稳沉静那种大家闺秀派头。那两片薄唇还有个名堂，叫作“朱砂唇”。可惜姥姥四十岁才生她，等到她记事，她娘的美貌只剩些残局。等到我记事，更只能对着废墟，凭吊繁华旧世了。不过那两片朱砂唇，一直到八十多岁还是绛红绛红的，衬着雪白整齐的假牙和口袋一样下垂的两腮。）

当家人工资不多，家里吃饭的嘴不少，一对三寸金莲的文盲妇女，不能出去工作，丈夫还有挥霍、赌博的毛病，后来儿女们生活也不如意，赡养费都给得稀松，这辈子她在钱上一直没松快过。对于失掉钱财的恐惧，日日腌心，熬炼出一个幽灵盘踞在心里。至耄耋之年，记忆昏茫，理智再也禁锢不住那个幽灵。

母亲说，人老了，性格真会大变。以前多温柔多自尊的人，现在说变脸就变脸，六亲不认，只认她的钱。

她一生积蓄到底有多少呢？谁都不清楚。大舅给她做了个白铁匣子，她将钱都放进去，匣子靠一把锁锁住，钥匙放在她随身的小钱包里，而钱包，有时她搁在大褂口袋里，有时又塞进裤子口袋。这种复杂的保险系统，壮年人亦未必时时能脑筋清明。她经常趁无人时开匣子，点钱，点清楚数目才放心，但装钥匙的钱包或许随手一放，或许塞在床褥下就忘记了，或许竟一时糊涂锁进铁匣子里去。总之是，不见了！

随后，这就要开闹了。先是默坐垂泪，继而不吃不喝，继而喃喃咒骂（“狠心贼，杀千刀的，不得好死”等），继而长号大骂，直至阖家聚会，劝解安慰，但肯定是劝不动解不开，磐石无转移。一定要哭骂竟夜，震动邻里。

由于她一直跟母亲父亲和我一起住，母亲服侍她更衣，换洗被褥等事，最有作案时间和作案机会，所以当她闹起丢钱来，首当其冲的疑犯就是母亲。从我十三四岁起，她大概隔几个月要闹上一次，哭骂的内容如“我知道你缺钱，可我的钱都是一毛一毛攒的呀，你偷你妈妈的钱包，真忍心啊，真下得去手啊。你是要你妈妈的命啊……拿出来！你把我的钱拿出来，我不计较你！不拿出来，我跟你豁命……”

后来，她会迷迷糊糊地在脑中编造自己的财物，找不见，就说是被偷了。她曾比划出一个火柴盒大小的存折，说里面存着八百块钱，丢了。

在起初的数年中，母亲也经常哭，哆嗦着手辩白自己，但姥姥毫不动心也根本不理会，就像定了格的机器，只反复呵斥那几句话，“偷你亲妈的钱包，真下得去手啊，你是要你妈妈的命啊。你把我的钱拿出来，我不计较你……”

在那些时候，我真恨她。她不再是那个笑眯眯慈爱的姥姥，是个冷漠无情、蛮不讲理的老婆子。那疯狂的幽灵占据她的身体，折磨、咒骂我那天下第一可爱的母亲！

于是趁大人不在的时候，我独自跟她理论，从强作镇定的理论，至于边哭边喊。她始终阴着脸，沉浸在自己的愤恨中，末了轻蔑地瞥我一眼，说：你什么都不懂，闭嘴。

闹丢钱的剧目，一直上演了十几年。到九十多岁，她体力终究不行，闹不动了，便采取冷战的方式。比如，父亲下班，走到卧房里来问候她，她劈头冷冷地来一句：恭喜你啊。

父亲自然问恭喜什么。

恭喜你发了财啦，你媳妇给你偷回钱去了。

这话多难听。但父亲也不过一笑，回身走了。

其实她已经十多年没出门买过东西，钱早就失去通货的基本意义，对于儿女来说，钱是哄她开心的道具，以及尽孝的证据，对她来说，钱是供幼儿搂在怀中赖以获得安全感的娃娃，以及……生命意义所系。

这就是为什么母亲不愿我给她钱。她说，我经常给她一大沓十块，她数一数，那样倒更开心。

但某一次，我总算给了姥姥两百块钱，两张红彤彤的纸，搁在她面前床单上。

她将那钱好好看一阵，笑道，真没想到，我还能花上外孙女的钱呢。说着把钱放到床头柜上，让钱票靠墙立着，像展览一份奖状似的。

过一会儿，她喝几口茶水，就忘记了。一转头看见钞票，盯了一阵，有些疑惧，低声唤着母亲，这钱哪儿来的，怎么放我这了？是你的吗？怎么不赶紧收起来。

母亲大声说，那是你外孙女孝敬你的，给你买巧克力吃。

她重新快活起来了，哟，给我的？好好好，那我赶紧收起来吧。

母亲知道她一将钱收进她的白铁匣子，这事就算彻底被抛进深渊了，忙说，你先别收，别收！搁那看看多高兴。

她连连说，好，我不收，看着。又一拍手：嘿，真没想到，我还等到花上外孙女的钱了。当初，巴掌那么丁点小的人儿，现在都挣钱了……

当然，再过五分钟，她还会再问，这是谁的钱。

母亲就这样陪着她，一次一次回答她，逗起她一次一次高兴，和一次一次感叹。

我跟母亲说，姥姥爱忘也有好处，别家孩子孝敬长辈钱，长辈只当时惊喜一次。姥姥呢？总跟她说，她就能惊喜好多好多次。

半年前某晚，我刚好在家中。母亲给她掖了掖床边被褥，她立即疑心是搜她的钱。

开始时是和颜悦色的，喊母亲名字，三闺女，别逗我玩了，把钱还给我吧。

听闺女说“我没拿你的钱”，立即虎着脸低吼，你敢说没拿我的钱！我亲眼看见的！一千块钱，我塞在褥子下面，你一下就抄走了！说着还案件回放似的，抖着手将被褥掀一掀，模拟“一下就抄走”的动作。

怎么解释自然也不顶用。我没拿，我亲眼看见的。我刚才只是帮你整理被褥，不对，你是偷我的钱。这样的车轱辘话来回说一个多小时，她就开始哭号叫骂了。

后来我和母亲躲到另一间屋。隔两扇门，还隐隐听得见惨痛哭声。此时已经凌晨一点。母亲反倒安慰我，没吓着你吧？她隔几个月照例要闹一次，我习惯了。我依偎母亲坐着，心里居然涌上有些阴暗的愤愤：为什么偏偏我的母亲要受这个折磨？那些能过安逸清静日子的人，那些品香、饮茶，大谈境界、诗意、春雪秋叶的人，你们不过是运气好罢了，你们不必耗尽时间与心力服侍、招架这样一个高寿的老娘。

但这事情该怎么了局呢？母亲悄悄跟我说，要不，你偷偷拿一千块钱放在她褥子下面，然后假说是帮她找到了。

她又说，你总看电影，应该会演吧？我被母亲逗笑了。她从抽屉拿一沓钱给我做道具。我笑道，剧组里演戏用的都是假钱，哪有用真钱演戏的，人家照单全收，假戏真做，你岂不亏本？

母亲的话让我不笑了：以前他们曾出主意，说偷偷找假币来，几万几万的，随便给老太太玩，我不同意，怎么能那样糊弄她。

为治亲人的精神疾患演演戏，比如王熙凤骗宝玉要给他娶林姑娘，倒也有前贤可效。如今对姥姥来说，钱，就是她念兹在兹、何日忘之的爱人。我捏了捏钱，硬着头皮进屋去，她正沉浸在哭泣的余韵中，小孩子似的捧着脸，一下一下抽搭。我递毛巾给她擦脸，柔声说，我来给你找找吧。她抽噎着说，你找不到的，我亲眼看到让你妈拿走了。

我用身子挡着，飞快地把钱塞到褥子下面，又给她掀开被褥，很惊喜地说，咦，你看这是不是你的钱？

她睁开通红的眼，张望了一下。我暗忖这事总算可以了结了。她看了一眼，眼里的光黯下去，一甩头，凛然道，不对，不是那个，我的钱有八千多。

我无言败退。母亲一摊手，那真没法了，总不能现在去银行给她取钱吧。你去睡，我陪她熬着。

到两点多钟，还听得见隔壁房间的声音。

天光大亮，我一睁开眼就翻身下床，到隔壁去张望。只见她面色平静地坐在床上，母亲正给她擦脸，擦手，梳头。她又慈和地笑着唤我，来，坐我这来，咱吃早点。

她全忘了，昨晚的风波。

那是她最后一次闹丢钱。此后，她的体力与精神不再允许她这样折腾。

缘分

姥姥老到需要人陪伴照顾之后，就跟着母亲了。有时提到那种轮流赡养老人的多子女家庭，母亲总说，那家人怎么舍得啊。她说的是。轮换制实在是莫大侮辱，推卸和嫌弃得太明晃晃了。分配得越公平越清晰，越表示儿女只愿承担责任之中的部分，增一分嫌多，少一分又怕少。母亲的朋友，姓佟的一家，家主壮年谢世，所幸贤妇一鼓作气再而不衰三而不竭，做夫妻总共十几年，竟养下十个儿女，在这桩女人行当上也算做出壮举了。到晚年果然颇不寂寞，十个儿女平均分摊365日，老太太宛如游牧民族，逐温饱而居，由城南徙至城北，城北徙至城东。据说十个儿女共有一恨，恨老娘当年没再生一对双胞胎，那样一户一个月，正好没得吵。游牧的日子过了几年，有几户就后悔，要退股，理由也都很惨痛，有的下岗了没工作，有的儿子要高考。老太太不堪屈辱，自觉为儿女清除太平生活之障碍，仰药自杀。头一回救了过来，送在医院里，奈何她求死之心坚定，夜里偷偷拔掉针头，终于如愿以偿去跟老伴团圆。

但若说不轮换，谁真能心平气和、不攀不比？都是一个娘肚子里爬出来，娘又没格外多喂我一口奶，赡养是大家共同的责任，凭什么大哥/二姐/三妹就可以不管，偏要我受累？……就算闺女儿子心地纯孝，又难保姑爷儿媳也绝无二话。日子长了，难免气不平，不平则鸣，比如，你嫌我饭不好，那去你二儿子家吃吧。最后还是难免轮流赡养。所以，独生子女制也许有种种弊病，但赡养老人是责无旁贷。政策要求父母们孤注一掷，儿女们必须无怨无尤。

母亲又说到“缘分”，说，我和你姥姥有缘分。其实这缘分不是那缘分，不是非要在雨巷里逢着一个撑油纸伞的大闺女，或者谈拜占庭美术湖畔诗派谈得倾盖如故，才叫缘分。因为亲人不一定特别亲，混沌之中的游魂一点，赖母亲肚腹生发成形，又踏过母亲产道，挣扎落草，甫落地就多了一满屋子亲人，表的堂的，昆仲叔伯，想推也推不掉。投在马槽里还是投在磨坊里，自己做不得主，更不能事先专挑沉稳睿智的男子当爹，温柔醇厚的女子当娘，仁义能干的当兄弟姊妹。幼小时候，看爹娘兄妹都好，都顺眼，等长大了，自有了主意脾性，互相看着就没那么顺眼了。只说周树人他家，母亲鲁瑞虽是乡妇，但颇能识文断字，三兄弟也个个做着大学问当着大教授。有的鼎鼎大名，有的鼎鼎中名，有的鼎鼎小名。但母亲并不了解儿子，单是硬要给大儿娶妇一举，就弄得老大和许氏朱氏一生悲剧。棠棣之间，亦颇有不足为外人道的龃龉，终至星散各地，甚至写文章明讥暗讽，不恰之情，犹如冰炭，如此的“浓于水”，还不如旁人的“淡如水”。

就算不闹别扭，要忻合无间也难得很，虽说聊起天都很热络。彼此的至亲是同一群人，话题绝不会匮乏，但这里又要分谈得来和谈不来。谈得来的，觉得对方句句说到心里，一件件事务怎么处置，一桩桩故事怎么评价，都互相点头激赏。亲情之外还有一股义气，对方有难，必定一力承帮，病痛之中收拾矢溺也不以为腌臜，反而觉得欣慰，觉得不如此，无以显示亲厚——这才叫有缘分的亲人。

（可惜很多彼此间真有情意的人们，不肯吐露亲爱之意。相互淡淡地说话，从外表上绝看不出有多深感情。即使亲如母女，一个亲吻也会觉得别扭。）

（国人羞于表达感情，惮于肢体接触，似乎是种族天性，又似乎是文化。与欧美人结交，最感慨的是他们无比丰富的表情，未语先笑，说话两手满天舞着，又爱一下就高兴起来，伸手就搂人肩头，手心热热的，感动时就两目盈盈端视，双手叠捧在胸口，嘴唇使着劲鼓起来又瘪下去：Oh sweetheart！子曰：巧言令色鲜矣仁。子还曰：辞达而已矣。《世说新语·雅量》专门宣扬喜怒不形于色的文化。我小时就知道，动手动脚不是文雅闺女的模样。）

（某纪录片，离家出走二十年、音讯不通的儿子忽然回到家中，向老母涕泣叩头，老母木呆呆地看他，不说话，只慢慢地点头。阖家围坐，吃二十年来头一个团圆饭的时候，老母坐在儿子身边，筷子也不摸一摸，始终看着儿子吃饭。）

（母亲是幺女，姥姥四十岁上才生了她。她特别希望娘能跟她亲昵些，娘却总不许她偎上来亲昵，在她有记忆之后就再没抱过她。幼儿都留恋母亲的乳房，她说记得一回发烧，夜里病得厉害，姥姥才安慰似的撩起衣襟，允许她抚摩一下乳房和乳头。对小孩子来说，那就跟登仙似的。但只摸一下，姥姥就拍开她手说，好了好了。）

（因为自己有遗憾，母亲跟我特别亲。到我上大学时，还会拉我坐在腿上，亲吻耳垂脸蛋。我跟她说：咱俩的缘分，千百对母女也难寻。走在街上，我一定抱着她手臂，自己也觉得十分自豪。后来母女位置颠倒，渐变成我照顾她，去逛商场，中午饿了进快餐店，把她安置坐下，给她买比较像中餐的老北京鸡肉卷。干什么都起劲，起劲得又快活又酸楚。）

姥姥跟大姨二姨都没“缘分”。大姨来探，茶水两杯，母女对坐，姥姥淡着脸，不怎么动，也不怎么说话，连便溺都不要大姨帮她弄。二姨三四年不来一次，连姥姥去世都只是打个电话了事。四个子女中，她最疼大舅。为什么呢？她二十岁“于归”，头生子一落草，姥爷就北上做买卖。从此数年，只每年寄回些零星小钱。婆家本不甚殷实，养孙子还勉强，对吃白食的媳妇难免摔锅打碗。大舅五岁时，姥姥携他到天津寻夫。有过这一段同甘共苦的年月，当娘的对儿子额外亲爱器重一些。不过她心里也知道，娘对儿子的情思多半是单相思。最靠得住的还是温和的三闺女。

母亲说，她临死前几个月，说了很多一辈子没说过的知心话儿。

死前一夜，她最后一次要起来坐坐，脊梁骨硌得疼，母亲就抱着她，让她倚坐在自己身上。她坐了一阵，说，你别让我靠着你了。母亲说，这样你舒服一点。她轻声说，我舒服了，可你就累啦。

这便是她最后一句话。

吊唁

数月之前当姥姥渐不能进食，母亲与父亲开始商量该怎么办后事。在天津，专有一类帮人办白事的，叫“大了”。父亲却说，绝不请“大了”，自家的事，用别人来指手画脚。就咱们自己亲手把老人发送了。

母亲尚有隐忧（女人家毕竟精神柔弱些），与我悄悄说，如果不请“大了”，不合规矩，亲戚们会不会挑理儿？我说，他们敢！尽心尽力，养老送终，厚养薄葬，问心无愧。

母亲最听我的。因此，我也无缘与传说中的“大了”打打交道了。

“大了”，这个“了”读上声，表示明了，了结。丧葬白事，确实是天翻地覆、惨雾愁云的大事，主家往往束手，往往进退失据，进退失据倒也罢了，最怕的是亲戚朋友事后说嘴儿、挑理儿，说这么大的事竟然没按规矩办，儿女忒不懂事。

另一个原因，亲人驾鹤西去，音容已杳，德泽犹存，存者痛切五中，哭得浑身酸软，心神疲累。悲恸昏沉之下，一听“大了”这两字，感到那股拍胸脯子的、大包大揽的爽利劲儿，自然产生依赖感，愿意全交由他去指挥办理，让自己省省心，好专注地哭一哭亡人。悲音难挽流云住，哀声相随野鹤飞。

这个职业，以前叫杠房先生。杠房生意分“喜杠”和“丧杠”，相当于婚庆公司加上殡仪馆。清末民初时候，办白事给杠房工钱大约二十多银元（解放前银元约26.5克，一克银子约值3.5元人民币，一银元约92块8角。二十块银元约1855块），最低价钱够杠夫的工钱就成。杠房铺是特殊行业，领有县衙“帖”，应尽社会责任。同时也有点慈善事业的意味。进化到今日，杠房先生成为“大了”，此词妙甚，饶有气概之余，又藏住油滑狡黠的牟利气味和嘴脸。

杠房先生/大了所替主家做的，究竟何事呢？搭棚，介绍经箱（即雇请念倒头经的僧人），租赁仪仗用具，雇吹鼓手。“老规矩”里的殡葬用具：舆、纤杆、软杆、大红绣花缎棺罩、轿子、彩楼、告牌（贴着讣文，立在大门前）、幡杆、杠绳，仪仗队用的开道锣、伞、扇、旗、牌、车、轿、硬器。原本还有一项“选材”，材即棺材。现在棺材不必选了，换成骨灰盒。杠房的买卖，三年不开张，开张吃三年，要赶上个阔主顾，不光是杠房，所有相关字号，寿材、棚彩、鼓乐、纸活，和尚老道尼姑，就都来了赚钱的机会。

这些人如同《哈利·波特》故事中的“食死徒”，白事过程就是一场食死大会。孝子披麻戴孝，挈妇将雏，哭天抢地，正像草原上一匹大角马倒掉，秃鹫，兀鹰，鬣狗，都摩拳擦掌，团团围上来分一杯羹。父亲的理论是，我不疼钱，但绝不能让人坑我。于是连骨灰盒都亲自操办：他查好了地图，骑自行车到市郊的丧葬一条街去买。那里也就是“大了”等人进货的地方。他从容地货比三家，还跟人还了价，来回骑车九小时，三百块钱，买回一只红木盒。

后来真用上木盒那天，果有人来兜售。大哥，檀木盒，红木盒，给你优惠，三千八！

姥姥“倒头”之后，大舅家的大姐二姐，大姨家的三姐四哥，二姨家的五姐，都来了，均携眷。这些人里，有一年没来过的，有两年没来过的，有五六年没来过的，但进屋无一例外哭得十分痛切。有人要揭开逝者脸上的白布，哭道，让我再看一眼姥姥。

母亲不许。后来她说，活着的时候谁都不来看，叫都叫不来，死了倒哭着要看？偏不让你们看。

叫都叫不来，说的是大姐。她近年习佛，颇有所得。她说，等有假期了我就去。三姑，你给我奶奶念经，念《般若波罗蜜多心经》，这样她死后享福，您也能得好处，你们俩得的好处六四开。

母亲跟我说，这个时候还要从老人那儿图什么好处？

但大姐要超度逝者的佛心甚炽，哭了一番，问，什么时候给穿的寿衣？听说刚死就穿，皱眉说，应该等八到十个小时再穿，这是我学佛的师傅说的，唉，忘告诉您了。

二姐四十岁，穿着露一半胸的藏蓝麻布衫，绿缎子高跟鞋，一串檀香木佛珠顶在高高的胸口上，衣服和躯壳都做出少女的样子，但带深深法令纹的脸蛋和脖子以下部分别扭地冲突着。她情人开车送她，并一直陪着她，递面巾纸，递矿泉水。情人也四十多岁，矮小，木讷，当着一家加工厂的小老板，当着另一个女人的丈夫和一对双胞胎男孩的爹。

守灵这晚，二姐和小老板到附近酒店去住了，一屋子人吃了饭不说话，几个姑爷闷头抽烟。大姐端坐誊写经文，笔尖唰唰响，说让老人带着走，能驱邪，不怕小鬼儿。

第二天，殡仪馆的车子开来，工人将一个纸棺材抬进屋，问，哪个是孝子，孝子来搭人。别人都往后退了一步。母亲和父亲上前一个抬头一个抬脚。纸棺材合上盖，望外走。满屋哭声壮观起来。

车把姥姥带走了，这是她十年来第一次出远门。

圆坟

家乡习俗，葬后三天称为复三，又叫圆坟，暖墓，亲人到坟前行圆坟礼，为坟培土，烧纸活儿，上供。死者孙子、孙女（童男童女）绕坟正转三圈，反转三圈，谓之“开财门”。开门后便可向死者倾诉思念，死者也能接到祭奠和送去的金钱、食物了。

圆坟这日绝早起身。一进殡仪馆的院子，两边蹲着的很多人立即起身，追上来念吉利话儿。母亲把领取骨灰的证件递给我和小薛，去吧，你们俩去。

窗口里年轻女服务员，正嗑瓜子儿，脸色冷冷的，一点不掩饰对工作的厌烦，看了证件上编号，起身到后面搬出一只枣红木盒。再去另一处办理寄存手续。窗口那边说：把盒盖打开。

我吃一惊，下意识地连退三步，生怕撞见那盒尸身浓缩出的惨白。小薛依言拨弄盒盖，上下边沿来回摸索，盒子就是掀不开。一旁孝子贤孙们叉手而立，冷眼看着，见这少年总也触不中机关，某位两眼通红的贤孙大哥上来指点，这盒盖要推开，瞧，这样。

果然沉重的木盖无声滑开，一阵极细小的白烟腾起，像拆开面粉袋子似的。

小薛欢喜道，呀，原来如此，多谢多谢。大哥瞧我一眼，似乎可惜吾家招了呆婿。

而我只顾泪如雨下，到这时才真正想明白——姥姥已经成了一盒灰。眼前这一盒灰，就是姥姥。或者说，是仅余的姥姥。方才冒起的那阵白烟灰，也是姥姥的一部分。有一部分姥姥，就正飘荡我面前身周的空气之中。

白发，指甲，薄唇，不再清澈的瞳仁，一对三寸金莲尖尖小脚，两片朱砂唇……都被火光化去，被熔炉吞吃。现在剩下这一撮，不会对生者世界造成威胁，也不会占块地盘妨碍房地产开发，因此可以保留下来了。

又忍不住向盒子张望，见见粉末，也算见她一面。其实灰当然不会明晃晃现着，有块红色衲皮儿，把边角严实实盖住，没条缝隙。如此却又觉得遗憾，怎的“半面”都见不上？后来听母亲说，有人向她兜售玉石，说是盒中放玉能镇魂，我看大姐面善，给您优惠价，原价988，卖给您688，四块正宗和田玉，东南西北四个角都镇住，不光保佑老人在那边不受小鬼欺负，还能保佑您阖家平安，财运滚滚，老公在单位加薪升职，儿子娶了媳妇早生贵子……

窗内人把一份证件抛入盒中，又递出一块纸，让核对名字并粘贴在盒子上（脑中奇怪地冒出一个老笑话：一人走夜路路过坟地，见一个老头正叮叮当当凿石碑，问您在干什么，老头说，这上面我名字刻错了，我出来改改。我姥姥不识字，名字万一写错，她也不会“出来改改”了）。

等到要盖上盒子，可又盖不上了。不得不劳贤孙大哥再施援手，盒盖十分欢快地滑回去。又冒出一股烟尘，我再次损失一部分姥姥。

最后窗内人问，牌位买不买？窗口摆着三个巴掌高的牌位，材质不同，上写“慈母样品之灵位”。刚想，谁家的娘叫“样品”？这才想到“样品”就是样品的意思，不是人名。

说一声不买，便转身离开。此时要捧盒到祭奠园里去烧纸。我抖开红布，把盒子再裹好，轮流抬起手背，把脸上横七竖八的水道道蹭干净，鼻子抽一抽，可别囔囔的惹母亲伤怀，端起盒来，说道，很好，走吧。

进祭奠园得要缴费。里面是个十分开阔的黄土场子，用水泥砌出一垛一垛半人高矮墙，矮墙隔出一个一个小格子。我们找了一个空格子，将盒子摆好，母亲从书包里一样一样望外掏，碟子，果子，点心，还有半块德芙巧克力。韩愈《祭十二郎文》中道，汝病吾不知其时，汝殁吾不知其日，生不能相养以共居，殁不能抚汝以尽哀。殓不得凭其棺，窆不得临其穴。我算是比韩愈强了一半，病则知其时，殁却不知其日。生曾相养共居，殁未能抚尸一恸。殓未及凭棺，窆尚能见灰。赖有人声和鞭炮声掩盖，在这个地方，大放悲声不显得突兀可怖，也不怕惹得母亲心悸，于是垂头掩面，尽情啼哭一番。

这一哭，哭进一个昏昏恍恍的境界。多皱的大手将我的手拉着，留恋地搁在她膝盖上，手心软忽忽的，手背上青筋虬起（我小时常伸手把那青筋按瘪，再松手让它弹起来，以此为戏）。那双老眼宁静地、无欲无求地看着她养大的外孙女，无欲无求地一笑……她在世间唯一的痕迹，也就是亲人面上的泪痕了（啊，还有永诀在心口留下的创痕）。其余都成灰烬，万念俱灰。在这些死生轮转、一遍遍的灰飞烟灭之中，爱寄放在哪儿？所有的欢乐、愁苦、梦幻又在哪儿呢？

袁枚在《祭妹文》中说，妹妹素文生病，他以为不要紧，仍远游扬州。梦中得到凶信，飞舟渡江，未时还家，素文已于辰时气绝，"早知诀汝，则予岂肯远游！"我也因为远游，错过了她最后那一刻。

我终于跟母亲说，也许我不该出远门。

母亲说，那是姥姥疼你，不愿让你亲眼看到，不愿让你太难过。

哭完了，母亲点火烧纸。烧的时候，她跟大姨闲聊烧纸的技巧，要从哪个方向把黄纸钱片子盖上去，怎样注意用火钩子挑起上面的纸片，让下面的保持通风。我也就一边揩脸一边四处打量，看风景了。

此地生意火爆热闹，不时有鞭炮炸开一串乒乒乓乓，有人大放悲声，如火警喇叭，如鹤唳猿鸣，其声呜呜然，忽高忽低，抑扬顿挫，长哭当歌，并辅以段段念白。还有"大了"对牢孝子队伍曼声吟唱命令，第一拜……第二拜……孝子们便依照命令，进退如仪，跪，叩头，起身，再跪。

家家都有"纸活儿"，都描画得格外五彩缤纷，各种名目，一时也说他不尽。最寒素清简的人家，也摆放有马或牛，车或轿，童男童女。男死者用车、马，供来往骑乘，马大多是毛片雪白，一根杂毛也无，鲜红丝缰，翠绿辔头，不过也有些是彩色马，桃红，绛紫。女死者配备牛和轿子，牛得要帮忙喝掉女人一生用的脏水，如果不让牛跟着去喝，下边管事的就要让女人喝了。但一辈子的水，一头牛是不是喝得完？万一是头不愿喝的犟牛怎么办？也要“牛不喝水强按头”吗？……这些就都不管了。

另一项最基本的，是各种面额的冥币，除了人民币，还有的大字印着“美元”“欧元”，最小面值也是一千万，看来下面通货膨胀也闹得厉害。送了这么多钱过去，儿女们觉得不甚安全，那起剪径的强人、高买的毛贼，死后有灵，只怕是要重操旧业，于是再烧去一个“冥府高级保险箱”，上画着密码锁盘，绿油油的一看就很结实，绝不怕大鬼撬小鬼偷，还写着：金银财宝聚其中，天堂之上尽享用。

钱财之外，尚有一应家用电器：有电话机，大概下边人也是要交际，要相约了吃饭喝酒，不过恐怕老人家最想的，是给上面的小孙子打个电话。

还有电视机，上写“液晶数字电视”，屏幕上定格了一个花脸霸王与虞姬对唱的画面，估计扎纸活儿的想，老人家必定爱听大戏，而且爱有漂亮媳妇耍剑的热闹戏。

此外还有笔记本电脑，微波炉，电磁炉。微波炉是带透明窗的，能看到里面热着一整只精致烧鸡。电磁炉跟活人用的一样，也写着：使用后平板尚有余热，请勿触摸……这真是福如东海长流水，十年八载也受用不尽了。（旁人看到这么用心的阵仗，难道还不感叹一声？——这家子孙不错，孝顺，连老人在下面怎么热晚饭都考虑到了。）

在一蓬熊熊火堆前，一胖大孝女哭得最响亮，元气充沛，振聋发聩。她家的纸活儿也最多，其中有一幢十分壮观的纸房子，是红砖砌的三层欧式小楼，上面耸起小小的天蓝色尖顶，每一层窗格子也涂成天蓝，门廊廊柱漆得雪白，三层走廊里，还有个绰约美人正凭栏观景，一楼则当门立着个雄赳赳小伙，身穿绿军服，斜挎冲锋枪。先不管武装干警会不会替人守门，单看这生活，可真圆满无憾。多看几眼，真想自己也进去住一住。这样栩栩如生，庄严认真的弄出来，好像就真有那么个世界，这些全用得上，不然何以标注“请勿触摸”云云？

这么想来，下面竟是一块武陵桃源似的乐土，土地平旷，屋舍俨然，有良田美池桑竹之属。其中往来种作，男女衣着，悉如阳间人。黄发鬼垂髫鬼，并怡然自乐。逝者在那边个个是安乐寓公，日子花团锦簇。

然而忽看到纸别墅门楣上的牌匾：天堂仙苑，九泉别墅。噫，这确实不妙，阴惨惨的，像正做着美梦被一只冰冷的手摸到脖子上。再仔细看，电器都没电线，微波炉上印出来的烧鸡，似乎是哪本菜谱的封皮画儿，借过来的。亦幻亦真时，赖有这些小小的破绽提醒活人，一切毕竟是编造出来的，安抚自己，“解心疼”。圆满无非假惺惺，无憾，也只是活人觉得无憾罢了。

那孝女哭道，爹，我给你送元宝金条银行卡来啦，你可好好花啊，别舍不得。我给你送别墅来啦，你可好好住啊，吃上喝上，别舍不得。别墅里都给你准备好了，有电冰箱，有微波炉，有保安，有保姆……

另一家闲看的人们低声议论：

哎哟嗬，还有银行卡，还有保姆，可不知老人活着时候享受着没有。

估摸是没有，凡哭得最要死要活的，一半是心里有愧，活着不孝死了孝，有个屁用。

接着又讨论纸活儿的工艺：

这家纸活铺扎的别墅没有车库，那家买的一个四合院，院里有葡萄架，有车库呢。

车库里有车？

有，写明了宝马七系的。

那还得给老爷子烧个驾照去？

没事，人家早想到了，车里画着司机呢。

……孝女仍在哭诉：还给您送去一副麻将，您好好玩儿，痛快玩儿，别惦记我们，啊……

我家的火堆，只寥寥烧了几沓纸钱，什么也没的烧了。最后，母亲把那块吃了一半的德芙巧克力丢进了火堆里。大家望着那堆灰，点点头，离去。

接下来要把骨灰盒送至寄存处。证件上写道：静逸楼4楼502室。这就是我的新“姥姥家”了。我把姥姥抱在怀里，走最后这一段路。盒子沉重得像压了无形的泰山，父亲曾说，是故意选重木料做盒，好让买家觉得衬得起上万元的高身价。轻盈有时等同于轻贱……可它实在太重了，我不得不把盒子放在肚子上，撅起肚皮顶住它。

守门者一光头大汉，居然在“静逸楼”门口搭了个棚子，一张小桌上金黄甜瓜切成几瓣月牙，他手拿一把蒲扇扇着，怀中抱了个收音机，正放田连元讲三国演义赵子云救阿斗。一开口，声音却出奇地柔和，头一次来？证件呢，我给你们换磁卡。又指示我把逝者的一寸照片贴到木盒侧面。他往两人身后一觑，见没人相跟，眼神就痛惜了，我连忙说，这是我姥姥，我妈在那边等着呢。

静逸楼的外观内观，跟一般筒子楼相差无几，白墙，苹果绿墙裙，水泥台阶，被无数掌心磨光的木头楼梯扶手。站在走廊里望去，像学校图书馆似的，一扇扇门里立着高大木柜。刷一下磁卡，门就开了。枣红木柜的每一格里都躲着一张脸，布帘子低低压着，光线半明半晦。数着号码，在柜子之间的窄道里转悠，像走在黄昏时节的里弄。我飞快地透过玻璃看里面盒子上的照片，老太太，老爷子，老太太，老爷子，中年男人，老爷子，中年女人，老太太……老人们的面貌都差不多，衰老把皮相团弄成同一副皱巴巴的样子。照片真是个鬼东西，就像真能截留下逝者的一缕魂魄，在纸片里轻悄呼吸，把手放在玻璃上，那呼吸就能热热喷到手指上。不孝男泣立。不孝女泣立。下一个是慈母泣立，照片上一位年轻女子，温文笑着，戴学士帽，一边穗子飘到脸上，她正拿手去拨。

姥姥的新住所在柜子最高一格。我搬梯子爬上去，划磁卡，把木盒安稳地托进去，摆正。这一安顿好，心里忽然就静了，她又有了固定的位置，而且不孤独。向四周看看，邻居们都慈眉善目地微笑。右下方住的是个小女孩，黑白照里闪着小鹿似的大眼睛，童花头，裂开的嘴里显出门牙豁洞。算算生卒年，五岁。爸妈大概刚来探望过，格子里放的百合花还没凋败。漆光锃亮的盒子上靠坐着一只小泰迪熊，下面铺碎花绿格子布，令这小格子像拇指姑娘住的袖珍房间，而盒子就是她的眠床。

满室亡灵的亲人，大有悲伤甚于我者。我吁气，还有什么好难过的？我刚完成的这事，就像花朵开放后凋谢，果实成熟被采摘，太阳晒干露珠，大象走向象冢，旅鼠集体投海，猎豹杀死角马……都一样的。

物理学家理查德·费曼说：假如有长生不老的火星人来地球，看见我们这些叫作人类的动物，明知死亡不可避免，却在死之前活七八十年，大概火星人会觉得这是个天大的心理问题——在明知生命易逝的情况下活着。可是我们人类就是这么活着，我们在死的预期下欢笑，玩乐，生活。

墨西哥这个国家，每年都会举办一次盛大的“死亡嘉年华”，在那一天人们装扮成各种骷髅，上街载歌载舞，把糖果做成骷髅形状给小孩子吃，他们发明这样的节日来嘲笑死亡，战胜死亡。你想要我们悲伤？才不让你称心！

可是死亡怎么可能被战胜呢？它跟爱一样坚固。只有这个才能让我安心：我所见过的，我所爱过的，时间是动不得的。

离开静逸楼时，跟往常一样说，姥姥，我走了，你等着我，我再来看你。

下楼，楼下正喧哗成一片，核心是个黑瘦得像枣核的老妇，高高低低二三十个人簇拥着。老妇哭得睁不开眼，浑身使劲拼命想往地上坐，褂子在揉搓中皱缩上去，裤子则被揪蹭得往下落，露出中间一截黝黑的腰肢，裤鼻上拴着白布腰带。

她的嗓子被哭声撕扯得血糊糊的，反复叫嚷着一句话，让我再看一眼，再看一眼啊。

不能看了，您想开点，走了的人，看完他还是要走，您就让他安息了吧。劝解的人，有的像是侄子，有的像是外甥，以及叔伯姑嫂等等，说话声音是哀戚迫切的，好像也有点动情的意思，然而看脸上，神色都是平平静静的，像一群人围观精神病患发病。老妇并不美，看得出无论做姑娘还是做少妇从来没美过，然而这样悲恸，必然有极大的恩爱吧？外圈一个闺女，像是这家的外孙女或是孙女，高跟鞋，黑丝袜，站定了等着，掏出手机来发短信，一条腿松弛地支出去，悠闲地抖动。众人召了儿子过来，把他娘推到他背脊上去。老妇泥似的瘫下来，嚎哭变成伏首呜咽。一行人曳着丝线似的哭声，远去了。

临走时到祭奠园旁边的卫生间里洗手，盥洗台前，方才那黑丝袜姑娘正对镜补妆，口哼小曲：什么样的节奏是最呀最摇摆什么样的歌声才是最开怀，你是我心中最美的云彩让我用心把你留下来……

携着母亲的手缓缓走出去，凉荫初浓，长天被群鸟飞乱，风里全是夏天的消息，我心里也慢悠悠地浮出一段奇怪的旋律，委婉又廖远的调子，陌生的，又像早就熟习，似乎我曾听人为我唱过，又似乎我曾为人唱过。亦有歌词的：荒草何茫茫，白杨亦萧萧。严霜九月中，送我出远郊。四面无人居，高坟正嶕峣。马为仰天鸣，风为自萧条。幽室一已闭，千年不复朝。千年不复朝，贤达无奈何。向来相送人，各自还其家。亲戚或余悲，他人亦已歌。死去何所道，托体同山阿。

装殓

因第二天早晨我和小薛就要离开，这一晚吃饺子，习俗里叫“长接短送”，长是面条，短即饺子。母亲在厨房煮饺子，我跟到厨房去，终于问出来：最后……是怎样的？

最后的时刻，只有小女儿在她身边。本来大女儿前一天赶来，守了一夜，但到清早起来，大姨忽然莫名焦躁，说，我怎么穿了一件粉色毛衣，我要回家去换，我很快就回来。

大姨才离开五分钟，榻上人的情况急转直下。就像眼看一根拔河绳子，一寸一寸被拽过去。她闭着眼急促喘息，喘得越来越急，格格的声音从肚腹中升到胸臆之间，又升到喉咙里面。

母亲把她搂在怀里，脸颊紧贴着她脸颊，说，妈妈，你再等等，再等等……

但她没有剩余的气力等下去。

后来，屋里彻底地安静了。这是个甜美的，明朗的初夏上午，天气很好，阳光温柔得像亏欠了谁，要努力补偿似的。人间正显摆出最好看的一面，窗外开着大朵红色、紫色、白色的蜀葵。有少妇带着小孩子出来晒太阳，笑声清清楚楚传进来，脆得扎耳朵。

母亲大概愣怔了几秒钟，就立即起身给逝者穿寿衣。小薛的妈妈曾专门打来电话，给她讲一些过来人的经验：要抢在没彻底断气之前，趁身子还没冷硬先把裤子穿上，但不要把裤裆提到臀部，因断气后会有遗矢和遗溺。逝者只有一点遗溺，因为已经两个月没吃东西了。母亲用剪刀剪破贴身内衣内裤，扯脱，打一盆清水，给逝者抹拭身子。那副皮包骨的胴体完全耗净皮下脂肪，肌肉也磨蚀光了，骨节的形状清晰可辨。

穿褂子、斗篷的时候，她不断轻声叫着，妈妈，来，我给你穿衣服，你好好跟我配合着，啊。

都料理停当，她把这间小卧室里的柜子、桌子都拽到隔壁房间。一块床板，用四只圆凳支起，作为停灵的灵床。板上铺垫准备好的黄布白布，在本地习俗中，这个叫铺金盖银。

这就算是灵堂了。

她伸手摸一摸逝者的天灵盖，尚有余温。

接下来，要舀一勺面粉打糨糊，裁白纸，贴门报“恕报不周”。

随后，又到厨房冰箱里察看，吊唁的人们即将上门，是不是有足够的蔬菜、肉和粮食，以飨亲眷。

最后，她站在门厅里四处望望，到卫生间，掇一条板凳坐下，打算洗衣服。衣服是昨夜泡下的，这一阵难得的清静时间不洗，等人们涌来就没空洗了。瞅见洗衣盆里还有逝者前一天换下来的白棉布小褂。她怔了一下，却没挑出来，依旧搁在搓衣板上，洗净了，晾上了。

等洗完衣服，她再进屋摸一摸，那身子已彻底冷下去了。

她一直镇定从容地做这个，做那个，始终没有哭。

我也没跟她说我心里怎么想的：荣誉和财富，艺术境界或丰功伟业，都太虚妄，都如鸿毛。尽自己的力量，让父母平静愉悦地度完残年，直至谢世，这是真正伟大的艺术，是真的壮举。

清晨，母亲送我们离开。我说，回去吧。她便点头，转身离去。目送她的背影，忽然呆住。脑后抓起一个圆发髻，细弱的长颈，肩胛骨耸着的形状，走路时由两边胯骨依次向前带动双腿的动作。她突然变得跟逝者那样相似，我脊柱上一冷，仿佛陡然目睹一个残忍的秘密。谢世的母亲悄悄托生在了女儿身上，我呢？当然也逃不出去。这话早被人说滥了，但对每一具尸身来说，刀刃都是新鲜陌生的。

四天后的夜里，我终于梦见姥姥。

不晓得是要到哪儿去，我们都忙忙碌碌整理行李，似乎要赶时间，心焦得很。姥姥盘腿坐着，沉静地看着，问，上哪儿去呀？我们照例敷衍一句。她笑着说，不着急回来，我等着你们。

醒来摸到眼梢湿迹，逝者生前，我对她说的最后一句话是：你等着我。母亲对她说的最后一句话也是：再等等。而这便是她的回答：我等着你们。她已经走完短暂的路，来人间认取了亲爱的人，遂重归混沌，停驻在时空中那一格。在生者还要苦苦跋涉下去，她则只剩下等待永恒的相聚。沉静地等待，盘腿坐着，小脚放在腿弯折叠处，手撑着额角。

《约翰·克利斯朵夫》中，少女安多纳德死前喃喃唱着：我将再来，我亲爱的人儿，我将再来……是，一切都将再来。时空的海洋永久不变，唯有一朵朵云片飞驰而去，在海波上留下一团团阴翳。所有的人都是我，所有的路是同一条路。倘若我能如前者镇定，是因为爱我的人，用生命批点注解，教我预习过了。

主编的话

我们时代的欢情

——关于张天翼的散文

“我不出声，自暗影中轻手轻脚地走到光源处去，立在他面前，端详半晌，探身吻著了他。”张天翼在《欢情》中如此写道。透过这句话，你能想象到这位年轻女性对爱人的痴迷：目不转睛地凝视、难舍难分的拥抱，以及情深意长的通信。这种热情、专一和深刻的情感在今天这个光速旋转的世界里显得稀缺和宝贵。

《欢情》中，爱情的初次相见，隐隐的相互喜欢，相互关怀，相互贴近，所有细小、刹那、微妙的情感都在张天翼的笔下聚拢来。某种神秘的东西在两个年轻人之间如期而至，有如春风煦煦。“我知道我永不会忘记与他拥抱、亲吻、挨贴、凝视、抚摸的时候，玫瑰与果实是怎样芬芳地缭绕在脑际，那是一种强烈得像镌刻在石碑上的爱意，比血肉持久，深到这个地步的感觉不是十年、二十年、三十年能够摆脱的，一旦失去，往后的生命除了怀恋和悔恨，别无他途。”因为把情话说得坦然而不造作，她所表达的情感便变得切实安稳，有神采。

那么，这位“一往情深者”所理解的爱是什么？不是玫瑰钻石，不是山盟海誓，而是倾听、是感受、是沉思、是陪伴，更是静默，当然，也有肉身的结合，“亦有‘欲’。怎可能没有？壮硕饱满的少年男女，爱意又如此充盈。第一次清晰感觉到身体中涌起陌生的潮汐，应和月亮的引力——他便是月；又像是天边燃起的火烧云。那种渴求是从每个细胞中渗出的，汇成壮阔的呼喊。但也没有别的想望，只要抱住他，只要让尽可能多的皮肤感知到他胴体的温暖，体内的波涛就逐渐平息下来。”虽然沉湎于二人世界，但她并不拘泥，她有抵达辽阔情感的本领。“冬天已往，雨水止住了，百花开放、百鸟鸣叫的时候已经来到，斑鸠的声音在我们境内也听见了，良人，我们以青草为床榻，以香柏树为房屋的栋梁，以松树为椽子。风茄放香，在我们的门内有各样新陈佳美的果子，这都是我为你存留的。”（张天翼《欢情》）

爱使一些人自私、狭窄；爱使另外一些人博大、深沉。这位作家的写作得益于爱的滋养，得益于她把爱视为丰富自己的宝藏。在她的文字世界里，你很少看到抱怨、愤怒、不安和犹疑。因为爱，困难变得有趣；因为爱，贫穷变成了一种点缀；因为爱，所有的苦痛都变得微不足道。也包括异地相恋，要坐漫长时间的火车，要忍受很长时间的不能相见。爱使人平静，爱使人丰富，爱使人美妙。

于相爱者而言，世间所有的一切对他们来说都是经历，都是爱情生涯中必需的。重要的是争取在一起，可以在一起，一起旅游，一起读书，或者聊天。共同感受，共同呼吸，共同体会。一菜一蔬，一羹一饭，这些有烟火气的情感，因张天翼的表述变得正大端然。她的书写有些“文艺”，但也刚刚好。

《从透明到灰烬》书写了人的衰老和死亡，作家面对的是一个人从年轻到终老所历经的磨难和不堪。从透明到灰烬，是一个生命由被重视、被轻视乃至到被无视的过程。老人怀疑自己丢钱，怀疑照顾自己的女儿偷窃，哭泣、辱骂、不眠不休，那是一个普通女人年老时的不堪，那也是经年饱受穷困后的凄凉。姥姥越至年老，性格大变，嗜财如命，有如“守财奴”。张天翼对亲人有着深沉的爱，但也有另一种冷静和客观，她直面孙辈及子女辈对晚年姥姥的远离和逃避。如果人生的一切都是经历，由爱或死所升发的便最终会凝聚为对生命的顿悟，以及对死亡和生命轮回的另一种认识：“我吁气，还有什么好难过的？我刚完成的这事，就像花朵开放后凋谢，果实成熟被采摘，太阳晒干露珠，大象走向象冢，旅鼠集体投海，猎豹杀死角马……都一样的。”——爱和爱情，是这位作家的“定海神针”，是她看待世界的重要依凭。

虽然张天翼有痴迷和沉迷于自我爱情的热情，但更宝贵的在于抽离自我并旁观一切的勇气。这种勇气使她尽可能超越她的此在，因此，我们会越过她书写的那些具体细微的表象，看到人在情欲世界里的不能自持，看到人在现世和梦想之间的自我搏斗，也感受到有情人相遇的美妙。张天翼以她的散文作品向读者确认了一个事实：一往情深者对于这个荒凉的世界弥足珍贵；一位执迷于自我情感的写作者，并不一定是狭隘的；并且，很可能，她对世界的理解比我们想象的更开阔。

周晓枫

1969年6月生于北京，现为北京老舍文学院专业作家。出版有散文集《斑纹——兽皮上的地图》《收藏——时间的魔法书》《你的身体是个仙境》《聋天使》《巨鲸歌唱》《有如候鸟》等，曾获鲁迅文学奖、朱自清散文奖、人民文学奖、十月文学奖、花地文学奖、华语文学传媒大奖等奖项。2017年开始儿童文学创作，出版童话作品《小翅膀》《星鱼》《你的好心看起来像个坏主意》，曾获中国好书、桂冠童书、中国童书榜年度最佳童书等奖项。

你的身体是个仙境

她的脸和身材都变形得厉害——两年没见了，她刚刚在几十个小时以前做了母亲。我的女友怀抱满身通红的褶皱婴儿，给我古怪的错觉：看陌生人抱着小怪物。这就是女人的幸福。女友向我出示剖腹产的刀口：纱布红红黄黄的渍迹，刀口长得吓人。人们从她的血肉中夺取孩子了，从此，她的命被劈开了。

我的腹部有一道相似的伤痕，它跟了我二十多年，我都快忘了那是手术刀的业绩了，好像与生俱来，我天生就不完整。九岁那年，它如此醒目，我直起身子或弯腰都疼，身体藏了把折刀似的。

肉体意识通常是由疼痛唤醒的。那天放学途中我有意落在后面，缓慢地蹲下来，背靠涂满炭黑字迹的电线杆，最下面那行斜写的字迹就印在我身后："金明军是条狗！"蝙蝠缭乱地飞，我承受剧痛，却羞于求援。路人黑色的脚在眼前交错。身体的灾难瞬间就把我推入深渊。天黑了，我遭到蒙面世界的抢劫。

大夫后来对妈妈说，畸胎瘤已经体位扭转，再晚来一会儿我就会休克。他诧异我为什么独自忍受那么长时间而不叫喊。他不知道我害羞到什么程度，尤其针对与肉体相关的事情。我幻想自己有鱼一样无声无息的肉体。

或者，我预感到这种不详的疼痛会带来羞耻。住进妇科，我是多年来病房里年龄最小的患者。肿瘤自我降生就寄存体内，跟着我一起长，如同我的胎儿。妈妈叮嘱我，一旦别人问起，要说做了阑尾炎手术，千万别提妇科。体检时校医怀疑了：阑尾炎手术刀口怎么会在这儿？我坚持妈妈的说法，死不改口。我从九岁起就开始为了名誉而撒谎……像真有了什么可耻的把柄。为避免难堪，我后来尽量不去医院看病，身体不适也习惯忍着。

在医院里看的那场悲喜交集的电影，我终生不忘。术后一星期，护士把我推到休息室看电视，正在播放香港喜剧《蟋蟀皇帝》。让人非常痛苦的喜剧——因为我笑的时候震动伤口，疼得我忍不住哭。休息室里只剩我一个人，坐在轮椅里，无力把自己推回去。我又的确被剧情吸引，就这么边看、边笑、边哭。等护士把我送回病房，我伏在枕头上，泪水流得更欢。我不知道为什么会觉得委屈。一个不纯洁的妇科手术，让我连承受欢乐的能力都丧失了。

生育，治愈了我的女友自少女时代起的痛经。我记得每个月都有几天，她突然改变的脸色，和那种挣扎与隐忍的表情。

有一次，女友白色的纯棉裙子上，印染了可疑的暗血……颜色特别脏。我没上体育课，一路掩护她回家，走在后面，亦步亦趋——我挪开一点，难堪的污迹就暴露无遗。走着走着，我对她有了一点嘲笑和鄙夷。我知道经血正使她散发一股越来越浓的烂鱼味儿。

女友艰难地爬上床铺，让我给她灌暖水袋。暖水袋呈肉红色，软塌塌的，又带着温度，看起来像什么动物的内脏。她的卫生带里也垫有一层自行车内胎般的肉红色胶皮，洗涤的时候特别恶心，尤其，还要在阳光里曝晒它，上面搭着遮羞的毛巾。女友蜷腿躺下，紧闭眼睛，嘴里“咝咝”地吸着凉气，活像条毒蛇。

常识老师已经对我们进行过生理卫生教育，课上得别别扭扭的，男女分别关在小黑屋里看幻灯片。女孩的成长验证着老师的话，她的确告诉了我们一条真理：作为女性，青春的开始是以流血作为标志的。

月经就是在我体内发生的月食。我的性别决定我将终生遭受来自肉体的麻烦。

读美国女作家安·贝蒂的短篇小说，有一段话我印象深刻：“他不清楚皮亚被割掉的是哪个乳房。可这显然是无关紧要的。失去一个乳房是可怕的事，但它毫无疑问是男人们所无法感受的。”然后她说：“就像女人无法知道睾丸被踢的感觉一样。”我和许多女性同样习惯说：“你们男人不懂……”这里面有无奈，有拒绝，也有自得，炫耀比男性更多的负荷。陷入苦难无法自拔的人，总是要这样保持孤独或者掩盖脆弱吧。安·贝蒂的话让我有所省察，也许我习于对女性身份自怨自艾，而忽略了男性的苦痛。怀疑和检讨之后，我发现，安·贝蒂虽然说出了男女各怀肉体被袭的隐忧，但其间存在重要区别。睾丸被袭一般发生于欲行不轨的情况下，是意外；但是，只要你是个正常女人，就将一生被肉体的疼痛所威胁。卵子的酝酿，使女人交替处于流血和妊娠之中，别无选择。和男性不同，流血和疼痛正是健康女性的常态。

快过30岁生日那天，我在浴缸里滑倒了，我看不到任何外伤，但是大量的血奔涌出来，顺着腿流，漫过脚面。无法遏止的失血，使我的体温迅速下降，我浑身发冷，剧烈地颤抖，牙床不住磕碰，根本打不了求助电话。我只有听任血流。那是一种奇怪的感觉，我觉得自己从内部摔碎了。我第一次目睹，自己储存了那么多的血以备伤害。

我帮助过一个流血的少女，并非自愿，我不知道怎么摆脱她的恳求。15岁我因烫伤住进烧伤科病房，漫长而收效甚微的医治过程令人沮丧，我的兴趣转移到观察病友出出进进，看到那些与自己同样遭受残损的身体也许能缓解焦虑。

凤梅的手指碾进了烫衣设备中。从她后来的哭诉中，我们得知，悲剧起源于嫂子的多疑。凤梅从农村来城里投奔表哥，原来做餐厅服务员，但餐厅离家近，表哥工作的派出所离家也近，无端猜测的嫂子为避免两人中午偷情，执意把凤梅调到离家远的、附属自己单位的洗衣房，以便监督。半个月后，凤梅出事了——不满19岁，烫衣机碾断她六根手指。

凤梅嫂子陪床了两天，她的妒妒使我增加了对她的关注，但她太普通，让人迅速忘记她的长相。我对她表哥印象深些，他探视的次数勤，那个中年男人有张微微肿胀的方脸，下眼泡浮起，看人的时候歪着脖子。

凤梅残破的手被纱布重重裹缠，两个拳击手套式的大坨子，使她不能自己吃东西，不能自己上厕所，事事要人服侍。烧伤科中许多人行动不便，护士忙不过来的时候我去帮忙。凤梅没完没了地吃喝拉撒。我给凤梅削苹果，她一次至少吃三个。从没收到过这么多慰问品吧，她简直像过节，我替她的胃口不好意思，她丝毫没有一个少女病人应有的优雅的虚弱。凤梅每天两次大便，淤积的食物使她肠胃繁忙，我们经常听到她放屁。如果尿壶拿得不够及时，她会失控地尿到床上。我渐渐失去了最初的同情，长得不好看，还说蠢话，凤梅微胖的肉体制造太多麻烦。我其实嫌恶凤梅，照顾她是为了让自己更讨护士阿姨的喜欢。有一次，我没有及时拿来尿壶，我的从容里暗含一种惩罚……尿壶没有接应上，当着我和同室病友的面，她掀开被子，尿液呈弧线喷射出来。

后来凤梅露出破绽。她向我请求："你给我表哥打个电话，就说我来月经了，让他给我拿卫生带过来好吗？"我惊讶又羞耻，难以想象这话怎么能对一个男性启齿。凤梅安慰我："没关系，他都结婚了，什么都懂。"问题不是他懂不懂，是我难堪。我直觉地判断出，凤梅有隐情，因为她毫不避讳让表哥了解自己的生理周期。

大概，幸福对一个少女来说，是难以作为秘密保存的。几天以后，凤梅不仅承认私情，还讲到嫂子的性爱习惯——每星期五晚上她必有所要求，那是表哥告诉她的。凤梅说："表哥只爱我，我也非他不嫁，等他离婚了，我们马上结婚。"她哧哧地笑，然后俯在我耳边低语："男的怎么那样呢？"她讲起令人尴尬又心跳的细节。想起凤梅曾经声声喊冤，我不明白她为什么能那么理直气壮。这时，她完全忘却残疾的痛楚，沉浸在肉体的享乐回忆里。

身体的花园已经开始凋败……凤梅眼眶里含着想念的泪水，她的上肢断了手指，下体流着血，痴情地，等未来路上心思叵测的表哥。

这是必须承受的伤害吗？女性成长，要面临那么多险境。淘气的男孩以恐吓胆小的女生为乐，权要人物不断瞄准新的尤物——这是成功的标志。侵犯甚至从童年就开始，我从未忘记那些恐惧。

上课铃响起，我打开铅笔盒，赫然看到一条硕大的深绿色豆虫。震动使它转变方向，露出从头到脚两排绵延的腹足。瞬间，惊恐让我头脑空白，濒临爆炸。然后，我吓哭了，但不能哭出声破坏课堂纪律。数学老师不喜欢我，她跟我说话带着明显的厌恶。她是我至今所知的态度最鲜明地讨厌我的人，她毫不掩饰。我对她的恐惧逐渐和对数学的恐惧糅合在一起。我曾装病缺课躲她，越发跟不上教程，傻子一样看着莫名其妙的公式，成绩拖了全班后腿，当然更增加了她的反感。同桌的恶作剧似乎是暗合她心意，她格外温和地鼓励那个顽皮男孩回答问题，丝毫不理睬我的战栗。我一直哭，不知怎么停止……我缺少一个哪怕是象征性的安慰。我坚持无声地哭满了整个一节课，虽然到后面，坚持的毅力远远超过悲伤。领会了数学老师的默许，下课铃响之前，同桌用圆规几次扎我的腿，低声说："你等着。"利用课间，似乎出于对我的补偿，他报复了那条虫子。他趁虫子向外爬的时候用力按下铅笔盒的盖子——身体变形挤压出体液，它被斩断，逃出来的是头部和小半截胸腔。那是一条隶属妇科的肉虫，它的头很像儒艮——就是被水手称为美人鱼的动物，它的腹足如同增殖的乳头。铅笔盒成了盛殓它残肢的棺材，我满脸泪痕，不得不自己把它扔进垃圾道。这桩小事留给我这样的不实印象：我的自尊被女老师伤及，而我同时迫使一条妇科的虫子去死……那个肇事的小男孩，正热衷于和伙伴打闹，他和此事牵扯甚少。

另外的例子来自若叶。若叶品学兼优，成绩总是位居年级排行的前列，不仅如此，她还会拉二胡，才艺和长相超出人们对于好学生的要求。我还记得她穿着红裙子在联欢会上表演的样子。她的命运瞬间被改写。学校组织春游，若叶专心致志地观察点水的蜻蜓，一个男生偷偷靠拢，出其不意地，把一条泥鳅放进她的后衣领。若叶惨叫，变了嗓的古怪声音把我们吓住了，谁也没反应过来马上帮她把泥鳅取出来。她突然沿着拒马河岸跑，鞋掉了，就光着脚跑……老师沿着石块上的血迹去追。若叶后来休学很长时间，用以治疗癔症。回到学校，以往的光荣不再了，她当众犯病，全身抽搐，口吐白沫。当她被按倒，上衣掀露，可以看到她的肚皮和半个微隆的乳房……有经验的食堂大师傅死命地往她嘴里塞进半个肮脏的土豆，以免她咬掉自己的舌头。一些人出于宗教原因不吃无鳞鱼，我模糊记得，从若叶出事以后，我再也不能把泥鳅和鳝鱼当作食物——凝聚两种最让女人害怕的动物形象：它们有老鼠的头、蛇的身子。

我知道不应苛责。那些小公鸡尚未发育，哪里懂得爱护。他们会经历蜕变，成年以后开始倾慕并追逐女性。捉弄女生的坏小子也许变得充满绅士风度，爱玉怜香，勇于担当。谁会意识，这些妙曼女性，从某种意义上说，已是两性战争的幸存者。

整个下午，孩子吹胀白气球，系在晾衣绳上。自愿结合的队伍进行比赛，按照排球规则计分，乳白色气球被争抢和传递。奇怪的是很长时间不被干涉，孩子们信马由缰，家长很少涉足这个荒僻的后院，有人偶尔路过，诡异地笑，不置一词。孩子兴高采烈，不明白手中的玩具其实更与成人游艺相连。等那个贡献避孕套的孩子遭到父亲暴打，我们猜测出，这个世界上有的道具、有的内容，禁止曝光。

奥秘就在黑暗深处，需要我们自己摸索。我躲在蚊帐里仔细地翻查字典，查找和生殖有关的词汇。阅读小说，也可以嗅到有限的暗示。我定期拜访五窖口公厕，那扇摇摇欲坠的黄油漆门板内侧，经常出现龌龊的文字和插图。

好奇心驱使下，从小一起长大的林小森恳求我带他参观女厕所，我同意了。出于保守秘密的需要和知恩图报，林小森也侦察了男厕所，确认无人之后掩护我入内。我鬼鬼祟祟，心跳狂乱，迈进几步就惊惶地退出。但这个惊险的时刻不幸被邻居小姑娘撞到，她威胁去告密，除非，我肯献出贝壳项链作为缄口条件。我失去了自己的珍爱，很长时间又提心吊胆，怕小姑娘不能守口如瓶。令人羞耻的把柄在她手里攥着，听说她得了猩红热，我暗暗希望那是一种致命疾病。20年过后，如果快餐厅里的女厕被占用，许多女客会临时征用一下男厕，把那个狭小的单人洗手间划上门闩就行了。我从来不能。我深知自己擅闯禁区后落下了漫长的后遗症。

对性满怀迷惑，但没有一个明朗的渠道能让你有所了解和交流。我鄙夷自己有一个贱性的肉体。我鄙夷到专门在经期吃冷饮、长跑，我对它蓄谋折磨。因为认定女友们冰清玉洁，都纯洁无恙，只有自己沾染了难以启齿的泥浆，我变得孤僻。何况，我的过去有不能去除的污点。很久以后才省悟，李椰姐姐的问题就是我的问题，就是许多成长中的女性共同存在的问题……若干年前，她的手向我摸过来。

坐在花池的石头上，刮着五六级风，骑自行车的有人戴着口罩，他们躬下身子以求减低风压，根本无心留意路边并排坐着的两个女孩。李椰姐姐假装取暖，把右手伸进我左边的裤兜里。裤兜事先被她用一把折叠剪刀剪开，这样她的手指就可以触摸到我的隐秘之处。她比我大，我听从，但情绪紧张，我隐约意识到这是不洁的，但我无力其实也无心反抗。我从未萌生过告诉家长的念头。我不能分辨，她究竟真的喜欢我的身体，还是仅仅因为需要诱导我去抚摩她。把我带到阴暗的楼道拐角处，李椰姐姐握牢我的手停留在她的乳房。我的指端逐渐感觉得到她的皮肤因为受凉和受到刺激而产生的细腻颗粒。当她试图进一步指引，我的手已经下滑到她的腹部，好像忽然听到楼下奶奶叫我的名字，于是我逃难般地跑开了。

李椰姐姐继续教育我。她给我讲红军女战士遭受毒打的故事，兴趣集中在表述里面的猥亵部分。她讲特务如何玩弄女战士的身体。为了加强效果，提到拷打，她用布垫着从炭火中取出的烧红的铁片，将另一端按实在我的手背。缭绕青烟从皮表升起，我闻到自己被灼伤发出的味道。李椰姐姐还给我表演男人的撒尿姿势。操场边一间破落的厕所，临时搭建，供部队练兵比赛用，因为不久就会拆除，所以里面极其简陋，泥糊的墙体掺着稻草，只有一扇窄窗，装着几根不平行的铁棍……透进的光，照着面前少女赤裸的下体。我同时负责留意外面，怕有谁朝这边走过来。坦率地说，我的确没有从中体会到乐趣，手背上的疼痛、心理紧张加上她迫使我直视的口气，都让我希望一切尽快结束。尽管一直抖，但她一直坚持着在冷空气里光腿站着。她胆战心惊地展露着她的胴体和欲望，它们太蓬勃了，让处于蒙昧期的我茫然又畏惧。我几次看到她淫邪的行为，李椰的形象对我来说，有点魔鬼的成分。

李椰后来被父母送给了保姆，表面原因是那个保姆无后，又特别喜欢她。内幕并非如此。父母格外偏宠他们三代单传的儿子，所以当发现李椰与弟弟之间危险的肉体游戏，他们震惊之下迅速做出抉择。这个秘密，我可能是除她父母外唯一的知情者。

和李椰的短暂交往影响我的未来。首先是我今天认为性取向并非我们自己认定的那么天生和绝对。设若我那时与李椰年纪相仿，她更善待我，环境和气氛更配合，很难保障我始终排斥而毫无欢娱。有些人的同性恋倾向可能埋伏得很深，甚至不被自己知晓，直到某人到来，某个情节发生，才发现自己能与同类坠入情网。女同性恋者赞美恋人的嘴唇柔软，肌肤光润，远比男体优美诱惑。由于双方身体结构的相似性，不需要对敏感区域做出暗示和引导，更可享受销魂性爱。我对同性恋的态度比较正常，不会卫道士般地夸张反感，得益于童年的僭越。但同时产生了反作用力：与观念形成对比的，是我行动上的桎梏。我抗拒接触女性的身体，包括母亲和密友，我尽量回避包括握手在内的亲昵行为。那种除了礼节之外与女性的主动亲近，几乎被我完全清除。当女友偶尔揽着我的肩，本能抗拒使我的身体立即僵硬，虽然我能坚持着不说，但假若她敏感到了并且放手，的确令我如释重负。做一个书面选择测试题：假设必须和陌生人同眠，我似乎更倾向于男性。

躲避女性身体的态度，不仅仅针对女伴，还包括我自己的身体。

发育期用尺寸极不相适的胸罩束缚自己，我认为穿上紧身毛衣显现的起伏岂止不雅，更是羞耻。每次要花费长时间才能艰难地系上那几粒半透明的小塑料扣，我冻得嘴唇冰凉，当终于成功，纯棉胸罩马上如坚固的铁丝紧勒肋骨。连睡觉都不松开扣子，我以为长此以往，就会拥有男孩子般的平伏胸膛。乳房下面贯彻到后背的那道暗紫伤痕，数年不愈，因为有时会勒出血，洗澡的时候我忍不住在冲沸而下的水流里偷着流泪。

要参加区里的排球比赛，学校为保证主力队员上场给我们服用避孕药，这样可以错过经期。我体质敏感，吃了以后有恶心反应……就像魔鬼出现，搅扰了月夜下的潮汐。但心里是喜悦的，药物帮助我省却麻烦，我觉得自己利落、矫健、身轻如燕。如若没有副作用，我真想靠着药片，摆脱肉红色胶皮和叠厚了的卫生纸的纠缠——自然界里，没见过卫生纸那么不清不楚的粉色，弄上血迹，污浊不堪。

说到底，我不喜欢自己的女性角色，觉得上帝让我做女孩是种处罚。尽管为我热衷的文学作品里充满对少女和母亲的咏唱，依然不能有所安慰。女性因为孕育受到赞颂，她们身怀人类的未来——但我也知道这是对子宫和阴道的美化。神圣的诞生之地，让我联想到已获得的科普知识，我难以在其间维持平衡。我知道，某些鱼类、鸟类、两栖类和爬行类等动物，它们的肠道、输尿管和生殖腺的开口都在一个空腔里，这个空腔叫作泄殖腔。我嫌脏。

成熟各有标志，但对许多孩子来说，了解生殖秘密都是一个重要裂变，它撕开洞见黑暗的口子。我从乖巧变得叛逆，有时挑衅地跟母亲顶嘴。她曾经是我以为世上最完美的母亲，但她，竟然暗中辜负我……我不能解释我的委屈和敌意。明白了途经阴道的出生，我心理不适，对母亲和自己都怀有轻视。

我没有努力矫正自己病态的洁癖，并未意识，我要的纯洁，本身含有非人元素。我致力于把自己塑造得不存杂质，好像那样，就能赎回我的不洁往事。我读书，甚至强迫自己阅读兴趣不大的哲学著作：因为那个抽象世界里没有肉体，涉及肉体也经过科学改良，如同医学的穴位挂图早与欲望无关。越不受欲望拖累的人就越高尚，越有教养——我的教育和自我教育，逐渐精简为清除自己肉体的过程。

我的脑袋越撑越满，身子越来越萎缩，像个蝌蚪。我继续努力，尽量缩小下半截所占有的肉体比例——完全剪除最好，只有头脑，没有身体。回想起来这很滑稽，我的自我形象设计，仿佛就是从一个精子向一枚卵子的努力。一个自我圆满的卵子。不被侵犯，不会演变。在对纯洁的坚守中，完成一生的谢幕。

13岁的我，半带叹息半带炫耀，对我的密友宣布：我这辈子，决不结婚。

问题是，对小说里描述的动人爱情我是向往的。怎么才能爱一个人而绕行肉体，我有柏拉图。我的初恋时间漫长——由于长期缺乏进展而造成的拖延。和他数年不说话，我猜一旦开口就有危险，沉默保障着肉体之间迢远相隔。我的“爱”是名词性质的，静止，稳定，不动声色；作为动词的“爱”，我力争淘汰。

所以，当某一天他的举止破坏了缄口不语的和谐关系——那被我视作完美的和谐关系——我被伤害了。只要不能妥善处理“肉体”这个障碍，我就无从学会面对爱情最重要的态度：无所畏惧。我踮起脚，贼似的溜走。我当时想，我会用一生来纪念这场尚未发育就结束的羞怯爱情……一生啊，我用那么大的一座坟去埋婴儿的骨灰。

男女相互找寻另一半的历程多么消耗体能和智慧，据说，这样人类就没有余力和神作对。上帝既然万能而仁爱，为什么不让人雌雄同体，像一朵花那样，从容优雅，自己的雄蕊围绕着自己的雌蕊……但倘若它们抚触自己岂不接近手淫？我奇怪手淫受到极端攻击，一个不与他体碰触的自足行为何以远离贞洁？不侵犯他人财产的情况下爱抚自身却不道德，好像它是吸毒既损伤自己又埋伏着危及他人的隐患……我们对自己究竟有无所有权和使用权，有无权利娱乐并享用自己的身体？或者说，是否必须放弃自己制造欢乐的能力，当肉体有所需求，只能求助异性才合情合理、无可指摘——甚至必须是法律允诺的异性对象。或者，这是限制人类自私的办法，除非与人分享，否则你无权独吞肉体快感。

尽管判断上存疑，但从青春到成年，我的身体始终处于荒凉的纯洁之中，既无男友又无手淫的打扰。说白了，还是不喜欢肉体得到享受，我厌恶它。我不喜欢附属它的皱纹、疤痕、赘肉、斑点、茧子；我不喜欢它的气味；我不喜欢它对欲望的向往；我不喜欢它快乐，不愿它获取满足。在这种持续的反感情绪下，我很少观察自己，洗澡都潦草，总是趁浴室里还雾气蒸腾就穿戴齐整。有一次，我放掉浴缸的水，看到水流漩涡中有朵下陷的玫瑰，也看到其中夹裹着几根自己掉落的长发。突然想到，一天天老去，我从来不曾完整地了解自己，比如我不知道自己的背部曲线什么样儿。犹豫了一下，我搬来里屋的梳妆镜，背对浴室敞阔的那面镜子……镜子繁殖着我的背影，我发现，我竟然对自己这个与生俱来、相伴而行的裸体分外陌生和恐惧。

那个炎夏，我的另外一个女友带着男朋友来找我玩。她的男朋友骑着一辆破旧的自行车，十多里地，她就坐在摇摇晃晃的后车架上。我一眼就注意到她男朋友的血脖子——衬衫领根本遮不住那些印子，好像被什么动物抓过一样。我知道那是女人的指甲。女友后来承认了自己的作为，她脸红了，没有详说缘由。他们在外人面前也难以克制柔情蜜意，来往着小动作，交流燎烈的眼神……让人猜测不出，那些新鲜抓痕，是爆发争执还是性欲癫狂残留的记号。

两件同样的道具：自行车和血迹，让我想起故交。交往数载，我们的友谊水净沙明——那是一种分外美好的情谊：相互欣赏，彼此又无企图，性别提示似乎不存在了，我们把对方改造成了中性。重复着的美好也会让人疲惫吧，结局逃不出花败春逝……我的朋友突发奇想，力图改良友谊的土壤。天资聪颖的他骄傲、固执，承受失败的能力稍弱，所以当他的情爱建议遭到否决，少年的坏脾气被激发起来。而我也坚持：男女之间一旦与性牵扯，友谊就会迅速腐烂。我们之间，爆发了秘而不宣的暗战。心理对峙终于落实为行动，我的朋友试图以强力征服，这使我落入窘境。当发现语言和行动上的抵抗即将失效，突如其来的仇恨席卷了我。指甲深陷进他的后背，我能感到他的皮肤像木匠手底的刨花一样慢慢卷进自己的指甲里。我不是一个暴力倾向显著的人，但犁出的血道确实部分缓解了我的焦虑，以致我连续地、专心专意地、狠狠地抓破他……渐渐地，指尖被浸得潮湿。这种转移自己的惊惶、恐惧和愤怒的方式震撼了我的朋友，在危险的最后瞬间，他恢复理性，停止了侵犯。抽完一支烟镇定情绪，然后他送我回家。我坐在朋友的自行车后面，难过地看着他的后背……伤口正从白色T恤里面洇出一道又一道长长的血迹。我对他怀有兄弟般至深而不言的信赖。这场保卫战，捍卫了肉体完整——这平日为我厌弃的肉体，牺牲掉我亲爱的朋友。回想被我斩草除根的初恋，情节出入只是表面现象，原型被隐蔽着，是同一个。我们一路无话，天上乌云涌动……像个病重者被搬移。从此以后，我们对彼此的肉体抱有难以诠释的敬意，或言敌意也好——保持了对彼此肉体的忽视，才使友谊重回正轨。

在我的个人经历中，这是为数不多的我施加于男性身上的报复。更多情境，我更多自伤。

曾听过两个电梯女工聊天。其中一女工与男老乡有矛盾，两人多次恶语相向，几乎诉诸拳脚。她现在向同伴抱怨道："他老骂脏话，我除了骂他妈和他老婆还能怎么办？他妈的，骂男人的脏话都没有！"即使是侮辱，即使是最小规模的两性战争，女人往往也从伤害同类入手。

闪回两个电影画面。一部是大岛渚导演的《青春残酷物语》，女孩在流产的手术床上，与她有同样经历的姐姐说："年轻的时候，我们都想用这种方式来反抗这个世界。"另一部是纪录片，镜头对准22岁的亚裔女子Annabel，她以石破天惊之举创造世界纪录：连续10小时与521个男人做爱。尝试走一条与众不同的新女性道路，备受争议的Annabel说："性爱是值得生死相许的。"

弗朗西斯·维庸的诗句这样写道："噢，女性的躯体，如此柔软，娴雅，珍奇，那些邪恶也在等着你吗？是的，要不你就能活着进天堂。"

当我们不满，当我们反抗，当我们自由得无所畏惧——可资利用的表达工具，唯有自己的身体。

她处于麻醉的昏迷状态中，口鼻罩着氧气面罩，呼吸机帮助她的心脏跳动。通过腹腔镜的监视仪，医生烧灼血管，以避免过多失血——她的腹腔里充满了血流、肉烧焦后产生的烟和脂油。医生一点点地烧灼，然后，一点点地剪断与子宫相连的组织。掉落的子宫，要通过阴道，拽出体外。宫颈一平方厘米左右的面积上，数把止血钳夹牢并且垂坠下来。外科医师的面孔凑紧在她的阴道口，相互协助，力欲取出它。死了的子宫还在流血。

终于，癌变的子宫被握在主刀医师的手里。他用手术刀娴熟地剪开病态增厚的子宫壁，他把它剪成几块。我站在他身旁，我看到这个女人的父母和情人也不曾了解的部位：她的子宫。子宫，接受过对于女人来说，世上最珍贵的东西——情人的爱和孩子的依恋。女人如同一棵历尽艰辛的树，她培育体内的这只梨子——唯一的果实。可它烂在她的肚子里，并且，要她的命。

我之所以费尽周折地找关系进入妇科手术现场，是因为受到她丈夫之托——名义上参观，实则有点监督的性质。她的丈夫是个小伙子，比她小十几岁。我们已经习惯老男少女的组合，相反的角色置换多少让人有点儿不放心，尤其猜测到他们之间的性。要知道，她已进入老女人之列，如何能让一个血气方刚的男人自律，降低对年轻女子的兴趣？

在此之前，我从没想到过男人可以如此看待一个女人的老年。在手术室外面的长廊，她丈夫含着失控的眼泪，对我说：“她真美，她的阴部像一朵花。”

从欢闹的人群里退出来，我给我爱的人打电话。焰火在高空不断绽放。手机里有些噪声，正好用于掩饰我声音里的颤抖。焰火像硕大而艳异的伞，撑开，又缓慢收拢……我和他在电话里分享，那种绽放的欣快感。他说，你来吧。

他的吻，让我像被唱针轻轻触及……身体在歌唱里。繁花绽放，他来的时候，盛大无比的春天就降临。

什么人对性只存稀薄的幻想和依赖？神、太监和孩子。很多年我找不到自己的位置，在三者之间奔波往返，我分泌着一个怪物孤独的汗液。是的，我协调不了两者关系，无论怎样完善灵魂，我还是不能把肉体当作盛纳的花瓶。某种偏执的自虐指引我，把肉体视为垃圾桶，我绝望地，不断嗅到自己败坏的味道。

这时，窗外很大的雪下起来。我记得童年的礼物：一摇晃，玻璃花球里面就开始下雪——那是我的节日。多美的大雪天，让我觉得整个世界都被摇晃，上帝为我施放了一场洁白的爱情礼花。我就在礼花的中心，被抬升到天堂的高度，我愿我有一双白痴般永远置身幻觉的眼睛。他怀抱里有大动物特有的温存和温暖。是否，他是微服到我命里的神，是解咒者，将施予我难以想象的恩泽？

我爱的，这即将为你享用的乐园，我已用数十年的苦难建设。它是我点滴储存的赃款，是否，它开始偿还……给我非法的利息和欢愉。

注：标题取自第45届格莱美最佳男歌手约翰·梅尔的同名歌曲“Your body is a wonderland”。

有如候鸟

1974年，湖北

外婆的指关节弯曲，依然飞针走线。抿着嘴，她吃力地绣花花草草。竹篾薄而韧，边弧磨得发亮——像面镜子，映出皱纹像支流丰富的河道布满外婆泥色的脸。

那时她五岁还是六岁？每当想起那个惊心动魄的下午，她理智上判断出那是记忆的失误。外婆当年五十多岁，不可能像自己记忆中那么老。可她觉得外婆一直是老人，从未年轻。外婆吃素，鸡蛋对她来说都是一团液体的肉。外婆虔诚供奉那尊袖珍神像……佛像法相庄严，生死，融化在观音因慈而悲、由悲而慈的眼神里。

与父母在北京生活过短暂的时光，作为幼儿，她还来不及存储记忆，参加三线支边建设的父母就要远赴贵州。他们奔波在大山荒凉的褶皱里，无法陪伴和照顾孩子，就把她托给外婆。她的童年和记忆，是从外婆居住的那座即将被淹没的村庄开始。

村角的鲁班庙，柱檩粗大，却断了茬，许多小到肉眼无法辨识的牙藏在其间日夜咀嚼木屑，并抖落时间的粉尘。檐角铺张的蛛网，阳光里若隐若现……很难想象，酒窝大小的蜘蛛能够完成如此浩大工程，如同很难想象，操作着工具和机械的人类蚁行者，能够挖出宽阔的沟渠和浩瀚的人工湖，建起高耸堤坝，改变千万年来的山河样貌。蛛网悬挂虫尸，只剩萎缩、干透的皮壳或残肢——那是她最早见识的世间阴谋，轻盈又晶莹，美若魔法。只需横梁、墙壁、树木，甚至是瓦砾和草秸，蜘蛛便可织就一扇透风透雨却透不过生死的玄窗。它是真正的能工巧匠，人类相形见绌。鲁班庙里有扇朝南的奇怪窗户，始终空着，像豁牙，量好尺寸、打好框架，玻璃窗怎么也装不上去，工匠们不得其解，摇头叹气，沮丧收场。作为祖师爷的鲁班，嘲讽了他自诩骄傲的子孙。

赶上大旱，村里要去灵验之地请龙王。八抬大轿请来的龙王爷，其实是个硕大的红漆木龙头，雕刻着威风凛凛的眼目和头角。连续供奉数日，龙王爷必灵验，滚雷如同它低沉的喉音从天际传来，它呼风唤雨，灌溉大地上的割痕。据说某年，几个淘气少年趁着夜色把龙王从鲁班庙里搬出来，扔进井里。正当人们遍寻不见，恰恰飘来一片面积并不大的云，几乎笼罩着井口下起滂沱大雨。水位淹井，龙王终于从井口浮现暴烈圆睁的怒目……惊慌的老人跪拜不起，为莽撞的孩子代罪。

是龙王的余怒吗？春分登天、秋分潜渊的龙，终将报复村庄。分贝大于滚雷的机器轰鸣，储水大于雨量的汪洋覆盖，孤井一样的村庄，将被大水淹没，遭受没顶之灾。

其实灾难来临之前，人们已经陆续搬离这个时旱时涝的村庄。尽管在历史上曾经富庶，曾经护佑众生，但现在不再是能够安享丰收和睡眠的乐园，它阴晴不定，洗劫大于给予。人们不得不叹着气，离开。

庄稼一样根植乡土的人们，有人可以清晰地追溯来源，有人已说不清是几代之前移居此地，他们陆续搬离。山脊之间，他们像被河流冲刷的垃圾那样沿途漂荡、堆叠、淤积，在随波逐流的两岸，在贫瘠而孤零的角落，就这样存活并沤烂自己的光阴与骨骸。对老人来说，哪里能让他们终身安详待在自己的世界里，哪里就是天堂。如今，雨水冲刷蚁穴，就像宗教中象征惩罚与审判的洪水席卷他们安睡的床，老者能否与这场变故中满怀憧憬的壮年人一起，在方舟上获得未来？大地苍茫，他们不知所终。

走，背井离乡，带着捆绑的条箱，带着跋山涉水的鞋，带着五味杂陈的盐罐，他们走……除了少年起就渐渐沉淀在血液里的口音，还有什么在旅程中跟随而不丢失？有人搬到川贵一带的西南地区，需要习惯当地人普遍的辣食，火热的肠胃烧灼，种种不适就像储存在内脏里的乡愁。有人搬家的时候，带走了锅碗瓢盆，也挖走祖坟旁的一棵小树，以及它密集根系里像手指关节一样握牢的土。长辈的骨灰，早已溶解在土壤里。离开乡音，流放到不解其意的陌生方言里，沉睡的祖先能否继续往昔的护佑？

据说搬离前夜，有个七十多岁的孤寡者喝了有机磷农药，气味浓烈的毒一寸又一寸烧穿他的食道和脏器里的黏膜，他剧烈扭曲的五官上沾着自己呕吐的白沫。他本应了无挂碍，移动身躯等同搬运全部的家当，为什么还要以命相守？什么样的花开花谢，什么样的动物生育或腐烂，什么样的春秋和冷暖，值得如此陪葬？他目睹洪水汹涌，淹没他的整个江山。

离开的，再也回不来了。大水淹没他们的稻田、屋舍、道路，淹没他们生锈的农具、走失的牲畜、沉重的磨盘和年迈的果树，淹没他们往事里的狂喜与羞耻。走啊走，像野外降生的羊羔，刚刚脱落胎盘，就得迈动虚弱的腿，走向远方未知的凶险……皮毛上沾着母亲的湿漉漉的体液很快就会风干，很快，就会，忘记子宫里的味道。

多少年以后，她会想念这个村庄吗？想念它古怪的读音，想念春天时漫山遍野的伞状花序，想念那些腼腆又好奇的脸？也许记忆短暂，会沉入河床深深的淤泥之中，像那些远离者所丧失的。毕竟，这里不是她的籍贯和家园，她只是路人。

外婆不动声色地刺绣，沉浸在她一针一线的缝纫之中；她自己衔了半根酢浆草，幼嫩的茎，流出细而弱酸的味道……外婆和她，两个人之间，是真空似的安静。

惊心动魄的瞬间，即将到来。

她感到微凉的风，沿着低低的地面吹拂，似乎暴雨来临之前。甚至不是风，只是隐约的气息。抬起头，在涌动并缓慢下沉的云层之间，出现了移动着的斑点。斑点灰扑扑的，既不华丽也不精湛，看似无序，显得寥落和凌乱，仿佛翻卷的秋天落叶。起初她对自己的发现并无惊讶，继续漫不经心咬酢浆草，舌尖触到披针形的萼片。

慢慢地，她看清了编队飞行的天使。雁阵拉开优美的弓形，准备穿越前方蕴蓄风雷的云层。鸟群组成一个打开的斜角，那个阵形的图案，本身，就像一只鼓翼翱翔的飞鸟……如同每片树叶以模仿的方式纪念整棵大树，每只大雁都成为巨翅鸟的一部分。这是迁徙，这是季节性的朝圣——深埋地下的磁力，指引着候鸟内心的指南针，由此形成这个世界伟大的节律与钟摆。

她没有呼唤外婆，外婆依然感受到传递过来的某种震撼，让她的视线暂时离开刺绣的绷架。她发不出任何音节，突然变成一个哑孩子。她只是目不转睛地仰视，并沉默地伸出手臂，向上指引。她指着神秘而空阔的天际。那个瞬间，鸟群并非排列为“一”、“大”或“之”那类的简单字谜，而是，组成一个神秘的星座。

她不知道大雁来自什么方向，也不知道它们将抵达哪里，然而就这样看大雁飞过，她内心燃起去远方漫游的渴望。等高空的雁阵远去，她才辨识出，笔画就是一个“人”字。也许一直如此，队形从未改变，只是当她尽力仰头，盯牢无垠的浅灰色中有限的深灰色，对这种奇怪角度的不适和缺氧感，使她眼中的天空多少有些虚幻，使她就像通过火焰上方颤动的气流去观察一样。鸟群就那样，在她的仰望和渴望之上飞翔，以至她在突如其来的慌张与激情中，丧失判断。

那个由翅膀组成的“人”，辐射出强烈的磁力，对她构成难以言喻的神圣的感召。她一动不动地驻足，不能飞，也不能歌唱，她体验着被弃的悲哀。那个奇迹过后，她比同龄的孩子都老了，因为尚还年幼的心脏已体验到无望。

尽管迁徙鸟群只有数十只大雁组成，很快就消失了，但对她来说，那场景依然称得上激动人心，史诗般的壮丽。成年以后，她偶尔重复地抬头仰望，天是空的……童年所目睹的迁徙场面，无声，却在记忆里轰鸣。外婆和自己就像两个濒于绝境的溺水者，仰头，看到穿透海面的万丈光芒。此后，迁徙鸟群成为她的梦境。金色的翅膀形成遮天蔽日的云层，如浪涌，翻滚、回旋、升腾……即使在梦中，她也感到醉氧似的晕眩。

1983年，江苏

迁飞的鸟，将整个内陆湖区域视作越冬地。

越来越多的翅膀。太多了，在湖面，在滩涂，在岸上的灌木丛里。它们不珍惜地到处停落，像地上轻易生长的块茎植物那么繁密。候鸟多得不像话。她想，这句话的意思是：多得，不像神话。

她在湖面捡拾到第一根飞羽的时候，觉得礼物来自天堂。羽枝排列极其精密，翎管像可食用的糯米糖纸那样，是乌蒙蒙的浅灰色。后来她捡到各种羽毛。冠羽。肩羽。尾羽。饰羽。绒羽。就像毛衣上脱落的线头那么平凡，让她有一丝平静中的惋惜。北方人见到燕子就知道春天来了，在这个南方省份，候鸟来的时候，最冷，沿着湖面漫延过来的寒意，穿透她毛衣上细小的缝隙。

湖区位于长江中下游地区，丰富支流灌溉着稻田，也盛产鱼虾。这里不临海，来自远方的鸥鸟也来越冬。鸥鸟像充气玩具似的，忽略体重地漂在水面。不会溺死的鸟，它们会飞、会走、会游，无所不能。它们与别的鸟类不同，恋爱主动方通常是雌鸥，它们在雄鸥身边娇娇滴滴、哼哼唧唧，亲昵地挨挨碰碰，不断对着雄性的下喙轻啄。起初，雄鸥拒绝，但雌鸥仍然纠缠，不断发出邀请，直到雄鸥屈从共度蜜月。

她见识过鸥鸟另外的面孔。湖区有个鱼摊，店家用利刀刮鳞掏腹，赤红的鳃、乳白的鳔、灰的胃、黄的肠、黑的胆囊，间杂古怪的铜绿与疳紫……大堆被扔掉的鱼内脏，湿腥地摊开。鸥鸟狂喜而来，又带着狂怒抢夺。它们一边争食，抢掠破碎的脏器；一边凄厉尖叫着相互打斗，冻疮色的脚蹼踩着地上脏黏的暗血。一截鱼肠被鸥鸟的利喙扯到细绳状，直至断开。当饱食的鸥鸟轻盈飞舞，或者一动不动，眯起仿佛陷入冥想的眼睛……她知道，优美背后，隐藏秘密的残忍与不堪。

星期二下午学校没课。她来湖边看鸟，有时安阿飘陪她一起来。安阿飘比她大几个月，个子高出半头，几乎是她唯一的朋友。不过，她安静，安静到几乎不需要朋友的地步。

这个习惯从童年和外婆在一起生活的时候就养成了。她们之间，呼吸得比针尖刺破织物的声音还轻，老少就像一对聋哑人那么相处；不，比聋哑人还安静，她们之间没有手势。那是恬静而美好的时光，她的内心就像映出飞鸟的湖。她天生早熟，在童年就拥有沧桑者的安宁。她和外婆在一起的每一天，都地老天荒、梦稳心安。

直到，外婆离世。好时光结束了。她被转移到亲戚家，继续漂泊。

她跟父母见面的机会有限，需要说服自己，说服自己相信她是父母的孩子——这是作为知识，而不是作为常识被她接受的。自从转学到这个省份，她暂时寄宿，半年没见过父母。他们在比候鸟还远的远方，未必守信地归来。她刚刚度过自己的十四岁生日，安静的、独自的、无人知晓和庆祝的生日。她习惯独自消化面临的一切。

安阿飘无所事事地用圆珠笔画圈，无意义的旋转曲线。画着画着，笔不出水了。安阿飘脾气急躁，她握牢涩住的圆珠笔，运刀那样在纸上用力地划来划去。不行。安阿飘把圆珠笔一端探进半张的嘴里，天冷似的呵气。将就着，安阿飘终于画出一只简笔的鸟。

记得和安阿飘一起去果园，她俩专门找那种树下落果多的，说明果子大多成熟，果柄与枝条之间已经松动，不会超过扭动一颗纽扣的力量，果实就落在她们采摘的掌心。她看到安阿飘衬衫上的纽扣松脱，像熟透的果柄。她生涩，不如安阿飘散发水果初熟的微甜。她知道她是一枚被虫子啃过的坏果子。安阿飘有着走起来会跳舞的头发……阿飘也会遭遇同样的事情吗？她无法启齿，只好转眼看鸥鸟的白羽毛，凿子般鲜红、锋利的嘴。

……那天，黄昏之后才应聚拢的寒气提前到来。南方的凉冬，她系上外衣顶端的扣子，毛呢织物的微刺，让脖子不舒服。她往回走，才发现自己的短头发在枕骨上方打了结，用手指怎么也通不开。两只手交叠在后脑勺，左手抓住那缕头发，右手的拇指和食指夹紧，生生地，把那个讨厌的发结整个撕扯下来。发结中间的死疙瘩非常紧，成了硬结，周围长短不一的头丝呈放射状散开，就像一枚黑色蒲公英。

几个小时前，她的后脑勺在床单上剧烈地磨砺，甚至让肘后出现两块粗糙生涩的区域。除了皮肤摩擦，还有内伤。她像脊索发炎的鱼，又仿佛身体里横穿一把剑，开刃的血槽把她穿透了。

她那时以为三十五岁以上的前辈都老了，老到足够庄严。成年以后她回想起来，那个叔辈当年四十多岁。往事中的人在她的回忆里继续生长，外婆长成神灵的样子，那个叔叔长成幽灵的样子。关于那件事，她做过几次梦。微笑的邻居叔叔，暴露他隐藏在剑鞘之后赤红的凶器。叔叔像个凶狠的打铁人，遭受锻打的，是没有反抗的她自己。梦里的铁匠带着强烈口臭，用老年的猥琐，释放他不能平息的情欲。她惊悸醒来，睁开眼睛，就从那条半梦半醒的裂隙之间跌回真实的十四岁。叔叔富有操作经验，却无法自由滑动，因为她太青涩；所以他只能像慢蛇一样，以摩擦前行。他身体前行的每一步，都是她每一公分的黑暗。

坚硬而对称的壳里，柔软中的疼不止不息。她无动于衷，不会对谁哭诉，保持贝壳的守口如瓶。离开之前，老叔叔把嘴印到她的额头上。他的嘴，鸟喙那么硬。她的十四岁已经有了不能说的秘密，并且被封存，上面盖着一个沾了唾液的死印。对老叔叔来说，那或许是近似小钱的吻；对她来说，这笔小额的债，不知为此要背负多久的利息。

十四岁的她缩在小床上，遭遇此生第一次失眠。躬起身子的虾，貌似披坚执锐，她的肉体其实是一团黏稠的胶状物，寒硬。那个夜晚，像一只倒扣下来的钟，沉得窒息；她是隐匿其中的钟舌，几乎不呼吸，她只要一动不动，世界就停在喧响之前的一刻。

就在肋拱的底端，下陷的腹部侧缘，她的胃灼痛。她没吃晚饭，只咬了几口冷水果。她尝试，消化胃里不适的食物和疼痛。鸟类有两个胃。第一胃，也就是前胃里，化学酶非常强烈，腺体能将食物粉碎，甚至溶解猎物的骨骼。第二胃，又称为室胃，人们更常用它通俗形象的名称——砂囊。它是复杂的研磨肌，起到“牙齿”的功能，砂囊内鸟类吞食的石英砂等粗颗粒，能将钢针和胡桃壳磨成糊状。她必须让自己相信，之所以胃疼，是因为她的肚子里有牙。

有些雀类咬碎种子，它们的喙能够产生四五十公斤的压力，这对于体重只有几十克的小鸟来说非比寻常。为了减轻重量，鸟类的牙齿退化，靠强烈的化学物质来腐蚀、加工食物。只有刚出生的幼鸟具备卵齿，在喙尖突出的位置，啄破蛋壳后自动脱落。那就咬吧，咬破关在蛋壳里的自己。假设雏鸟没有及时见光，它就被彻底封死在黑暗里——它将永远紧闭青紫色眼睑下的世界，带着汗湿的永远不会为飞翔而振动的翅膀。她对自己说，没关系，她什么都能吃下去，什么都能消化。

类似的事发生数次，邻居叔叔叮嘱：谁也不能说。

她没说，无论是对亲戚，还是唯一的朋友安阿飘。猫头鹰把消化后不能吸收的皮毛骨头等杂质，混成团状呕吐出去。她不能，与自己草食动物的属性一样，她能够反刍却不能把它们当作唾余，扔到远离自己的地方。那些羞耻与恐惧，她的一生或许都会如此：难以消化，也难以启齿。

她早晚会鸟一样远远飞走，邻居叔叔猎隼般锋利的勾爪再也不会握牢自己柴枝般的手腕。十四岁的冬天，她瘦得就像只大鸟的骨架。鸟类的骨骼中空，以减轻重量飞行。她知道在远方，军舰鸟的翼展宽阔，这种海鸟的骨架竟比它的羽毛还轻。鸟骨充满气体的腔隙，形成蜂窝状；中间坚硬的骨柱，使鸟骨既轻巧又坚固。她想自己一旦飞走，再也不会回来。

失眠之夜，她看夜空。她看不到童年曾目睹的迁飞鸟群。但她通过科普书的阅读，得知许多鸣禽白天进食和休息，选择凉爽的夜晚飞行。夜幕中很难观察到鸟群，只能偶尔听见啁啾之声。当它们掠过月亮，才能被看到。事实上，观察月亮是统计鸟类迁徙的方法。手持望远镜，怀着持久耐心，你一定会看到候鸟掠过的翅膀。中等倍数的望远镜，也会显示足够的细节。

鸟群流星般，滑过幽寂的天空。远远高悬于头顶的，是天鹅、燕鸥、斑头雁和绿头鸭映射寒星的瞳孔，是它们小提琴般伸长的脖颈，是迎风呼啸的翅膀……洋流般，有力而汹涌。即使迁徙对劫掠者来说，意味着铺张而尽欢的宴席。所谓盛宴，由华丽与牺牲构成。猛禽占领路线上的重要位置，开始暴徒的嗜血生涯。它们微驼，含胸，淡漠凶悍，生冷不忌。在天空盘旋，它们拥有魔鬼的自信，随时撕碎猎物的胸羽和心脏。然而，密布的暴力之上，是更大的不可遏止的美。神从不省俭。星空的珠宝盒已逾出奢华的形容，抵达无限。亿万颗组成的星团，呈螺旋形；远渡千山的候鸟就在螺旋形的气流中，缓慢而完美地，旋飞。

1996，北京

北京人喜欢养鸽子。她记得自己刚刚从江苏返回那年，每天她都能听到鸽哨，看到一个男人舞动木棍上的红布条，指挥和部署他在天空的鸽子。

有只鸽子总是落单，在窗外的平台停落，似乎是专门来窥视她的。它有着晶簇般狡猾的眼睛，以及脖颈上贝母般隐约的晕彩。雨水在凹槽里聚积，鸽子一小口、一小口地喝，频繁低头，又抬起，脖子一梗一梗，微微抖动喉部。涟漪荡开，鸽子的喙落在一组荡开的同心圆的靶心。鸽子东张西望，中途，像被自己的倒影吓着，乍了两下翅膀。它的脚和尾巴末端，都浸在极浅的铅灰色水洼里，像海绵吸收混浊的液体。有时，鸽子不知用剩下的时间做点什么，左腿紧收在腹部，就这么不可思议像截肢者似的呆立。很长时间过后，它才醒悟似的飞走，影子像块飞快擦过的桌布。鸽子紧张而局促，被追赶似的抖动神经质的翅膀，看不见了。

回到北京，回到自己的出生地，她用了15年的时光绕了一个圈。她的记忆里除了那个安静的山谷，那个泥泞的小城，还增添了有轨电车、空旷的天安门广场和北海绿荫中的白塔。她靠着院门的抱鼓石，听胡同里的小孩子安安静静唱那首童谣："小燕子，穿花衣，年年岁岁到这里。"无人的时候，她也悄悄唱过几句，胸腔里发出的声音令她陌生而沮丧。她正式回家，是因为，要逃离黑暗。因为她银器一样干净的脸，正在时间中黯淡。

她曾独自承受羞耻——叔叔的犁，数次开垦在她身体荒凉而坚硬的冻原上。她感到恐惧，仿佛听到蛇的密语。如果她是蛇的敌人，将成为毒液下的牺牲品；如果她成为蛇的朋友，将被驱逐出上帝的乐园。她不知道怎么办。

据说，红头美洲鹫的嗅觉十分灵敏，可察觉腐肉中散发的臭气。工程师假如在输气管中放入这种叫乙硫醇的化学物质，很快就能在它们盘旋的地方发现渗漏。安阿飘的妈妈就有这样一双猛禽的眼睛，以及辨别不洁气味的嗅觉——她查究出了情况，使之不再是秘密。

如果秘密只是秘密，谈不上羞耻，除非它被公布和放大。不伦的性侵或者苟且，这个消息很快扩散。没有什么法律惩罚降落到叔叔那里，但她，再也洗不干净了，败在自己的脏身体和坏名声里。没有外婆和父母的庇护，她只有独自面对比童年时更大的洪水，渐渐困陷沼泽，方舟也不能救援，因为她已身置泥泞，无法划开桨叶。她不是飞鸟，不是。只有鸟，能够从灾难中逃生，它的翅膀就是自己的方舟。

与其说她是为了躲避丑闻，不如说，她是作为丑闻回到北京的。父母痛悔于自己的失责，甚至调换工作，把她接回北京，为了让她得以陌生者的面孔开始新生。她得学会幼雁那样的逃生。为了避开天敌，白颊黑雁在峭壁上产卵，筑巢地点高于地面200米。出生几天的幼雁就要主动从悬崖跳落，它必须用柔软的腹部着地才能不摔断脖颈，必须用稚嫩的蹼足迅速穿过危险的岩滩，才能到达河边的庇护所。她必须从不堪往事中陡峭地下降，尽快把自己藏匿起来。她隐蔽来路，像一只蓄意忘记故乡的候鸟。

刚回来的时候，她不出门，跟父母也不交流。传播中的丑闻，使她成为一个自我价值遭到贬低的少女。奇怪，她觉得被父母知晓比起这件事情本身，更让她觉得丑陋。生疏的父母对她来说，既是遗弃者，又是拯救者。然而，她不再是孩子。她懂，如同叔叔对她的摩擦和开掘，父母同样苟且，自己的生命正是来自于这种苟且。作为成人，父母使用自己的身体。无损尊严，不必抱愧。她呢，洗澡都不看自己，像盲人处理自己的甚至感觉是别人的四肢。梳头她也不照镜子，不看自己的脸。该剪头发了，现在长度尴尬，放下来嫌长，梳起来嫌短，可她不愿出门。得用满头卡子，才能管住那些像漫画人物头顶光芒那样朝着四面八方生长的碎头发。狠狠地，她用皮筋把头皮和头发勒紧，眼梢都吊起来——京剧演员那样的眼梢，活像风流树下的桃花鬼吧？勒得太紧，她额头附近生疼，疼得梳好头发又马上摘下那些卡子……一根一根地取出头发里的细铁丝，像从一个针垫上拔针。她应该承受日常的警示和惩罚。其实，只要还处于父母保护的羽翼之下，她就没有真正摆脱自己的羞耻。

那个侦探似的鸽子，每天嘀嘀咕咕地来访，直到她习惯它的监视。她不喜欢鸽子。如果从归航意义来说，鸽子是行程最短的迁徙者；短得，更像是真正迁徙的模仿和反讽。鸽子偶尔远航，只是炫技，并非出自内心渴望——鸽子更多体现出留鸟的自得。鸽子仓皇，她不喜欢那种凄厉的啸音、警笛般的哨声。以前在湖北，她想等回北京就解脱了；现实并非预想，她没觉得有什么不好，也没觉得有什么好。多少人心怀梦想，终其一生，不过在小半径里盘旋，模仿着迁徙，不过鸽子的命运。鸽子在图片上象征美好与和平，可如果你从高处观察广场上停落的鸽子，灰的白的……就像有谁倒了碗剩饭，一副不堪的庸相。

餐厅，脆皮乳鸽。死去的小鸽子，焦糖色地跪在盘子里，散发金黄的色泽，和隐藏在肉香里的腥味。或许，这就是她的形象：发光的青春肉体，以及该死的命。她用牙齿撕咬年幼而熟透的那些肉，把它们啃得干干净净。她看着盘子里的骨头残骸。合成V形的锁骨卡在胸骨上，形成鸟类特有的“叉骨”结构。鸟的锁骨所占比例要比人大多了，而且越是擅长飞翔的鸟类，锁骨越发达。经过长期舞蹈训练的姑娘，都会拥有优雅的平行锁骨，她们再轻盈也不会飞。她的锁骨不好看，相比之下更近V形，可她不仅不会飞，走起来都踉跄，甚至需要停顿下来掩饰自己的匍匐。她拿起高耸的片状骨：这个沿胸骨中线的突起称为龙骨，固定着对于起飞来说至关重要的胸肌。龙骨显著、突兀、坚硬，状若袖珍的斧刃——原来，鸟类和她，都在自己体内埋了利器。

她用了很久来拆除体内的引爆器。有时候，她觉得把引擎也拆了，自己活得就像一具整洁漂亮的尸体。由令人恶心的蠕虫变出来的蛹，一动不动，被时间捆绑着，全身勒痕。昆虫从幼体到成虫，不仅体积变化，重点是要长出翅膀。她，无法长出可以飞的工具。后来她迷上了夜跑。飞翔，双脚离地……唯有奔跑与飞翔相似。无数次，她飞也似的奔跑，像逃命的姿态——似乎大地有根，有垂直向上的箭镞。

漫长而艰难的消化，使她爱起来相对困难。她比别人付出更多，才能接受一个有温度的嘴唇和一个有重量的胸膛。爱催生了自卑，她甚至怀疑和自暴自弃。后来她交付了自己，因为难以忍受情感的压力。爱情就像体内的叶绿素，没有它，她无法完成光合作用，无法生成自己的氧和枝叶……这意味着，所有闪光的东西将对她失去意义。而她愿意熄灭所有的光，让他的黑暗主宰，让一切，如夜晚盛纳万物。躺下，用她身体的缺陷迎接陌生之物和未来。当他试图用自己的钥匙，打开她习惯紧闭的锁孔，独特的撬动使她发出呻吟，就像锁孔里发出微弱扭动的咔嗒声。打开了，她的身体以及其中闭锁的秘密。她记得在他的鼻息下自己发丝的颤动，记得自己发出幼鸟一样尖声而变形的鸣叫。华丽之鸟，羽毛闪烁着矿物质般不可思议的鳞彩，相互哺喂，将喙置于对方的深喉……浑身频颤，有如交配。他喂她爱情的粮食。

直到图穷匕首见。

丘比特让人中箭，哪有不流血的道理。什么是感情？不过是浪费的时间里，说过的那些废话，干过的那些蠢事——那些无能为力又享乐其中的沉陷。等时过境迁，谈起所谓旧情，多少人敷衍地感叹，它还会被谁认真地怀念？“爱”，这个字，有时近似荒谬的修辞。可她，就是无以解脱，震惊于意外的结局。她在自己的迷宫中，在看不见的深处，连枝带蔓地疼。

疼，作为遗产保留了下来。当她躺上羞耻之床，再次分开蚌壳般闭合的部分……听任探测者打开光线，照射秘密的溶洞。她打开体内的墓穴，迎接崭新的死者。通过流产手术，她成功杀死自己的孩子。在一棵核桃树下埋葬了胚胎，她发出指甲般尖利的哭声。她只哭过一次。沙漠是枯死的涟漪，她的眼神如雾如烬，那不过是爱情最后的骨灰。

北京成为新的伤心之地。之后，她极端而决绝地处理了自己，远赴他乡。因为他在北京，这里就不再有她的立锥之地。

月亮啊月亮，就像一只放旧了的地球仪，她要跟随自己笨拙转动的手指飞到人们看不见的背面。无论彼岸有什么。留下萧索的掠食者和它们饥饿的肠胃，她要飞远，哪怕远方埋伏敌人。

2005年，加拿大

她喜欢鸟群迁徙的纪录片。鸟群移动，飞在天上的魔法织毯。缤纷而辽阔的大地图景，收拢在鸟类的俯视里。斑头雁飞越缺氧的高寒地带，飞越喜马拉雅的雪峰之巅。雁阵拍打翅膀所产生的气流，可以托起队尾的末雁，即使它气力弱，也能在集体帮助下抵达目的地。黑雨燕不知疲倦，离开鸟巢前往非洲，然后折返欧洲，它两年不曾驻足，饮食、睡眠和交配，全部在途中进行。

她还喜欢阅读科普读物。中文的。她的英语水平足以处理日常，不够应对术语。她从一本中文鸟类图谱上读到震惊的内容：如果自身的燃料不足，鹬会在飞行中自残，食用自己的肌肉甚至内脏，以求抵达繁殖地。从常识上判断，她认为这不可能，怀疑是译者之误。从另一本书上找到的说法更可信，佐证鹬鸟的魔术如何施展：长途迁徙之前，它们大量进食，体重倍增，样貌并不发生变化，因为它们可以通过挤压内脏的办法来腾出空间储存脂肪。看来内脏体积的减小，是因挤压而非食用。不到二十年的寿命里，这种鸟的飞行距离相当于从地球到月球。它们不停，飞翔如同呼吸。

鸟类里，她有点怕信天翁。

信天翁天使般宽阔到失衡、舒展到平衡的翅膀，体现着波澜壮阔的美，以及不能被阻挡的狂野自由。年幼的信天翁会用三年时间飞越大海，不着陆。飞行中的肌肉日益强健，硬得仿佛是骨骼的构成部分。有个新西兰的留学生，曾经送她礼物：一只木雕信天翁，可能出自旅游纪念品商店。信天翁本身就是一种最像木偶的鸟，脸像木头雕刻的，还有浅肉红的嘴，以及苍白的脸上一双不会转动的眼珠。信天翁模样简单，表情硬邦邦的，或者说就没表情。尽管信天翁的翼展能像三折伞那样便携地收起，她仍把它视作僵硬之躯。

这些不是理由。她怕信天翁是到加拿大以后的事。因为名字的巧合：信天。

作为师哥的信天与她大学时就认识，在温哥华重逢。信天是个书呆子，绰号信天翁，长得就像信天翁那么木呆呆的，也像信天翁那么勤奋刻苦。读书时候，他住在图书馆，几乎不需要宿舍里的睡眠。信天一直是受苦的命，但这份苦，使他越飞越远。他没想到，自己远到不能张开和收拢他的翅膀。他抱有知识分子的偏执，遭遇数次不公待遇，他历尽周折，破釜沉舟，斩断所有退路，毅然移民北美大陆，发誓不让孩子重复自己的挫折。他的女儿，必须拥有美丽且自由的未来。

为了孩子。他忍受不了中国的教育，“不要跟陌生人说话”，这样的声音，在家庭，在候车室，在学校的辅助教材，堂而皇之地出现，大家习以为常，几乎当作行为典范。“不要跟陌生人说话”，这是我们从孩子就开始的教育失败。我们太精明了，话说得那么明白，那么透。透心凉的透。他要让自己的女儿获得保障一生的温情。许多人像信天一样。因为财富、雄心、恩怨、灾难等各种原因，他们放弃乡土和祖国，选择移民，前往梦境中的理想国——他们把那里认作精神意义的故乡和理想意义的彼岸。

刚移民时，信天孜孜不倦地对亲戚介绍温哥华的空气、食物、自然环境和人文环境，他有着原驻民似的骄傲感，不在意自己正激起听者秘密而强烈的反感。可惜，他后来没有获得天堂般的日子，过得不好。信天没有找到适合的工作，失业数年，被迫放弃专业，从事他并不喜欢的体力劳作：餐馆侍者，车衣，从事超市仓储或收银。

她理解信天，来加拿大时，她也经历过不容易，连成为合格侍者都难。她记恨那个台湾常客，餐桌上永远只要一碗汤，而她渴望小费。她自己不会到外面用餐，去超市她只买最平常的食物，不敢尝试最安全的冒险。色彩斑驳的豆子，长得奇怪的朝鲜蓟，易拉罐里气味汹涌的饮料，她猜不出它们的味道；后来，连好奇心也失去了。她只吃最基础的食物，选择最廉价的品种。

物质上的紧张出自现实压迫，但也不全是，深层原因是：心理上没有安全感。她并非受洗的教徒，但专门去过几次教堂，希望求得宁静与安慰。需要深仰，才能看清教堂穹顶那些悬在高处的头盏。人们需要形而上的指引，否则自重就令人沉陷。她为什么喜欢飞鸟？因为它们用自己的翅膀钉住天空，保持人类仰望的高度；假如失去天堂，我们的世界不会成为替代的天堂，而是被坠塌下来的天堂，直接，压进地狱。

她后来没有再和众人一起祈祷。一方面，因为宿命。她觉得要上帝均匀地溺爱每一个人，本来就是对神的苛责，相当于要上帝管理的每一滴雨水都落点清洁……有些雨注定要落到花瓣上，有些雨注定要落到泥浆里。另一方面，她发现，有些教徒来到华人教区，并非出自信仰的需要。貌似虔诚，他们不忽略任何一次礼拜，但对教义的理解却模糊、陌生乃至兴趣寥寥。这些华人移民在教堂聚合，是体面、快捷又功利的社交手段，他们希望从彼此那里获得一些嫁接当地生活的便利。当什么也抓不住的时候，同胞的黄土肤色，变成了彼此的乡土颜色——其实这种来自母语的安慰，不过是停留在语感和语气助词的安慰。每个人都在自己的困境里，孤立无援地作战。

经过努力，加上运气，她的处境得以好转，就像抵达终点的候鸟生活在迥异从前的环境里。信天呢，没有抽中命运的彩票。他预感自己成为科学家，没想到，沦落到不需要头脑、手脚却不歇息的劳碌里。人到中年的他甚至不能获得沉稳的夜晚，失眠严重。当初信天移民的信念，是为孩子。他后来一无所有。关系疏离，离婚后的信天与妻女联系极少。

她和境遇困窘的师哥见面，请信天喝了一杯咖啡。看不出什么异常，他照样是信天翁那样缺乏表情变化的脸。提及妻女，信天并不避讳和难过，仿佛适应了孤寂。她喝了一口拿铁，看着咖啡上奶泡拉花的图案，不是树叶或卡通心，更像一个轻微不对称的臀部。这就是变形的享乐。她对信天，觉出无话可说的尴尬，她想：我们都有铁打的心肠、纸糊的自尊。

没想到，那是最后一次见面。数月之后，信天给自己买最贵的机票，飞往度假胜地。回来以后，他自杀了。他从高楼跃下，完成叹号一样的死亡。像希腊神话中的伊卡洛斯，飞得太高，蜡翼融化，他从靠近太阳的地方坠入冰冷的深海。

她看到新西兰皇家信天翁中心的纪录片时，感到头皮发麻。那是令人密集恐惧症发作的奥塔哥半岛，草坡、悬崖、游客的汽车以及供他们短暂停留的椅子上，到处是海鸥，身影、叫声、羽毛以及粪便。下一个镜头，是信天翁，孤傲远飞的信天翁。她回忆起死去的信天，这个名字，象征宿命的绰号、就范的命运。这部纪录片在数日之后给予她一个怪异的梦。大量的死鸟从天而降，没有一只砸中她，她就像毒后，穿着猩红的衣服。她辛酸地看着那些羽翼巨大的鸟，它们曾高飞的翅膀上端拱起宽钝的角……现在遍地鸟尸，她站在一堆弯折而破旧的伞骨之间。

信天死了。信仰的灯塔照耀，他向着光源走在触礁的路上。他走了那么远，飞了那么远，被拖行了那么远。如果说迁徙，是壮丽而不倦的朝圣队伍……在这个队伍中，有些，将成为献祭。除了事先到安息之所默默离开的鸟，也有鸟只死于飞行途中。飞着飞着，就垂直掉下来，像从天堂里扔下一块诅咒的石头。这个世界，无处不牢笼，黑暗天花板上的星星满含锈迹。死去的鸟，没有飞进它的自由。

据说，信天的骨灰是装在一个饼干筒里偷偷运回国的。他的母亲，不忍儿子装在托运箱里被忽略、被检查、被惊扰，坚持把他放入随手的行李。变成骨灰的他这么轻，信天离开世界的时候比他来到的时候还轻，似乎通过此生，他还回了什么欠下的东西。但愿信天在曲奇饼的奶油香里，能获得一个平生难得的珍贵睡眠。

至死也没有得到女儿的安慰与怀念。信天把自己千难万险地运抵死亡之地，像千百万溯游鲑鱼中的一条。他的女儿由此更换母语和信仰——习惯黄油、面包和牛排，热衷跑步，让粗砾般的阳光把自己晒成麦色，给予陌生人善意，成年以后远离父母。许多移民当初都是为了孩子，为了这些不再与他们相认的孩子。为了下一代，牺牲自己——这是鲑鱼的命运。

鲑鱼有着炯亮却愚痴的眼睛，季节一到，它们在各自家乡的河口聚集，溯游而上，寻找童年铺满沙粒的河床。体内的脊索就像一根颤动的磁针，校正它的磁极和方向。倔强的鲑鱼不断摆动鱼尾，直立起来跳跃，像水中的芭蕾舞者，不断从湍流和瀑布中跃起。经游浅滩时，水面可以看到它们宽阔的背脊，以及马达般有力击打的尾迹。为了抵达繁殖地，鲑鱼经历急流险滩，经历一路的牺牲。沿途布满猎食者，水里的，天空的，甚至还有陆地上的熊。雾气弥漫的早晨它们就来了，悬垂的水滴和升腾的热量从熊粗糙的毛丛里散发出来。可以说熊是个粗暴的食客，也可以说它是个精细的挑剔者——熊喜欢浪费，它撕下并享用湿亮的鱼皮，剩留大量鱼肉。被剥了皮、肢体也残缺的鲑鱼仍然活着，受尽折磨才允许去死。微弱而细小的水流，从鲑鱼闪耀的鳃盖里渗出，暖杏色的肉体暴露，像树木有着涡流状的年轮，记录它们渡过的江河湖海。

能够抵达洄游终点的，都是幸存者。

雌雄排卵排精的瞬间，彼此大张布满刺齿的嘴，在高潮中排出发亮的卵粒和精虫。胶囊一样的受精卵粒，是鲑鱼遗留在世的珠宝。为了这些致命的珠宝，它们耗尽最后的气力。矿物石英般闪光的大鱼，产卵后老化得非常厉害，甚至活着的时候就开始腐烂，沉入同样脱落鳞斑的陆续死去的尸堆。

她到北温区的鲑鱼繁殖中心，目睹艰难迁徙之后的死。自从克里夫兰水坝修筑起来，鲑鱼无法越过大坝抵达产卵地。鲑鱼繁殖中心，所谓更好地养育下一代，意味着这一代鲑鱼更悲剧的死。千难万险洄游的鲑鱼，甚至得不到腐烂中静悄悄的死。人类摧毁鲑鱼原本就谈不上美好的蜜月，“生殖工厂”取代了它们临终的身体狂欢。

人们用肘部夹住婚鱼隆起的额头，一只手固定鱼身，另一只手沿腹腔推挤，混合血色的精浆从泄殖腔里排出。对雄鱼不算粗暴，人们直接用利器剖开雌鱼的腹腔，长长一刀，几乎从下巴滑到尾巴……大团晶莹的卵粒，就像卡车卸货一样从腹切口里滑落出来。戴着橡胶手套的工人，搅动肉馅般搅动盆子里的精卵，完成速效的交配和受孕。粗粝带血的暴力婚配，不需要调情和审美，不需要它们婚礼的彩虹体色，不需要肢体的颤抖和悸动。鲑鱼在自然状态，受精卵成活率低，人工可以把生存概率调到九成。幼鱼将在水池，或者塑胶袋和聚氯乙烯的管道里，度过自己作为产品的童年。鲑鱼在繁殖中心产卵，提供人类愿意看到的节目。实际上，鲑鱼被改变了家族的遗训、旅行的终点、告别的墓地……死亡的时间提前，鲑鱼死于尽头之前的自己。

庄子写鲲鹏，是由大鱼变成的巨鸟……鸟是游在天上的鱼，鱼是游在水里的鸟。骨灰已运回故乡，信天算不算一只归心似箭的鸟、一条叶落归根的鱼？他移民，斩断退路，横刀一命，只为自己看不到的未来；他挣扎，放弃希望，横刀一命，只为自己不再看到未来。他的血，不能改变太平洋的咸度，就像候鸟的翅膀无法改变风向。

2014年，北京

服务员戴着尖顶软质的红帽子，步履弹跳，为她端过一套简餐。圣诞节，商场底层的茶餐厅里，重复播放圣诞欢歌。落地窗上，挂的雪花装饰物，直径达至一米，这些由毛织物构成的六角形，边缘缀着银丝绒，逼真模仿出晶状物上的寒霜。食客脚下堆积着大大小小的购物袋，空气里飘浮着即时酿制的人造欢乐……像啤酒模具那样有着永不破灭的泡沫。在东方和西方，在北京和温哥华，圣诞节变得一样热烈。不过，此时的圣诞节，蜕变为盛大的商业促销机会，无处不弥散着欢快的钱味儿，似乎信仰也能变成一本万利的生意经。

她在北京逃避过年少时期的黑暗，在北京忍受初恋的惊心动魄与万念俱灰，在北京读书和工作，但她从来没有对北京产生故乡的情怀。不过，哪里又让她有过归宿感呢？和外婆共同生活过的村庄，那个留下耻辱的小城，还是鲑鱼巡游的异域他乡？她和地理意义的联系微弱，不生根的，童年、青春期和成长期都在流浪里。当她成为离群孤雁，反倒有一种宿命之后的坚定。

当年北京留给她的印象，谈不上美好或不美好，只是日常状态的磨损。拥堵的早晨，人人行色匆匆，赶到某个地方去支付自己的体能与热量。头脑、手脚、腰肢或脊背，我们总要出卖身体的某一部分，才能换取把整个人都塞进去的立锥之地。10年后，到处还是追赶的人，追赶公交、艳遇和致富的机会。不能停，停下来就成为遗落站台的落伍者，成为被明天抛弃的弱者。

其实变化真大啊，北京。豆汁变成咖啡，提笼遛鸟变成手游里的宠物和精灵，京剧脸谱变成日韩风里雌雄同体的眼线与唇红，青砖灰瓦的四合院变成玻璃幕墙的摩天大厦……作为国际都会的北京，是否在城市群中沦为分母，沦为雷同的无数中的一个？

她曾听一位旅美老作家聊天，老人家清瘦、沉稳，在国外多年，依然保持着清晰的乡音。他生于30年代的北平，他回忆当年，北平的普通百姓，哪怕引车贩浆之流都颇识礼数，几乎听不到脏话——那极为不体面，人们耻于为之。他认为，这是因为北平数百年的帝都史，士大夫阶层的礼仪已经沉降到社会底层。内圣外王，修己安人，温良恭俭让等等被普遍认同。伴随消失的青砖灰瓦，老北平如今是记忆里的一座遗迹。现在的北京街道，满耳就是“操”“丫”“屌丝”“逼格”，脏字用于频繁的日常交流，从市井口语到话剧台词，它们出现得就像标点符号那么自然。北京丧失了……它曾经讲究的老灵魂。

就像池塘养不起鲸鱼，北京被称为城市森林的树丛养不起大动物。雾霾低沉。她的一个朋友出国前从未在北京驻留，快20年了，他决心弥补这一课。没想到抵达当晚，他的眼睛和嗓子极不舒服，雾霾几乎诱发他的哮喘。为了预防病症，他乘坐第二天早班飞机匆匆逃离。他要回到河水浩荡的故乡——那个当初他死命逃开的地方，现在为了救命拼命赶回去。当然，没有哪个故乡能与天堂媲美，否则我们就不曾远离；也许故乡与天堂的相似之处在于，只有远离才能发现它的美，就像站在大地上才能仰望云层。

等她的朋友赶回故乡，记忆里的田园消失。水，早已在河道和村民的嘴唇上一起干涸。没有野花、果实和溪流，稻田里丛生杂草，青壮年离开了，留下的老人都在睡觉。没有劳动的体力和期待的热情，无所事事……整个村庄都在睡。生死恍惚，垂暮者提前躺了下来。

同样的失望，她体验过了。妈妈病逝之后，世间大概只有她记得外婆的生日，她一直把这个数字当作行李箱的密码。如果外婆活着，应该有一百岁了。她突发奇想，在外婆生日那天，回到了自己曾经和外婆一起生活过的地方。

面目全非，像是一场骗局。山被炸碎，为了攫取零碎的建筑材料。穿过村庄的河，那是长江无数支流中的一条，当然不见踪迹。长江，起自巴颜喀拉山，直到经济繁华地带的入海口；众神仰望的高地，到众生喧嚣的冲积平原……长江经济带是全球重要的内河经济带。没有哪条河像长江这样，从远古走到现代文明的核心区域；也没有哪条河像长江这样，被改造得千疮百孔，剥夺得面目全非。城市化进程，如同一场告别故乡的迁徙。据说2013年，中国城市人口已超越农村人口。一个延续几千年的乡土中国，渐行渐远。“故乡”，这个含情脉脉的词汇，内涵被改变，甚至从地图上被抹除标记。

像倾巢下的幼鸟，农民离开田地、老屋和亲人，走向远方的灯火。在乡村路上辗转，在生产线的履带上忙碌，在高速公路上奔行、运输……禁止调头！哪里才是故乡，哪里才是彼岸。不停地走，他们没有世亲和宿敌，一生命运悬系于陌生人之间。可以依靠脚旗、颈环和翅标，来跟踪和记录飞鸟；可这些离开家园的人，如何判断他们的过与往，能否从他们脏脸上的泪痕看到泥色的河流，从他们荒腔走板的口音听出籍贯和家谱？

母亲喂养我们年少的胃，故乡的山河喂养我们的往事——这是爱国主义产生的基础。我们曾把营养不良的土壤当作贫瘠的故乡来热爱，可现在，我们难以找到整体的故乡，只剩破碎的土粒。家族、环境、习惯、风俗和传统，靠一代代人来存储和延续；当记忆遭到撕裂和洗除，出现难以逾越的代沟和断崖，某种秘密的遗传密码被篡改了。无论是乡村还是城市，难以记得自己昨天的脸。包括北京。

因为洪水和泪水，因为求学和求生，因为逃生和谋生，因为被动和主动；也因为羞耻和遗忘，因为挣扎和受挫，因为绝望和梦想……她不断离开又不断出发。她走过的地方，从乡村到城市，从祖国和异域。有些山清水秀之地，被水泥、塑料和垃圾填充；有些山重水复之地，被闪烁灯光和不熄渴望点燃。梦境中她会混淆母语与英语，现实里她会模糊故土与异乡。她觉得这一代人渐渐丧失了乡愁滋味；瓶装水的普及，使水土不服不再存在。人们不再需要故乡所代表的归宿，像候鸟在孤独的飞行中忘记方向。伤感徒劳，连地球都在宇宙中迁徙，在黑暗中沿着轨道失重地飞行。

第二天，她就会登上返回加拿大的飞机。来去匆匆，往事纷乱，却雁过无痕。像电视里有关迁徙的镜头，到处是密集舞动的羽翅，铺天盖地的鸟令人眩晕……节目结束，只留下斑点频闪的屏幕。这就是她的回乡，天空，空了，像一张曝光过度的相纸，只剩下黑白灰。

是否她的心境与季节有关？这个纬度的冬天难免萧索。当春天如一只巨翼的候鸟飞回，她也许会重怀期待。

她知道，至今北京残留的古建附近，依然麇集燕子。燕子勤勉，衔泥、筑巢、哺食、生育。喉部像颗毛茸茸的杏子，小而强反光的眼睛隐匿在阴影里……燕子凄厉地鸣叫、翻飞，尤其在暴雨之前。它们有着低频听觉，小巧的耳道能感知遥远之外的风起云涌。成年燕子有着幽深的钢蓝色、尾部的镰刀弧度；而刚出生的幼燕，嗷嗷待哺，张大嘴巴时，可以看到它们鲜艳的喉咙——那种黄色，通常是人类用来表示紧急救援的。每三只燕子中只有一只，能得到繁衍后代的幸运。

这些热爱童年和故乡的小精灵，去过哪里，穿越过风暴中怎样的闪电？燕子的体量，相当于一个孩子的拳头，削薄的翅膀既锋利又脆弱，难以想象它们经历的风浪。燕子在高压电线上休息，诗人描绘它们像五线谱。其实是由于很少着陆而只留残根的腿，不适合平地站立，燕子的短处暴露无遗，它们从天才变成残疾。

飞起来迅捷、走起来笨重的燕子，像她自己。每隔几年，她就改换生存环境，以至于她分不清，到底出于被迫还是惯性。她对远方保持谜语般的好奇，缺乏留鸟的忠诚。一成不变的生活甚至让她感到隐隐屈辱，她不能忍受，仅仅是地心引力，就把自己变成一条拴在链条上的狗。有一年脚踝受伤，她愣是拖着撕裂的筋腱，瘸脚去了一趟南美洲。朋友们嘲笑，可她把自己当成一只被捕获的鸟，把踝骨处的护腕当成一枚金属环……佩戴环志，是研究鸟类迁徙的常见方式。如果现实中不能疾走如飞，她就把飞当作自己的行走方式……人们说的遥远，看我飞翔。

每个人都向往变化，每座城市亦是如此吧。从飞机舷窗凝望北京，她发现璀璨灯火组成的图案，充满直线与横线、竖线与斜线，像插满蜡烛的生日蛋糕被划开数刀……但愿，切割使人们得以分享美味。她向后仰靠，北京渐行渐远。美妙在于往返之间，无论离去与归来，她都愿相信，远方的地平线上，有个发光的降落点。

坐在飞机上，她像骑鹅旅行的少年。机翼发出脉冲式的红色光闪，间隔的瞬间照亮周围一小团的雨，看上去就像一面磨损过多的玻璃。她想象，无数候鸟秘密地在高空潜行，它们飞得如此盛大又如此安静，如同缓慢移动的整个星空。星空，也像铺天盖地的候鸟群，金色的翅膀擦亮黑暗……我们忽略了日常生活里的奇迹。

种子、候鸟与漂泊者，他们抵达远方，是为自己创造一个可以回忆的故乡。落叶才能归根，浪子才能踏上回头之路，她走了这么远，为了让翅膀得到极致的体验。穿越昼夜和风暴，作为候鸟，她不能回头，只有抵达终点才能折返，甚至才有机会体会浅尝辄止的悔意。她默默地调整手表的时差，逆时针方向转动，指针像溯流而上的鱼。水流如同时间，打在洄游鱼脆质又倔强的头骨上。

2016年，肯尼亚

不仅止飞鸟。迁徙，是天上的事情，也是大地上的发生。八月的非洲，她去看动物迁徙——它们从坦桑尼亚的塞伦盖蒂草原，进入肯尼亚的马赛马拉。

满满都是集群的食草动物。长颈鹿，原始、华丽又优雅。斑马，经典的黑白配，形成令人眩晕的几何之美。转角牛羚的体色是铁锈红，臂部和腿部的瘀斑灰蓝。汤普森瞪羚，身姿轻盈，体侧有鲜明条斑。数量最多的是角马。成群结队的角马，罪人一样低着沉重的头，披拂垂散的发绺，漫山遍野，泥浆一样涌过草原。

什么都不能阻止前行，千军万马，仿若朝圣。即使迁徙途中，到处是敞开的伤口，兀鹫和秃鹳从尸首的体腔里换取肠胃。到处是频繁的骨架，剔得干净的拱肋上面，只剩头颅上的短角以及因暴露更显硕大的牙齿。害羞者常常是草食动物，拘谨紧张。它们只是作为一堆堆被单独包装的脂肪和血液，运输在肉食者的早餐与晚宴之间。一旦覆盖着的皮肤保鲜膜被撕开，它们迅速腐坏，烂在炽烈的阳光和成吨的暴雨里。

食草动物走到哪里，食肉动物就跟到哪里。角马，看到同伴被吃无动于衷，甚至因普遍而近切的死安静下来。它们与满脸血污的饱食者毗邻而居，继续咀嚼和反刍。就像被家暴伤害的女性选择留在婚姻里面那么自然，就像亲人死去我们希望自己健康地活着而不会殉葬那么自然。是没有选择的那种自然，并非麻木与冷漠，它只能承受随时的杀戮。然而，那些初生不久的斑马，那些孤独漫游的小羚羊，从未真正了解凶手，缘何能从空气中嗅到一丝猛兽气息就被惊吓得狂奔？它们从成年者那里继承的技能和遗产，是恐惧，让它们终身保持警惕和戒备，也让它们从同伴的死中得到暂时解脱。

为了从价值低廉的植物里摄取热量，素食者不得不整日奔波，无心他顾——它们艰难收集食物营养来养育血肉。而肉食者享用起来便利，所以它们进食所需时间短暂，可以有大量闲暇用来嬉戏、发呆，甚至情绪厌倦，乃至做出近于哲学的思考。她发现，食肉动物都有一张悲伤的脸。马赛马拉草原的狮和豹，不怕人，游客密集窥看，丝毫不影响它们进食、玩耍、睡眠、排泄和交配，它们深知自己具有伤害的能力而呈现坦荡和蔑视。勇气来自暴力——是的，真正的勇气来自对暴力的控制，而不是激发。肉食者以一种不讲道理的暴戾，散发神秘之美。无须张扬，通常它们松弛、优雅，冷漠又懒惰……隐藏懒惰之中的，是惊人的果断。放纵的肉食动物拥有特权：一种因无耻而获得的自由，一种因自由而获得的傲慢。因此，别具魅力。

她想起，小时候怕夜晚来临，瞬间丧失方向感带来的压迫几乎让她哭起来。外婆不怕，外婆说她自己小时候臂肘烫伤，长辈给她涂过一层虎油，从此即使在丛林里遇到的狼都会绕行。据说，穿越黑暗的人脖子上假如佩戴一颗虎牙，村庄里的狗绝不会狂吠，而是噤无一声，深深低俯，仿佛臣服于归来的王者。她做过胆大妄为的猜测：上帝生杀予夺，既激情又淡漠，无惧非议和诋毁，整个世界屈服于他伟大的独裁……他，是肉食者。

没有来肯尼亚之前，她看电视节目得到的印象，马拉河是一道致死的关卡，只需闯关一次，之后就是伊甸园里的新生。事实并非如此。向塞伦盖蒂草原或马赛马拉草原的同一迁徙季，角马数次来回穿越马拉河。河的两岸都有角马，既有从此岸去彼岸的，也有彼岸来此岸的，两岸并无绝对差别。那么，角马为何过河？并且岸边犹豫，反复徘徊，最后才决绝跃下，穿越扬起的灰尘、溅起的水花和鳄鱼张开的大嘴。难道角马只是无法克制对远方的渴望，只是对现实的几乎进入潜意识的反抗，才让它们向死而生？纪录片拍到，角马甚至躲避较浅的安全地带，蓄意选择危险区域，似乎获得面对生死的勇气比获得侥幸的机会更为重要。也许，因为陆地也潜伏危险，杀戮者的齿锋无处不在，来自鳄鱼的威胁并不更大——鳄鱼饱餐一顿可以长久不进食，狮子和豹总在打猎。所以对角马来说，过河也许谈不上是额外冒险，不过是又一次日常的忍受。她甚至怀疑，这种生存竞速，只是角马自愿设置的考验，从而完成慷慨而隆重的祭献。

在马赛马拉草原，她第一次乘坐热气球。乘坐者最初需要以摔倒般的姿势躺在倾斜的吊篮里：屈腿，后背着地，缩在狭小局促的空间里。她听到燃料罐附近发出类似轻微爆炸的声音，喷灯上的火焰，将加热后的空气充入球囊。热气球升空后，垂直的吊篮非常平稳。她的手臂扶住边框，看天地辽阔，壮丽奔行的动物生生不息。

迁徙，不可思议的旅程。驱使伟大行动的，可能出自基础乃至卑微的目的，像鲸游动，追逐小如光斑的磷虾。当果实被洗劫，种粒埋入更深的地下，当鼠和蛇把身体卷成螺旋形进入黑暗的冬眠，那些理想主义者开始出发。动物迁徙多是因为食物和气候的现实原因，还有就是寻找与配偶共度的蜜月地，才迫使动物们遗弃曾经繁茂的聚居所，但她依然心怀激荡，深信这个世界有多少迁徙的脚步，就有多少流浪不羁的灵魂。

在云端，在大地上，在海洋里——迁徙铺开古老而壮阔的朝圣之路。斑马穿过博茨瓦纳的草原与狮子的阻击，抵达盐沼，去舔食岩块上的矿物质。海象游过白令兰海峡绕路北上，寻找结实的可供栖身的浮冰。水母从阴影密布的危险沙层，翕动着透明而诗意的伞膜，上升到光斑耀动的水面。出生在夏威夷的座头鲸，要从温暖的出生水域，滑动桨叶般的鳍肢，前往寒冷的阿拉斯加。奔跑有如舞蹈的瞪羚，虹膜和鳞片映照彩虹的鲑鱼，深沉歌唱的鲸鱼……从最柔弱的到最强悍的，都义无反顾，踏上征程。栖息在北美大陆的大桦斑蝶，每年要花130天，飞行3000米，向南迁徙。重量甚至小于1毫克的蝴蝶，以远比婴儿拇指柔弱得多的肉身，扇动亮橘色的翅翼，麇集着，抵达千里之遥。冻原上走过的驯鹿，厚厚的皮毛下积聚脂肪，边走边哈出雪白的霜气，珊瑚状优美的角叉挂满冰晶……驯鹿在漫无际涯的苔原上跋涉，它一生走过的道路，足够绕地球三周，是世界上迁徙路线最长的哺乳动物。它们为此获得神赐的报答：无声却震撼的北极光就在它们的高空闪耀，如同加冕。

……日出的光芒万丈，她忍不住眯起眼睛。随着热气球高度的上升，无论是数量磅礴的角马，还是集体围剿的鬣狗，都变成微弱的斑点。不知不觉，她流泪了，她突然发现自己获得了飞鸟的视野。地面上的人看来，她也小得近乎斑点吧，像只飞高的候鸟。她把一条胳膊伸出吊篮之外，风吹拂指骨，她觉得自己正在长出季节性的羽毛。

人们曾以为鸟类的呼吸和鼓翼同步，事实上二者各自独立。当静止不动的时候，鸟类的呼吸比哺乳动物更慢；一旦飞行，鸟类的呼吸可以加速到静止时正常速率的20倍。这是内心激情在身体上的反应。鸟类，有着远比人类飞行员更丰厚有力的胸肌，凭借着光线、星宿、气流和磁极组成的地图，它高飞。在勺形的头颅里，每只鸟都藏好一根忠诚的指南针。即使长在两侧的眼睛未必能看到多远的前方，即使优雅前伸的脖颈后面是一双苦力的翅膀，只要终点和希望不灭，候鸟就会出发，密集的翅膀就像移动的花季。

她好奇，鸵鸟和鸸鹋，眼睛都是大且微陷，它们不会飞。鸟类善飞者眼睛偏小，如天鹅大雁之类。是否高空展翅，被猎杀的机会相对低，不必时刻警惕；加之俯瞰大地，万物渺小，眼睛大几毫米、小几毫米，并无差别，所以善飞者不再扩张眼眶？可事实上，从出发到回归，候鸟的死亡率很高，能够返乡的只是幸运的少数，衰老成为一种巨大的奖励。候鸟中的许多，死于跋涉或飞翔的中途，死于沙漠、森林、滩涂、积水或极地，死于天敌的追杀和自身体力的衰竭，死于变幻的云层和气流，死于不屈的心……履行诺言，需要昂贵的成本，所以，它们以命相抵。在濒死的疲惫中，它们锐而小的眼睛，最后是否见过蜃气中的天堂？即使星光照耀下的故乡已然死去，候鸟依然坚定地飞往它们的墓地。

季节的钟摆，把时间从此岸摆渡到彼岸。天空没有疆界，唯一的根系，是它学会飞翔的地方——候鸟既是信诺之鸟，又是不断的背叛者。飓风一样的鸟群。暴雨一样的鸟群。交响乐般的鸟群。铺满天空，鸟群不断变换图案，就像上帝传达秘密的旨意。可惜人类鲁钝，使他们无法读懂神的只言片语。古希腊神话中说宙斯曾经化身为天鹅，她觉得，神是可能以候鸟的样貌降临的。耶稣不是一只候鸟吗？在尘世和天堂之间折返，他的复活就是一次迁徙……他在十字架上，打开滴血的双翼。

热气球越升越高，已经难以区别有条纹的斑马和泥浆色的角马——如果你有鸟的翅膀，就不怕停在悬崖上。她不畏惧，如果说还残留一点点害怕，是因为她有几秒钟担心自己会越出吊篮，是因为在奇妙的出神之中，她错觉自己可以飞起来，可以像一只鸟那样飞得那么宁静，有如禅定……她仿佛看到了自己的往昔、今生与来世。她想起和外婆共同生活过的那个村庄。天空阴沉，水下的村庄看不到一丝痕迹，蓄积起来的水库淹没了一切，甚至改变了四周的远山。她相信，记忆，就藏在开阔水面的雾气里，如同鸟翼藏在云层之间。

……天上是飞鸟，它们迁徙自己的生活，使之更靠近自由。它们剪开地平线，然后在旋转而闪烁的光团与星宿之间，丧失重力地漂浮，由此体会虚空般的自由。地上是刚刚降生、还围裹湿漉漉胎衣的角马，它们尝试用颤抖的腿站立，以躲避巡行的狮子、有着哀悼泪线的猎豹和凶悍的鳄鱼，尽快加入迁徙的漫长之路。天上和地下，它们一同被召唤着，出发。

她习惯了肉身和精神一起流浪和迁徙，习惯了它们为此遭受疼痛和伤害。她想，肉身就是故乡，灵魂能够远游，甚至带领肉身迁徙。如果灵魂是被肉身软禁的囚徒，那就像是一只围绕墓碑盘旋的鸟。多少年来，她总是被远方蛊惑与召唤，因为若无梦想，整个生活不过是一个庞大的惩戒之所。并且，梦想若无一丝绝望，未免就缺乏神圣——绝望到极端的梦想才几近信仰。是否童年看到的候鸟，成为一生对她的感召？当鸟群开始史诗般的迁徙，那是魔咒——她仰头看到天上的飞鸟，低头开始路上的行走。

神话说：天上一日，等于地上一年。那么，走天上的路还是走地上的路更难？在天上，谁会成为障碍呢？没有，没有谁能伤害神，能阻挠他的意愿，所以神走一天的里程，大地上的生命需要一年才能完成。因为大地充满障碍，河流、石头、山脉、丛林、沼泽、沙漠、悬崖、陷阱、猛兽……需要逾越的，何其艰难。对人来说，甚至无论诱惑还是灾难，都是阻隔。

她想起了雪莱的那句诗："你从大地上腾空而起，越飞越高，像一团火焰。"候鸟跃升，穿越人神之别。季节与季节之间裂开的口子，它们用羽翼一针针缝合，就像外婆刺绣，候鸟用彩色的羽毛在圆绷着的拱形天堂里绣出丝线。只有神和他的候鸟，能把天地之间的伤口都缝合得那么优美……弓形精湛，她会看到，暴雨之后的彩虹。

主编的话

越轨的笔致

——关于周晓枫的散文

周晓枫的文学世界里似乎总有一个十五岁记忆的定格。如果把周晓枫所有的散文视作一部电影，那么，其中不断闪回的桥段便是十五岁的记忆。它们常常被定格，放大，缩小，变形。“如果说我今天格外注意身体叙事，那是因为，伴随着青春期的苏醒，我首先体会到的是身体带来的深深屈辱。后来我发现，烫伤并不是孤立事件，多米诺骨牌被推倒了。由烫伤导致的发烧与感染，造成我左侧隔膜穿孔；然后是跟随我二十多年的化脓性中耳炎；然后由此引发美尼尔氏综合征；事情并未终结，大脑里平衡系统受到破坏，致使每隔几年我就要崴脚，双脚的筋腱都数度撕裂。”

十五岁是节点。因为事故，她的身体永远变成不完美。这身体因此异常敏感，时时受伤，也自卑，为疼痛侵袭。这也意味着这位作家何以如此喜欢站在“破损”处书写，喜欢书写喧哗之后的喑哑、焰火之后的沉寂。身体从此不得不成为这位成年人感受世界的最重要经验。一切都来自身体，一切思考都经由身体。痛苦，快乐，希望，绝望，一切都经由被命运破损过的不完美的身体，身体带来敏感，惊恐，卑微和沉默。没有体味，没有肉身的文字，没有斑点、没有缺陷的身体，毫无疑问是失真的，是没有生命力的。“如果连面对自己的勇气都没有，作家还谈什么承担?”

《你的身体是个仙境》中，女性身体呈现了真切的一面；经血，情欲，衰老，以及消失的乳房，子宫的癌变。她书写各种各样的女人和她们的身体，以及与这些女性身体相关的故事与情感，令读者有切肤之感。这是引领万千女性为之感慨的作品，也是周晓枫重要的代表作。——如何保持身体的痛感书写又不失女性写作者的尊严，如何使身体真切在场又不使写作被视为展览和卖弄？重要的是如何书写身体并呈现身体带给人的思考。身体是用来感受和思考的而不是展览的，身体是我们认识自己的方式而不是取悦他人的工具。那些与身体有关的文字，不应由表象而来。

什么是有肉身的叙述？有肉身的叙述指的是切肤感而不是仅指有关身体的书写。事实上，周晓枫最擅长也最热爱的，是书写那些由身体感受带来的思考。那种思考往往带着自我批判，自我审视，以及自我旁观。所有的痛楚都必须沉得很深，她才会在文字中写下它们。对于这位写作者而言，下笔是一件极庄重的事情。凡是重大的经验，哪怕最为沉痛，也不会马上动手。她不仅需要写下她所历经的那些痛楚挣扎，也需要写下她作为旁观者的感受。她要和旁人一起打量自己，写下超越自身痛感的文字。那些文字当然来自女性视角，但却与我们通常看到的那种“自怜自艾”相去十万八千里。周晓枫写出了人身体本身的富饶、复杂和深刻。

从《你的身体是个仙境》到《有如候鸟》，周晓枫早已跨越了身体的拘囿而进入更阔大的世界中。事实上，《有如候鸟》的开阖之大令人吃惊。这种开阖首先是地域的，近至江苏小城、北京，远至北美大陆和非洲；而另一种开阖则指的是人与动物的比拟。在这部作品里，每一个地域里都有着她所关注的动物，于动物身上她看到人性；在人那里，她又看到了动物性。大雁、信天翁、鸽子，这些动物就这样与一个人的心境紧密相连。当然，还有一种隐在的开阖，即关于如何旁观“她”的成长——其中黑暗，其中沉重，其中痛楚，令人感慨。那既是一个人的战争，又是一个人克服羞耻和痛苦的无限向上。框架和教条都在作家对困苦和羞耻的克服中烟消云散了，《有如候鸟》是一位技艺成熟的作家对自我的挑战，也是对一种散文写作难度的成功跨越。

“世界以痛吻我，让我回报以歌。”周晓枫的写作，让人想到泰戈尔的诗。可是，那是首什么调性的歌？它是结晶体而非漂浮物，它是深沉的绝非轻快的，它是有重量的有质量的歌。每个人都会遇到身体里的疼痛，也会遇到命运中的无常，这就有如我们在生命中必然要遇到的那些痛苦。有些人无知无觉，有些人则异乎寻常地敏感。他们虽然也选择接受，但会采摘这些有如葡萄般的痛苦，视它们为命运所赐予的珍宝。周晓枫属于后者。她有能力将生命中的疼痛转化为生命的琼浆。

近年的创作中，周晓枫大量使用巧合，先声夺人，以及有意味地控制叙事节奏和故事切换，给人以阅读挑战。这也意味着，她在着意打破那种久已形成的散文写作秩序。使我们熟悉的句式变得陌生，使通常认为均衡的叙述出现裂缝，如跨界的候鸟般在非虚构与虚构艺术手法中穿行，这便是周晓枫写作中的“越轨”。

编后记

2018年9月，我担任北京师范大学文学院本科生的“当代散文作品研读课”教师，讲授新时期以来出现的重要散文作家作品。除了讲述文学史上已有定论的散文作家，我也加入了近二十年来中国散文写作领域出现的作家作品，每堂课前我会发给同学们这些作家的代表作品，希望他们阅读后谈谈自己的看法。

意外的是，我收到了惊喜。同学们尤其对这些新的散文作品表达了发自内心的热爱，他们的课堂发言也极为踊跃热烈，甚至课下我也常收到他们的阅读感受。其中几位同学关于李敬泽、周晓枫、李修文、刘亮程的评论才情横溢，被我推荐到报纸期刊上发表。

和年轻学子一起讨论当代散文作品的经验愉悦而令人振奋，它促使我思考在大学课堂上如何与最鲜活的文学现场保持互动，也使我思考一位批评家如何通过自己的审美为青年一代挑选出独具特色的散文作品。毕竟，于一代又一代的年轻人而言，对此时代最优秀散文作品的阅读不仅仅是欣赏，多半也会促使他们拿起笔来进行创作。

因此，我决定为更为年轻的一代，高中生及大学本科生们编选一本关于我们时代最新散文作品的合集。我挑选了九位作家及其代表作品，他们是李敬泽、李修文、周晓枫、鲍尔吉·原野、雷平阳、刘亮程、李娟、塞壬、张天翼，这些作家的写作各具风格，也各有自己独特的美学追求。

九位作家都是当代散文写作领域的佼佼者，讨论课的热烈气氛也表明，他们是最受大学生欢迎和喜爱的散文作家。特别要提到，他们都获得过当代散文领域的重要奖项，其中有七位获得过鲁迅文学奖，能将他们的作品同时汇聚一本书，是美好而难得的文学时刻，同时我也要特别说明，本书中所收录的散文作品，是我和诸位作家经过多次讨论、共同商定的代表作，其中多篇被推荐为中学生课外读物以及各地中考或高考阅读材料。当然，此书中还包括他们每个人的简介与照片，同时也附录了我对这些作品的评论，以帮助年轻学子更好地理解作家作品。

诚挚感谢九位作家的热情支持，感谢他们所给予我的审美信任；也感谢我的朋友一直以来对此工作给予的持续鼓励与帮助，对此，我深为感激。感谢葛一敏、郭悦、孙莳麦等朋友在编选过程中对我的帮助，因为她们，我的工作变得顺畅而愉悦。

致谢译林出版社顾爱彬社长，没有他的全力支持便没有此书的面世。

张　莉

2019年2月1日

图书在版编目（CIP）数据

我认出了风暴 / 张莉编. —南京：译林出版社，2023.9（2024.10重印）

ISBN 978-7-5447-9725-2

Ⅰ.①我… Ⅱ.①张… Ⅲ.①散文集－中国－当代 Ⅳ.①I267

中国国家版本馆CIP数据核字（2023）第084511号

我认出了风暴　张　莉／编

责任编辑　李　蕊
校　　对　戴小娥　蒋　燕
责任印制　闻媛媛

出版发行　译林出版社
地　　址　南京市湖南路1号A楼
邮　　箱　yilin@yilin.com
网　　址　www.yilin.com
市场热线　025-86633278
排　　版　南京展望文化发展有限公司
印　　刷　苏州市越洋印刷有限公司
开　　本　890毫米 ×1240毫米　1/32
印　　张　13
版　　次　2023年9月第1版
印　　次　2024年10月第2次印刷
书　　号　ISBN 978-7-5447-9725-2
定　　价　75.00元